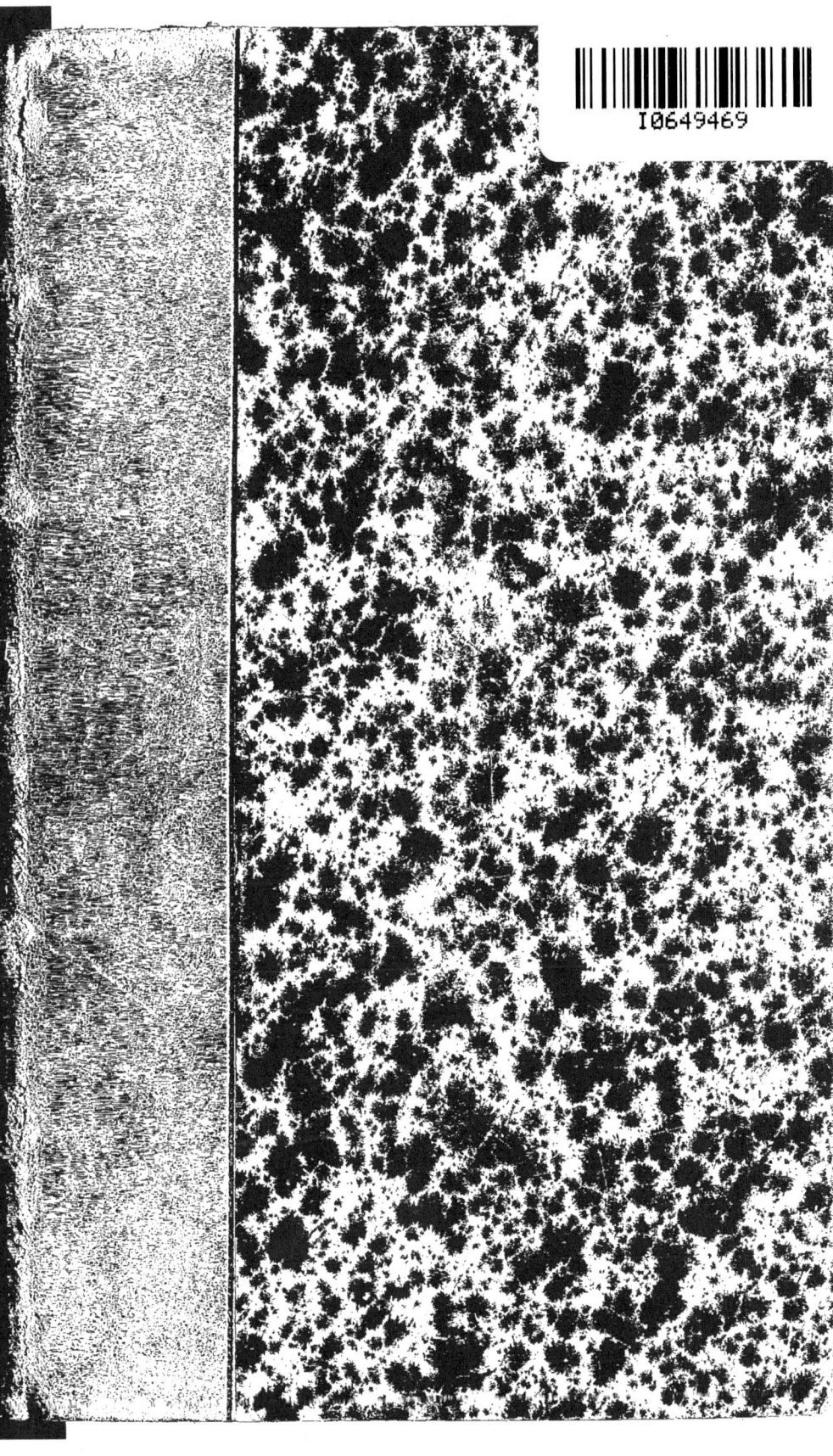

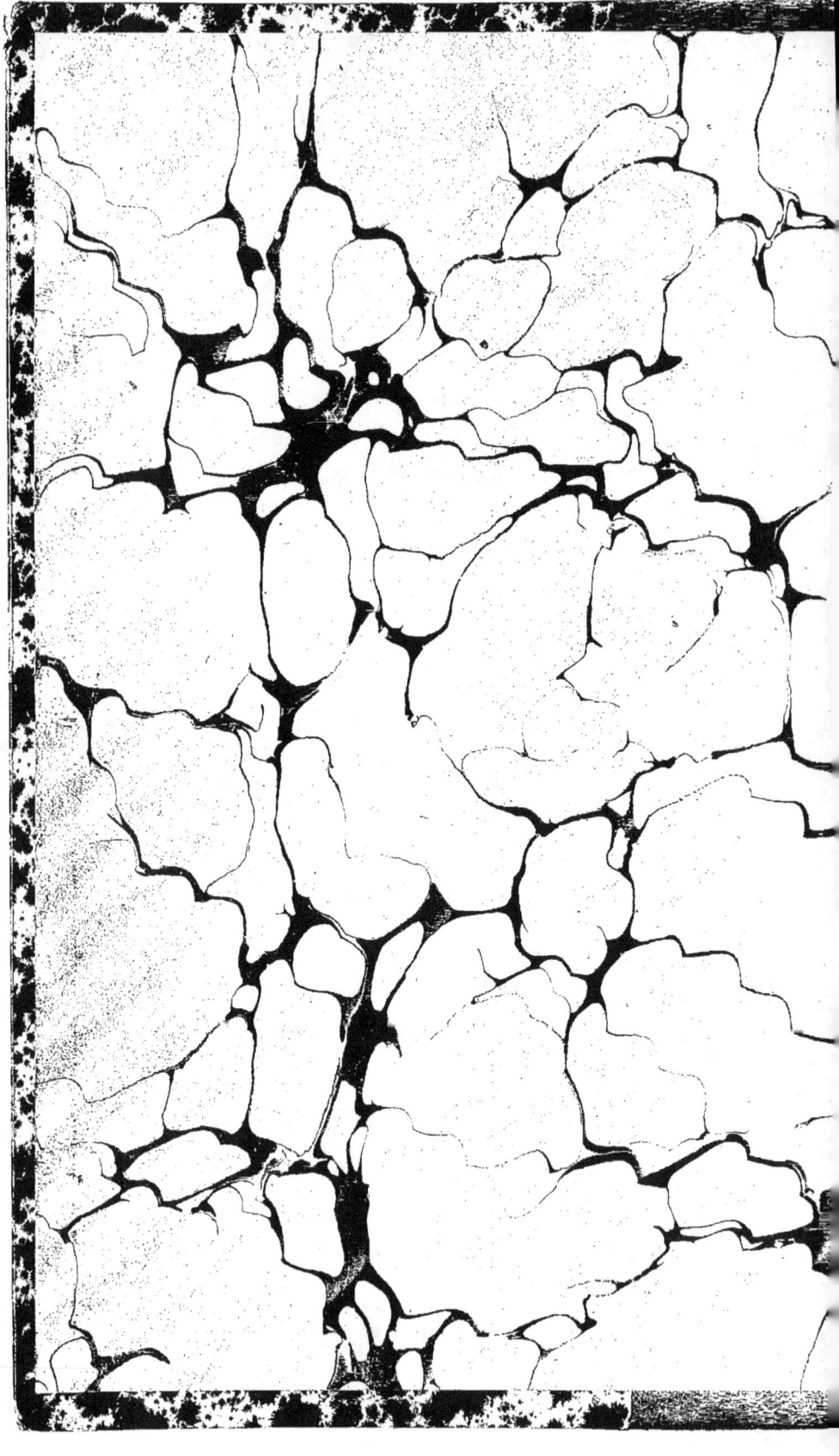

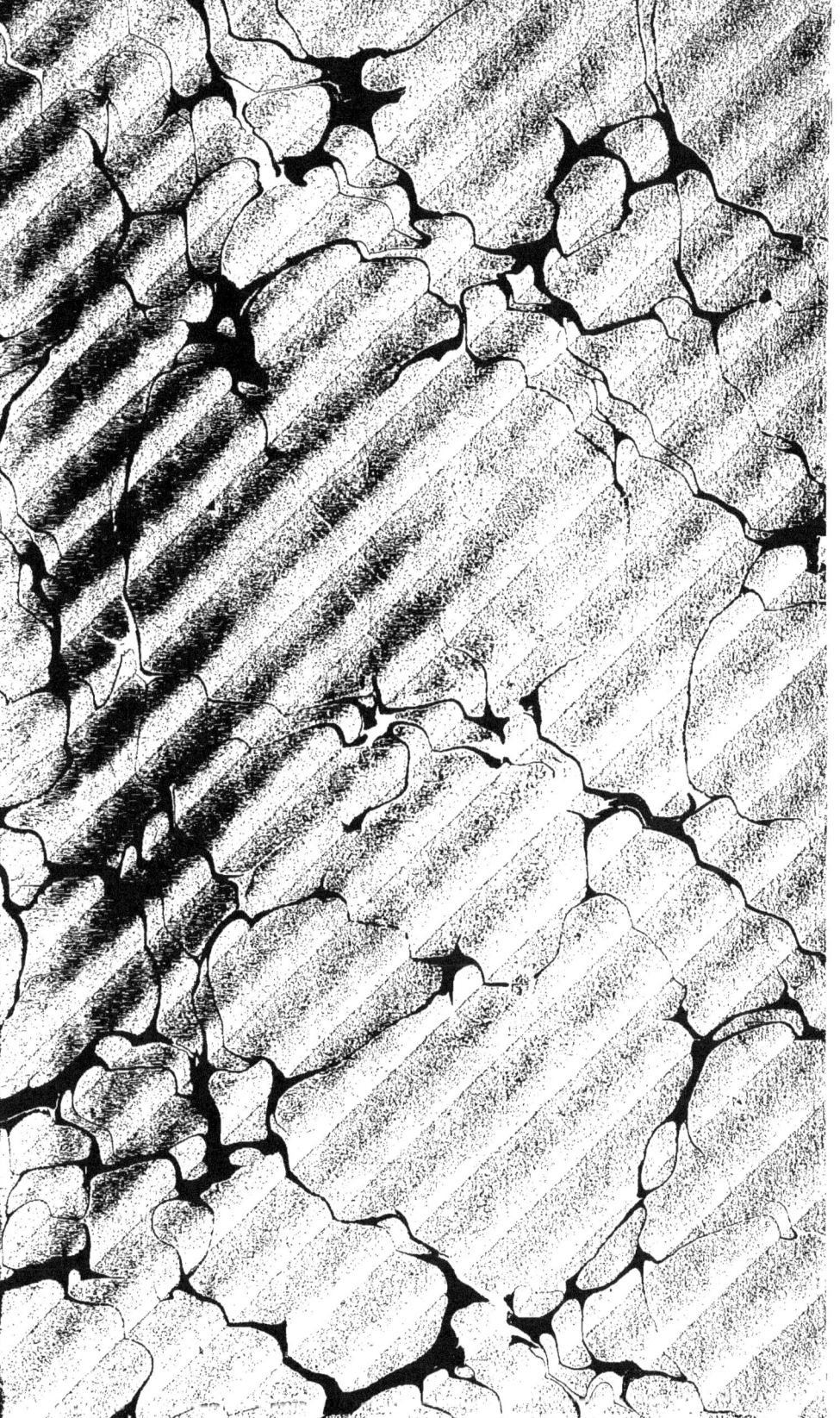

PAUL MANSUT

JOURNAL ET MÉMOIRES

DU MARQUIS

D'ARGENSON

PARIS. — IMPRIMERIE DE CH. LAHURE ET Cⁱᵉ

Rues de Fleurus, 9, et de l'Ouest, 21

JOURNAL ET MÉMOIRES

DU MARQUIS

D'ARGENSON

PUBLIÉS POUR LA PRÉMIÈRE FOIS D'APRÈS LES MANUSCRITS AUTOGRAPHES

DE LA BIBLIOTHÈQUE DU LOUVRE

POUR LA SOCIÉTÉ DE L'HISTOIRE DE FRANCE

PAR E. J. B. RATHERY

TOME DEUXIÈME

A PARIS

CHEZ MME V^E JULES RENOUARD

LIBRAIRE DE LA SOCIÉTÉ DE L'HISTOIRE DE FRANCE

RUE DE TOURNON, N° 6

M. DCCC. LIX

JOURNAL ET MÉMOIRES

DU MARQUIS

D'ARGENSON.

1738. *(Suite)*.

Septembre. — Le roi est un homme de fort bon sens, lequel, avec un peu de paresse pour le travail, aime pourtant beaucoup que le travail aille bien. Il est dissimulé et discret, comme les plus grands rois l'ont été; il se connaît en hommes parfaitement et naturellement, sans études ni efforts, et c'est là la grande science des rois.

Avec une partie seulement de ces qualités qui sont connues, il semble singulier que le seul homme aujourd'hui à qui il se confie de toutes ses affaires soit son valet de chambre, Bachelier; de sorte qu'on disait qu'il serait le successeur de M. le cardinal de Fleury; et, quelque vertu, mérite et bon sens qu'ait ledit Bachelier, il paraît étonnant que ce choix exclusif de parler longuement ensemble des affaires d'État tombe sur ledit Bachelier.

Mais, de quoi on ne se doute seulement pas, c'est que Bachelier est véritablement le résident, l'agent ou le représentant de M. Chauvelin auprès de la personne du roi.

Sa Majesté a si bien dissimulé ce qui en était que tout le monde a dit (et à la tête de ces discours a été M. le cardinal), que le roi avait une aversion insupportable contre M. Chauvelin, qu'on la lui avait insinuée si bien qu'elle avait été portée à son comble; qu'il ne l'avait jamais pu souffrir, et autres faussetés où la sottise publique est aisément la dupe de la dissimulation des grands.

Mais il en est tout au contraire; le roi avait un véritable goût pour M. Chauvelin; il le voyait volontiers, il s'entendait avec lui. Sa Majesté a compris que tous les faits attribués, et les disgrâces infligées à M. Chauvelin n'ont eu pour cause que son attachement particulier à la personne de Sa Majesté. Peu à peu ce ministre a gagné secrètement auprès de son maître, et est rentré dans sa confidence intime; il l'a instruit des affaires de son État, il lui a fourni des mémoires, et il n'a pas été difficile de ruiner peu à peu le crédit de Son Éminence par les fautes qu'elle a faites, et, sans marquer d'ingratitude pour son bienfaiteur, de puiser tout son zèle dans les devoirs et les obligations rigoureuses d'un sujet et d'un ministre à son roi, faisant entendre à Sa Majesté que M. le cardinal prend goût au gouvernement et en fait trop peu de part à Sa Majesté. En dernier lieu, quel beau champ le pauvre cardinal a donné à son rival, de montrer ces choses au roi quand Sa Majesté ayant débuté cet hiver à si bien travailler pendant la maladie

du cardinal, celui-ci étant un peu guéri a renvoyé Sa
Majesté à son oisiveté et à sa chasse !

Un ministre aussi habile, un homme aussi souple
que M. Chauvelin n'a pas manqué de gagner l'esprit
de Sa Majesté dès qu'il se l'est proposé. En effet, il a
fait les meilleurs choix du monde pour s'y insinuer
et s'y soutenir, savoir : de Mme de Mailly pour maîtresse du roi, et de Bachelier pour son confident, tous
deux parfaits dans le rôle qu'ils avaient à jouer.

Bachelier est un homme solide, un esprit ferme et
porté à la vertu; il s'y est confirmé en se voyant appelé au rôle de la première confiance de notre maître.
Il s'est trouvé assez riche, et il l'est effectivement en
revenus; il a une jolie maison entre Versailles et
Marly, il a une maîtresse dont la société lui convient,
il ne désire rien au monde pour lui, mais tout pour
la gloire de son maître; il écoute tout pour cela, il
veut tout savoir : né avec peu d'étude, il s'est fait géo-
graphe et politique suffisamment pour fournir des
matériaux à sa conversation avec le roi; il parle peu
et pense toujours, il note quelques idées à mesure.
Pour revenir encore à lui, il ne veut jamais se rema-
rier ni faire race, ce qui lui ôte le dessein de profiter
de sa faveur pour s'élever, comme les Beringhen et
Fouquet-la-Varenne, qui viennent de pareille origine
et de semblable faveur. Bachelier a été valet de garde-
robe avant d'être premier valet de chambre. Son père
avait cette première charge, et avant cela il avait été
valet de chambre de feu M. de La Rochefoucauld[1].

---

1. Voy. la nouvelle édition du *Journal de Dangeau*, XV, 63.
Nous avons trouvé dans le Recueil de Cangé, Bibliothèque impé-

Quand Bachelier s'est vu dans la faveur où il est auprès de Sa Majesté, il s'est renfermé chez lui, et est devenu inaccessible à tout le monde; il n'admet à le voir qu'un ou deux amis qui sortent de sa retraite de la Selle, pour aller apprendre dans le monde ce qui s'y passe, et pour en instruire le roi, en devenant le contre-poison des bulletins que M. Hérault donne au cardinal.

Il ne faut pas croire que tout ce rôle, toute cette faveur se soient arrangés ainsi sans être conduits par une main plus expérimentée que ce domestique aux affaires politiques, du cabinet, du monde et de la cour. C'est, comme je l'ai dit, M. Chauvelin qui fut ce conseil, et qui, jetant son plomb sur cet homme, le conduisit par degrés à cette situation.

A eux deux, ils ne trouvèrent rien de mieux à donner pour maîtresse au roi qui cherchait pratique, que Mme de Mailly. Plus gentille que belle, quand le roi la prit, elle était très-pauvre; elle est bonne, elle est docile, elle est gaie et d'un esprit médiocre. Le roi y trouve la facilité nécessaire pour surmonter l'obstacle de sa timidité; depuis cela, elle l'a amusé, et aucune affaire n'a été conduite avec plus de mystère et moins de scandale. Mme de Mailly est donc dirigée en

riale, Imprimés, t. 73, divers brevets en faveur de Bachelier père et fils : 24 mai 1683 et 24 mars 1703, retenue de premier valet de garde-robe pour Gabriel Bachelier, « lequel, y est-il dit, nous sert depuis vingt ans, » et survivance en faveur de François Gabriel Bachelier, son fils.— 22 septembre 1717, retenue, en faveur du même, de la place de premier valet de chambre du roi, en remplacement de Blouyn. — 1712 et 1717, diverses gratifications accordées au sieur Bachelier, en considération de ses services.

tout par les sages conseils du ministre et du valet
de chambre; elle est devenue réservée, elle ne s'est
mêlée d'aucune affaire, elle a paru brouillée avec sa famille, qui est avide de grâces, de fortune et de grandeur.

De ces deux faveurs, en arriva à M. Chauvelin une
plus solide de la part du roi, pendant les derniers temps
de sa disgrâce; mais les fureteurs de la cour décou-
vrirent tout, et enfin le cardinal l'a su, mais l'a cru des
derniers. De là est venue la cause de cette disgrâce,
faussement imputée à tout autre chose. M. Chauvelin
peut dire à cela que, voyant le cardinal sur le bord de
la fosse, il a dû chercher à se soutenir par une faveur
particulière de la part de Sa Majesté, et qu'il s'y est
formé des liaisons sans crime. Il n'a point discrédité
son bienfaiteur auprès du roi; mais il l'a instruit des
affaires de son État, il a cherché à le prémunir contre
des fautes visibles qu'il faut attribuer à la décrépitude
de Son Éminence, comme ses choix bizarres et sa préférence donnée aux sots.

Tout cela a pu se passer très-innocemment, et je le
crois; mais les parties intéressées ne le peuvent croire,
surtout quand la principale est dans les horreurs de la
vieillesse, attaquée de défiance et de mauvaise humeur.

Quand l'attaque a commencé sérieusement contre
M. Chauvelin, celui-ci se défendit un peu plus aigre-
ment auprès de Sa Majesté. Il est sûr qu'il avait des
pourparlers secrets auprès du roi, et que Bachelier l'y
conduisait par des portes secrètes, à des heures qu'on
n'a pas su. Alors il aura aisément décrié le cardinal
auprès de Sa Majesté, et l'effet l'a bien prouvé.

Cependant le cardinal a résolu la disgrâce du Chauvelin pour deux causes, l'une par sa politique trop su-

périeure, trop entreprenante et qui ne promettait pas
assez de repos au royaume. Il a été aigri sur cela par
les ministres et les émissaires de l'empereur et de ses
fauteurs qui lui ont fait accroire que M. Chauvelin traversait la paix.

Mais la grande cause a été au moment où Son Éminence a su, ce qui lui a été prouvé, que M. Chauvelin
se faisait des appuis auprès du roi, et jusqu'où il avait
poussé cette intrigue. Alors il n'a plus été question
que de chasser M. Chauvelin. Mais Son Éminence a
été toute surprise d'y trouver plus de difficulté qu'elle
ne s'imaginait. Le roi commençait à se sentir, ayant
pris une maîtresse; il est étonnant combien cela tire
les princes hors de page; il avait son confident, il s'é-
tait lié secrètement avec un de ses ministres, et avec
cela il n'y aura jamais de prince aussi dissimulé que le
roi. Voilà donc que le cardinal trouve une résistance
sourde, mais ferme dans le roi, et il a fallu bien du
temps pour la combattre et la vaincre. C'est tout cet
intervalle, qui a été de trois mois, qu'on a tant pris
dans le monde pour tergiversations et embarras du
cardinal; et, pendant ce temps-là, toute la cour qui
travaillait sottement pour le même œuvre, se donnait
les violons, et y faisait comme la mouche faisait aller
le coche par son bourdonnement. On sollicitait vivement le cardinal de disgracier son adjoint, et lui en
sollicitait le roi qui différait la chose sous différents
prétextes, tantôt sur les arrangements à venir, sur le
successeur, tantôt sur la forme de la disgrâce, etc.;
et toutes ces résistances ou chicanes étaient suggérées
au roi par M. Chauvelin, en particulier, ou par M. Bachelier, son représentant.

Qu'on se figure donc bien que les trois favoris de Sa Majesté aujourd'hui sont : M. Chauvelin tout le premier, M. Bachelier, son agent sûr et fidèle, et Mme de Mailly, qui ne durera en faveur qu'autant qu'elle se maintiendra bien avec ses deux protecteurs. Le roi est plus porté qu'on ne croit aux choses sérieuses, il gouvernera brièvement, laconiquement, et fera plusieurs choses en peu de mots. Son caractère est fait pour trouver par la suite plus de goût aux affaires qu'aux amusements frivoles, parce qu'il ne paraît pas né avec du goût, ni de l'imagination, qui font perdre tant de temps aux hommes. Sur cela je dis qu'il est impossible que M. Chauvelin ne lui ait pas plu infiniment, d'autant plus que celui-ci est extrêmement souple, caressant, gai, s'il le faut, et séduisant ; il aura porté toutes ses forces de ce côté-là, et assurément il y aura réussi pendant neuf ans qu'il en a considéré la nécessité, les moyens ; il a bien séduit le cardinal au point qu'on l'a vu, eux dont le caractère était ensemble bien autrement hétérogène.

Au fond, qu'a-t-on vu contre l'honnête homme dans tout ce qu'il a géré? Otez la prévention, on n'y a vu que de la sagesse, de la conduite, et toutes les tentatives pour le perdre n'ont fait que l'épurer. Le roi, de son côté, y trouve habileté, cette discrétion qu'il aime tant, grand travail pour le soulager, connaissance des affaires très-étendue ; et où en trouve-t-il d'ailleurs? Il semble que le cardinal n'ait travaillé qu'à rendre plus grand le besoin de M. Chauvelin, en ne mettant dans le ministère que le rebut des hommes : par là M. Chauvelin passe pour le phénix du temps.

Mais, dira-t-on, comment la disgrâce s'est-elle opé-

rée? Je dirai que le roi a été poussé à bout, et qu'à la
fin il a cédé à l'ancien ascendant de son précepteur;
mais la vraie raison est celle qui a fait consentir Dieu
à mourir sur une croix, sachant bien qu'il ressusciterait
trois jours après. Sa Majesté a donc bien voulu laisser
consommer encore le reste des années de son précepteur, et le reste de ses forces qui ne pouvaient aller loin,
et que le fardeau des affaires achèverait d'accabler.

L'exil de Grosbois à Bourges ne s'est pratiqué que
pour rendre plus difficile la correspondance avec Bachelier; mais on est venu à bout de surmonter encore
cet obstacle; la disgrâce des Rouillé et des Pajot n'a été
que pour pouvoir découvrir quelque chose là-dessus;
mais tout s'y est dérobé, quoiqu'on s'y fût pris dès six
heures du matin[1]. Comme il fallait l'ordre du roi,
Sa Majesté prévint sans doute ceux qu'on devait surprendre. Enfin il fut fort question d'enfermer Chauvelin dans le château de Saumur, ce qui lui aurait ôté
tout moyen de correspondre; il est certain que le cardinal y poussa, quoiqu'il parût extérieurement être
poussé par M. Hérault. M. de Maurepas apporta au roi
la lettre de cachet prête à être signée, et Sa Majesté la
prit et la déchira. Voilà une chasse bien marquée, et
sur quoi on est si sot à la cour qu'on ne découvre pas
le vrai de tout ceci par ce seul endroit.

1. Le 21 mai précédent, un arrêt du Conseil avait supprimé les
charges de surintendant-général et d'intendants-généraux des
postes, possédées par Antoine Louis comte de Joux, et par
MM Fajot d'Ons-en-Bray et Pajot de Villers; une descente de
justice avait eu lieu chez ces deux derniers, à six heures du matin.
On voit dans le *Journal du Barbier*, III, 133, que ce coup d'état
administratif avait donné lieu à beaucoup de conjectures.

Depuis peu, M. Bachelier poussé sur l'article de
M. Chauvelin par un de ses amis en qui il a pleine
confiance, répondit enfin : « Croyez, monsieur, que le
meilleur service que puissent aujourd'hui lui rendre
ses amis doit être celui de ne pas seulement prononcer
son nom. »

De son côté, le cardinal, qui est plus clairvoyant que
bien d'autres, et qui ne peut se dissimuler que M. Chauvelin lui succédera immédiatement, ne voit pas d'autre
parti pour lui que de ne point quitter, de peur de voir
de son vivant le retour de celui dont il a fait son
ennemi, et le renversement de toutes ses créatures.

Ceci, comme je l'ai dit, explique tout, et tout autre
système n'explique rien ; car pourquoi le cardinal au-
rait-il tout-à-coup changé sa modération en tyrannie,
et affecté de renvoyer le roi à son inutilité, quand
Sa Majesté a paru cet hiver si propre au gouvernement,
et s'y prendre si bien ? Que ne le laissait-il continuer ?
N'était-ce pas son devoir et même les conditions de
son ministère ? Il a pris les rênes du gouvernement,
principalement pour éviter le travail au roi ; il a donc
bien changé ; il gouverne à présent jusqu'à fatiguer le
roi, et certes, voilà une vilaine fin à sa vie, qui sans
cela était celle du véritable homme que cherchait Diogène, ainsi qu'on vient de le peindre[1].

Et même le ciel marque déjà désapprouver cette

---

1. Allusion au portrait peint par Rigaud et gravé par Roy, où le
cardinal est représenté dans un médaillon soutenu par Diogène,
une lanterne à la main, avec cette légende :

> Quem frustrà quœsivit cynicus olim
> Ecce inventus adest.

affectation vicieuse de gouverner, non à la vérité par
des fléaux qui altèrent à demeure le royaume de
France, mais par des maux passagers et cuisants dont
la plupart proviennent du mauvais conseil, comme le
délabrement de toutes nos médiations étrangères ; et,
de là, un grand mépris de la France qui a perdu en
peu de temps le fruit de l'immense réputation que lui
avait acquise notre belle guerre d'Italie : la misère des
campagnes, les mauvaises récoltes, la rareté de l'argent, le renchérissement des denrées, quelques murmures tout haut du peuple contre le gouvernement, la
révolte des avocats du conseil contre le chancelier qui
a été contraint d'en venir à les supprimer tous par
édit, honnêtes gens et fripons, pour n'y mettre à leur
place que de plus fripons encore que ceux-ci, et encore n'en trouve-t-on pas aisément, de sorte que l'on
dit qu'on va établir des fours dans Paris, où on jettera
les passants, laquais et autres, pour les enrôler avocats
au Conseil, et, pendant ce temps-là, nulle expédition
d'affaires. Aussi M. le cardinal est-il tombé dans
ce mépris qu'inspire aujourd'hui son ministère, par
trop de prédilection pour les sots ; ses bons amis
n'ont jamais guère été que des gens de cette classe ; il
a donc fini par ne mettre dans le ministère que le rebut du Conseil et les plus grands sots de notre spirituelle nation, lesquels, tentés par l'occasion, en sont
aussi devenus bientôt les plus grands fripons.

Tous ces sots se jettent continuellement aux genoux
de Son Éminence et les embrassent pour le conjurer
de ne pas quitter le gouvernement, et d'y immoler
plutôt sa vie, ce qu'il fait effectivement, le royaume
étant perdu, disent-ils, s'il quitte.

On a pu connaître la certitude où est M. Chauvelin
de son retour, par la faveur où il est auprès de Sa Majesté, par l'état de tranquillité où il est resté dans son
exil à Bourges. On dit qu'il y a santé et gaieté, et qu'il
a pris de l'embonpoint; il n'aurait à craindre que la
mort de son maître, ce qui serait un si grand malheur
pour l'État que les disgrâces particulières ne peuvent
toucher un bon citoyen pour lui-même, quand cette
considération générale fait tout l'objet de cette crainte.
Au reste, M. Chauvelin est là, à Bourges, comme le
cardinal Mazarin se trouva à Cologne, en dépôt, bien
certain de son retour après l'orage, et gouvernant le
royaume aussi absolument, banni, comme il faisait à
Saint-Germain.

Il y a eu, depuis peu, une tracasserie domestique
dans les affaires de la garde-robe du roi. Mme de Mailly,
maîtresse de Sa Majesté, était souvent obligée d'aller à
Madrid chercher Mlle de Charolais, qu'on n'appelle
que *Mademoiselle*, car, de là, elle avait la commodité
d'aller passer les nuits à la Muette quand le roi y était,
en traversant le bois de Boulogne par des allées étroites,
et qui, le jour, sont fermées par des barrières vertes.
De cette nécessité est venue la familiarité de Mademoiselle avec Sa Majesté, mais bientôt cette faveur de
m........age a dégénéré en ambition. Mademoiselle, de
concert avec l'évêque de Rennes[1], son amant, et avec
la maréchale d'Estrées, a lié cette partie : on prétendait vendre à Mme de Mailly la maison qu'a la maréchale dans le bois de Boulogne, nommée *Bagatelle*,

---

1. Louis Guy de Guérapin de Vauréal, qui fut plus tard ambassadeur en Espagne.

ce qui avait mis ladite maîtresse plus que jamais sous
la couleuvrine de la commode[1]. On a éludé ce coup.
Ce triumvirat devait donc gouverner le royaume par
la maîtresse du roi ; on a commencé par lui mettre
l'ambition en tête : c'est ainsi que le serpent tenta la
femme. On l'a excitée à devenir maîtresse déclarée, à
être créée duchesse, à obtenir de grands biens ; on lui
a représenté que ses appuis auprès du roi, les amis tels
que messieurs Chauvelin et Bachelier, la barreraient
toujours sur ses grandeurs, pour la laisser dans la dépendance, et effectivement, il en pouvait bien être
quelque chose.

Bachelier, de la meilleure foi du monde, dit qu'il
faut seulement que Mme de Mailly soit tirée de pauvreté et ait de l'aisance dans ses affaires ; mais qu'à
Dieu ne plaise que les bons serviteurs du roi souffrent
jamais qu'on renouvelle les horribles scandales du précédent règne, l'intronisation d'une maîtresse régnante
à la cour, des bâtards adultérins élevés à côté des
princes du sang et usurpant toutes les grandes dignités
de l'État ; et, certes, ces discours sont beaux et bons,
ils viennent bien de M. Chauvelin ; mais il est vrai
qu'on peut y suspecter l'intérêt personnel de rendre
leur propre crédit inutile, en élevant trop la maîtresse
qui sortirait d'abord de toute dépendance d'eux.

Le triumvirat dont j'ai parlé a fait voir les cieux
ouverts à Mme de Mailly par leurs conseils ; mais
bientôt le roi a su ce complot de le gouverner lui et
son royaume par cette voie, et il s'en est mis en co-

---

1. Nous pensons que cela veut dire : à la merci de la complaisante.

lère : on a été à la découverte. L'abbé V...., ami de
H...., y a beaucoup servi, s'étant raccommodé avec la
maréchale d'Estrées, pour savoir tous leurs secrets et
pour la détourner de cette entreprise périlleuse, où
elle perdrait bientôt tous les secours du roi dont elle a
besoin. Mme de Mailly s'est aperçue de la froideur du
roi, et bientôt elle s'est repentie, et elle a pleuré avec
une sincère pénitence.

La méchante Mademoiselle, enragée, s'est retournée
vers le vieux cardinal, elle a eu avec lui de longs entretiens; il s'agissait de donner au roi une autre maîtresse, de quoi ce vieux prélat avait grande passion,
afin de faire tomber le crédit de Messieurs Chauvelin
et Bachelier, et même de les ruiner. Mais le roi a
connu bientôt quelle était la dangereuse intrigue de
cette princesse, et elle est disgraciée foncièrement,
tout autant qu'elle peut l'être, sauf les apparences pu-
bliques qu'on évite.

20 *septembre*. — On a voulu ériger le retour du cardinal à Versailles, du 14 de ce mois, en *Journée des
dupes*, mais cela ressemble à ce fameux événement de
la cour de Louis XIII, comme un singe ressemble à
un homme. Et qui verra-t-on la triste dupe de cet
événement? qui puni? qui élevé? en quoi la face des
affaires est-elle changée? Le cardinal de Richelieu
avait alors quarante-cinq ans, et notre cardinal d'aujourd'hui en a quatre-vingt-huit, et sort d'une maladie qui est chez lui le principe de la mort. Cette différence est aussi grande que celle du génie de l'un aux
modestes délibérations de l'autre. Que notre cardinal
se contente de prendre le bon parti, et d'inspirer aux

affaires la sagesse négative qui les préserve d'abîmes, suffisante, absolument parlant, dans un royaume du poids de celui-ci. Mais ne nous jetons pas dans des coups d'État, dans les traits brillants des grandes passions. On prétend que Son Éminence a joué le malade à Issy, mais certainement on ne joue pas ce qu'on est véritablement, et on ne fait pas le mort à l'âge qu'il a; assurément, pendant Marly, il a été très-bas; il a donc voulu, dit-on, mettre le roi dans l'embarras de décider, en voyant de près son absence totale. Et c'est pour cela que M. de Fleury plia bagage et emmena à Issy son Suisse, ce qui a fait tant de bruit et un si bel effet, ainsi que des papiers et de la vaisselle; mais ce n'était pas là représenter à Sa Majesté tout l'avenir de son absence quand elle deviendra éternelle; car il entrera alors dans l'assaisonnement de mettre en place des ministres plus forts, au lieu du rebut des humains que nous avons aujourd'hui à la tête des affaires. Que voulez-vous faire dans un État dont la première condition serait que son administration immédiate fût confiée à ces trois personnages : MM. Hérault, Brissart et Orry? et, pour second, M. Amelot, qui, avec quelque pédanterie de plus, pense beaucoup moins par lui-même que n'a jamais fait M. de Chamillard, et M. le chancelier, grand homme de lettres, fort doux dans la société, mais incapable d'apaiser une mutinerie qui serait arrivée à la Villette, ou de conduire le greffe de Vaugirard.

On prétend que M. le cardinal eut, le lundi 15, une conversation de deux heures avec Sa Majesté, d'où il sortit avec un visage tout radieux, et le roi avec l'air mortifié et contrit; que ce vieux précepteur a, dit-on,

de secrets ressorts par où il remue son pupille, et le
fait aller comme il veut, le prêchant à propos, et
même lui faisant avouer toutes les fautes passées;
qu'en effet, depuis cela, le roi ne soupe plus dans les
cabinets avec des femmes; que Mademoiselle est allée
à Madrid pour jusques à Fontainebleau, où même on
doute que cette illustre m..... aille; que Son Éminence
lui a représenté ce qui arriverait si Sa Majesté allait
confier ses affaires à des femmes, lesquelles en effet
sont entrées en matière d'affaires avec le roi. Mais je
veux croire que tout ceci ait ressemblé à la belle scène
de Burrhus et de Néron dans la tragédie de *Britan-
nicus* par Racine; je n'admets point qu'il y fût question
d'un lâche attentat, comme celui dont il s'agissait,
ni que notre roi ait le moindre trait de Néron, étant
destiné au contraire à avoir mieux que ceux de Titus;
et, par l'événement, par quel sacrifice jugera-t-on des
aveux que le roi aura faits à son vieux précepteur dans
les sanglots de son bon cœur? quel exil, quel éloignement de la cour ont suivi cette *Journée des dupes?*
Quel rapprochement de faveur ou élévation Orry a-t-il
amené pour les créatures particulières de Son Éminence? Le cardinal même en est-il devenu plus cher
au roi? à l'extérieur a-t-on vu reculer le voyage de
Fontainebleau, qui menace d'être fatal à la santé de
Son Éminence?

Au lieu de cela, le cardinal est parti peu de jours
après pour Issy, où il a prolongé son séjour, puis
son départ pour Fontainebleau, et, quand il arrivera, il aura encore été huit grands jours sans voir le
roi, et tout cela a plus que jamais l'air d'un premier
ministre qui ennuie, mais dont on attend la retraite

avec de nouveaux efforts de patience, si vous voulez.
Quel autre sacrifice Sa Majesté lui a-t-elle fait pour
marquer sa réintégration de servitude ? A-t-il renvoyé
sa maîtresse pour en prendre une plus jolie? A-t-il diminué de ses conversations avec le Bachelier? Et l'on
doit penser, au contraire, qu'elles ont été plus vives,
plus fréquentes et plus secrètes, pour lui conter comme
tout s'est passé, et prendre avec lui de nouvelles armes pour l'avenir. Sa Majesté a-t-elle fait voir au cardinal les papiers et les mémoires secrets d'affaires
qu'elle conserve elle-même sous la clef, et qu'elle
relit souvent? A-t-il été question de quelque nouvel éloignement et de l'incarcération de M. Chauvelin, qui est enfin le grand point d'où partent les
autres?

— M. le chancelier a fait un règlement fort sau-
grenu pour sa procédure du Conseil; c'est sa folie
de faire des lois, et jamais génie n'y fut moins propre
au monde. C'est un homme érudit, et, par la raison
qu'il s'est heureusement et si avidement rempli la tête
des idées d'autrui, il en a peu inventé et créé de lui-
même. Ainsi ces grands savants ont-ils ordinairement
des compréhensions vastes et des esprits bornés. Mais,
pour la législation, il faut voir en grand, il faut se détacher
de ce qu'on a appris le mieux, qui est précisément ce
qu'on se sent avoir par-dessus les autres; ainsi, c'est
attaquer l'amour-propre, dont les petits esprits sont
plus entichés que les autres. Il fait des enfants tels que
lui, et même qui ont outré le caractère de leur père,
gens qui voient tout en petit et jamais en grand,
amoureux de nos anciennes formes, et portés toujours

à en introduire de nouvelles, pour replâtrer les abus au jour le jour.

Tous ces messieurs d'Aguesseau, pour avoir eu des mœurs trop belles et trop d'enfoncement dans l'étude, sont devenus sauvages ou anthropophages, et non amis de l'homme; n'ayant jamais été au spectacle, ne buvant point bouteille, ne voyant point de filles : de là, ils n'ont pas connu les hommes, par où on les prend, par où on leur défère, par où on établit le pouvoir sur la soumission.

Voilà certes de grands défauts pour un homme d'État. Les fils s'étant adonnés aux goûts du père, et réussissant dans le langage du Palais, sont devenus nécessairement en recommandation chez le père, et à l'âge de soixante-dix ans où il est présentement, il leur défère beaucoup. Avec cela, comme chacun recherche son semblable, ils ont beaucoup donné dans la séduction de deux fripons du Conseil, mais gens de Palais, c'est-à-dire durs, impolis et avares; l'un est M. de Machault, l'autre M. de Fortia. Le premier impoli et emporté, toujours fâché, toujours haïssant les autres, et amoureux de lui, n'en est pas moins un fripon à argent. Feu M. le duc d'Orléans a dit plusieurs fois à ses amis qu'il l'avait pris trois fois la main dans le sac. Le second, Fortia, est un fripon avéré, grand paillard, traître et de mauvaise compagnie ; tous deux ce qu'on appelle gens de petit esprit et adorateurs des formes. M. Fagon y a aussi mêlé des duretés particulières.

C'est de là que sont sortis tant de codes ou de fatras de lois prétendues réformatrices des anciennes.

Personne n'y entend rien, et les procès en augmentent par l'espérance[1].

Que faudrait-il pour nos lois ? 1° Travailler en grand, c'est-à-dire abroger quantité de règles dictées, dans leur temps, par l'inégalité du crédit, et aujourd'hui nuisibles au bien général ; 2° laisser davantage *arbitrio judicis*, comme en Turquie, où parfois les traits de justice distributive sont divins, et, pour ce effet, mettre de l'honneur dans les administrateurs de la justice.

J'appelle mettre de l'honneur quand on y place des gens recommandables par là, ce qui y forme les autres, comme un poltron devient, dit-on, brave, quand il se trouve dans le régiment de Navarre ; écarter l'intérêt de Palais, inspirer aux juges l'esprit d'expédition et la soif de la justice.

On ne peut disconvenir, par exemple, que, communément, le Conseil du roi n'expédie et ne juge mieux que les tribunaux ordinaires, car la plupart sont au-dessus de la recommandation subalterne ; ils n'ont point d'épices, ils sont engagés par an ; ainsi ils n'ont point intérêt, comme les juges à épices, à nourrir avec soin les procès dispendieux.

Sur cela, on a dit que les procédures des conseils avaient besoin de réformation ; les législateurs dont je parle se sont piqués d'une aversion terrible contre les avocats au Conseil. MM. d'Aguesseau, avec leur grande érudition de Palais, n'ont jamais parlé qu'avec

---

1. Nous n'avons pas besoin de relever tout ce qu'il y a d'excessif et d'injuste dans les jugements de d'Argenson sur le chancelier d'Aguesseau et sur ses réformes judiciaires.

mépris de la prétendue ignorance de tout ce qui compose le Conseil, et par là a éclos ce règlement.

On y a fait tout le contraire des principes que j'ai établis ci-dessus; on a multiplié les règles et les formes, on a fait comme l'abbé de Saint-Pierre dans son mauvais livre de l'abréviation des procédures[1], où il ne se propose que d'écouter chaque difficulté pour multiplier les règles, tandis qu'on ne songe pas que la subtilité abusive de l'homme ira toujours à l'infini pour éluder les règles contraires à ses prétentions. Il n'y a, comme j'ai dit, que l'abrogation des lois inutiles en général, le plus grand arbitrage du juge et *l'honneur* qu'on y introduit, qui remédie à jamais aux abus de la justice.

Et, par un événement inévitable, ayant multiplié ces règles, on a jeté plus de déshonneur dans le corps des avocats au Conseil qu'il n'y en a jamais eu, et on les remplace par des gens tarés.

Je n'entrerai point ici dans la critique de ce règlement du Conseil, qui a été très-bien traitée dans un projet de représentation pour le chancelier; mais cela étant devenu une affaire de corps, tout s'étant bien ameuté, alors il est devenu déshonorant de s'en séparer pour prendre des offices de nouvelle création[2], et ainsi, pour y entrer, il faudrait être précisément de l'humeur du bourreau, qui préfère le profit au déshonneur, car tout le Parlement s'est joint aux avocats supprimés, et on y a déclaré de n'admettre à tout jamais

---

1. Mémoire pour diminuer le nombre des procès, 1725, in-12.

2. Le roi venait de rendre un édit portant suppression des 170 charges d'avocats au Conseil et création de 70 autres.

chez soi aucun de ces intrus. Sur soixante-dix créés de
nouveau, il s'en est déjà présenté vingt-cinq, gens de
la plus médiocre capacité et d'une foi très-douteuse.
Qu'on juge de ce que cela deviendra, puisqu'au lieu
de purger ce corps de soixante-dix anciens, où il y
avait en effet des membres gâtés, on les remplace
aujourd'hui par soixante-dix nouveaux plus mauvais
que les plus mauvais anciens. Le chancelier a, au fond,
assez bon esprit pour sentir quelle sottise on lui a fait
faire, et il s'en meurt de chagrin.

Octobre. — Le marquis de V.... est venu trouver
M. Hogguer, et lui a dit : « Vous êtes le meilleur ami
de M. Bachelier ; j'ai à vous parler d'un homme contre
qui on est trop prévenu, qui est ce M. Chauvelin :
tâchez de le mettre bien auprès de votre ami. » Hogguer lui a répondu : « Je ne parle jamais de cela chez
mon ami, et il y a plus de deux ans qu'on n'en a parlé
dans la maison. — Mais voici autre chose, a dit le marquis, j'ai à lui parler de la part de l'archevêque d'Embrun[1], c'est le plus habile homme d'État qu'il y ait
en France. Ils ont été amis, M. Chauvelin et lui, et je
ne sais pourquoi ils se sont séparés ; enfin, cela est
venu au point qu'ils se haïssent et qu'ils se nuisent.
Cependant, ils sont faits pour être amis ; ils pensent
tous deux l'un comme l'autre pour le système politique des affaires du dehors, soit pour l'Italie, soit
pour l'Espagne, je le sais ; pourquoi ne se raccommo-
dent-ils pas ? que ne redeviennent-ils amis ? ils se serviraient. Travaillons-y donc par vos amis et par les

1. P. Guérin de Tencin, depuis cardinal et ministre d'État.

miens; je sais que M. Bachelier y peut beaucoup, et je viens vous dire que, dans la conjoncture présente, M. l'archevêque d'Embrun peut lui être très-utile par parti qu'il a à la cour, mais aussi qu'il peut lui nuire beaucoup et traverser son retour en faveur et en place. »

Hogguer lui a répondu sur tout cela que Bachelier n'y pouvait rien, et ne voudrait seulement pas entendre parler de cela. Ils se sont dit encore : « Mais quels changements arriveront à la mort de Son Éminence ? — De grands, a dit le marquis; ni le contrôleur général ni M. Amelot ne peuvent rester. — Et qui mettrez-vous en leur place? » a dit Hogguer. Celui-ci a dit qu'il ne prévoyait rien; que M. Chauvelin reviendrait ou ne reviendrait pas; que, dans le premier cas, à la place de M. Orry, viendrait M. d'Argenson l'aîné, qu'on avait bien mis dans l'esprit du roi et qu'on estimait dans le public; et que, si M. Chauvelin ne revenait pas, M. Orry sauterait toujours, et que M. Amelot aurait les finances, et dans les affaires étrangères viendrait toujours M. d'Argenson l'aîné. « Le connaissez-vous? a-t-il dit. — Fort peu, a dit Hogguer; je l'ai vu dans une maison, j'ai été content de ce qu'il m'a dit. — Mais, a repris Hogguer, il part pour le Portugal. — Il va partir, bon! a dit le marquis de V..., le croyez-vous? Quel conte! il ne partira pas; j'en sais plus long que cela. »

— Mon frère me poussa sur les affaires du parlement et du conseil, par rapport à celles de l'Église, et il me dit : « *Vous êtes un peu janséniste*, mon frère. » Je lui répondis : « Tant s'en faut; mais voici

ma profession de foi : Je serai toujours très-vif contre
la persécution et contre les hypocrites qui, sans avoir
la religion, s'en servent pour leur avidité et leur ambition, et je ferai toujours mes efforts pour qu'on les
écarte même des audiences de Versailles. »

— Ce qui m'a donné une bonne et juste opinion de
M. Chauvelin, pendant qu'il a été garde des sceaux
de France, c'est son grand travail, et je l'ai soutenu
ainsi à ceux qui sont contre lui. S'il travaille tant
continuellement, leur ai-je dit, c'est qu'il aime le travail : cet amour n'est point naturel ; l'homme aime le
repos et la liberté ; l'habitude seule ne le produit pas ;
cela vient d'un fonds de vertu, et d'une vertu utile à
l'État. Car ceux qui n'aiment qu'eux, ne travaillent qu'à
ce qui paraît au jour le jour, et pour le plus pressé ;
ils n'ont qu'eux pour objet ; mais, dans un travail continuel, il entre nécessairement d'autres vues que l'intérêt personnel, et cette surérogation a pour objet le
bien intrinsèque de la charge ; ainsi faisait le cardinal
de Richelieu qui s'éleva tant, à la vérité, mais qui éleva
aussi tellement le royaume, et ne s'intéressa donc pas
seulement à ses succès personnels ; il s'intéressa aussi
aux succès de sa charge. Voilà ce qui fait les grands
hommes si rares aujourd'hui ; car la pratique est tout
le contraire. J'augure d'un M. de Bellisle et d'un
M. Chauvelin que ce seront de grands administrateurs, chacun dans leur métier. J'ai vu aussi mon père
dans les places, mais il était maladroit et peu empressé dans son avancement personnel, et nous nous
en ressentons, sans que j'en sois fâché aucunement...
J'ai montré tout à l'heure à M. Amelot, ministre

des affaires étrangères, une lettre qui contenait des
choses dont il avait curiosité. Tout son résumé a été
de trouver que la principale phrase exprimait mal, et,
même à sens forcé, ne voulait point dire ce qu'elle
signifiait; il a longuement insisté sur cela. Quelle
petitesse! quel petit critique! quel taquin!

M. Pecquet, son premier commis, homme de
grand mérite d'ailleurs, raisonnait tout à l'heure, avec
moi et avec un de mes amis, des affaires de Hongrie.
Nous avons demandé la carte; il n'y en avait qu'une
nouvelle et qu'on venait de lui envoyer, mais qui
ne représentait que la Crimée; il n'en avait point
d'autres; cela m'a effrayé. Comment, avec du zèle,
dans ce métier-là, manque-t-on, à Fontainebleau,
pendant deux mois, d'un atlas complet?

— Le prétendu roi Théodore a débarqué en Corse
avec un gros vaisseau de guerre et deux frégates,
le tout bien muni d'argent, provisions et officiers,
et à l'instant les rebelles vont se montrer difficiles
et insolents à l'égard de nous autres Français qui
prétendions les assujettir. Les Génois crient contre
nous, et il est à craindre que nous n'ayons le dessous dans cette entreprise. Bientôt ces mutins vont
changer de note et nous assiéger autour de Bastia; ils
tomberont, de ce grand air de respect pour la France,
dans l'insolence extrême. Les Génois demandent du
renfort, et tout le demande pour eux, ou ils seront
forcés de quitter leur patrie. Je viens de m'en entretenir avec M. de Brignoles, leur envoyé extraordinaire.
Il dit qu'il annonce depuis longtemps ce contre-
temps; qu'il n'a pas tenu à lui ni à sa république;

qu'il représente que ces mutins nous abusaient, qu'ils
voulaient seulement mettre leur récolte en sûreté, ce
qu'ils ont fait; qu'ils nous ont seulement donné quel
ques méchants otages, dont même l'un a eu la permission d'aller se promener à Marseille sur sa parole,
et on ne sait ce qu'il est devenu; que, pour les autres,
ce ne sont pas des gens si importants ni si chers aux
autres qu'on a cru, et qu'à tout hasard on sait bien
que nous ne sommes pas des barbares pour les égor-
ger de sang-froid, et que même de tels révoltés sont
toujours prêts à se dévouer pour leur patrie. Les
Génois disent que la lenteur et la douceur impolitique
de notre cardinal gâtent tout; qu'il fallait au moins
une négociation plus serrée, et qu'on remet ici tout
au lendemain; mais qu'il fallait envoyer quatre fois
plus de forces que les trois mille hommes qu'on y a
envoyés.

D'ailleurs, on a mis à leur tête un des plus sots
hommes qu'il y ait; Boissieux[1] n'est qu'un ivrogne,
brave homme si vous voulez, mais nullement officier
général, et encore moins négociateur, quoiqu'il ait
été nommé pendant quelques mois ambassadeur en
Danemark; mais on le dénomma après l'avoir nommé,
par considération de ce choix

Mais d'où vient ce secours? Les partisans de l'Espagne et de Théodore prétendent qu'il vient des juifs
d'Amsterdam. Je veux croire que, par espoir de
commerce privilégié, les juifs lui prêtent quelques
centaines d'écus; mais c'est tout, si cela allait là.

---

1. Louis de Frétat, comte de Boissieux, lieutenant général le
24 février 1738. Il etait neveu du maréchal de Villars.

Certainement c'est l'Espagne qui l'appuie et l'appuiera
bientôt de toutes ses forces, avec toutes sortes de
finesses et de tours ; par là, elle se ménage un autre
port pour ses desseins sur l'Italie, et le parti que nous
avons pris de secourir les Génois a augmenté sa jalousie contre eux, étant parvenue à un point extrême
contre notre ministère qui la traite si mal. Et, comme
voilà présentement l'Espagne en toute bonne intelligence avec l'Angleterre, celle-ci est très-soupçon-
nable d'assister les Corses révoltés. On voyait, du
reste, où allaient nos desseins de nous impatroniser
et de rester les maîtres des Génois ; en nous rendant
garants de cette pacification, nous aurions eu des
places de sûreté, et cela nous eût donné un ascendant
nécessaire dans tout le commerce des Génois. Les
Anglais ne songent qu'au commerce et font peu de
cas de l'honneur politique, comme je l'ai établi ci-
dessus ; ils sont très-chatouilleux sur le commerce et
nous ont devinés sur ceci, et je crois ne me pas mé-
prendre dans le soupçon qu'ils nous traversent, et
que, de concert avec l'Espagne, ou séparément, ils
assistent Théodore mieux que personne.

Voilà donc la France, cette médiatrice universelle,
disait-on ; depuis la disgrâce de M. Chauvelin, voilà
comme vont ses entreprises. On a refusé net notre
médiation pour ces brouilleries d'Angleterre et d'Espagne ; nous n'avons encore réussi qu'à celle de
Genève. Je viens de dire ce qui arrive sur la Corse,
et voici que, pour les quatre duchés contentieux de
la future succession de Juliers et Berg, tout est accro-
ché, et pour la durée du ministère de M. le cardinal.
Nous nous sommes montrés d'une partialité déclarée

contre le roi de Prusse, et on a vu tous les actes de
notre arbitrage dictés par la cour de Vienne, et, si
l'électeur de Bavière y avait part, c'était comme soumis à l'empereur par notre seul canal. Bientôt cette
partialité a rendu notre arbitrage odieux à toutes les
parties peu ou beaucoup intéressées. La Prusse, abandonnée par nous et se gouvernant bien, a regagné
l'amitié de l'Angleterre. Le roi de Prusse a fait un
voyage en Hollande, où il a ranimé toute cette république pour lui. La Hollande est intéressée pour elle-
même dans cette affaire, par la promesse d'un échange
avantageux que Sa Majesté Prussienne doit faire d'une
place de cette succession. L'indignation de la servitude française sous le suffrage de l'empereur, si odieux
à la liberté germanique, a bientôt saisi tout le monde
dans cette affaire, et nous n'y trouvons plus qu'obstacles de tous côtés. Peut-être, cependant, la force
ouverte ranimerait-elle le train de cette affaire, si nous
savions en user; mais le défaut du vieux ministre
qui nous gouverne serait toujours le manque d'une
négociation serrée.

Cependant, tous les officiers qui reviennent de
notre frontière des Flandres savent que, ayant une
quantité de troupes inouïe, il est question de marcher bientôt du côté de ces duchés contentieux, quoique nous soyons encore bien éloignés de faire accepter notre séquestre avec les parties intéressées. Mais
c'est là le dessein de l'empereur : nous et les deux
branches palatines, avec les autres souverains de cette
maison, ou y tenants. Le commandant de cette petite armée sera, dit-on, M. de Bellisle, le général le
plus à portée de tout cela, auteur de tous les projets

dans ce sens, et qui a sans doute son plan de marche et de campagne tout prêt de cent façons déjà dans son cabinet; mais il y aura encore bien des tracasseries à essuyer à la cour, avant qu'on n'ait pris une résolution à cet égard.

26 *Octobre*. — Tout à coup les affaires de l'empereur ont tourné très-fort à mal. Le bruit courait que les Turcs retournaient à Constantinople, lorsque leur armée a reparu et a pensé surprendre M. de Koenigseck, et alors tout s'est réfugié sous le canon de Belgrade et dans la ville, et la cavalerie à Semlin qui est auprès : de sorte que voilà toutes les forces autrichiennes, consistant aujourd'hui en vingt-cinq mille hommes, réduites et renfermées dans une seule garnison. Le prince Charles de Lorraine s'y est renfermé, et on croit cette place assiégée. D'autres ont cru que les Turcs bloquaient seulement cette place et iraient assiéger Peterwaradin, laissant le soin à leurs Tartares de conserver les passages sur la rivière. Pour le grand-duc de Toscane, il a retourné brusquement à Vienne pour voir l'archiduchesse sa femme, qui bientôt ne lui a donné qu'une fille; et il faut convenir que tous ces voyages à Vienne, au milieu d'une campagne malheureuse, feront mal dans son histoire, quelque chose qu'on dise sur les maladies qui consistent en fièvres et en vomissements, ce qu'on regardera comme bagatelles.

Mais bientôt, et sur la fin de ce mois, on a reçu nouvelle que le grand-visir est retourné à Constantinople, et a congédié son armée, ce qui serait incroyable au milieu de ces succès qui en promettaient

bien d'autres, et on croit sérieusement qu'il est beaucoup question de paix et d'armistice entre ces deux
empires. Observons encore que les affaires des Prus-
siens, contre les Ottomans, allaient très-mal du côté
du Bog. Ils ont raison de croire sérieusement, parmi
les partisans de la maison d'Autriche, que cette auguste maison n'a jamais à craindre de malheurs, parce
qu'au moment des plus grands dangers, quelques
coups, quelques miracles, la tirent toujours d'affaire;
la bénignité de notre cardinal a bien concouru à pareil
miracle, à la fin de notre dernière guerre d'Italie.

Le cardinal est retourné à Issy dès qu'il a pu, et
y a rétabli sa santé, mais non son estomac, et, avec
force régime et gouttes du général Lamothe, il est
sorti de l'extrémité où il était; mais les retours sont
bien prochains avec son âge et l'état de son estomac.
Cependant on lui trouve toujours le même caractère
d'esprit, et je le crois; car ce caractère n'a jamais été
la force ni le fin : ainsi il juge sainement et sagement
entre deux propositions, mais ni il n'exécute, ni il
ne sait laisser les autres exécuter.

Mais pourquoi ne se retire-t-il pas? dit-on. C'est qu'il
est séduit par ses créatures qui sentent que leur règne
n'aura que ses jours; de là il arrive que l'État est
aujourd'hui véritablement gouverné par Barjac, l'abbé
Brissard et M. Hérault. Toute la mémoire du cardinal
sera flétrie parce qu'il se montre tyran, ambitieux et
coupable envers son maître et envers l'État, quoique
toutes les bonnes qualités contraires soient dans son
cœur, et tant il est vrai que le cœur sera toujours la dupe
de l'esprit, surtout chez les hommes à âme médiocre,
subjugués par l'ascendant des autres. Il y a quelques

années, le roi étant plongé plus que jamais dans l'inutilité et la paresse, Son Éminence pouvait faire durer
autant qu'elle voulait ce qui lui restait de jours pour
le bien du royaume, et pour empêcher quelque prince
du sang, et la faction des grands, de s'emparer du
gouvernement; mais voici que tout a changé sur cela :
le roi approche de trente ans, il se montre homme
de tous points, et n'est-ce rien, à cet égard, que d'a-
voir pris une maîtresse avec qui il vit joliment ¹? Il se
montre bon, spirituel et soucieux de ses affaires. Sa
Majesté a bien travaillé avec ses ministres tout cet
hiver, pendant la maladie du cardinal. Quelle
cruauté, de retenir sa charge quasi malgré lui ! Cela ne
peut venir que de l'apparence du retour de M. Chauvelin
en place, en quoi Son Éminence a encore grand tort,
non de le prévoir, mais de le craindre.

1. Voici comment d'Argenson, dans un écrit composé vers la
même époque, *Vertus royales de Louis XV*, et qu'il voulait mettre
en forme de *Lettre à un gentilhomme de province*, appréciait ce
détail de la vie privée du roi :

« Des attachements d'honnête homme : on ne le taxera de nulle
débauche dans celui qu'il a montré et qu'il montre pour
Mme de Mailly : étant devenue laide, il la garde, il l'aime, elle
l'amuse, elle le réjouit; elle est gaie, bonne enfant et ne se mêle
de rien. Il était juste qu'après avoir autant travaillé et aussi assi-
dûment auprès de la reine, qui ne nous a donné que des dames, il
se divertît avec quelqu'un de plus jeune, de plus aimable et de
plus propre à le réjouir. Mais voit-on qu'il coure après la beauté
en luxurieux ? De qui enlève-t-il la femme ou la maîtresse? (*D'Argenson oublie le pauvre M. de Mailly*. Il y apporte une décence sans
exemple : ladite dame va par des escaliers dérobés et des heures qu'on
ne saurait dire, en sorte que bien des gens en sont encore à douter
de cette affaire. Le roi aura la même décence pour ses bâtards, s'il
en a d'elle, comme on le croit. » *Mémoires d'État*, II, 307.

Au reste, il faut encore accorder au roi une grande qualité pour le gouvernement, et qu'il doit avoir au suprême degré, c'est la *fermeté* de volonté. Or, Sa Majesté ne veut point offenser le cardinal de son vivant; elle se montre sensible à l'amitié et à la reconnaissance sur toutes les occasions de danger pour la vie ou pour la santé du cardinal. Cependant, considérons que le roi est entouré présentement, à Fontainebleau, de tout ce qui est opposé à Son Éminence que ce parti ne quitte pas la cour, et que rien ne le contre-balance en faveur du cardinal, si ce n'est le bon cœur du roi et sa volonté. Cependant, ce parti opposé ne gagne rien du tout contre le cardinal, qui vient de venir à la cour au bout de quinze jours d'absence, et cette absence n'a pas fait faire le moindre progrès au parti opposé.

Il est vrai que dans ce parti, et à sa tête, il y a des gens très-sages, et ce sont ceux que le roi y laisse dominer : tels sont le Bachelier et M. Chauvelin lui-même, qui dirige tout de Bourges. Le reste du parti est sans doute plus animé, et mènerait les choses plus vivement s'il était écouté; ce sont : Mme de Mailly, M. le Duc, Mme la princesse de Conti, sa sœur, MM. de Villeroi, Biron, d'Aumont, Créqui père et fils, le marquis de Matignon, etc., et tout cela est de toutes les parties du roi et des mieux avec Sa Majesté.

— On a voulu donner crédit et honneur tout entier à notre médiation de Genève, on en est venu à y accommoder le conseil démocratique et le peuple, mais on a caché combien le comte de Lautrec s'y est mal comporté. Il a reçu de l'argent sous main tant qu'il a pu, et surtout des députés du bas peuple, afin de favoriser ces tribuns envieux des premiers citoyens; et il n'a pas tenu à lui que les choses n'aient été plus mal de ce côté là. Il est vrai que la justice veut que, dans un État républicain, on favorise l'égalité, et qu'on en écarte l'esprit aristocratique qui ruine tôt ou tard la démocratie, ce qui prépare les choses à la tyrannie, comme on l'a vu à Rome et dans plusieurs républiques d'Italie qui ont succombé. Cependant, il faut toujours aller au durable, et, de la façon dont ces discussions intestines ont été accordées à Genève, les plébéiens, fiers de leurs avantages emportés sur les patriciens, demanderont de nouvelles choses pour les abaisser davantage, et, la puissance s'y détruisant, rappellera l'anarchie.

On a donc paru extérieurement, à la cour, donner grand éloge et approbation au comte de Lautrec; mais, dans le fond, notre gouvernement est bien résolu à ne s'en plus servir pour des affaires de négociations. C'est un cadet de grande maison qui veut la relever, et le premier pas qui se présente pour cela c'est d'avoir des richesses. Il a joué le rôle, dans sa jeunesse, de galant escroc et de plumer des vieilles; il est difficile qu'il se corrige de ces vues et de cette habitude tournée en vice de caractère.

Novembre. — On a eu, dans ce temps-ci, une impatience de plus en plus grande, dans le public, de voir des changements dans le ministère, surtout par rapport à MM. Hérault et Orry. La diminution et la refonte des sols produisit un effet étrange : elle rendit le pain très-cher, et cela alla à près de la moitié,

à quoi il faut ajouter que, ce métal baissant pondé-
rairement comme monnaie, et la marchandise augmentant, cela enchérissait encore le pain au pon-
déraire, et, ainsi, c'est comme si on eût payé le pain
au quadruple de ce qu'il était en juillet dernier.

Et, de plus, il courait de grands bruits que M. et
Mme de Fulvy, frère et belle-sœur de M. Orry, avaient
fait donner des passe-ports pour sortir du froment hors
du royaume pour des sommes immenses, et cela, depuis le dernier mois de juillet, où le blé a été fort
cher partout le royaume. On parle de cinquante mille
fournitures au lieu de vingt mille qu'ils ont déclarées;
l'un et l'autre en sont fort capables : gens avides et
grands dépensiers. Cette affaire pourra être poussée
bien plus que l'affaire des postes de l'an passé, qui
leur fit tant de tort, et qui pensa disgracier le contrôleur général, et il ne tint à rien pour cela.

— L'accommodement entre les Anglais et les Espagnols n'a jamais été si avancé, et il a été signé et
ratifié; mais Sa Majesté Catholique, en le ratifiant,
y a ajouté quelques restrictions, ce qui occasionne
plusieurs conseils à Londres, et, sur ces entrefaites,
la saison s'avance fort. Il a été résolu que l'amiral
Haddock, avec sa flotte formidable, hivernerait dans
la Méditerranée.

La reine d'Espagne veut avoir Parme et les allodiaux de Toscane, à quelque prix que ce soit. Il faut
convenir que ces recouvrements ne tirent pas à grande
conséquence; de l'autre côté, les Anglais voient leur
concession du vaisseau de permission à la mer du
Sud prête à expirer dans cinq ans, et alors il arrive-

rait un grand vide dans leur commerce et dans leurs dettes nationales, dont plusieurs ont été placées sur la compagnie du Sud. Si les Walpole obtiennent le renouvellement de ce lucratif privilége pour trente années nouvelles, moyennant l'aide que l'Angleterre donnera à l'Espagne pour reconquérir les morceaux d'Italie dont je parle, pendant l'absence des forces impériales, que de louanges aux Walpole, que de satisfaction pour tous ces avides Anglais !

Et comment expliquer autrement ces énormes dépenses d'Angleterre pour ses flottes, pour accommoder assez médiocrement les affaires d'Amérique, dépensant dix fois davantage à obtenir indemnité que ne vaudra l'indemnité même ? ces allées, ces venues, ces tergiversations, ces retardements à un accommodement tout convenu il y a longtemps, et sans y admettre aucuns médiateurs ; ces ralentissements ou avancements à mesure que la santé du cardinal va plus ou moins mal ; cette disposition de forces anglaises dans la Méditerranée, au lieu de l'Amérique où était le siége de la discussion ; cette sagesse des Espagnols tous prêts à mordre et ne mordant rien en Italie pendant une si belle occasion, partie remise à tous moments ?

Certainement on fera la part du roi de Sardaigne dans cette tentative, sans quoi il prendrait parti pour la défense de l'empereur ; mais question de savoir ce qu'on lui abandonnera : les Anglais feront le règlement du tout ; ils joueront le beau rôle et nous le vilain.

Et, dans tout cela, convenons que nous nous sommes trop déclarés pour l'empereur et contre ses amis ; par là, nous ameutons les autres puissances en-

semble, et nous formons des unions qui disposeront
de tout. Les puissances maritimes et protestantes se
liguent ensemble contre l'empereur et contre nous;
ils craignent tous pour leurs intérêts; ils connaissent
l'avidité et l'inquiétude de la maison d'Autriche dès
qu'elle se sent appuyée comme elle l'est aujōurd'hui
par nous. On donne déjà grande inquiétude aux puissances maritimes, en publiant que l'empereur ne
pourra emprunter d'argent que de nous pour soutenir sa guerre de Turquie, et que nous ne lui prêterons qu'en faisant de lui des acquisitions sur la frontière des Pays-Bas. La Suède craint justement la
tyrannie de la czarine dans le Nord, puisque l'empereur nous lie avec elle, et que nous manquons à
toutes les promesses que nous faisions à la Suède l'an
passé. L'Angleterre et la Prusse se lient étroitement
ensemble malgré l'aversion des deux beaux-frères.
La Hollande voit par expérience que toute l'amitié,
entre M. le cardinal et son ambassadeur Van Hoey,
n'était qu'une vieille coquetterie et simagrée d'habitude; et nous leur manquons dans ce qu'ils ont le
plus à cœur. Le roi de Sardaigne connaît notre défection à son égard dans la dernière paix générale, et il
ne se fie plus qu'à l'Espagne; jusqu'à ce qu'il arrive
un changement de ministère en France, l'Espagne
n'a presque plus de mesure à garder avec nous. Le
Portugal, dévoué de cœur à l'empereur et d'action à
l'Angleterre, n'agit que par ces deux ressorts d'impulsion inégale, mais qui ne se contrarient pas. L'Angleterre le détourne de notre alliance, et s'oppose
fortement à toute faveur de commerce que le Portugal
nous pourrait faire, et l'empereur prétend nous rete-

nir dans ses liens en ne faisant avancer aucune négociation avec son ami le Portugal. Il nous y aide en
apparence, mais ne dit pas le bon mot dans le fond.
Les premiers émissaires de l'empereur à Paris sont
les ministres portugais ; ainsi, on ne peut s'en prendre
qu'au conseil de Vienne de ce qui ne se conclut pas
entre nous et le Portugal. Le secrétaire Mendez est
pensionné de l'empereur, et n'agit que pour lui dans
ses découvertes dans la garde-robe de notre cardinal
où il est admis. Voilà une partie de nos finesses et de
notre belle conduite.

— Jamais aucun de nos rois ni de nos ministres
ne s'est moins connu en hommes que M. le cardinal de
Fleury, et ç'a été le plus grand malheur de la nation
sous son ministère qui, sans ce défaut capital à tout
homme qui gouverne, aurait été fort loin sous un
administrateur si vertueux et si bien intéressé.
Louis XIV, élevé dans l'orgueil du trône, s'y connaissait bien, car il jugeait par les œuvres, ce qui supplée
le mieux à la sagacité ; et Louis XV promet de s'y
bien connaître, avec des vues promptes, brusques,
paresseuses ; mais justes.
M. le cardinal manque sans doute de la connaissance de ces principes qui définissent les hommes ;
il se laisse aller à quelque flatterie personnelle ; à tout
hasard, il aime les gens simples et avec qui il est à son
aise. Encore s'il s'en tenait à cet amour de la simplicité ! Mais il admet à son goût des fripons qui le
cajolent, et les croit simples parce qu'ils ont peu
de génie ; c'est vouloir la simplicité en pure perte.
Tels sont : l'abbé Brissart, son intendant, le plus grand

fripon de la terre; M. Hérault, sottement éloquent,
stupide délateur et fripon d'argent et d'ambition;
M. Orry qui a bientôt montré qu'il était fils de son
père dans le métier du grivelinage, et son frère Fulvy
plus hardi fripon que lui, parce qu'il a plus de facilité
d'esprit, tous gens entendant mal leurs charges et très-
désagréables au public. Enfin Son Éminence a pu reconnaître son peu de talent pour les choix, puisque,
dans treize ans de règne, il a été obligé de revenir plusieurs fois sur ceux qu'il avait faits pour les minis-
tères à lui subordonnés, et qu'enfin il doit voir que
l'État en est plus mal pourvu que jamais, et certainement il ne les garde encore, selon sa propre conscience,
que crainte de trouver pis et par paresse de décrépitude.

28 *Novembre*. — L'Académie française a été occu-
pée toute cette année-ci à délibérer sur cette grande
question : si on devait dire *patton* d'un soulier, ou
pâton[1]; l'a bref ou long; et enfin cela a paru si important et si embarrassant qu'on est sorti sans pouvoir
le décider.

— Il y eut, en septembre 1737, une alliance conclue entre la France et la Suède, et comme, jusqu'à
présent, ce projet n'a pas été suivi d'exécution, on ne
saurait dire si ç'a été par incertitude ou par feinte, à
quoi on conçoit également peu.

1. Elle se décida pour *pâton*, comme on le voit par l'édition
de 1740 de son Dictionnaire. Ce mot, qui a disparu, en ce sens,
de la dernière édition, désignait un morceau de cuir destiné à ren-
forcer le bout d'un soulier.

M. Gedda, envoyé de Suède, résidait à Paris depuis
près de vingt ans; il fut nommé, un an avant son départ, secrétaire d'État des affaires étrangères en sa
patrie. Il avait contracté une amitié particulière avec
le cardinal de Fleury, et, de tout temps, il avait eu
part aux principales confidences de Son Éminence. Il
est vrai que telle a été la principale politique de notre
prélat, de faire aux ministres subalternes quantité de
petites confidences sur les affaires de la cour ou des
autres puissances, et, par ces avances et manœuvres,
il les gagnait à lui ; chacun d'eux se croyait son ami
particulier et lui servait d'espion auprès des ambassadeurs des grandes puissances.

Plusieurs personnes à qui je me suis cependant en-
quis de M. Gedda, m'ont fait croire qu'il laissait en
général mauvaise réputation dans ce pays-ci, d'homme
fin, se mélant de tout et vendu aux Anglais[1]. Ces dé-
tractions peuvent venir d'inimitiés particulières, mais,
quand elles sont générales, elles sont plus embarras-
santes à expliquer.

Enfin M. Gedda se piquait d'un grand amour pour
la France qu'il disait être devenue pour lui une nouvelle patrie. Dans de très-longues conversations avec
M. le cardinal de Fleury, il fit entendre combien il
était temps pour la France de songer à abaisser le pouvoir de la Russie, surtout depuis son intime liaison
avec l'empereur, et que la Suède aussi, malgré son
grand goût de repos et d'inaction (dont elle commençait à ressentir les fruits), voyait le mal si pressant

1. Cela résulte en effet des termes dont se sert en parlant de ce
personnage, lord Mahon, dans son *Histoire d'Angleterre*, II, 193.

qu'elle était résolue à prendre les mesures les plus
efficaces.

Et enfin il fut conclu alors une alliance défensive et
même offensive entre la France et la Suède contre la
Russie, et il fut réglé quel contingent chacune fourni-
rait en argent, vaisseaux et hommes.

Il faut croire que le cardinal ne donna les mains à
ce projet que dans un moment de vivacité et d'indignation contre la Russie, mais malheureusement son
caractère a toujours été, à ce que m'ont dit ceux qui
l'ont le plus approché, de s'éveiller le lendemain d'une
pareille indignation beaucoup plus tiède ; le troisième
jour, il oublie tout son mouvement, et le soir il cherche à gagner temps et repos ; et il faut croire que les
intrigues, adresses et fleurettes des émissaires de la
maison d'Autriche l'auront engagé à s'adoucir de plus
en plus pour la czarine, puisque, depuis, nous voilà du
dernier bien avec cette puissance qui vient de nous
envoyer le prince Cantemir pour son ministre plénipotentiaire, et nous lui aurons nommé M. de Vaulgrenant en la même qualité.

Cependant Gedda, s'arrêtant encore sur ce projet, dit
ainsi au cardinal : « Mais, monseigneur, qui vous répondra de la durée de cette résolution ? Nous avons fait une
grande levée de boucliers, et rompu avec un ennemi
très-puissant et qui ne nous dit rien aujourd'hui. S'il
arrive après cela que la France nous abandonne, que
deviendrons-nous ? Votre Éminence a un grand âge,
vous vous étiez donné un adjoint dans le premier ministère, vous l'avez disgracié ; mais qui est-ce qui lui
succédera ? sur qui reposera le pouvoir en France ? Le
roi ne se mêlera de rien et ne veut point travailler ;

le ministère d'aujourd'hui est nouveau et extrêmement faible; le contrôleur général ne peut tenir en
place par son insuffisance, sa brutalité, les vols dont
lui et son frère sont accusés, et la haine universelle
de la cour et du public. Cependant il faut principalement un ministre fort et solide dans cette place pour
le grand article qui est de fournir à nos subsides, et à
relever la marine française. »

C'est sur tout cela qu'il fut absolument convenu de
faire incessamment les changements qui suivent.

Je devais être nommé contrôleur général des finances, M. de Torcy, secrétaire d'État des affaires étrangères, ou, s'il ne voulait pas l'accepter, ce devait être
le marquis Monti. Celui-ci et M. de Torcy devaient
toujours faire partie du conseil d'État, ainsi que M. de
Bellisle, que le roi faisait maréchal de France. On donnait les bâtiments au duc de La Rochefoucauld.

Rien au monde n'a été plus résolu que tout ce projet, et le roi le désirait avec impatience. Le cardinal y
travailla en dernier lieu six grandes heures à Issy avec
M. Gedda. Il voulut que la chose fût fort secrète, il
écrivit un gros cahier de papier tout de sa main sur
cette affaire, il le communiqua au roi et fut deux
heures enfermé avec Sa Majesté pour ce sujet, contre
son ordinaire, n'y étant jamais autant, et le roi a ce
cahier écrit de la main de Son Éminence enfermé dans
son bureau.

Les bruits transpirèrent de ce grand changement
dans le ministère, et de ce conseil nombreux auquel
on devait communiquer les affaires autrement que
pour la forme, comme il se fait aujourd'hui, surtout
le changement de contrôleur général; et le public

tourna ces bruits sur le compte de mon frère qu'on connaît plus intrigant, et qui s'est empressé de se mettre davantage sur les rangs que moi qui vis plus retiré. On y ajoutait d'autres bruits sur le futur grand crédit de M. le duc d'Orléans, par où le public expliquait davantage la future élévation de mon frère. Tous ces bruits furent précédés de grandes accusations contre M. Orry dans l'affaire des postes, et le feu maréchal d'Estrées, ami particulier du cardinal, s'était emporté vivement à persuader cette disgrâce de M. Orry qu'il mésestimait.

On nomma M. de Saint-Séverin ambassadeur de France à Stockholm, et on ne lui donna que quinze jours pour partir; il partit en effet à tire-d'aile; ainsi ceux qui savaient la chose la crurent très-effectivement.

Les amis de Gedda qui se doutaient de quelque action, et le peu de gens qui étaient dans le secret de notre étroite alliance conclue avec la Suède, insistaient auprès de Gedda pour qu'il ne partît pas pour son pays que tout ne fût terminé; mais depuis longtemps il avait impatience d'aller remplir sa place de secrétaire d'État en Suède, et de plus il avait épousé une jolie femme qu'il avait toujours envoyée devant lui et qui l'attendait à Hambourg; il partit donc, il tomba malade en chemin, et tout le projet est tombé dans le puits.

On donna sans doute aux changements à faire dans le ministère un air d'intrigue qui arrêta le cardinal par les principes qu'il a sur cela, et il ne vit pas que c'était plutôt une brigue qui l'en détournait. On arrêta quelques agioteurs accusés d'avoir mal parlé de

M. Orry et de son futur déplacement, et ceux qui ja-
sèrent mêlèrent à leurs propos les gens de la maison
du maréchal d'Estrées et Gedda, ce qui fit regarder
cela à Son Éminence comme une grande découverte
de brigue, et le tout, passant par les mains de M. Hérault, s'accrut infiniment et reçut toutes les mauvaises faces.

Les émissaires de l'empereur firent le reste pour
rompre toutes nos mesures avec la Suède, et depuis
cela on a encore leurré Son Éminence des grands
avantages d'un traité de commerce avec la Russie, et
d'un traité de barrière ou de limites en Flandres avec
Sa Majesté Impériale, et tout cela n'est qu'une bride
à veaux.

6 *Décembre*. — Le retour de M. le cardinal de
Fleury, d'Issy à Fontainebleau, qui a tant surpris, vu
l'état faible de sa santé et de son âge, fut causé parce
qu'il sut de source certaine que le roi voulait absolument changer deux de ses ministres, savoir : le chancelier, dont toute la besogne allait de mal en pire
depuis l'affaire des avocats, et le contrôleur général
qui est devenu si odieux dans tout le public, depuis
les premiers courtisans jusqu'au plus bas peuple.
La misère et la disette règnent de toutes parts, surtout
dans les provinces, et le cri universel en est contre
lui, le prévôt des marchands et plusieurs intendants
ayant témoigné l'indifférence dont M. Orry a payé
leurs premières plaintes sur ces fléaux. M. de Fulvy,
son frère, qui le gouverne, a l'âme la plus dure et
l'esprit le plus avide d'argent qu'on ait encore vu en
crédit, n'ayant trompé son frère sur le fait des blés

qu'afin d'avoir le temps d'y faire sa main; il a eu la
cruauté de vendre des passe-ports à l'effet de transporter des blés pour des sommes immenses, depuis que la
famine a commencé dans les provinces. On assure
que, si on mettait subitement les scellés sur les papiers
du nommé Barillon, intendant de M. Orry, on y trouverait des preuves de ce monopole digne des plus
grands supplices pour des gens en place. M. de Fulvy,
qui fait une fortune immense, vole la compagnie des
Indes avec grossièreté; un des directeurs le disait
l'autre jour à un de ses amis; on y envoie les plus
mauvaises marchandises et au plus haut prix, il n'y a
pas de vaisseau qui arrivant ici n'ait une grosse lettre
de change pour M. de Fulvy.

Tous ces faits sont connus du roi, le Sr Bachelier ne
les lui laisse pas ignorer d'une syllabe, et les maux
pressant de tous côtés, le cardinal a vu que, pendant
son absence de la cour, Sa Majesté pouvait changer le
contrôleur général et y en nommer un autre sans sa
participation. Sa jalousie, donc, et l'instigation de ses
créatures l'ont poussé à venir y mettre ordre. Son
Éminence proposa le premier jour au roi deux autres
sujets, savoir : M. Hérault pour avoir les sceaux, et
M. d'Argenson le cadet, pour avoir les finances, et le
roi lui tourna le dos. Le lendemain, Son Éminence
remit la même chose sur le tapis, et proposa M. d'Argenson, le cadet, pour les sceaux, et M. Amelot pour
les finances, disant qu'il n'était pas embarrassé pour
les affaires étrangères, et ce grand choix *in petto* est
l'archevêque d'Embrun, d'autres croient l'évêque de
Rennes; Mademoiselle se le persuade, ayant fait son
amant de ce prélat. A cette nouvelle proposition, le

roi a répondu : *encore moins ;* et l'affaire en est restée là.

Cependant les maux de ces deux départements et surtout la misère pressant de plus en plus, tous les jours il s'agit davantage de changer le contrôleur général ; le roi ne se cache plus de son mécontentement contre lui. L'autre jour M. Orry voulant lui faire sa cour, lui parla d'accommoder la montagne du Pecq, vu que Sa Majesté se plaisait à aller souvent à la chasse à Saint-Germain. Le roi lui répondit : « Monsieur le contrôleur général, tous les chemins de la Chapelle (sa terre), sont donc accommodés ? on m'a dit que tout y était pavé, jusqu'aux prés ; il ne reste apparemment à y rien faire : je vois bien que vous ne songez à moi qu'après vous. Mais laissons cela : nous avons présentement des choses plus pressantes à penser que le Pecq. » Et là-dessus, il lui tourna le dos. M. Orry trembla de la tête aux pieds : moins le roi parle sur le ton de dureté, plus de telles paroles sont significatives. Le prévôt des marchands, qui est aimé du peuple et estimé à la cour, s'est tout à fait déclaré contre M. Orry, et on croit qu'il y est poussé par M. des Forts, véritable bienfaiteur de M. Orry qui ne lui a marqué que de l'ingratitude. Ainsi son affaire tient à peu de chose.

Le cardinal est fort occupé d'empêcher l'évêque de Rennes de venir de Bretagne, à présent que les états en sont finis. Mademoiselle se console comme elle peut de l'absence de cet amant mitré avec le petit Coigny[1], qu'on dit faible et borné. L'évêque de Rennes

---

1. Le comte de Coigny, fils du maréchal de ce nom, lieute-

joue un rôle, et est grand payeur d'arrérages[1]; c'est
un homme à devenir cardinal. Voilà ce qui flatte le
goût de cette princesse déjà surannée, et qui après tant
de services a commencé de bonne heure le métier de
m..., en ne tirant sa considération que de cette
profession. Pendant son voyage de la Muette, elle a
grand monde à sa maison de Madrid, on dîne chez
elle et les dames soupent à la Muette, surtout Mme de
Mailly. La maréchale d'Estrées joue aussi un prétendu
grand rôle à Bagatelle, dans le même bois de Boulogne, et en tire grande vanité. Le roi donne au public, et surtout au cardinal, le change par ce faux
crédit de Mademoiselle dont il se moque, ce qui
achève de la déshonorer. La cour commence à devenir gaie pendant les absences du roi, soit de la
Muette, soit de Versailles. Ceux qui composent ces
cours vont à l'Opéra et à la Comédie, et ces spectacles
en sont fort ornés ; les soupers de la Muette sont poussés loin, et voilà le mal. Les estomacs souffrent tout,
la gaieté est bonne, mais il y faudrait de la santé. Le
roi a toujours mauvais visage et maigrit; Mme de
Mailly change de plus en plus, et je crains les suites de
ces excès pour Sa Majesté, qui commence à devenir
les délices de ses sujets.

11 *Décembre.* — Le baron Hogguer a continué

nant général, colonel des dragons, gouverneur du château de
Choisy. D'Argenson racontera sa mort tragique à la date du
4 mars 1748.

1. C'est-à-dire qu'il était homme, en amour, à réparer le
temps perdu. C'est une de ces expressions rabelaisiennes que
d'Argenson aimait à faire revivre.

d'agir, c'est-à-dire d'apprendre du secrétaire Bachelier les dispositions prochaines du roi pour me nommer incessamment contrôleur général.

Enfin M. le cardinal vient d'être tout à fait désabusé de son vilain M. Orry, et il l'a pris en horreur ; ce qui achève de le perdre a été la déclaration haute de M. Turgot, prévôt des marchands [1] contre ledit sieur Orry. M. le cardinal aimant et estimant M. Turgot, qu'il sait aussi être aimé du peuple, cette déclaration publique a achevé de lui dessiller les yeux, et Son Éminence a impatience de le chasser, et même de le punir lui et son frère.

Il ne s'agit plus que d'un choix pour le remplacer, et les contrastes sur cela embarrassant Son Éminence réellement retiennent encore pour quelques semaines M. Orry dans sa place. Le cardinal a déjà proposé quelques sujets à Sa Majesté, qui les a tous rejetés. Son Éminence ne me propose pas encore, par la seule raison qu'on m'a donné comme ami et attaché à M. Chauvelin, et qu'il se doute de quelques liaisons avec M. Bachelier sur différentes choses qui lui sont parvenues.

On a travaillé du côté de M. de Maurepas de façon qu'il me souhaite dans cette place ; il ne s'agit plus que d'être consulté par Son Éminence sur ce choix, et la réponse est toute prête pour insister en ma faveur. M. de Maurepas aime que les affaires du royaume aillent bien ; il les voit dépérir entre les mains de M. Orry, qu'il reconnaît d'ailleurs être un coquin, et

---

1. Michel-Étienne Turgot, né en 1690, mort en 1751, prévôt des marchands en 1729, père du ministre de Louis XVI.

d'une ingratitude monstrueuse depuis qu'il est conduit '
par son frère. Il a manqué à tous ses bienfaiteurs, à
commencer par mon père, puis à M. Chauvelin, à
M. des Forts, et enfin à M. de Maurepas. Il a travaillé
pour faire tomber la marine à son frère Fulvy, et
c'est M. des Forts offensé qui lui a décoché M. Turgot.
M. de Maurepas a donc impatience de le voir sortir
de place, et, étant pour moi, il défère au crédit
qu'il voit déterminé en ma faveur; il exige seulement que je me montre davantage chez lui, en
sorte que je paraisse lui en avoir obligation, et je
donne dans cette idée tout de mon mieux. M. Amelot
me fait aussi plus d'avances qu'à l'ordinaire, ayant
su que je le croyais contre moi par quelques discours qui me sont venus ici et manières sèches que
j'ai vues.

Mme de Mailly est toujours dans le parti de Mademoiselle, et y diminue son crédit réel auprès du roi
qui la joue, et qui, comme Henri IV, aime mieux les
affaires de son État que celles de sa maîtresse.
Louis XV, par paresse et par trop peu de flegme, ne
travaillera pas beaucoup pour son État, mais ce qu'il
fera sera bon, fin et profond. Il a son choix et ses
arrangements tout prêts, il s'agit de les avancer. Bachelier en est le seul dépositaire aujourd'hui. Au reste, le
cardinal, loin de me vouloir du mal, me fait l'honneur
de m'estimer, et il m'en a toujours donné des mar-
ques, surtout m'ayant nommé ambassadeur et confié
les secrets relatifs au Portugal et à l'Espagne depuis
que je suis nommé, et depuis la disgrâce de M. Chauvelin. Ainsi, je ne puis croire qu'il s'éloigne tant de
me choisir pour contrôleur général, et il y a appa-

rence que M. de Maurepas va ces jours-ci le déterminer.

Décembre. — Mon frère vient d'être nommé pour
un an premier président du grand Conseil. Le bruit
est grand que, pendant cette année de sa présidence,
on fera passer le grand coup de despotisme dont on
menace depuis longtemps tous les appels comme
d'abus, de les porter au grand Conseil.

Le grand Conseil est devenu une véritable commission, et par conséquent livré à toutes les influences du
ministère. Les conseillers s'y regardent comme autant
de maîtres des requêtes ; ils se piquent de leurs défauts ;
ils voient leurs revenus et leur considération augmentés depuis la suppression des charges de président ;
pourvu qu'on y jette encore quelques intendants, la
tête ou plutôt le cœur leur tournera tout à fait, ils
seront autant de Maboul et de Chopin, c'est-à-dire de
fripons.

Évoquer ainsi les appels comme d'abus, ce sera
ôter le plus beau fleuron et même le seul de la couronne parlementaire, et la justice, livrée à la cour,
tombera dans toutes les brigues des dévots et des
hypocrites. On triomphera toujours par fausse politique et dans des temps faibles qui viennent si souvent,
et enfin l'ultramontanisme prendra la place de nos
libertés gallicanes si vantées et appelées le palladium
de la France. Il y a longtemps que les évêques rumi-
nent ce triste coup d'autorité et l'inspirent par toutes
les voies, même par argent, et ils y touchent enfin par
ce projet de réformation du premier Conseil. Il est
impossible que ceci se passe sans de très-grands bruits,

le parlement jouera de son reste, qu'on s'y attende,
il poussera les choses à bout, lui qui mit la cour aux
abois en 1732 pour un petit mandement.

Mais ce qui me fâche, c'est que mon frère sera à la
tête de cette armée destructive de nos libertés et du
vrai recours au trône, et la méfaiture est d'autant
plus grande qu'il semble le souhaiter et le solliciter
vivement. Il est bien malheureux d'être possédé de
tant d'ambition et d'impatience des grandeurs pour
prendre des voies si méchantes. Il y a quelque temps
que je lui ai ouï dire qu'il fallait voir si quelque parti
(parlant des molinistes) ne le pousserait pas au
ministère. Se voyant éconduit du côté des finances
ou de la guerre, il se retourne et trouve meilleurs les
sceaux ou la charge de chancelier de France, et il croit
que ce parti et ses mesures l'y conduiront nécessairement, par les embarras et les ouvrages commencés
où une telle entreprise jettera la cour; en sorte que le
chancelier malhabile en conduite d'affaires d'État,
répugnant à ceci, engagé cependant dans les premiers
pas, sera bientôt menacé de perdre les sceaux, et qu'il
y préférera l'appât de quelque salaire pour sa famille,
et se démettra de sa charge de chancelier, comme
M. de Pontchartrain. Depuis longtemps mon frère
s'est fait auprès de lui une manière de place de premier commis, qui lui enlève l'essentiel de ses fonctions par la place de chef de bureau de librairie et
chancellerie ; il a paru n'avoir ces places que comme
ami du chancelier; mais, au fond, ne les lui a-t-il pas
enlevées au préjudice de ses enfants et neveux capables de les exercer? N'a-t-on pas donné tout cela
comme suspect de jansénisme, et lui-même comme tel,

en sorte qu'il n'a donné à mondit frère qu'une confiance forcée : de ces places, mon frère s'est bientôt fait un ministère ayant un travail suivi auprès de M. le cardinal de Fleury, où il avance pas à pas, étant le prosélyte et le patron des ultramontains.

Que ce patronage sied mal à un magistrat et à un homme de condition qui se passerait si bien de fortune ! On l'excuserait tout au plus dans un maître des requêtes nouveau d'âge et de naissance, tel que s'est trouvé M. Hérault, et encore quels fruits amers accompagnent les douceurs de son élévation ! Le déshonneur, l'opprobre des honnêtes gens et des citoyens; non que je dise par là que le parti janséniste soit celui à suivre, Dieu m'en préserve ! mais celui d'homme modéré, de sagesse, d'amour pour la patrie, de conservation de nos droits, de l'amour du repos et de la justice, en tout ce qui exclut l'ambition vénale par l'hypocrisie et par le déshonneur public. Taxera-t-on toujours de jansénisme de tels citoyens, où je ne range pas l'abbé Pucelle, mais bien M. Chauvelin, ci-devant garde des sceaux, et surtout feu mon père, qui paraissait ami des jésuites, mais qui savait si bien les arrêter.

Ce patronage des ultramontains est devenu un rang tout aussi odieux aujourd'hui, et même davantage, que celui de bourreau. Combien le cardinal de Rohan, avec sa grande naissance, son mérite personnel et sa figure, n'a-t-il pas été blâmé de l'avoir pris, pour s'augmenter de quelques dignités de plus; cependant il l'a quitté il y a plus de vingt ans, mais ce qui en reste à sa réputation ternit son nom aujourd'hui. Car enfin quel rôle que d'être persécuteur et hypocrite par ambition, et ambitieux sans nécessité ? Encore mon

frère a-t-il une autre condition qui rend son rôle plus
coupable : il n'a nul air de la persuasion de la religion,
il ne va jamais à la messe, il est libertin publiquement, au lieu que M. Hérault a du moins tout l'extérieur de la religion ; il en a même la persuasion intérieure, mais qu'il a accommodée ainsi par petitesse
d'esprit et bassesse de cœur. Quels gens que ces chefs
d'ultramontanisme ! Un archevêque d'Embrun, le fléau
des honnêtes gens, simoniaque, incestueux, mauvais
citoyen, déshonoré et honni partout; son nom sonne
à la patrie comme celui de Ravaillac. A quels gens
faut-il s'associer pour embrasser un tel parti ! Bientôt
les jansénistes et les parlementaires cesseront de ménager mon frère que mes remontrances n'ont point
arrêté, et alors les écrits sanglants et malins du parti,
même les avocats du Parlement pourront le réduire à
de fâcheuses extrémités, de quelque prudente adresse
qu'il se munisse.

La vieillesse du cardinal expose l'État à de très-
grands dangers, si quelques conseils ne les font arrêter auprès du roi. Son Éminence a voulu conserver
un parti mitoyen dans les affaires de la religion, mais
bientôt la faiblesse naturelle de son esprit l'a fait céder
à la fréquente sollicitation des ultramontains qui ont
plus d'accès à la cour, et la passion de ressentiment
achève le reste aujourd'hui et lui rend chers des gens
dont il se défiait tant ci-devant.

— On a été surpris de voir paraître un traité entre la
France et la Suède, dans le temps que nous étions en
train de nous accommoder avec la czarine et même
de nous lier par un traité de commerce, ayant nommé

des ambassadeurs ou ministres plénipotentiaires respectivement. Certainement, cette alliance avec la Suède
ne peut avoir rien que de contraire aux vues tyranniques de la czarine ; ceci fait grand honneur à notre
ministère qui se relève de la nonchalance où il paraît
être dans une stupide intimité avec l'empereur et ses
amis.

Comme je ne mets rien ici que d'anecdote et non
su ailleurs, voici ce que j'ai appris sur cela de gens
dans le secret. M. de Castéja avait eu ordre d'y travailler beaucoup pendant son ambassade à Stockholm.
Y ayant trouvé le roi de Suède et la reine contraires,
il s'était rejeté du côté de la nation, et, je crois, du
comte de Horn, qui est comme à la tête du peuple,
espérant être élu roi un jour, tandis que le roi de
Suède et la reine, n'ayant point d'enfants, songent uniquement à faire passer la couronne dans la maison de
Hesse. M. de Castéja s'étant conduit ainsi a déplu tellement aux majestés suédoises qu'on ne voulait plus
le souffrir à la cour, et il a fallu le rappeler, lui nom-
mant à sa place M. le comte de Saint-Séverin [1], qui
eut ordre, l'hiver dernier, de partir sur-le-champ,
comme il le fit, étant parti en trois semaines de temps
depuis sa nomination.

M. Gedda, dont j'ai parlé ailleurs, avait renoué des
intrigues pour se faire croire attaché aux intérêts de
la France. Quantité de gens à qui j'ai parlé de lui me
l'ont toujours dépeint comme un homme faux et dou-

1. Le comte de Saint-Séverin d'Aragon avait été d'abord envoyé extraordinaire du duc de Parme. Entré au service de la
France, il fut nommé, le 4 août 1737, ambassadeur en Suède.

ble, et M. Chauvelin s'est beaucoup plaint de lui,
mais M. le cardinal avait grand attachement à lui, se
le croyant fort dévoué. Étant nommé secrétaire d'État
en Suède, il a retardé de six mois son départ pour la
Suède, pour y aller jouir de sa place, disant que c'était
par amour pour la France, et pour arranger mieux
notre alliance avec la Suède. Enfin il partit, et on m'assure qu'en arrivant à Stockholm il s'était déclaré contre la France et avait traversé la dernière alliance qui
a cependant réussi à la fin des états généraux de la
nation : duplicité du sieur Gedda où je ne connais rien;
mais il faut bien s'accoutumer à tout croire en humanité.

16 *décembre.* — J'ai appris, depuis le traité de Suède,
que nous donnons par an quinze cent mille livres de
subsides à cette puissance, que ce qui en a démontré
la nécessité à M. le cardinal était le désir d'empêcher
les Anglais de nous enlever cette alliance par argent,
et d'y dominer, comme ils font partout, en s'y rendant maîtres absolus du commerce, préférant le profit
à l'honneur, et ne donnant que de méchants conseils à
leurs alliés, pour se rendre plus nécessaires et tyrans;
d'autant plus que M. le cardinal prévoit des troubles
prochains en ce royaume pour la future succession du
roi et de la reine, le sénat et les États devenant république et l'emportant sur le roi, cette nation affaiblie
et épuisée ne se raccommodant que peu à peu, et la
Russie menaçant de l'opprimer. M. le cardinal qui,
comme Astrée, croit que la félicité ne peut être parfaite que le ciel n'ait rendu tous les mortels heureux,
voudrait tout pacifier en le prévenant.

M. Gedda, me dit-on, nous a joués, étant du parti
de la cour comme de raison, et M. de Saint-Séverin
n'a rien avancé qu'en se jetant du côté de la nation,
comme avait fait M. de Castéja. Le comte de Horn se
ménage comme il peut entre ces deux partis, mais il
penche plus pour la nation ; il est extrêmement âgé,
cependant il est l'âme de tout cela. Ceci nous brouille
certainement avec Leurs Majestés Suédoises, lesquelles
ont leurs vues, du côté de l'empereur, pour leurs
États d'Allemagne, à Hesse, et, du côté de la czarine,
pour leur future succession.

Décembre. — J'ai raisonné avec un homme fort instruit des affaires de la cour qui m'a dit aujourd'hui, à
Versailles, que le plus grand défaut de M. Chauvelin,
et peut-être le seul, était l'habitude qu'il avait de promettre (comme on dit vulgairement) plus de beurre
que de pain, et qu'il en avait usé ainsi jusques avec
M. le duc d'Orléans. Par là, on le traite de fourbe et
d'homme faux ; mais, à examiner ce défaut, ce n'est
qu'un enthousiasme indiscret pour gagner ceux avec
qui il veut bien vivre, et à qui il fait du bien en effet.

Il revient en faveur, mais il faudrait que quelque
ami le prêchât bien sur cela, afin qu'il diminuât cette
exagération de caresses et de promesses. D'ailleurs à
qui est-ce qu'il nuit et fait mal, même de ses ennemis ? et quelles grandes qualités il a pour les charges !

Il y a apparence que, s'il revient, M. le Duc le croira
bientôt dans le même cas de perfidie à son égard, et
tant mieux pour l'État.

M. le duc d'Orléans fait un raisonnement sur le
futur successeur de M. le cardinal de Fleury, que je

trouve profond. Il ne souhaite autre chose sinon
que le roi gouverne lui-même pendant six mois et
qu'ensuite il donne, s'il le veut, la prépondérance à
quelques-uns de ses ministres, comme le feu roi fit à
l'égard de Colbert, puis de Louvois, puis de Mme de
Maintenon, parce que ces six mois suffiront, dit-il,
pour qu'après cela, dans l'occasion, on puisse recourir
au roi comme à un refuge contre les ministres.

M. le cardinal paraît contraire et tout opposé dans
le fond au mariage de M. le duc de Chartres avec une
des filles du roi, ce qui, se remarquant, lui donne pour
ennemis ceux qui entendent véritablement les intérêts
de la maison d'Orléans. L'Éminence diffère de se déclarer, ou s'oppose à cela par sa timidité naturelle,
craignant d'irriter la maison de Condé. Les affaires
politiques y concourent aussi pour promettre ces dames à des souverains étrangers et les lier avec nous.
Mauvais tâtonnage politique que tout cela; le mieux
serait de donner ces dames à nos princes du sang dont
nous ne manquons pas, et en célibat, et, moyennant
cela, de les faire subsister de la dot qu'on leur donnerait, comme MM. les princes de Conti père et fils,
et peupler la race royale, ne point porter ailleurs ces
affections passagères que donnent les mariages.

Par là, la maison d'Orléans a impatience de la
mort du cardinal, et croit voir qu'il commence à radoter beaucoup. M. le duc d'Orléans crut le remarquer l'autre jour au conseil où Son Éminence parla
une demi-heure, en se répétant pour détailler tous les
arguments avec lesquels il avait persuadé à M. de
Solar, ambassadeur de Sardaigne, de signer le traité
de paix en latin et non en français, cet ambassadeur

disant qu'il avait peur d'être surpris et qu'il entendait bien mieux le français que le latin.

22 *Décembre*. — M. de Castéja, revenu depuis six mois de l'ambassade de Suède, m'a dit que le comte de Horn, à force de vouloir ménager la chèvre et le chou en Suède, s'est discrédité du côté de la nation, et est enfin obligé d'être du parti du roi et de la reine présentement. Le Gedda, comme j'ai dit, s'est démasqué et nous a absolument trompés. M. le cardinal en est enfin persuadé : il dit que c'est un fripon et un menteur, après tous les bons traitements et présents distingués qu'on lui a faits ici, et il est vrai qu'en arrivant, la relation qu'il a faite de sa négociation en France a été absolument à notre désavantage, et il a fait l'impossible pour traverser notre traité d'alliance que nous venons de conclure. Le Gedda est un homme de rien : il a commencé par être précepteur du fils d'un garde de Charles XII, et enfin il a été ici secrétaire de M. Cronstroom.

L'ambassadeur de France a beau jeu présentement en Suède pour y jouer le plus beau rôle du monde. Toute la nation aime la France et la regarde comme son grand asile, surtout depuis qu'elle s'est tournée en république aristocratique, où les intérêts du peuple sont cependant écoutés par les suffrages du corps des paysans dans les États. Le sénat conduit tout pendant la vacance des États, ou diète de la nation, et même durant l'assemblée des États. Il y a le crédit ordinaire qu'avait le sénat de Rome sous les consuls, et ce qui fait passer cette nation de l'autorité d'un chef ou principale tête, c'est ce qu'ils appellent le comité secret, ressemblant au conseil des Dix de Venise. Il est composé d'un petit nombre des meilleures têtes, il conduit tout, il fait trembler le roi.

Tous ces corps avec l'autorité, la nation, les diètes provinciales, le sénat et le comité secret, tout cela est pour la France, et nous regarde aujourd'hui comme leurs seuls protecteurs sincères; ils se défient de la tyrannie avide des Anglais, et toutes leurs mesures ne vont qu'à éloigner l'envahissement des Russes, et l'appui que l'empereur leur donne.

Les choses en sont au point que, quand le roi et la reine de Suède viendront à manquer, c'est la France qui donnera à la Suède le roi qu'elle voudra, pourvu qu'il soit luthérien. Si j'étais le maître, je ne leur donnerais qu'un grand seigneur de leur nation, comme le moins sujet à conséquence, tant pour bien gouverner cette nation, que pour la conserver dans nos intérêts et dans une dépendance venant de justice.

Assurément les choses sont changées et changent tous les jours dans les dispositions de cette nation, car les relations que m'en ont faites successivement MM. de La Mark, de Cereste et Castéja sont différentes.

Aujourd'hui le roi de Suède est extrêmement haï, et son autorité méprisée en Suède. C'est pour cela qu'il fait le malade, moyennant quoi il renvoie tout à la reine qui y est respectée comme étant Suédoise. Jamais la maison de Hesse n'y succédera, et c'est bien l'intérêt de la Suède, car ces États étrangers, possédés surtout en Allemagne, sont toujours la perte de la liberté d'une nation, comme pour les Anglais d'avoir un roi qui soit duc de Hanovre : c'est comme quand votre maître d'hôtel a une chambre en ville, il y porte tout ce qu'il prend.

Le duc de Holtsein Sleswig, vivant aujourd'hui dans une misérable principauté en Danemark, pourrait avoir part à cette succession : il est aimé en Suède, il y a un gros parti, mais il a un furieux défaut contre lui, qui est d'avoir épousé une fille du feu czar Pierre le Grand, et d'en avoir un fils qui deviendra héritier légitime de la Russie; par où on craint en Suède que cette couronne ne devienne un jour province de Russie. Ainsi ce pauvre prince, qui n'a rien aujourd'hui, n'est exclu de quelque chose que parce qu'on craint qu'il n'ait trop par la suite.

Cependant le roi de Suède n'est aujourd'hui, comme on voit, qu'un doge ; mais cette nation accoutumée de longue main au monarchisme, y reviendra quand elle aura un roi véritablement porté et sincèrement pour les intérêts de sa nation exclusivement ; et ensuite ce roi se trouvant un grand homme de guerre, il y pourra rétablir l'autorité arbitraire ; mais voici une forme de gouvernement arbitraire qui durera et dont on se souviendra longtemps, pour le reprendre ensuite, si on le quittait pour quelque temps.

M. de Castéja ayant été sacrifié et rappelé pour complaire au roi de Suède, il a fallu que M. de Saint-Séverin, pour accomplir notre traité d'alliance, ait bientôt pris tous les mêmes errements du côté de la nation et même pire pour y parvenir, de sorte qu'il est aujourd'hui bien plus mal encore auprès du roi et de la reine que n'était son prédécesseur. Ce qui rend encore cette ambassade belle, c'est que nous n'aurons jamais à Paris pour ministre suédois que des gens du parti du roi, et à qui on ne se fiera sur rien. Ainsi, tout le vrai de la négociation passera par notre ambassadeur à Stockholm.

M. de Castéja y conserve de grandes correspondances; il les a données à son successeur, et, en dernier lieu, il les a prévenues de ne se démentir en rien, quand nous avons reçu ici le prince Cantemir comme ministre de Russie, et que nous avons nommé M. de Vaulgrenand pour aller à Pétersbourg en la même qualité. On a prévenu nos partisans en Suède que cette nomination n'avait été faite que parce que nous étions dans des termes avec l'empereur à ne lui rien refuser de cette espèce, et qu'il avait désiré de nous ardemment cette marque de conciliation extérieure avec la Russie; mais que cela n'aboutirait certainement à aucune amitié sincère avec la Russie, et, sur cela, cette opération n'a pas donné la moindre altération à nos amis de Suède, comme j'ai dit, et certainement le voyage de Vaulgrenand se retardera et aboutira à peu de chose.

Avant la dernière tenue des États, le ministère de Suède avait fait tout le contraire de ce que les précédents États avaient ordonné : le ministre prenait le contre-pied; on allait à se liguer avec les Anglais, on s'éloignait de nous; toutes les provinces en ont murmuré, cela a pensé causer une révolte, et l'on croit que le comité secret va incessamment punir cette infidélité.

Demain, vingt-trois décembre, le prince Cantemir va prendre caractère de ministre plénipotentiaire de Russie et aux audiences du roi.

Décembre. — On écrit l'histoire des hommes illustres de la république des lettres. Personne n'écrira, je crois, celle de M. de Moncrif, de l'Académie française et auteur de quelques livres imprimés [1] ; il me prend envie de l'écrire, la voici :

Je connais de lui :

Les Chats, in-8°, ouvrage qui lui a donné injustement un grand ridicule ; tout le mal fut de l'annoncer trop comme un livre ; il n'en fallait faire qu'une brochure et la vendre à bon marché.

Les Moyens de plaire, dont il y a déjà deux éditions.

Les Mille et un quarts d'heure.

Une comédie italienne qui a mal réussi.

Une romance imprimée.

Le conte de *Titon et l'Aurore*, fort joli.

Quelques autres jolies pièces de vers.

Une très-jolie chanson qui commence :

> Plus inconstant que l'onde et le nuage,
> Le temps s'enfuit, etc.

Son père s'appelait Paradis, il avait été dans les affaires et secrétaire du roi ; il manqua, il se réfugia dans le Temple comme lieu exempt, et mourut laissant sa femme et deux enfants fort pauvres. Son cadet a un petit emploi et n'a nul génie ; sa mère était femme d'esprit et de courage ; elle volait comme une chouette partout où elle se trouvait, et se retranchait le néces-

---

1. François-Augustin Paradis de Moncrif, né à Paris en 1687, mort en 1770. Dans les *Loisirs d'un ministre d'État*, où ce morceau parut pour la première fois, avec quelques variantes, on trouve de plus, p. 248, une conversation de Moncrif avec le comte d'Argenson, au sujet de son ouvrage des *Moyens de plaire*, conversation qui n'est pas dans notre manuscrit.

saire pour faire paraître son fils aîné Moncrif, qui
était propre pour le monde et qui se faisait des amis
de bon air. Elle avait le même genre de facilité et
de ton du monde que son fils; elle se rendit agréable
dans quelques maisons de femmes, en écrivant pour
elles leurs lettres.

Moncrif allait dans quelques assemblées du Marais;
il plut à l'abbé Nadal qui le produisit à l'hôtel d'Aumont; il fit quelques pièces de vers; M. d'Aumont
l'emmena à sa suite en Angleterre, à son ambassade;
il en revint garni de cent gentillesses anglaises et était
fort amusant par toutes ses histoires, singularités et
ridicules des Anglais. Je le fis connaître à mon frère,
nous fîmes un souper au b...., où Moncrif nous amusa
avec quantité de jeunes gens qui en étaient. Moncrif
nous charma par le bon compte qu'il nous rendit de
son voyage.

Il a l'esprit orné de belles-lettres françaises, par la
lecture, l'émulation de composer, et la fréquentation
des auteurs; il est doux et d'un commerce très-com-
plaisant, il est de votre avis et y ajoute. Il s'occupe,
le matin, du cabinet, et voit du monde le reste de la
journée. Cette vie philosophe produit les hommes de
la compagnie la plus recherchée aujourd'hui, quand
ce sont des garçons, sans suite, sans ambition et de
bonnes mœurs. Alors on leur payerait pension pour
les avoir et les bien nourrir dans quantité de maisons
abondantes à la ville et à la campagne, où on ne
manque que de complaisants et d'hommes de compagnie. La cause de ce que Moncrif n'est pas aimé généralement dans le monde vient de ce qu'il lui a fallu
passer par plusieurs gradations, de la misère et du bas

étage à la bourgeoisie renforcée, de là, aux gens de
condition, puis aux plus grands seigneurs et princes,
et ayant obligation aux premiers de ces degrés de
l'avoir admis et produit plus haut, s'y étant montré
courtisan assidu et passionné de plaire, il lui a fallu
négliger ceux qu'il avait ainsi cultivés, ce qu'ils ont
pris en grande insulte, disant : « Moncrif ne nous croit
plus dignes de lui. » Alors, l'amour-propre étant intéressé vivement, on cherche à mépriser grandement
et à dénigrer celui qu'on croit qui nous méprise. Et,
même avec les gens de haut étage avec qui il vit, il se
montre d'une circonspection qui les offense encore,
car vous ne lui feriez pas dire du mal de la lune, de
peur de s'attirer des affaires.

Mon frère lui a fait tous les biens qui ont dépendu
de lui. Il chemine d'un autre côté encore par Mme de
Belloy, qui demeure au Temple. Il fut admis chez
M. et Mme de Guise, et se rendit ami de Mme de
Bouillon, leur fille ; M. le comte de Clermont ayant eu
alors une grande, longue et triste passion pour elle,
Moncrif en fut bientôt le confident. Mme de Bouillon
le donna à M. le comte de Clermont qui le fit son
secrétaire des commandements; il eut la feuille de
ses bénéfices, on lui proposa de se faire abbé pour
avoir quelques biens d'Église, et il a eu la conscience
assez belle, et a craint tout ridicule, au point de ne
vouloir aucunement de cette aisance.

Mais voici deux défections réelles qui lui ont fait
tort, et qui ne sont excusables qu'à force de bon
esprit, puisqu'il s'y agit de correction fraternelle et de
zèle outré dont l'âme d'un gentil littérateur n'est pas
toujours susceptible.

Son prince était malheureux par toutes les infidé-
lités que lui faisait Mme de Bouillon, d'ailleurs mégère
et noire : ils se quittaient, ils se reprenaient; Moncrif
persuada Son Altesse Sérénissime, dans une quitterie,
de la rendre définitive, et pour cet effet il lui donna
une nouvelle maîtresse, la petite *Gossuin* (Gaussin), de
la Comédie, que ledit prince se mit à entretenir, mais
la quitta peu après pour prendre la Quoniam, puis
Camargo. Par là Moncrif se montra ingrat envers sa
bienfaitrice, Mme de Bouillon, qui l'avait placé chez
Son Altesse Sérénissime. On craignait tout pour Moncrif, car cette princesse du quai des Théatins était
empoisonneuse et assassineuse[1]. Cependant tout s'est
bien passé.

L'autre article l'a perdu chez Son Altesse Sérénissime. Ce prince entrait comme marionnette dans
un beau projet pour faire commander l'armée d'Allemagne à M. de Bellisle; M. le comte de Clermont
eût été généralissime, avec M. de Bellisle sous lui
comme premier lieutenant général, et eût tout fait.
Et tout cela se passait sans M. le garde des sceaux qui
en fut bientôt averti. M. le duc est ami de ce ministre,
et Mme la duchesse douairière y tient assez par Lassay
et par ses actions.

Moncrif comprit que son maître allait faire une très-
mauvaise affaire, qu'il se ruinerait à cette campagne
de 1734 pour représenter un général sans tête, et se
donnerait un grand ridicule.

---

1. Allusion aux bruits qui avaient couru lors de la mort de
Mlle Lecouvreur. L'hôtel de Bouillon existe encore quai Mala-
quais, autrefois quai des Théatins.

On prétend donc que Moncrif recourut à Mme la duchesse pour empêcher son fils de faire une sottise, et cette sottise ne se fit effectivement pas. Qu'on juge de la délicatesse de cette opération. Mais enfin Moncrif, rentrant un soir chez son prince, trouva chez le suisse un ordre de ne pas approcher de la maison. Et ce qui a confirmé dans la pensée que l'énigme se devait expliquer comme je l'ai dit, c'est qu'à l'instant Mme la duchesse a accueilli le domestique chassé par son fils, et M. de Lassay lui donne actuellement un logement chez lui et sa table. M. le duc de Clermont a eu sur cela explication avec Lassay, lequel lui a répondu que tant qu'on ne savait pas la cause du congé, on ne pouvait l'expliquer que comme une simple lassitude et que Mme la duchesse voulait le penser ainsi.

Pendant la première campagne d'Allemagne, Moncrif accompagnant son maître à l'armée, le sieur Roy, poëte satirique, fit une pièce de vers contre lui fort méprisante. Moncrif à Paris rencontra Roy, le soir après souper, à la lueur d'un flambeau, et lui donna force coups de canne et coups de pieds dans le ventre[1]. Roy lui disait seulement : « Monsieur des Chats, faites patte de velours, » faisant allusion à son histoire apologétique de ces animaux.

Il a encore un logement chez mon frère, au Palais-Royal, et il en use lorsqu'il soupe dans le quartier de Richelieu ; il prend la peine d'écrire pour lui des lettres de commerce, d'amitié, et même une fois il répondit pour lui à une longue lettre de tendresse d'une fille de condition. Cet académicien a une facilité singulière

---

1. En septembre 1734.

pour le style épistolaire et de bon ton. Il fut reçu de
l'Académie sous les auspices de M. le comte de Clermont, et, pendant qu'il était à son service, il ne manqua de satires contre lui. Ce vilain abbé Desfontaines
l'a surtout pris en aversion.

1739.

Janvier. — M. Chauvelin continue toujours à gouverner la cour, de son exil à Bourges. Il ménage les
coups, mais il en porte à ceux qu'il veut. Bachelier
est toujours son fidèle résident auprès du roi, et l'or-
gane de ses décrets auxquels préside une véritable
sagesse.

Il est question de nommer aux places du maréchal
Du Bourg en Alsace, et ce sera M. le maréchal de Coigny. On a vu ces jours-ci M. le cardinal avoir avec ce
dernier une entrevue d'une colère et d'une fureur
dont rien n'approche; ses gens disent ne l'avoir jamais
vu dans cet état : il avançait les poings, il se tordait
les bras, et cependant on n'entendit rien de ce qu'il
disait, car ils étaient seuls dans le cabinet; mais la
porte était ouverte. Un de mes amis sut le soir de
quoi il était question. M. de Coigny s'était vanté
d'avoir parole pour le gouvernement d'Alsace, il avait
ameuté à cela toute la maison de Condé, en sorte que
le roi s'était sans doute déjà trouvé prévenu de ce
vouloir, sans que le cardinal eût encore rien proposé.
Et, d'un autre côté, Son Éminence avait, dit-on, dessein
de faire tomber cette place à M. le marquis de Nangis,
et que la place de chevalier d'honneur de la reine
fût à M. le duc de Fleury; ce qui dérangeait tout.

Enfin, de tout ceci, on verra bientôt quelque nouveau degré de défaveur marquée pour le pauvre vieux cardinal qui ennuie grandement le roi ; et voici qu'on cherchera bientôt autre chose à lui donner que des dégoûts. On attend donc avec impatience cette nomination.

On a porté le roi à se montrer davantage au public. Il vient d'aller à l'Opéra deux fois de suite [1], et, à cette seconde fois, il parut charmant, brillant, paré et galant. Il était dans sa loge entre deux princesses. Un polisson a demandé si le parterre n'avait pas crié : *Haut les bras, Majesté!* comme il crie : *Haut les bras, l'abbé!* Il marqua toutes sortes d'attention. Sa Majesté donne lundi un beau bal à Versailles ; tous les appartements et la galerie sont illuminés, et le roi a voulu que cela fût tout au plus beau, et qu'on y invitât les masques de Paris qui y voudraient venir.

Enfin, tout cela est fait visiblement pour plaire au public ; cela n'est pas dans le goût du roi ; on l'y porte, et il y consent par raison. J'y remarque les

---

1. Au carnaval de 1737, le roi était allé au bal de l'Opéra, et voici ce que nous lisons à ce sujet dans une correspondance manuscrite du temps. « Le roi est venu au bal de l'Opéra, masqué, incognito et sans gardes, la nuit du lundi au mardi gras : il a été assez promptement reconnu, parce qu'il avait transpiré quelques jours auparavant qu'il y devait venir ce jour-là ; mais il est beau à lui de s'être assez confié à son peuple pour avoir hasardé cette démarche, et beau à son peuple d'avoir mérité cette confiance de sa part. Il badina sous le masque avec Mlle l'Empereur, une de nos plus jolies nymphes, et celle-ci, qui ne le connaissait pas, lui dit qu'il était un polisson. » *Lettres manuscrites de Dubuisson le généalogiste à M. de Caumont, de* 1735 à 1740.

conseils de M. Chauvelin, son goût, sa sagesse et ses
moyens forts : cela montre le roi à son peuple; d'in-
connu qu'il était, il le montre en roi et surtout en
homme. On remarque hautement par là qu'il sort de
la tutelle de son vieux précepteur, d'autant que toutes
ces choses-là s'ordonnent sans le cardinal, et du propre
mouvement du roi.

Voici un mariage de particulier qui dénote encore
des vues pour le ministère. On a donc dessein de faire
revenir incessamment M. Chauvelin pour remplir la
charge de secrétaire d'État des Étrangers, et, dans le
même temps, on persuadera à M. le chancelier d'A-
guesseau de se retirer à Fresne et de donner sa démis-
sion de sa place, en lui procurant quelque avantage
considérable pour son fils Plimont, et d'autant plus
que l'affaire des avocats du conseil a achevé de discréditer M. le chancelier dans le conseil et dans le monde.
M. Chauvelin sera donc fait chancelier en même temps
que secrétaire d'État, mais pour ne s'occuper que des
choses les plus importantes. Il se remettra sur-le-
champ des affaires de la justice et du sceau sur un
garde des sceaux qu'il fera créer lui-même, et qui
paraîtra son homme; et cet homme sera M. Gilbert
de Voisins, lequel vient de remettre sa place de premier avocat général à son fils, et, par là, se trouve
sans occupation à cinquante-cinq ans. Il penche plutôt du côté du jansénisme que du molinisme, c'est-à-
dire vers le tolérantisme, comme le plus honnête
homme du monde et le plus éclairé. Peut-être y a-t-il
chez lui un peu de pédanterie et de lenteur dans
l'expédition, mais sa vertu et sa réputation en feront
un choix bien approuvé dans le public, et, par un

autre choix que je sais encore pour le ministère, on
dira que M. Chauvelin ne donne au roi pour gouverner les affaires que les plus honnêtes gens du royaume.
M. Gilbert de Voisins est de tous temps l'ami de
M. Chauvelin, ayant été confrères ensemble au parlement. Il a été du conseil des finances au commencement de la régence, moyennant quoi il sait de tout,
et sera d'un grand secours au conseil. Il est le conseil
de M. de la Rochefoucauld, et Bachelier sort de do-
mesticité dans cette maison, et les a mis très-bien
auprès du roi. M. de Maurepas cherche à se raccro-
cher par là, ayant sa mère la Rochefoucauld; mais il
a offensé cruellement Bachelier, en tramant pour le
faire chasser. Or donc, on vient de conclure le mariage du fils de M. Gilbert de Voisins, nouvel avocat-
général, avec Mlle de Cotte, à qui on donne trente-
cinq mille livres de rentes. Elle est nièce de Bachelier,
car lui et de Cotte avaient épousé les deux sœurs, filles
de l'Aulnaye, de la Monnaie des médailles.

Une chose incompréhensible sur tout cela, c'est la
grande faveur des Bellisle auprès du roi, et même leur
intimité avec Bachelier; car les Bellisle se sont montrés contraires à M. Chauvelin pendant son ministère,
et ils sont toujours dans des partis opposés à lui,
comme des Rohan, de M. Hérault, de Séchelles, son
gendre, etc. Ces gens-là, hauts, fiers, militaires
se piquant d'honneur extérieur et de fidélité à leurs
amis, s'en détacheront-ils pour se mettre dans un parti
tout opposé? Cependant, pour la solution de ce pro-
blème, il faut admettre, ou qu'ils trompent leurs
anciennes liaisons, s'étant raccommodés avec M. Chauvelin, ou qu'ils sont dupes eux-mêmes, et j'admettrais

plutôt cette dernière explication ; non que je prétende
qu'on les veuille perdre, mais certainement qu'on
surfait sur leur haute expérience, et qu'il y aura à en
rabattre. M. Chauvelin aura regardé comme un coup
de partie de n'avoir plus ces gens-là à dos, ni leur parti
qui est nombreux dans l'armée. Il n'a pas prétendu à
se les gagner ; il les a voulu gagner à son représentant,
le sieur Bachelier, et l'a fait agir de bonne foi, Bachelier étant incapable d'agir autrement ; et celui-ci a été
charmé de conférer souvent avec un homme de mérite
et bien intentionné comme Bellisle l'aîné.

Enfin, quelle joie ne promet pas aux honnêtes gens
le retour de M. Chauvelin, quand on verra la compagnie de tous ces vilains hypocrites, constitutionnaires, ardents persécuteurs du genre humain, et
fondant leur ambition sur la dureté du cœur et sur la
perte des plus honnêtes gens du royaume, et des
meilleurs citoyens. Amen ! (comme dit toujours le
duc de Rohan dans ses Mémoires.)

26 *Janvier.* — Relativement à l'article précédent,
je dirai qu'ont été déclarés : M. de Coigny pour gouverneur d'Alsace, et M. le maréchal de Broglie pour
commandant dans la même province, ce qui n'a surpris personne ; mais ceux qui hantent la cour voient
par là le cardinal prêt à se retirer, ou résolu à boire
tous les affronts possibles. J'ai été témoin ce matin
de la présentation du maréchal de Broglie pour remercier. Le pauvre cardinal avait manqué le roi en
revenant de la messe. Sa Majesté, au lieu de l'attendre, comme elle l'avait promis, avait passé outre et
s'était mise à table. M. le cardinal traverse la presse

où à peine on lui fait place et on le regarde, et, d'un
air tremblotant et cassé, comme un vieux singe, il
amène le maréchal à qui le roi parle beaucoup, et le
vieux ministre se retire. On croit que le roi, à présent,
va vouloir régner et nommer lui-même aux grandes
places. M. le cardinal, dans peu, songera à sa retraite
et s'y portera de lui-même, malgré tous les sujets envieux qui l'entourent et qui le retiennent honteuse-
ment en place pour s'y soutenir eux-mêmes, et pour
garantir l'État, disent-ils, du retour de M. Chauvelin.

Au reste, tout se délabre dans les affaires étrangères : le seul hasard nous a servis pour causer la ruine
de l'empereur et de la czarine dans la guerre de Turquie, au lieu de la grande élévation que s'y promettait
l'empereur, ce que nous favorisions, loin de l'empêcher.

Ce qui a encore donné quelque air de succès à ce
ministère-ci, a été l'alliance de Suède, mais à qui la
devons-nous, si ce n'est aux heureux précédents de
M. Chauvelin, à la division entre la nation suédoise et
son roi, par où on se livre à la France avec ardeur?
Et que n'a pas fait de sottises notre ministère, pour
rompre ces sages mesures ! On a révoqué M. de Castéja, comme désagréable à Sa Majesté ; on lui a envoyé
pour successeur M. de Saint-Séverin, qui a profité de
tout l'ouvrage de Castéja, a pris ses errements, et est
encore plus mal que lui avec Leurs Majestés suédoises ;
et même c'est d'ici que M. de Castéja, tout révoqué
qu'il était, a le plus contribué à l'accomplissement de
l'ouvrage, et a écrit à ses amis qui lui ont porté assez
de confiance pour, sur sa parole, ne pas prendre d'om-

brage de notre nomination respective d'ambassadeurs entre la Russie et la France.

Mais d'ailleurs vous voyez tout manqué et tout allant très-mal dans nos affaires du dehors comme du dedans.

1° Le roi de Sardaigne n'a signé la paix et ne se fie à nous que dans l'espérance du prochain retour de M. Chauvelin, mais toutes ses liaisons sincères sont actuellement près de l'Espagne, et avec les amis de M. Chauvelin.

2° On est dans la même situation pour l'espoir du retour de M. Chauvelin à l'égard de l'Espagne, et, en attendant, elle nous échappe absolument : voilà les affaires accommodées entre l'Espagne et l'Angleterre, sans qu'on ait voulu que nous nous en soyons mêlés aucunement, tandis que rien ne devait se faire sans nous, et que nous devions armer notre marine pour protéger celle d'Espagne et restreindre la tyrannie universelle du commerce anglais; nous avons fait tout le contraire ; aussi notre commerce dépérit-il totalement en Espagne, et à peine y regarde-t-on toute demande de la France.

3° En Angleterre nous sommes également méprisés, surtout par le canal de l'ambassadeur que nous y avons envoyé, un des plus avares hommes et des esprits des plus bornés qu'on y ait encore employés.

4° L'Angleterre vient de s'allier étroitement avec la Prusse, ce qui nous est contraire de toutes façons, surtout pour les affaires à venir de la succession de l'empereur.

5° Par là et par le mépris où nous sommes en Hollande, par notre défection après tant d'amitiés, après

l'obligation que nous leur avons de neutralité dans
la dernière guerre, par là les Hollandais se sont absolument élevés contre nous dans le système des ajus-
tements Berg et Juliers, et cette affaire-là est absolument tombée et on n'en parlera plus, ce qui nous
détache encore le Palatin.

6° Nous avons absolument laissé aller les États de
Bavière, et voilà le comte de Tering, son premier ministre, parti après deux ans de séjour, pour ne plus revenir ici ; la Bavière se retourne du côté de Vienne et
s'y soumet à une servitude qui fortifie l'empereur, et
nous fait perdre tout notre crédit et pouvoir en Allemagne.

7° L'affaire de Corse abandonnée, ou peu s'en faut,
après avoir laissé tuer 20 hommes : la lenteur et petitesse des conseils de Son Éminence lui a fait manquer cette affaire. Quand l'empereur s'en mêla, il y a
sept ans, il envoya d'abord 12 000 hommes qui paci-
fièrent l'île ; ici nous nous sommes conduits comme à
Dantzig : nous avons envoyé quatre bataillons qu'on
a frottés dès qu'ils ont voulu montrer les dents. On a
parlé d'en envoyer jusqu'à vingt bataillons, et M. de
Maillebois pour les commander ; mais voici que l'on
hésite, les ordres sont suspendus ou révoqués, on n'en
parle plus, et on va abandonner cette sotte entreprise qu'il ne fallait donc pas commencer.

8° Au dedans tout va d'une façon à faire trembler :
nulles mœurs, l'intérêt est partout, l'hypocrisie et le
zèle des constitutionnaires outrés tourmente les pauvres sujets du roi et les honnêtes gens ; on attire un
schisme par la décrépitude du cardinal, il est la dupe
de tous ces vilains prêtres qui l'environnent.

Dans les provinces, les hommes meurent de faim,
ou mangent l'herbe; le pain vaut 5 sous la livre en
Vendomois, et 3 sous à Paris, et il va augmenter ce
printemps. Que de raisons pour que le roi se fatigue
bientôt du ministère actuel, et pour que le sage cardinal se retire à Issy, pour que Sa Majesté suive son
dessein de gouverner elle-même, et de mettre en place
ceux qu'elle a choisis.

Janvier. — Le roi conta volontiers, le lendemain
de son beau bal qu'il donna à Versailles le 26 de ce
mois, une naïveté digne en vérité d'être arrivée à
Henri IV et de l'avoir réjoui. Comme Sa Majesté le
roi était masqué et se trouvait auprès du buffet où on
donnait des rafraîchissements aux masques, un gros
masque, bon vivant, demanda aux gens de la bouche
s'il n'y avait pas là du vin d'Espagne, il prit un verre
à limonade et s'en fit verser tout plein. Le roi lui dit :
Voilà un bon coup; le masque lui répondit : *Masque,
qu'est-ce que cela vous fait! Ce n'est pas à vos dépens, c'est à ceux de notre bon roi qui me le donne
d'aussi bon cœur que je l'avale : et à votre santé!*
Le roi fut charmé et en riait bien le lendemain en le
contant.

Ce bal[1] fut très-beau, et les étrangers l'ont trouvé
digne de la cour de France et de la magnificence
royale, surtout le bal de nuit, par la grandeur et la
beauté des appartements, et la superbe galerie de Ver-

---

1. On trouve des détails sur ce bal dans les *Mss. Narbonne*,
t. XI, p. 128. Le roi voulait en donner trois, mais le cardinal de
Fleury en fit supprimer deux.

sailles, l'illumination, la quantité de masques, les rafraîchissements, l'ordre, la politesse, l'aisance, etc.
Il est vrai qu'au bal rangé il y eut grand désordre
pour les places qui étaient d'abord prises par des gens
de rien, et qu'il fallut que le roi fît sortir lui-même
en personne, de quoi toute la faute a été à M. de La
Trémoille. A propos de ce duc, je dirai : A quoi lui
sert l'esprit et la figure? il fait mal partout, à la
guerre, dans sa charge, et, à la ville, des tracasseries.

— L'ambassade de Portugal est presque rompue par
les mauvaises cabales des Anglais et les sourdes
pratiques du sieur Mendez[1], ses fureurs contre
M. Chauvelin, le crédit et le parti qu'il en tire, et par
quantité de vues de bas intérêts; ainsi comme on n'attend plus que le retour d'un courrier qui apportera
la rupture totale des ambassades réciproques entre
les deux couronnes, on m'a destiné à l'ambassade de

---

1. On lit dans le Mss. *Journal de mon ambassade en Portugal*, à
la date du 11 février 1739 : « Il est certain que Mendez a beaucoup tracassé à Lisbonne contre mon ambassade, et il me revient
de trop d'endroits pour ne pas le croire qu'il a cherché à me
décrier et à me faire haïr tant qu'il a pu. On prétend qu'il a eu
communication par la garde-robe du cardinal de mémoires que
j'ai donnés touchant nos intérêts avec le Portugal et touchant le
traité de commerce. J'y parle peut-être un peu cavalièrement de
la nation portugaise; mais qui est-ce qui n'en dit pas pire que moi?
Enfin on prétend qu'il m'a fait passer auprès de S. M. portugaise
pour un homme méprisant de sa nation, homme à systèmes, à
vastes projets, et qui se mêlerait de bien des choses dont je n'aurais que faire.... Mais le grand grief est que Mendez m'a toujours
regardé comme le meilleur ami de M. Chauvelin, tout disgracié
qu'il est, et il ne se trompe pas. »

Naples[1], M. Amelot et Son Éminence me l'ont déclaré à mon dernier voyage à Versailles, et certainement je gagne au change, c'est ce qu'on appelle une
ambassade de famille, ce qui est bien préférable, et
pour l'agrément du voyage, et pour la résidence auprès d'un prince de la maison de France, d'une cour
sage et brillante, au lieu des petites passions, des pré-
jugés superstitieux, et de toutes les misères de cette
cour de Portugal vendue aux Anglais et corrompue
par le mauvais usage de ses richesses.

15 *février*. — Les actions de M. Chauvelin se relè-
vent, ce procès de M. Bernard[2] n'est qu'une vaine
recherche et fausse tentative de ses ennemis, qui ne
sera pas suivie de succès.

Le cardinal a eu peur d'une menace du premier
président, qui lui a appris que le parlement de Paris
et tous les autres parlements du royaume songeaient
à appeler au futur concile de la constitution *Unigenitus*.

Le maréchal de Coigny a remercié le roi du gouvernement de l'Alsace, sans le cardinal ; il a juré de
ne jamais mettre les pieds chez lui, ni son fils, et cela
hautement. Il est vrai que le projet du cardinal était

---

1. Ce nouveau projet d'ambassade, bien qu'il ait eu beaucoup
moins de consistance que le premier, donna lieu de la part de
d'Argenson à des études dont on trouve la trace dans les *Mémoires
d'État*, t. II, p. 7 à 14 : *Journal de mon ambassade de Naples.* —
Recherches sur les deux royaumes de Naples et de Sicile.

2. Fils aîné du célèbre financier. Il avait été question d'un
procès qu'il devait intenter à M. Chauvelin pour faire résilier la
vente de Grosbois, comme entachée de fraude et de violence.

que M. de Nangis eût ce gouvernement, et de remettre au duc de Fleury sa charge de chevalier d'honneur de la reine, chose injuste et criante. Le cardinal querella avec fureur M. de Coigny, comme j'ai dit, et il n'en a rien été.

Bachelier ne va plus chez le cardinal, et n'ira plus.

M. de Maillebois a été nommé commandant en Corse, malgré M. d'Angervilliers, qui enrage de la dépossession de son ami Boissieux. Maillebois a été à Hogguer, ami de Bachelier, pour s'arranger avec lui, afin que par ce canal il fit passer au roi la vérité des choses, et traverser les mauvais offices que lui rendait M. d'Angervilliers.

21 *février*. — Les bruits du chapeau de l'archevêque d'Embrun, prétendu cardinal Tencin, ont cessé, et toutes les apparences sont que le roi s'y est opposé par les conseils de l'homme de Bourges, annoncés par Bachelier, et, en effet, rien n'est plus sage que ce refus, ou rétractation d'une permission qui scandalisait tous les honnêtes gens.

Je ne trouve rien de si déshonoré que tout ce qui est à la tête du parti des molinistes, excepté un très-petit nombre de dévots de bonne foi, enragés pour ce parti-là ; encore ne les croit-on pas ainsi, et les grâces qu'ils reçoivent de la cour les trahissent-elles ; tel était le cardinal de Bissy, tel est encore aujourd'hui l'évêque de Langres [1].

Pour moi, j'aimerais beaucoup mieux me faire musulman que de sacrifier visiblement et faire servir

1. Gilbert de Montmorin de Saint-Hérem.

ma religion à mon ambition, car cela joint l'hypocrisie, la fourbe, la tyrannie, le goût d'oppression du
prochain à la perfidie et à la mécréance. Ainsi, cela
l'emporte de beaucoup sur l'apostasie, et vous prive
de l'honneur, sans quoi on n'est pas homme.

M. le cardinal de Rohan est prêt à faire une platitude, dans la vue de servir la constitution, qui est de
faire élire son neveu, l'abbé de Ventadour, recteur de
l'Université de Paris. Que si cela se faisait dans un
temps uni, et par amour pour les belles-lettres, rien
ne serait mieux. On a parlé de ce dessein à diverses
reprises ; le cardinal de Rohan a pensé à cette dignité
pour lui-même avant son épiscopat ; cela eût honoré
les savants, et l'Université y eût gagné des biens, des
fondations, des grâces de la cour, la restitution d'anciens droits, et, dans tous les cas, une noble représentation. Au lieu de voir cette fille aînée crottée,
comme disait Henri IV, on l'aurait vue dorée. Mais,
en cette occasion-ci, on pensera que tout le but sera
de s'acquérir l'honneur, auprès du parti, de faire révoquer l'appel par l'Université, punir les uns, corrom-
pre les autres par caresses et par grâces, et se faire
tous ces mérites auprès de Rome pour avoir plus aisément la coadjutorerie de Strasbourg, la grande aumô-
nerie de France et ensuite le chapeau.

M. de Maillebois, qui part pour aller commander
notre armée en Corse, après avoir travaillé avec M. le
cardinal et M. d'Angervilliers sur le projet de campagne, a travaillé ensuite avec M. Bachelier, qui l'a
renvoyé à son ami Hogguer pour détailler davantage,
ce travail, ce qui est ridicule, que l'on confie ainsi à
des gens sans caractère les secrets d'État ; il est vrai

que c'est pour instruire le roi par ce canal, et le prémunir contre les préventions des ministres, en attendant que M. Chauvelin soit revenu au ministère, avec
qui on conférera aussi secrètement par correspondance.

22 *février*. — Aujourd'hui, à l'issue du conseil
d'État, a été déclaré le mariage de Madame de France
l'aînée [1] avec l'infant D. Philippe d'Espagne; on prétend qu'il pourra devenir un jour roi de Naples [2], le
prince des Asturies n'ayant pas d'enfants, lui et sa
femme étant également stériles. Alors D. Carlos, aujourd'hui roi de Naples, deviendra roi d'Espagne, et,
suivant le dernier traité de paix, jamais il ne doit y
avoir de réunion des deux Siciles avec la monarchie
de Castille; ainsi, le cas arrivant de la mort du prince
des Asturies sans enfants, D. Carlos sera roi d'Espagne,
D. Philippe doit devenir roi de Naples, et nous serons
intéressés par cette alliance à tenir la main à cette
exécution fidèle du traité, ce qu'on fait valoir sans
doute auprès de l'empereur et des puissances de l'Europe, ainsi qu'auprès des Napolitains qui aiment à
avoir leur roi chez eux.

D'un autre côté, si D. Carlos a plusieurs enfants de
la princesse de Saxe (qu'on dit déjà grosse), il y a
apparence qu'il cherchera plutôt à laisser régner à
Naples un de ses enfants.

---

1. Marie-Louise-Élisabeth, née le 14 août 1727, morte le 6 décembre 1759.

2. Il devint, par suite du traité d'Aix-la-Chapelle, duc de
Parme, de Plaisance et de Guastalla.

Ceci est contraire aux intérêts de la maison d'Orléans ; on assure que le mariage de Madame seconde[1]
est assuré avec le duc de Savoie, fils aîné du roi de
Sardaigne, celui de M. le Dauphin avec l'infante
Marie-Thérèse d'Espagne. Par là donc M. le duc de
Chartres serait rejeté à épouser Madame troisième, qui
n'a que sept ans ; il y aurait cinq ans à attendre et
davantage pour qu'il en tirât postérité. Ainsi, voilà
un prince d'Espagne devenu plus cher à Louis XV
que M. le duc de Chartres, et plus prêt à être appelé
à la couronne d'Espagne, si M. le Dauphin manquait,
ou si sa femme était stérile ; et certes ce serait l'intérêt
de l'Espagne de nous l'envoyer telle, et de lui ôter
par quelque breuvage le don de fécondité ; car, devenant féconde, elle travaillera à ôter à sa branche la
belle espérance de régner en France.

Il y a des gens qui prétendent que la Corse subju-
guée doit être livrée au roi de Sardaigne, et que même
ce monarque, de concert avec nous, songe à faire la
conquête de l'État de Gênes. En effet, on sait qu'il
avance et qu'il en approche ses troupes de près, perfidie où je ne puis croire que nous entrions jamais,
quoique l'avantage soit visible d'agrandir le roi de
Sardaigne en Italie, pour s'opposer à l'empereur et à
l'ambition scandaleuse d'Espagne ; mais cet agrandissement ne devrait jamais être qu'aux dépens de l'empereur.

En même temps on a déclaré que le roi et le Dauphin allaient être revêtus de la Toison d'or, ce qui

—————

1. Anne-Henriette, née, ainsi que Madame première, le 14
août 1727. Elle mourut le 10 février 1752.

flatte infiniment les Espagnols, et qui ne s'est jamais vu.

M. le Dauphin s'est réjoui du mariage de sa sœur : il dit que dans dix-huit mois il sera oncle; Madame seconde pleure beaucoup de quitter sa jumelle. Le voyage et le mariage seront pour le mois d'août prochain, où Madame aura douze ans accomplis.

Madame seconde apprend l'italien, ce qui fait assurer davantage son mariage avec le duc de Savoie.

Moyennant ces nouvelles faveurs de la France à l'Espagne, on croit que la paix générale va être signée par l'Espagne incessamment et publiée.

Le bruit court qu'il est question que le roi couche ces jours-ci et de temps en temps avec la reine pour tâcher d'avoir encore un prince.

Par nos nouvelles liaisons avec l'Espagne, on voit que nous nous rapprochons du système de M. Chauvelin. Ces bruits, qui transpirent longtemps avant de se réaliser, prouvent que le mystère n'est plus l'âme de nos affaires comme de son vivant, mais il y a toute apparence que ses conseils secrets auprès du roi inspirent à Sa Majesté toutes ces démarches.

La guerre à outrance qu'on va faire aux Corses vient, dit-on, du seul cardinal, qui l'a voulu absolument, s'étant mis en colère de tout ceci, et ne considérant point où vont de tels efforts, qui peuvent être malheureux et nous coûter beaucoup. Quelques compagnies enlevées par les rebelles, malgré les paroles données de traiter de la paix et de se soumettre, ce contre-temps a irrité sérieusement la vieille Éminence, se voyant prise pour dupe, et il a fallu tout sacrifier. M. d'Angervilliers en a essuyé toute la mauvaise humeur

et des reproches d'avoir envoyé son ami Boissieux.
C'est du choix du cardinal qu'on y envoie le Maillebois, et il aura contre lui M. d'Angervilliers en tout.

Les ministres travaillent à présent contre le chapeau
de M. de Tencin, et rien n'est plus plaisant sur cela
que leur méprise : ils donnent dans une crainte digne du
peuple, qui est de croire que M. de Tencin, étant cardinal, peut devenir premier ministre, et, pour eux, un
maître insupportable ; mais quelle foule d'obstacles
à cet événement ! Ce qui serait plus mauvais, ce nouveau cardinal serait à M. Chauvelin, comme je l'ai dit
ci-dessus ; les ministres donc travaillent à l'empêcher.
M. de Maurepas étant à la tête de cette opposition ,
n'est-il pas à soupçonner qu'il se retourne du côté
même de M. Chauvelin et de Bachelier par souplesse,
qu'il fait valoir ses démarches auprès de ces favoris du
roi, et qu'il les regagne par là comme il peut. Enfin on
dira ce qu'on voudra sur l'apparence que ce chapeau
va venir, on ne peut répondre à l'affectation avec laquelle M. de Tencin et ses amis ont divulgué ce bruit
par avance, pour en prendre date.

Il y a eu bien des tracasseries dans la maison de
M. le duc d'Orléans, depuis la petite vérole de M. le
duc de Chartres, contre M. de Balleroy, son gouverneur. Le goût décidé de M. le duc d'Orléans contre
lui, lui avait attiré toute la maison à dos, et surtout S. A. R., qui ne vomissait contre lui pas
moins que des soupçons d'athéisme et de perfidie,
contre la vie même de son élève, ou le traversait, surtout pour la vue d'être premier gentilhomme de la
chambre de son élève, lorsqu'on ferait sa maison, disant que son père était maître des requêtes, pour dé-

cider son sort et finir ses tracasseries. J'ai appris hier
bien secrètement, de M. de Balleroy, qu'actuellement
on expédiait deux brevets, l'un pour M. Duguesclin,
premier gentilhomme de la chambre, l'autre de premier écuyer pour M. de Balleroy, pour la maison
future du duc de Chartres. Comme il va avoir quatorze ans dans peu de mois, et qu'il est plus fort
qu'un autre, on va songer incessamment à le marier
avec une princesse d'Allemagne. M. de Balleroy sera
bien placé, il n'aura avec son pupille que des occasions de lui plaire dans sa charge, et nulle de déplaire.
Outre le même revenu que dans sa charge de premier
gentilhomme, il aura des équipages à foison, un beau
logement dans l'hôtel loué pour les écuries, des équipages gratis pour l'armée, quand il y aura guerre, et
liberté de sa personne pour aller à la fortune et servir
en Italie ou ailleurs, sans être asservi à suivre la personne du prince où il ira. Il est vrai que dans les promotions générales, on préfère le premier gentilhomme
pour le cordon bleu, mais il y a peut-être quarante ans
à attendre pour cela, et cela peut venir par les services, avec quelques recommandations d'ailleurs.

23 *février*. — Le discours de Paris est que l'infant
D. Philippe va venir demeurer en France, à Paris, et
logera aux Tuileries avec madame son épouse. Cela
paraît bien destructif des intérêts de la maison d'Orléans; mais il semble toujours que les desseins de
M. Chauvelin, dictés par M. le Duc, l'emportent sur
toutes choses.

Sur cela, vient encore la question si on se dépê-
chera de marier M. le duc de Chartres avec une prin-

cesse d'Allemagne, ou s'il attendra que Madame troisième[1] ait l'âge, ce qui le mène à plus de sept ans
pour avoir et l'âge fixé par les lois, et celui qu'exige la
nature pour avoir postérité. Deux dangers sur cela ,
choisissez. Si on attend cet âge, on court risque de
perdre ce prince unique, sans postérité ; si on ne l'attend pas, parce qu'il épouse une princesse étrangère,
alors il pourra arriver que le fils de M. le Duc épouse
cette Madame troisième, ce qui donnera grand avantage sur la maison d'Orléans, et ce qu'il cherche avec
tant d'émulation et d'ambition.

Des conseils bien sensés demandaient que l'on pré-
férât M. le duc de Chartres au duc de Savoie pour
Madame deuxième, et certainement elle le préférerait
bien elle-même, pour son propre bonheur, et elle en
serait plus grande dame, quoiqu'elle n'eût pas la tête
couronnée. La politique prise en grand peut décider
encore pour M. le duc de Chartres, car il est mauvais
de paraître si fort éloigner la succession de France de
la maison d'Orléans, malgré les traités qui sont la
sûreté et le calme de l'Europe. Et de l'autre côté, quel
mince degré de liaison ajoutera ce mariage à celle que
nous avons à jamais avec le roi de Sardaigne ? Quand
il sera lié avec nous, c'est qu'il y trouvera son avantage
pour s'agrandir ; il ne peut l'être à nos dépens ni présentement à ceux d'Espagne , il ne le peut qu'à ceux
de l'Empereur. Voilà la source inaltérable de nos liaisons, un mariage n'y ajoutera guère ; mais la vieille
rubrique de politique conduira à corroborer ces liaisons
par un mariage, préférablement à des intérêts intrin-

---

1. Marie-Adélaïde, née le 23 mars 1732.

sèques où la brigue de cour offusque le juste point
de vue.

On ne sait encore si on enverra un ambassadeur à
Madrid pour ces mariages; on croit qu'on attendra
pour cela la déclaration de celui du Dauphin, qui
n'est pas loin. On parle depuis longtemps du duc de
Villeroy pour cette commission; il y a cependant de
la difficulté, ayant aujourd'hui M. le comte de La Mark
à Madrid. Quel sera le seigneur de France qui osera
prendre le pas sur un homme de cette qualité, et d'une
maison qui a possédé une souveraineté dont la dernière possession donne à M. de Bouillon de si grandes
prétentions d'être ici au-dessus de nos ducs. Le comte
de La Mark le souffrira-t-il, et, en ce cas, ne voudra-t-il
pas revenir ?

On est généralement satisfait de ces nouvelles liaisons avec l'Espagne; le traité de paix est sous presse
actuellement, à ce que vient de me dire M. du Theil,
et on attend incessamment la signature d'Espagne.

Madame la princesse de Conti [1], fille du roi, est à
l'extrémité et n'en peut revenir; on lui croit un abcès
dans la tête, ou de l'eau ; elle est dans un assoupisse-
ment continuel dont la force des remèdes la tire pour
des instants, mais pour y retomber ensuite.

Il est réglé que le roi va être deux mois à Compiègne, juin et juillet, pour revenir à Versailles aux
premiers jours d'août pour le mariage de Madame.

---

1. Marie-Anne, dite Mlle de Blois, fille naturelle et légitimée de
Louis XIV et de Mlle de La Vallière, née le 6 octobre 1666, mariée à Louis-Armand, prince de Conti, le 16 janvier 1680, veuve
le 9 novembre 1685, mourut au mois de mai 1739. Elle avait été
une des plus belles personnes de la cour.

Elle aura douze ans accomplis le vingt-quatre août,
et on la mariera le quinze. Cela va faire des fêtes à la
cour, et le roi parle déjà des beaux habits qu'auront
les courtisans : cela rendra chères les parures d'été.
Elle partira peu de jours après pour l'Espagne, et
Mme de Tallard la conduira jusqu'à la rivière de Bi-
dassoa.

— Le roi m'a beaucoup regardé à son débotté, et
on m'a dit depuis qu'il me trouvait bien changé, des
accès de fièvre que je viens d'avoir.

M. le cardinal m'a demandé ce que je pensais de
l'affaire de l'Université, dont il m'avait chargé de rendre compte avec M. de Fortia ; je le lui ait dit en peu
de mots ; mais qu'il était à souhaiter que cela s'accom-
modât, et de satisfaire le public.

25 *Février*. — Le bruit a été grand que M. de
Fulvy, frère du contrôleur général, et sa femme, faisant ces jours-ci un grand souper chez Houel, ce
joueur[1], a perdu vingt mille louis, et sa femme dix
mille louis, ce qui fait en tout sept cent mille livres ;
que la femme avait d'abord perdu cette grosse somme
la première, et qu'ensuite son mari avait voulu l'acquitter et avait été si loin ; et que, peu de jours après,
toutes ces sommes avaient été payées comptant, ce
qui scandalise le public, vu que M. de Fulvy, s'étant
marié par amour, n'avait pas douze cents livres de

---

1. Officier aux gardes, mentionné t. I, p. 86. On verra plus
loin que le fait ne se passa point chez Houel, qui fut seulement
le gagnant.

rentes bien nets quand son frère devint contrôleur général, et aujourd'hui il vole beaucoup pour beaucoup dépenser; car on a dit qu'à la fin de son rôle il
se trouvera plus pauvre qu'avant; aussi est-il fort menacé, à en juger par la rage avec laquelle le public
saisit ces bruits qui sont peut-être fort exagérés, malgré l'excès du discrédit de cette famille.

Février. — Voici une circonstance très-heureuse
pour la France qui, venant de faire un traité d'alliance
avec la Suède, va en former un pareil avec le Danemark; le terme de celui conclu entre les Anglais et
les Danois étant près d'expirer, nous en aurons meilleur marché, et M. de Chavigny, notre ambassadeur,
en est très-heureux. Car ne voilà-t-il pas l'affaire de
Steinhorst[1], où le roi d'Angleterre, duc de Hanovre,
s'est emparé par violence de ce château et de son ter-
ritoire! La nation anglaise, irritée contre son roi, et
surtout contre Walpole, n'aura garde de prendre
parti dans cette affaire; au contraire, elle murmure
hautement de ce que les intérêts ridicules d'Allemagne font tort à leurs affaires, à leur commerce et à
leurs alliances nationales, tandis que la France s'em-
pare de toutes les alliances du Nord. En même temps,
on voit à l'ouverture du parlement une manière de
traité de l'Angleterre avec les Espagnols, dont les frais
d'armement coûtent bien plus à la nation que le dé-

---

1. Château du Holstein, que Georges II avait acquis comme
électeur de Hanovre. L'opposition prétendait que c'était avec les
deniers de l'Angleterre, et le Danemark en réclamait la souveraineté.

dommagement obtenu de l'Espagne, pour ce qu'ils appellent déprédations espagnoles ; en même temps la France resserre ses intérêts avec l'Espagne par des mariages et l'ordre de la Toison, la France gouverne toujours la cour de Vienne ; l'empereur, ruiné de fond en comble, est près de succomber sous les triomphes des Turcs, la Russie l'y a embarqué et ne le secourt pas.

Voilà plus qu'il n'en faut pour détrôner un matin le roi d'Angleterre, le faire remplacer par son fils qui est autant aimé et chéri que le père est méprisé, et pour faire pendre le Walpole.

[*Décembre* 1723.]— Une anecdote que les historiens ne diront pas assez ou aucunement, c'est que Philippe d'Orléans, régent, sur la fin de ses jours, et depuis la majorité du roi, avait pris le roi dans un véritable amour, et son fils le duc de Chartres dans une aversion épouvantable. Il disait de lui qu'il réunissait tous les défauts de nos princes du sang : la bosse de M. le prince de Conti, la voix rauque et la bêtise de M. le Duc, et le sauvage de M. le comte de Charolais ; et l'on assure qu'il disait en lui-même : « Comment ? je souhaiterais que mon fils régnât au préjudice de cet aimable enfant qui est aujourd'hui mon maître naturel ! Ah ! plutôt mes vœux aillent tout au contraire ! » Il s'était fait premier ministre en titre à la mort du cardinal Dubois, et il portait le portefeuille chez le roi tous les soirs, sur les cinq heures. Il amusait ce jeune prince par cent mille faits entrelacés, et l'instruisait de tout par la voie de l'expression et de la curiosité qu'il lui inspirait. Le roi prenait grand goût

à ces conversations, et attendait avec impatience
l'heure de ce travail tête à tête. Le maréchal de Villeroy fut assez sot pour vouloir s'opposer à ce que le
régent se trouvât tête à tête avec le jeune roi, car il
était héritier présomptif ou présumé alors, et le sot
maréchal disait qu'il avait eu ordre du feu roi de garder mieux son élève que cela, mais il en fut disgracié.
Le roi aimant ce travail et la conversation avec le régent, nécessairement s'en faisait aimer, car nous
avons du penchant pour ceux qui montrent du goût
pour nous; avec cela le roi était d'une charmante
figure alors. On se souviendra longtemps qu'il ressem-
blait à l'amour à son sacre à Reims, le matin avec son
habit long et sa toque d'argent, habit de néophyte ou
de roi candidat, et Sa Majesté en parle encore volontiers elle-même aujourd'hui. Je n'ai jamais rien vu de
si attendrissant que sa figure alors; les yeux en deve-
naient humides de tendresse pour ce pauvre petit
prince échappé à tant de dangers en jeunesse. Le roi
plaisait encore au régent par son esprit naturel, vif et
naïf; il a certainement de l'esprit et une jolie mémoire, il aime les gens d'esprit et les honnêtes gens.
Voilà donc ce que lui ont valu alors ses dons et ses
mérites, d'être préféré ardemment par le régent au
propre fils dudit régent. Il est vrai que ledit régent
eût gardé l'autorité royale en dépôt dans son caprice,
tant qu'il eût pu, car, s'il avait pris du goût pour le
roi, il avait encore un plus grand goût pour gouverner, et on ne comprend pas comment il l'eût quitté,
d'autant plus que quand on quitte ces postes-là on a
toujours à craindre des recherches contre soi ou contre
les siens. Peut-être aussi eût-il un beau matin quitté

ce pouvoir royal par lassitude, et croyant revivre dans
son élève, et qu'il l'eût fait plus généreusement que
notre vieux radoteur de cardinal d'aujourd'hui (1739),
qui, voyant le roi dans sa trentième année, en volonté
et en pouvoir de bien gouverner son État, le lui détient
malgré lui et à la vue de tout le monde.

Quant aux poisons affreux dont on a accusé ledit
régent, voici le vrai. Il est sûr que Mgr le dauphin,
le dauphin son fils, la dauphine, leur fils aîné, et
ensuite Mgr le duc de Berri, le roi d'aujourd'hui,
ont été tous six empoisonnés [1], et Mme de Ventadour
sauva le roi en lui donnant du contre-poison ; mais il
est impossible que le régent ait été l'auteur de ces
crimes, vu son caractère, qui était plutôt d'un bon
homme que d'un scélérat méchant. Mais il aimait
trop peu les honnêtes gens et par trop les fripons ;
ainsi, sa maison était farcie de scélérats. Tous les
soupçons tombent sur le cardinal Dubois, qui a joui
de son crime, et celui-ci ayant étudié dans le labora-
toire d'Imbert avec M. le duc d'Orléans y avait appris
la recette de ces poisons subtils qui, pris en tabac ou
en biscuit, donnaient à un malade un air de rougeole
ou de petite-vérole, dont on mourait bientôt. Ainsi,
ce vilain abbé Dubois a médité et exécuté ces crimes
par zèle pour l'ambition de son prince, ou plutôt pour
la sienne propre. Mais admirez la Providence : il est
mort misérablement au milieu de sa grandeur, et
Mme de Ventadour, qui a sauvé le roi, jouit d'une

---

1. Cela n'est pas à beaucoup près aussi sûr que d'Argenson
le dit. On sait quel abus on a fait de ces accusations d'empoison-
nement, à propos de la mort des princes.

belle vieillesse et voit sa famille comblée de bonheur. Je suis donc sûr que le régent n'a pas trempé, seulement par confidence, dans ces crimes ; ainsi le vilain monstre de Dubois étant mort, la vie de notre roi était alors sauvée.

28 *février* 1739. — La perte au jeu de M. de Fulvy fait grand bruit et cela est réel, quoiqu'il nie tout et prétende n'avoir rien perdu du tout. Il l'a nié à son frère, qui cependant l'a interrogé d'une façon très-embarrassante devant M. Hérault, qui lui donnait avis de ces bruits à Paris. Il soutint d'abord ne pas seulement connaître M. Houel ; cependant on avait vu la veille son carrosse une grosse heure à la porte de ce joueur. Il se coupa et dit ensuite qu'il l'était venu voir pour le prier de faire cesser ces bruits injurieux. « Mais, lui dit son frère, pourquoi être une heure à dire cela, vous qui avez tant d'affaires. » Il est certain d'ailleurs qu'il y avait vingt personnes quand Fulvy fit cette perte ; c'était à souper, chez Mme de Fougères, maîtresse du contrôleur général, et il commença par des pleins de cinq cents louis au biribi. Les banquiers demandaient à délibérer s'ils tiendraient de si grosses sommes ; les assistants débitèrent donc cela le lendemain par tout Paris ; mais ensuite Houel, ayant eu le bec fait, voulut se rétracter chez Mme de Montbazon. Cela a fort scandalisé tout le monde sur le compte du contrôleur général, dont le frère a de tels trésors à perdre. Le duc de Grammont a dit devant grand monde, à la cour : « Si j'avais un homme d'affaires qui perdît mille francs au jeu, je le chasserais sur-le-champ. » Le roi a dit plus joliment devant

quatre ou cinq courtisans : *J'aime mieux que M. de Fulvy ait perdu si grosse somme que moi, car je serais bien fâché.*

Tout ceci augmente les menaces d'ébranler promptement le contrôleur général dans son ministère, et il arrivera que la mesure en sera comble promptement. Depuis huit jours on parle beaucoup d'un coup d'État, d'un événement qui va se voir à la cour, et on ne sait sur quoi cela tombe, si ce n'est sur le ministère des finances, le dedans du royaume allant très-mal, la misère des peuples affreuse, et la richesse des financiers d'un très-grand scandale.

Le prince de Chalais est aujourd'hui un des courtisans des mieux avec le roi, il l'entretient longtemps d'affaires et parle raison avec lui. Ce courtisan se pique d'attachement pour M. Chauvelin et cherche l'occasion de parler de lui au roi quand il peut; mais ce ministre disgracié et prêt à rentrer en grâce a d'autres plus fortes cordes à son arc que celle-ci, et le roi n'a rien à entendre davantage sur cet article, mais seulement à garder un grand secret.

Février. — Ma profession de foi sur les affaires du jansénisme et de la constitution a toujours été très-saine et digne de fortune, quant au dogme et à la discipline ecclésiastique, mais très-hérétique et digne de disgrâce quant à la politique.

Sur le premier article, je pense qu'un laïque doit être soumis à l'Église, au pape, au plus grand nombre des évêques, et qu'en conséquence la constitution est bonne, qu'elle est reçue suffisamment, qu'elle l'est purement et simplement, que les instructions pastorales

y sont un bon commentaire et un sûr préservatif
d'abus, mais sans relation à l'acceptation ; qu'un laïque
ne doit pas entrer dans tout cela, ni même un ecclésiastique du second ordre, et qu'il doit se soumettre
aveuglément à ses pasteurs, qui sont faits pour ensei-
gner au gros de l'Église qui ne peut le tromper ; que
si absolument on le contraint de signer des actes
d'acceptation particuliers, il doit le faire dès que la
foi est devenue douteuse, et je le ferais de même sans
hésiter.

Quant à la politique, mon métier étant celui d'un
magistrat et d'un homme d'État, je pense que ce que
je viens de dire sur ces acceptations par des laïques
est très-mal fait, qu'il faut laisser tout le monde en
repos, qu'on a tort de pousser les jansénistes comme
on fait, qu'on devrait les laisser mourir, et, en attendant, empêcher leur pullulation et propagation, en
leur refusant sourdement les grâces de la cour, les re-
butant et dégoûtant par là ; qu'ils ne pousseront point
la cour, mais que ce sont des coquins de molinistes
qui poussent avec fureur aux persécutions, par ambition. Je marquerais un profond mépris de ces persécutions, je répondrais à leurs discours que je n'entends
pas les affaires, je les empêcherais d'approcher des
avenues de Versailles, je ne poursuivrais point les
corps, je réprimerais sèchement les novateurs d'éclat
parmi les jansénistes ; mais mes punitions n'iraient
qu'à réprimer et non à venger : j'ôterais les armes des
jansénistes entreprenants, et voilà tout ; je ne hâterais
point par violence l'extirpation de cette hérésie, et, par
là, je parviendrais à la faire oublier. Voilà la conduite
qu'il fallait tenir constamment sur le calvinisme en

France. Faute de cela on a eu des guerres funestes,
et bientôt on les verra renaître à propos du jansénisme : les molinistes perfides et ambitieux, avec notre
ministère d'aujourd'hui, méchant politique et sans
principe, en seront la cause.

Mars. — Paris est inondé de jeux publics, de maisons où on donne à jouer aux jeux de hasard, avec
un mauvais souper ; les banquiers donnent trois louis
par jour à la maîtresse de la maison ; on forme des
sociétés où quantité d'autres gros joueurs de Paris
sont intéressés. J'ai vu de ces traités : le fonds est cent
louis, et les parts sont ordinairement de six louis. On
compte plus de trois cents de ces maisons dans Paris,
où l'on joue au biribi et au pharaon : tous les jeunes
gens s'y ruinent.

Les jeux de l'hôtel de Soissons et de l'hôtel de Gesvres sont les causes de ce désordre ; on ne saurait reprendre un jeu particulier qu'on ne cite la tolérance
pour ces deux académies. L'abbé Gaillande, docteur et
confesseur des pendus, a dit à M. le cardinal qu'il devait rendre compte, en conscience, que les trois quarts
des pendus et des roués lui avouaient que la première
cause de leur désordre provenait de pertes faites au jeu
dans ces deux hôtels. On propose de donner à MM. de
Carignan et de Gesvres un équivalent, savoir : de remettre l'impôt sur les cartes, et de cette ferme leur
faire bon à chacun de quarante mille écus. Thuret,
directeur de l'Opéra, est aussi entrepreneur de ces
deux jeux : il donne à chacun de ces deux messieurs
dix mille livres par mois, ce qui fait deux cent quarante mille livres par an, en tout.

Outre ces profits, Thuret, soutenu par M. de Carignan, est intéressé pour six dans chacune des banques de maisons particulières que je dis; autrement il a le droit d'aller dénoncer ces jeux, et d'en demander justice comme faisant tort aux siens; ainsi, en lui graissant la patte, on a cette opposition de moins; mais on est toujours exposé aux recherches des commis de M. Hérault et des commissaires du quartier à qui il faut encore graisser la patte.

J'ai vu, au commencement de la régence, s'introduire une irruption de jeux universelle; du moins ornait-elle Paris alors, car on voyait, dans les cours et sur le devant des portes, des pots à feux qui rendaient le soir Paris très-brillant. M. le duc d'Orléans fit à tort cesser cela partout.

De temps à autre on fait quelque exemple sur quelque pauvre dame des plus indéfendues, et on grêle sur le persil, comme sur une Mme de Sallers, femme de qualité, mais sans appui. On a placardé son arrêt de condamnation à l'amende par tous les carrefours de Paris, au moment où ce qui vient d'arriver chez Mme de Fougères, et la grosse perte de quatre cent quatre vingt mille livres qu'y a faite M. de Fulvy, sont encore présents à l'esprit de tout le monde. Elle a été à Versailles se plaindre tout haut à M. le cardinal; elle lui a dit : « Je suis une femme de qualité, je n'amusais chez moi que quelques amis; jamais on n'a entendu parler de grosses et ruineuses pertes faites chez moi; cependant on m'a maltraitée (comme je viens de le dire), tandis que la maîtresse du contrôleur général, chez qui on vient de perdre l'argent énorme

qu'y a perdu M. de Fulvy, et aux dépens de l'État, est
soutenue et approuvée. »

Ou défendez ces jeux partout ou permettez-les à
tout le monde ; au moins vous pourriez avoir une attention exacte à ce qu'il ne s'en établît point de nouveaux, et les punir exemplairement dès qu'ils s'élèvent.

Jamais la police n'a été plus mal faite à Paris, et
jamais les commis du lieutenant de police n'ont été si
riches.

— Mme de Morvilliers, bâtarde de M. de Collande
et de Mme du Roure, m'est venue trouver il y a quelque temps, pour que je parlasse à M. Hérault du jeu
de biribi et de pharaon qui se tenait chez elle, lorsque
le commissaire est venu tout saisir : on va la condam-
ner à l'amende et elle craint d'être placardée. Cela
allait si bien, disait-elle, elle avait là la plus *belle partie*
de Paris, on la préférait à toutes les autres qui donnent
à jouer. Il est vrai qu'on trouvait chez elle des agréments, dit-elle, qu'on ne trouve pas chez les autres
joueuses ; on restait deux heures à table à souper, son
rôti lui coûtait vingt-six à vingt-sept livres. Elle avait
quelquefois des chanteuses, et, au pharaon, la dernière carte était nulle, et elle donnait *l'opposite* au
même jeu, moyennant quoi des joueurs piqués met-
taient souvent à *l'opposite* et gagnaient tout. Elle m'a
assez bien expliqué cela, mais je ne suis pas assez versé
dans le pharaon pour l'avoir saisi d'abord. Elle rece-
vait tout le monde aisément, elle se tenait à la commodité, elle ne mettait point de paniers, jamais de
galanterie sur son compte, elle avait déjà payé pour
sept mille livres de dettes, etc.

1er *Mars.* — Les ambassadeurs du parti de l'empereur se flattent que les Russes vont le secourir dans sa détresse, et qu'ils se moqueront, pour leur passage par la Pologne, de l'opposition qu'y forme cette république. Ils se scandalisent fort de notre réchauffement pour l'Espagne, ils disent qu'on va songer à faire un État en Italie pour don Philippe, gendre du roi, et que ce sera le Parmesan au moins, que, le cas arrivant où D. Carlos deviendra roi d'Espagne, jamais il ne cédera Naples à son cadet.

Quand on leur remontre que notre rapprochement de l'Espagne n'est qu'en vue de l'accession au traité de paix générale et pour que l'Espagne finisse cette grande affaire, ils disent que cette accession devient impossible par les chicanes qu'y apporte le roi d'Espagne.

Car cette négociation en est aujourd'hui à ce que l'Espagne ne veut signer à cette paix qu'autant qu'elle renoncera au second traité de Vienne, c'est-à-dire aux articles conclus par M. de Castelar, par où elle avait adhéré à la pragmatique impériale. Ordinairement les nouveaux traités prennent les anciens pour fondement, si ce n'est dans les clauses y contraires ; mais ici, sans contrariété, l'Espagne ne veut accéder aux nouveaux droits favorables à l'empereur qu'autant qu'elle déclinera sur les anciens qui lui sont encore plus favorables.

Autre chicane : l'Espagne ne veut pas que D. Carlos compte Naples en échange de Parme et de la Toscane, mais seulement *par droit de conquête.*

De tout cela on échauffe toute l'Europe contre nous, on nous donne pour des gens très-fins, qui nous enten-

dons au fond constamment avec nos cousins d'Espagne, qui méditons de rappeler la branche d'Espagne
à la succession de France, malgré tant de renonciations, si le dauphin ou ses héritiers manquaient ; ils
disent même que l'infante Marie-Thérèse a les apparences de mauvaise santé et de stérilité, et que l'Espagne se ménage bien dans cette vue ; que son mariage
est sûr avec le dauphin, et qu'on ne l'appelle en Espagne que la petite dauphine.

Ils prédisent que, le cas arrivant de la succession
ouverte ici, jamais il ne sera question de la maison
d'Orléans ; que l'on va donner Madame seconde au duc
de Savoie, et en priver M. le duc de Chartres qui se
flattait de l'épouser, pour éloigner aussi les espérances
d'être jamais appelé au trône, quelque chose qui arri-
vât ; qu'une basse politique porte à l'éloigner ici, par
crainte de voir des gens s'attacher à la cour à un cousin qui pourrait devenir roi, comme on vit du temps
de Louis XII et de François Ier ; que par là on re-
jetera M. le duc de Chartres à l'espérance d'épouser
Madame troisième qui n'a que sept ans, mais qu'on voit
bien que tous les gens de la maison d'Orléans forceront à ne pas attendre ce temps-là, ce qui mènera bien
à dix ans avant que Madame troisième soit féconde,
puisque M. le duc de Chartres ayant dans un mois
ses quatorze ans, étant fort, et fils unique, on ne doit
pas courir le risque de voir manquer cette maison, et
qu'ainsi on le mariera à une autre princesse ; que
M. le Duc qui a grand crédit à la cour est possédé
d'une telle haine contre la maison d'Orléans, qu'il favorise toujours plutôt le retour de la branche d'Espagne, pour venir régner en France, que d'y voir jamais

appeler pour régner la maison d'Orléans, quoique
cela approchât alors immédiatement du trône la branche de Condé, et que, dans cette vue, et pour augmenter son crédit, on pourra accorder un jour Madame troisième pour épouse au fils unique de M. le
Duc, nouveau degré de faveur qui pourra piquer la
jalousie de la maison d'Orléans, et faire mourir M. le
duc de Chartres sans se marier.

Qu'enfin on commence à ne plus respecter les renonciations respectives de la France et de l'Espagne,
et qu'on en parle tout haut sur ce pied-là ; qu'ainsi il
y a apparence qu'on verra un jour venir régner en
France l'infant don Philippe, à qui on n'aurait pas
donné Mme. Élisabeth sans cela ; que Philippe V,
ayant renoncé personnellement, ne songe jamais à revenir en France, que les Espagnols ne laisseront pas
aller davantage le prince des Asturies ni D. Carlos
qu'on regarde comme héritier présomptif véritable,
le prince des Asturies ne devant point avoir d'enfants,
et qu'ainsi on nous enverra le puîné.

Il est aisé de répondre à cela que, cadet pour cadet,
infraction pour infraction à la succession linéale agna-
tique, au droit de primogéniture et aux lois constitu-
tives du royaume qui, dit-on, réclament toujours en
France, il faudrait mieux laisser aller les choses aux
pactes conventionnels, en appelant la maison d'Orléans, que d'appeler un puîné d'Espagne.

Je conclus que rien ne serait plus à propos que de
donner incessamment Mme Henriette à M. le duc
d'Orléans, puisque des intérêts aussi intrinsèques au
royaume que celui de succession à la couronne à régler, et celui de calmer nos voisins passent bien dé-

vant un nouveau degré d'alliance avec le roi de Sardaigne.

3 mars. — *Conticuere omnes.* On attend avec impatience la consommation du chapeau de l'archevêque d'Embrun. Le courrier est arrivé ce matin et apporte la barrette pour ce prélat. Sur-le-champ il est allé à Versailles, et ce soir à six heures j'ai passé chez lui pour me faire écrire; ses gens, ni ses amis, ni personne dans Paris ne savaient encore si le roi lui avait réellement donné la barrette. Pour peu que cela traîne, cela ira au refus; assurément Sa Majesté aura eu tout le temps de goûter les raisons de ce refus, et de signaler ce discrédit de M. le cardinal de Fleury qui ne tope à cela présentement que pour donner une grande mortification à M. Chauvelin qui s'était déjà opposé ouvertement à un chapeau si indignement placé, de sorte que M. de Tencin était demeuré son ennemi déclaré. Quoique M. le cardinal de Fleury n'eût d'autre vocation d'amitié pour M. de Tencin que sa fureur contre M. Chauvelin, on croit voir dans ce chapeau la certitude de l'adjonction prochaine au premier ministère pour M. de Tencin, et que M. le cardinal de Fleury le désignera son successeur, le prescrivant ainsi au roi. A la bonne heure, que le peuple raisonne ainsi; mais que les gens de cour, que les ministres prennent la chose sur ce pied là, c'est ce qui me passe qu'on raisonne si peu profondément. Pour moi, je vois que nos ministres jouent l'alarme et l'opposition audit chapeau pour le favoriser mieux et plus secrètement. Attendons à demain, puis à quelques jours pour prononcer.

Il n'y a pas trois jours que M. de Maurepas, en dînant avec nombre de personnes, s'est fâché merveilleusement contre l'archevêque d'Embrun, et cela lui est revenu ainsi qu'à M. Hérault qui l'a publié partout ; de là, on argumente que les ministres s'opposaient à ce chapeau, qu'ils craignent M. de Tencin comme futur premier ministre, et qu'ils croient ledit chapeau manqué. Avec un peu plus de finesse, on pénétrera que M. de Maurepas le souhaitait cardinal, mais bientôt dépêché à Rome, et que, par double principe de conduite, mondit sieur de Maurepas ménage beaucoup aujourd'hui M. Chauvelin et son parti, et cherche à s'y retrouver sur ses pieds, quand la réintégration viendra ; mais l'indiscret, le petit maître et le gausseur éternel l'emporte en tout cela dans son caractère.

4 mars. — On a appris que le roi avait donné la calotte au cardinal de Tencin dans son cabinet : ainsi le voilà paisible possesseur de cette dignité si désirée.

Toute la raison se confond devant cette démarche ; certainement le roi a échappé à ses meilleurs conseillers. Quelle politique attribuer à ceci, que le trait d'une facilité très-vicieuse par où Sa Majesté se sera laissée aller et surprendre à son vieux précepteur qui lui aura tout fait voir du côté de Rome, du Vatican, et de l'impossibilité d'avoir autrement un ambassadeur à Rome, après M. de Saint-Aignan qui va se retirer ? Mauvaise pratique, cependant, que d'y avoir des cardinaux chargés de nos affaires : car alors qui est-ce qui soutient nos libertés ? Des politiques trop raffinés vont dire que, par ce cardinalat, le public va se

révolter contre le ministère de M. le cardinal de
Fleury : radotage, indignité, menaces pour le public
d'inquisition et de Saint-Barthélemy contre les jansénistes, le feu partout, le parlement capable de grands
coups par là, car il ne respecte encore que la prochaine espérance d'un autre règne; mais voyant le roi
se laisser aller, qu'on attende tout du parlement. En
effet, pour les honnêtes gens, quel choix! quel indigne
sujet! Les choix de M. le cardinal de Fleury ont toujours surpris et presque toujours indigné.

— Un admirateur de M. Amelot me disait hier que
Mme Amelot se conduisait à merveille à la cour, et,
à la fin de ses remarques panégyristes, il disait que
tout, jusqu'à ses amours, était un effet de sa prudence et de sa modestie, puisqu'elle avait conservé
constamment l'amant qu'elle avait avant son élévation, qui est M. de la Briffe, lieutenant aux gardes.

9 *mars*. — J'ai eu aujourd'hui une grande conversation avec M. Pecquet, qui me dit sincèrement ce
qu'il pense des affaires du royaume, et qui est aussi
éclairé que pénétrant.

Selon lui, on n'a jamais eu si peu de système dans
le ministère ; on s'y pique d'en haïr jusqu'au nom;
cependant ce mot système ne veut dire que *plan ;* on
a tort de le prendre en mal et d'y entendre mauvais
plan. Mais comment peut-on bâtir sans un dessein
général? N'est-ce pas le caractère de l'esprit le plus
court que de ne travailler qu'au jour le jour et de ne
prévoir rien? On a cité M. de Pomponne comme
auteur de cette maxime politique, qu'on se trompait

en affaires étrangères, si on avait des plans pour plus
de quinze ans : c'est qu'il n'était que M. de Pomponne,
c'est-à-dire au-dessus de M. de Morville, qui ne voyait
pas à deux ans, et fort au-dessous du cardinal de
Richelieu, qui voyait dans les siècles futurs, et Ximé-
nès, encore plus loin et plus juste.

M. Amelot répond souvent : *Ceci, monsieur, est une
grande question;* ou bien : *Nous avons beaucoup à
nous plaindre de telle nation.* A cela M. Pecquet lui
répond, à la première proposition : « Si vous l'exa-
minez, monsieur, vous ne la trouverez plus question; »
et à la seconde : « Ce n'est pas de cette nation que
vous avez à vous plaindre, c'est de vous-même. »
Souvent M. Amelot le prend pour un fou, car il lui
demande : « Mais, monsieur, quel est votre but, quel
est votre système ? » Et le ministre lui rit au nez ou le
regarde avec mépris, toujours persuadé qu'il y a de la
folie à faire des systèmes, et c'est sa petitesse qui le lui
persuade. En effet, il n'y a jamais eu d'esprit plus
antisystématique que le sien; c'est un esprit en large
qui reçoit les impressions et surtout les détails, et les
rend de même avec mémoire et précision, il n'y met
de lui que l'analyse. C'est une table rase qui reçoit
fort juste et n'y gâte rien, mais aussi stérile qu'une
table de marbre; rien n'y germe, rien n'y fructifie,
aucune idée nouvelle ne sert à combiner ses idées
pour choisir, et encore moins pour prévoir; c'est un
homme sage et un esprit net, voilà tout. Ce n'est pas
le tout d'avoir ainsi l'esprit en large, il faudrait aussi
l'avoir en long et en profond, suivant les conditions
essentielles des corps solides.

L'État a bien besoin d'une tête, et ce n'est plus que

le hasard qui conduit nos affaires avec quelque succès
apparent ; le dessous des cartes est affreux et fait
frémir pour l'avenir. La tête du pauvre cardinal n'y
est plus, il ne radote pas comme fait un homme qui
a eu beaucoup d'esprit et dont le déclin se tourne à
l'extravagance ; mais les gens de peu d'esprit comme
lui, portés aux petites idées, et dont le fort a été la
mémoire et quelques agréments, de tels gens tombent
encore plus dans le petit, dans la misère et dans tous
les dangers de la séduction. Il conserve encore la mémoire, ce qui marque que la faculté matérielle du
cerveau n'est pas encore en décadence, mais la spirituelle s'élève moins et rampe de plus en plus.

Quand on parle à M. Amelot des suites qu'aura le
mariage de Madame de France, fille aînée du roi, avec
l'infant D. Philippe, troisième cadet d'Espagne, on
lui dit : « Mais arrivant, comme y sont les apparences,
que le prince des Asturies meure sans enfants, et que
D. Carlos soit roi d'Espagne, ne travaillerons-nous
pas à soutenir la désunion des deux Siciles et de Castille,
afin que Naples et Sicile tombent à D. Philippe, et
fassent reine Madame de France ? M. Amelot répond
à cela que *c'est une grande question* s'il convient que
cette désunion soit ou ne soit pas.

Mais ces suites seront, selon les apparences, que la
reine d'Espagne va proposer de faire une souveraineté
en Italie pour Don Philippe, et cette souveraineté sera
Milan, Parme, Toscane et Mantoue.

M. Pecquet avertit M. Amelot, il y a un an, que l'on
songeait en Angleterre à envoyer trois vaisseaux au
Sénégal pour usurper sur nous le commerce de la
gomme, et qu'il fallait y envoyer trois vaisseaux fran-

çais. M. Amelot l'a oublié ; il a toujours remis à en parler à M. de Maurepas ; même avis, même réponse à Compiègne, et enfin il en a parlé ; mais M. de Maurepas a, dit-il, répondu qu'il ne restait pas assez de temps pour équiper et envoyer ces vaisseaux. Les Anglais sont venus comme on l'avait prédit, ils ont chassé et maltraité tous nos gens et épuisé ce commerce pour longtemps. Et à cela M. Amelot répond : « Nous avons beaucoup à nous plaindre des Anglais ; » et Pecquet lui a répondu, comme j'ai dit : « Monsieur, vous n'aurez à vous plaindre que de vous-même. »

Enfin, tout est conduit au hasard, sans système et sans principes ; or, le hasard se lassera de nous favoriser, nous ne sommes partout ni dehors ni dedans, et n'ayant ni amis ni ennemis, nous aurons tout le monde pour indifférents, plusieurs pour ennemis par nos défections à l'amitié, et certainement nuls amis.

Le chapeau donné au cardinal de Tencin décrie de plus en plus notre gouvernement, c'est-à-dire le ministère du cardinal : les mœurs méprisées, le public insulté dans toutes ses terreurs, des coups fulminants prêts à tomber sur les prétendus jansénistes, ce parti grossi aujourd'hui de tous les honnêtes gens du royaume qui détestent la persécution et l'injustice ; ces traits lancés par des mains imbéciles et pusillanimes, prêtes à reculer au moindre coup de résistance ; car le parlement ne ménage aujourd'hui la cour que parce qu'il la croit sur le point de changer de face ; mais des coups trop forts et trop imprudents lui donneraient jour à mettre dans un grand décri le radotage du cardinal, et à avancer sa retraite demandée alors par le cri public, et à qui demandée ? à un roi qui la

souhaite et qui n'est retenu que par la vertu ennemie
de tout air d'ingratitude.

Mars. — Toute la force du parti de M. le cardinal
de Fleury porte aujourd'hui sur celui de la constitution. Le pauvre bonhomme, accablé, abandonné
de tous depuis sa maladie, depuis son incapacité, son
radotage, ses fautes, les dégoûts du roi et de la cour,
le brillant du parti de M. Chauvelin, voilà donc que,
sur cela, les molinistes lui offrent leur secours pour le
soutenir, le conseiller et même le rendre redoutable.
Mais la condition de leur parti est comme celle de se
donner au diable, il faut s'y abandonner et le servir
de toutes ses forces. Tel est devenu le cardinal à
l'égard de ces enragés ultramontains, gens dont l'ambition sans bornes, la vengeance, l'exclusion des
honnêtes gens, en un mot toutes les vues et la pratique jésuitique et italienne font tout le ressort de
conduite. Les uns ont l'esprit de conduite, d'autres
sont sots, de bonne foi, mais aimant leur bien propre;
les autres, méchants par nature, réjouis du mal d'autrui et affligés du bonheur public. Tels sont le nouveau cardinal Tencin, l'abbé Gaillande, M. Hérault,
l'évêque de Langres et mon frère ; chacun s'y promet
un grand rôle à attraper. Le cardinal doit devenir le
Mazarin de ce médiocre Richelieu ; il doit donc être
incessamment déclaré, prétend-on, adjoint au premier
ministère, et puis premier ministre. M. Hérault doit
être secrétaire d'État de la maison du roi et de la
marine, en expulsant M. de Maurepas, qui n'est pas
assez moliniste ; l'évêque de Langres doit devenir
archevêque de Paris et puis cardinal, l'abbé Gaillande

aurait la feuille des bénéfices, et mon frère doit être chancelier de France et surintendant des finances.

Une des entreprises de ce parti est la destruction du parlement de Paris; on doit bientôt les traiter comme les avocats au Conseil. Mon frère s'est rendu aimable et totalement redoutable dans le grand Conseil pour être le grand ouvrier de cette œuvre, et, sur-le-champ, on doit transférer à ce grand Conseil défiguré toute l'autorité et les fonctions du parlement de Paris et de la cour des pairs détruite. On joint à cette conspiration d'attiser la haine rivale des maisons d'Orléans et de Condé, et la maison d'Orléans est du parti des molinistes; par là on détruit le parti de M. Chauvelin, et on prétend confiner son chef en prison perpétuelle.

Le parti moliniste outré mène les choses aujourd'hui avec encore plus de hardiesse, de vivacité et de folie que n'a jamais fait le P. Letellier dans les temps de la plus grande bigoterie du feu roi; on se sert de la décrépitude de nos maîtres pour les pousser par les alarmes et par les terreurs de la religion prise en petit.

Sa Majesté a de la religion, mais trop de paresse pour avoir travaillé à en démêler la superstition; il a besoin du moins de guide dans cette route nouvelle; aussi, pour le plus sûr, il laisse conduire les choses au cardinal, dès qu'il est question d'affaires de religion.

Mais on verra bientôt cesser l'insolente tyrannie de ce parti Guisard et ligueur; tout le peuple est contre lui, le mécontentement et la misère sont au dedans du royaume et s'accroissent partout, les ministres et leurs fauteurs sont odieux au public, voilà ce qui amène bientôt la résistance, et cette résistance ne

s'appaise qu'en sacrifiant les mauvais ministres pour
éviter plus grand mal.

On a vu depuis peu avec quelle avidité le public a
saisi l'histoire de la perte au jeu de M. de Fulvy, dont
j'ai parlé. Le cardinal, trompé par MM. Hérault et
Orry, avait nié cette histoire absolument; il a fallu
que le roi lui-même ait assuré ledit cardinal que rien
n'était plus vrai au monde. Sur cela, Son Éminence a
mandé M. Houel, et lui a ordonné de la part du roi
de lui déclarer au juste ce qu'il en était. Houel a
dit qu'on ne mentait pas au roi, et a tout déclaré. Le
cardinal, furieux contre Fulvy, voulait le disgracier et
lui ôter sa place; M. le contrôleur général la demandait, dit-on, aussi. En effet, comment laisser à cet
homme seul l'administration de la Compagnie des
Indes et d'une caisse de plusieurs millions, avec la
facilité de faire de pareilles pertes? Il ne s'agirait plus
que de lui nommer un successeur, un intendant des
finances. Fontanieu regardait cela comme au-dessous
de lui. On proposait M. Turgot ou M. Feydeau de
Marville, gendre de M. Hérault, et à tout cela, le roi,
en ayant reçu la proposition par Son Éminence, a
haussé les épaules. Si le roi avait parlé, il aurait été
bientôt question de nommer quelque homme de mérite et propre véritablement à cela, comme M. de
Bercy, etc. Et, sur cela, le cardinal a retiré ses troupes
et s'est raccommodé avec ce fripon de Fulvy plutôt
que de n'avoir pas sa part à toutes les nominations
sur lesquelles le roi se tient assez roide contre Son
Éminence, qui cache tant qu'elle peut la perte de son
crédit sous des apparences falsifiées continuellement,
et toujours la fureur de gouverner sous prétexte de la

conservation de la religion. M. de Fulvy est donc resté
en faveur; il a avoué et pleuré ses péchés; il a à
présent soutenu qu'il n'avait payé qu'une partie de la
somme; et, pour le reste, il a demandé à retrancher
sa maison. Il s'est réduit à une cuisinière, un laquais
pour lui, deux chevaux; et M. le cardinal a signé lui-
même l'état de la maison, moyennant quoi il reste
maître des trésors de l'État. O grand et dangereux
radotage !

10 *mars.* — M. le cardinal m'a fait l'honneur de
me faire nommer par le roi pour être commissaire de
l'affaire de l'Université avec M. de Fortia seul, et ensuite M. de Machault d'Arnouville rapporteur. Pour
en rendre compte, voici de quoi il s'agit [1] :

L'Université de Paris a appelé de la constitution
Unigenitus au futur concile. On travaille à plaire à
Rome par les victoires extérieures qu'on gagne sur les
jansénistes, et, par des persécutions, oppressions et
injustices, on augmente le nombre des jansénistes à vue
d'œil. On joue tout le même jeu avec lequel on a
bouleversé la France par le calvinisme. Des ambitieux
lâches et perfides poussent le pauvre cardinal décrépit,
et ajoutant à toutes ces horreurs, ils l'obsèdent et lui
font accroire tout ce qu'ils veulent.

Au lieu de veiller à ce que le parti janséniste ne pul-
lule pas, ils l'augmentent, ils l'irritent, ils ne parlent
que de supprimer le parlement et de choses extrêmes,

---

1. Il y a des arrêts du Conseil, du 24 décembre 1738 et du
16 mars 1739, sur les troubles élevés dans la faculté des arts à
l'occasion de l'élection des *intrans* et du recteur de l'Université.

ils le subornent par l'intérêt de son salut sans doute ;
les jansénistes se liguent entre eux et se rendent capables de coups extrêmes.

C'est ainsi qu'on a fait soulever la paroisse de Saint-
Roch, en changeant tous les prêtres, et d'abord les vi-
caires ; qu'on a suscité l'affaire du Calvaire, en changeant leurs supérieures majeures, puis les dispersant
comme les religieuses de Port-Royal ; et enfin l'affaire
de l'Université.

L'abbé Gaillande est devenu favori du cardinal, il
a, dit-il, gagné la grande quantité des jeunes bacheliers de la faculté des arts de l'Université de Paris ; il
les a mis au point qu'ils promettent de faire révoquer
l'appel au futur concile, si on leur donne entrée dans
les assemblées pour élire les *intrans* ou électeurs du
recteur ; par là faisant un recteur à leur fantaisie, ils
parviendront, disent-ils, bientôt à ce but désiré. No-
tons que presque tous ces jeunes entreprenants sont
de la nation de Normandie.

Sur cela, il y a eu de la dispute dans l'assemblée
d'octobre pour la continuation de M. Piat, recteur, et
le pauvre M. le chancelier, persécuté par M. Hérault
et tous les autres imbéciles et fripons de la constitution, a rendu un arrêt qui défend aux membres de
l'Université de plaider sur cela au parlement, et qui ordonne que les mémoires seront apportés au conseil,
ordonne le communiqué des requêtes, et ensuite
nomme, nous autres trois, commissaires pour rendre
compte de notre avis et le proposer à Sa Majesté.

Cette affaire a été examinée chez moi, l'ancien de la
commission, le dimanche 8 mars, le matin, pendant
trois heures. J'ai trouvé, dans MM. de Fortia et de Ma-

chault fils, toute la droiture qu'on peut désirer; le
premier, quoique suspect aux yeux des honnêtes gens
par d'autres affaires, a voulu sans doute reprendre sa
réputation, et a trouvé l'affaire aussi mauvaise du
côté du dessein de la cour qu'elle peut l'être. Nous
avons été sur le champ à Versailles, et le soir, depuis
cinq heures jusques à neuf heures, nous avons travaillé
à cette affaire, et rendu compte des détails et de nos
réflexions à M. le chancelier avec l'étendue qu'on peut
juger par le temps. Le pauvre chancelier nous faisait
pitié, il cherchait et feuilletait de tous côtés pour trouver par où prendre une mauvaise besogne, c'est lui
qui a donné le mauvais arrêt d'évocation et de sus-
pension du tribunal du parlement. Le parlement a
arrêté de faire des remontrances sur cette spoliation
de son autorité, surtout, dit-il, dans un temps où les
saines maximes et la bonne doctrine sont attaquées
dans le royaume : il devait donc voir réussir cette entreprise.

Pour nous, nous avons trouvé : 1° que le règlement
de 1670, qui exclut les suffrages au-dessous de l'âge
de trente ans, est très-sage ; 2° qu'il est émané d'un
juge fort compétent, qui est le parlement de Paris,
toujours commis à la discipline de l'Université; 3° que
l'arrêt de règlement de 1670 n'a point été une chicane
abjecte; qu'il a toujours été connu, respecté et suivi
dans l'Université.

Le lendemain lundi, nous avons eu rendez-vous
chez M. le cardinal, à quatre heures, pour travailler
et décider cette affaire. Je m'y suis rendu à trois heures et demie, comme il allait prendre son café. Vous
eussiez vu la chambre toute pleine d'évêques refro-

gnés et hideux, attendant le cadavre à dévorer, comme
fait le corbeau après la charogne; chacun lui glissait
son mot pour arracher quelques grâces. Mais surtout
voici que le cardinal de Rohan, M. Hérault et mon
frère lui faisaient le bec pour le préparer contre nous;
ils allaient de lui à nous, et nous étant ensuite retirés
dans l'antichambre avec tout le monde pour laisser
Son Éminence seule, les pourparlers ont été grand
train pour nous séduire; mais nous sommes demeurés
constants. Mon frère m'a conseillé seulement de peu
parler devant l'Éminence et de laisser les autres démêler la fusée; mais M. Hérault m'a appris des choses
sublimes, comme ceci: que les droits particuliers devaient céder aux vues supérieures; que, dans celle-ci,
un juge ne devait pas se faire de scrupule de condam-
ner à mort un innocent, si l'on voyait qu'il s'en suivît
quelques jours après un grand bien général : ce bien
général, est, dit-on, que dans deux mois l'appel sera
révoqué.

Le fond de tout ceci est que le cardinal de Rohan
va commettre la platitude de faire élire recteur son
neveu, l'abbé de Ventadour, pour qu'il ait la gloire de
cette révocation d'appel, et, par là, de mériter, auprès
de la cour de France et de celle de Rome surtout,
l'avantage d'obtenir la coadjutorerie de Strasbourg et
bientôt le chapeau de cardinal.

M. Hérault est au désespoir de notre défection; il
dit avec une sottise inexprimable que voilà aussi ce
que c'est que M. le chancelier, avec ses formes de
nommer des commissaires à une affaire d'administration. Il est entré, dit-il, dans nos raisons, et en a rendu
compte à M. le cardinal; que, comme magistrats et

comme juges, nous ne pouvions qu'en juger suivant
nos règles de conseil, mais que comme homme d'État
j'avouais n'entendre rien aux lettres de cachet et aux
ordres tyranniques. Il m'a annoncé que le cardinal
commencerait par un discours pour nous apprendre
dans quel esprit d'administration nous devions traiter
cette affaire-là, et j'ai vu de tout ceci que le pauvre
chancelier a le fardeau de tout, qu'on le regarde en
tout comme un porte-guignon sur qui on rejette tous
les malheurs.

Enfin nous sommes donc entrés chez le cardinal :
outre M. le chancelier, il y avait M. de Maurepas.

Je ne dirai pas le détail des discours, qui ont duré
deux bonnes heures. M. le cardinal, fort prévenu, est
cependant entré dans toute la difficulté, et l'a sentie.
Il a reconnu que l'affaire était mal instruite, et que
quantité de faits déniés de part et d'autre n'étaient pas
soutenus de leurs pièces; et sur cela on a remis à une
autre fois la décision, quoique le temps presse fort,
puisque l'élection doit être le vingt-quatre de ce
mois.

J'ai tâché de parler peu, mais j'ai dit *des choses*, je
les ai placées de mon mieux, je me suis appliqué à bien
entendre et à faire valoir tout ce que disait M. le cardinal, pour le réfuter avec politesse.

15 *et* 16 *mars*. — Je voulais rester aujourd'hui et
demain à Paris, à cause d'un rhume; je croyais qu'on
ne songerait plus à nous autres commissaires, pour
l'affaire de l'Université, lorsque j'ai reçu un courrier
ce matin pour me rendre à Versailles ce soir et travailler demain matin, sur une pensée qui est venue

à M. le cardinal, touchant ladite affaire de l'Université.

M. le chancelier nous a dit ce soir que l'Éminence lui avait remis hier un projet qui n'a ni queue ni tête, et qui paraît fabriqué par M. Hérault. Nous y avons fait nos remarques, c'est-à-dire corrigé toutes les plus grosses sottises, mais le fond reste. Ce que nous avons gagné, ce qui nous tire d'intrigue, nous autres commissaires, c'est que l'on ne nous y cite que comme ayant rendu compte au roi de toute l'incertitude et difficulté de cette affaire, à quoi s'ajouteront nos discours dans le monde pour éclairer davantage notre conduite.

Le 16, nous avons été à une heure chez Son Éminence avec le chancelier et M. de Maurepas, et Son Éminence n'attendait que notre travail pour aller à Issy.

J'ai osé lui parler plus français qu'à l'autre séance sur les conséquences de cette affaire-ci, sur tous les bruits qu'elle allait ainsi attirer, et de la part du public et de la part du parlement. Il paraît obsédé, persuadé que tout le monde donne les mains à la révocation de l'appel, qu'il ne s'agit pour cela que d'avoir un recteur qui la propose, que l'Université et même le parlement y donnent les mains. Il est bien loin de son compte; je lui ai dit que ceci était un fruit qui n'était pas encore mûr et qu'on se pressait trop de vouloir cueillir. Il a cité le roi comme lui ayant demandé hier où en était l'affaire de l'Université; il ajoute qu'il est vrai que Sa Majesté *n'entend pas grand' chose à ces matières-là*, mais que cela marque son attention sur la suite des opérations.

18 *mars*. — L'affaire de l'Université a fini par un arrêt très-ridicule, je dois entrer à cet égard dans quelques détails, puisque j'y ai été acteur, c'est-à-dire pour en détourner autant que j'ai pu.

Le mercredi 18 mars 1739, assemblée des chambres du parlement, où le premier président a lu l'arrêt du Conseil sur l'affaire de l'Université, disant qu'il avait trait aux remontrances déjà ordonnées; on y a trouvé qu'ordonnant l'inexécution de l'arrêt de 1670, on donnait la provision contre le titre et contre la possession, et alors tout d'une voix on a ordonné des remontrances, et toutes les plus fortes; on les tenait toutes prêtes, on les a dû lire le même jour, le soir, chez M. le premier président, et demander jour pour demain à Versailles. Le cardinal a prolongé son séjour à Issy pour jusques à samedi, on s'imagine que c'est pour y frapper quelque grand coup, du moins voilà les discours du parlement et du public qui le regarde absolument aujourd'hui comme un tyran. Le parlement prétend avoir fait ses remontrances avant le vingt-deux de ce mois où se doit faire l'élection du recteur de l'Université.

On remarque que le premier président est mécontent de la cour, ou soufflé par quelque parti : il semble qu'il ait un mot d'ordre pour pousser le cardinal à bout, car le magistrat va au-devant de tout ce que souhaite la compagnie.

Danemark. — M. de Chavigny travaille encore à faire un traité de subsides de la France avec le Danemark, afin d'enlever cette couronne du Nord aux Anglais. Les apparences sont que nous allons échouer.

et il est à craindre que M. de Chavigny n'y laisse sa grande réputation d'habileté, car M. de Plélo n'y avait réussi que pour le grand amour que le roi de Danemark avait pour lui. On voit donc la France lutter avec l'Angleterre pour subjuguer le Danemark par l'argent. L'affaire de Steinhorst était une belle occasion pour nous, mais justement les Anglais en profitent pour obtenir l'alliance en relâchant le château ; ainsi des politiques raffinés soutiendront que l'on fait naître l'insulte pour obtenir le mérite de la réparer ensuite.

D'un autre côté, si nous avions en Angleterre un habile ministre et autre que M. de Cambis, il sèmerait dans le parlement des sujets d'irritation sur cette manœuvre où les intérêts du duc de Hanovre ont croisé ceux de la nation anglaise.

Les étrangers à qui j'ai parlé du parti de l'empereur, disent sur ce traité avec le Danemark : « Eh quoi ! est-ce que vous voulez acquérir tout le monde avec votre argent ? »

Angleterre. — Il y a un grand bruit en Angleterre : il vient d'y avoir un soulèvement dans le peuple sur ce qu'on a appris que deux vaisseaux anglais venaient de nouveau d'être coulés à fond par les Espagnols. Voilà donc, dit-on, cette paix, ce traité du Walpole ! Nous lui donnons tout pouvoir pour armer toutes les forces d'Angleterre, il nous dépense pour vingt millions (monnaie de France) en armements, et pour tout cela, il n'obtient qu'un misérable traité où l'Espagne retient presque autant qu'elle restitue pour nos vaisseaux pris. A cela s'ajoute l'amour du public pour le prince de Galles et le mépris pour le roi, les dettes nationales qu'on va voir joliment accrues depuis le dernier parlement, le rapatriage de la France avec l'Espagne, et la meilleure partie des seigneurs de la chambre haute qui se déclare contre Walpole.

Affaires de Rome. — Le cardinal de Fleury s'est mis depuis quelque temps en relations directes avec le cardinal Corsini, et c'est l'archevêque d'Embrun qui a conduit cela. Par là, M. le duc de Saint-Aignan a été exclu de toute connaissance sur le chapeau dudit archevêque d'Embrun, aujourd'hui cardinal de Tencin. En effet, M. de Saint-Aignan avait d'anciens ordres de s'opposer de la part du roi à ce chapeau, et on ne les a point levés; mais, sachant ce qui se passait, il n'a parlé ni pour ni contre, prudemment. Le pape souhaitait de cardinaliser le Tencin pour animer nos prélats à se signaler, c'est-à-dire à se déshonorer pour la constitution. Il faut de temps à autre relever cette humeur perfide : après le cardinal de Bissy il a fallu le cardinal de Mailly, et comme il y avait longtemps, il fallait un cardinal de Tencin. Par là, on a inspiré au cardinal de Fleury de la haine pour le duc de Saint-Aignan, et il a impatience de le rappeler pour lui substituer le nouveau cardinal de Tencin à Rome. Celui-ci va faire l'impossible pour rester à Paris ou au moins en France, se flattant d'être poussé au premier ministère par le parti moliniste; cependant il annonce un prochain voyage à Embrun, d'où il pourra bien aller à Rome.

Affaires d'Espagne. — Toute l'Europe est scandalisée et effrayée de nos mariages d'Espagne, déclarés ou à déclarer. Les hommes veulent toujours pénétrer et aller plus loin que les faits et que leurs justes con-

séquences; de là on voit, entre nous et l'Espagne, un
rapatriage suivi de concert et d'unanimité complète.
On veut que nous allions bientôt travailler à former
en Italie un patrimoine pour D. Philippe et pour
notre princesse de France, ce qui serait déraisonnable; on veut que nous allions faire cause commune
avec l'Espagne pour leur querelle avec les Anglais, ce
qui serait fort raisonnable; les ennemis de l'Espagne
se défient de nous de tous côtés.

Le comte de Lamark a, dit-on, réussi dans sa négociation de Madrid, en montrant à Sa Majesté que le
cardinal de Fleury n'était point opposé à l'Espagne,
comme on l'accusait d'être; mais quel succès, dit-on,
dans le traité d'accession de l'Espagne au traité de la
paix générale! L'Espagne a fait la loi, et l'empereur a
fait ce qu'on a voulu, dans la détresse où il est par la
guerre des Turcs. Ces conditions ont donc été, comme
j'ai dit ci-dessus, de rejeter tout traité précédent, particulièrement la déclaration de M. Castelar, par où
l'Espagne accédait à la pragmatique Caroline. La
France et l'empereur ont donc passé par-dessus cela,
et la paix générale est prête à être publiée sur ce
pied-là, toujours incertain pour la paix de l'Europe.

Les autres puissances pouvaient traverser le chapeau
du cardinal de Tencin, et nous empêcher d'avoir ce
quatrième cardinal français propre à fortifier notre
parti dans le conclave. On a passé au Prétendant une
grâce fort singulière sur ce chapeau que le pape donne
à sa recommandation, et dont ce pauvre roi reçoit
une somme considérable. Or, l'an passé, à la promo-
tion des couronnes, Sa Sainteté donna un chapeau à
M. Riviera sur la demande du Prétendant, et celui de

M. de Tencin, cela en fait deux; comment donc arrive-t-il que les souverains en prétention aient deux chapeaux à donner, tandis que les monarques réels n'en ont qu'un?

On a dit, pour explication, que M. Riviera avait eu ce chapeau d'ailleurs et par d'autres motifs, et si on avait disputé celui de M. de Tencin sur la même difficulté, on eût allégué la même chose, le pape souhaitant effectivement de créer cardinal ce maraud-là, qui a le cœur et les actions si ultramontains et si propres à vendre la France à Rome.

Affaires du dedans. — Les archevêques et évéques des provinces les plus affligées par la disette ont eu ordre d'écrire une circulaire à leurs curés pour que ceux-ci écrivissent à tous les seigneurs laïques d'assister les pauvres; ces lettres vont en enchérissant : celle des prélats est imprudente, celle des curés est insolente; il y est parlé d'arrêt du Conseil qu'on venait de rendre pour rendre ces charités forcées, et d'*ordres humiliants* que s'attireront ceux qui n'obéiront pas à l'Église sur cela, et qu'ils rendraient compte incessamment au gouvernement de quelle façon chacun se conduirait là-dessus.

Ces curés, la plupart mal avec leurs seigneurs, se sont crus autant de petits ministres d'être chargés de tels ordres, et de se voir ainsi élevés par-dessus les seigneurs laïques. Dans ma province de Touraine, chacun s'est révolté contre cette nouveauté, et, par cette insolence des curés, la charité s'est refroidie au lieu de s'échauffer. Quantité d'honnêtes gens, qui secouraient les pauvres, ont protesté contre cette contrainte en ne donnant plus rien. On a cru voir sous ce ministère-ci s'élever un règne de prêtres, M. le cardinal ne voyant plus autour de lui que ces vilaines gens-là.

Affaires du parlement et de l'Église. — M. Pelletier, premier président du parlement de Paris, est poussé par M. Bachelier avec qui il est allié; et, lui ayant grande obligation de sa place, ce magistrat va aller bon jeu bon argent à ameuter le parlement contre le cardinal. Les remontrances ordonnées hier au soir roulent sur trois points : 1° sur l'affaire de l'Université; 2° sur celle du Calvaire[1]; 3° sur l'affectation de plusieurs évêques du royaume qui donnent partout la constitution comme règle de foi.

19 mars. — Le cardinal a prolongé son séjour à Issy pour jusques à samedi : c'est où il prépare contre le parlement ses grandes opérations. Il s'agit pour les évêques d'être délivrés des appels comme d'abus; le clergé donnerait seul de quoi rembourser le parlement; mais, en le faisant tomber dans de prétendus crimes de lèze-majesté, on trouvera moyen de ne le pas rembourser, et de le traiter comme les avocats au Conseil. M. de Fresne, fils du chancelier, est l'arc-boutant des molinistes auprès de son père qu'il gouverne; il est songe-creux, dur, d'esprit faux, ambitieux et avare; voilà plus qu'il ne faut pour le rendre capable de donner à son père les plus mauvais conseils. Ces vilains molinistes voient mon frère à la tête du grand Conseil comme ils l'ont tant désiré; ils l'y

----

1. Il y eut, vers cette époque, des mesures de rigueur prises contre les religieuses du Calvaire, à Paris, à Poitiers et dans d'autres villes.

voient considéré et entraînant la compagnie après lui;
de là ils ne doutent pas de remplacer subitement le
parlement par le grand Conseil, ayant poussé le premier à bout. Il ne s'agit de rien moins que de changer la constitution du royaume, et cela sans nécessité aucune, pour de viles entreprises de chicane, de
dogmes, où les poursuivants ont tout le tort. Chaque membre du parlement dit qu'il aime mieux cesser
d'être que de vivre déshonoré dans sa place.

Forcez le parlement pour des affaires séculières et
politiques, vous aurez raison : ils ont tort de s'en
mêler malgré le roi; mais, dans les affaires de nos
libertés ecclésiastiques, dans celles de religion qui
mènent au fanatisme, en vérité on a grand tort de
vouloir le pousser à bout pour rien.

22 mars. — L'abbé de Ventadour, neveu du cardinal de Rohan, a été enfin élu recteur de l'Université,
comme je l'avais dit. Cela ne s'est pas fait sans troubles;
mais la jeunesse entrée dans l'assemblée pour cette
élection a fait tant de bruit qu'elle l'a emporté, et
bientôt vous allez voir la révocation de l'appel au
futur concile rayée des registres de l'Université.

Reste à savoir ce que diront les meilleures têtes, les
chefs de l'Université, le parlement et tout le public,
et à quel point de chaleur on parviendra par ces inno-
vations violentes.

Le roi s'était engagé, deux mois après la disgrâce de
M. Chauvelin, à consentir au chapeau du cardinal de
Tencin; il n'avait pu, dit-il, le refuser à la vivacité
avec laquelle le souhaitaient la maison Albano et la
maison Corsini; mais le projet est de l'envoyer à

Rome, de l'y tenir, de l'y *river*, c'est le terme du roi.

Le parti du roi est pris, et rien ne le peut déranger, sur ce que Sa Majesté a conclu pour le temps où elle sera privée de M. le cardinal de Fleury. Il a dit que les affaires étrangères seront conduites par quelqu'un qui les gouvernera bien, et ce quelqu'un ne peut être que M. Chauvelin, comme on l'a dépeint. M. Bachelier s'est lâché depuis peu sur le compte de ce disgracié, et l'a bien dépeint comme l'homme du monde qui est aujourd'hui le plus cher au roi et le plus estimé de lui. Sa Majesté voit que ce n'est que par envie et par la cabale qu'il a été déplacé et qu'on cherche à le noircir, mais en ne trouvant rien contre lui, ce qui le met au creuset pour l'épurer. Bachelier jure qu'il n'a aucune correspondance avec lui, mais sa mission est si bien donnée qu'elle va tout de suite.

Il y a longtemps que le roi a son plan fait par rapport à lui, et je l'ai ouï dire il y plus de dix-huit ans à gens de ses familiers. Il croyait alors à M. le cardinal l'habileté du cardinal de Richelieu jointe à la probité de Joseph ; il croit toujours le dernier article, mais le premier a disparu depuis la disgrâce de M. Chauvelin. Tant que dureront ses jours et son travail, le roi a résolu de profiter de sa jeunesse pour se divertir, chasser, courir, s'amuser à ce qui lui plaît, et, pendant ce temps-là, apprendre, profiter, réfléchir, s'instruire des affaires d'État comme un particulier spéculatif, mais bien instruit, afin d'avoir acquis alors l'âge, les forces, la maturité avec les lumières. Rien n'est plus sage ni plus juste que ce projet, et tout mène à croire que Sa Majesté l'exécutera.

Sa Majesté est encore persuadée qu'elle doit la vie
à M. le cardinal, ainsi qu'à Mme de Ventadour, et,
pour rien au monde, elle ne voudrait payer d'ingratitude ; plus elle voit ce ministre ambitieux de gouverner, plus elle croit sa vie attachée au gouvernement et
à ne point faire choses qui le dégoûteraient et le ren-
verseraient net.

Le roi écrit beaucoup de sa main, soit lettres, soit
mémoires ; beaucoup d'extraits de ce qu'il lit. Un ami
de M. Bachelier a vu depuis peu de ces écrits, et il dit
que c'est avec une facilité prodigieuse, et il est croyable
que Louis XV surprendra le monde, en se montrant
tout à coup un très-grand roi.

On découvre tous les jours de nouvelles friponneries de M. de Fulvy, de nouvelles pertes au jeu, de
nouveaux pillages pour dépenser, de nouveaux mensonges, de nouvelles nécessités de le déplacer. M. Orry
demande à force ce déplacement, et lui-même a dessein de se retirer en voyant tout le monde acharné
contre lui, et assurément il a bien raison. Il a manqué
son coup : avant l'aventure de son frère, il ne voyait
pas moins l'orage immanquable contre lui ; que ne se
retirait-il alors, comblé de richesses et d'aisance, des
terres, des maisons, une pension de ministre de vingt
mille livres immanquable et bien payée ? Il aurait fait
passer à son frère sa place de conseiller d'État : car
ces places-là que gardent les ministres ne s'exercent
jamais pour eux ; c'est pour la famille qu'on les garde :
un ancien ministre ira-t-il porter un paquet de fac-
tums chez M. Méliand ou M. Machault ? Fulvy est
marié, a épousé une fille de condition, il a des enfants, il devenait l'étalon de sa famille, héritier de son

frère pour ses enfants, il gardait sa place d'intendant
des finances, il devenait conseiller d'État, il remettait
quelques commissions favorites, il restait avec des
revenus et des biens pillés; il ne lui manquait que
quelque sagesse. Au lieu de cela, cette retraite lui devient interdite aujourd'hui, on chassera les deux
frères, on fera le procès à Fulvy; il sera perdu.

Le roi a déclaré lui-même à Son Éminence combien
il était trompé par les Orry et par les Hérault. Déjà
le cardinal a proposé à Sa Majesté trois sujets pour
la place d'intendant des finances au lieu de M. de
Fulvy; c'étaient M. Feydeau de Marville, gendre de
M. Hérault, M. Berthier de Sauvigny, ou M. de Fontanieu; et, à ces trois sujets, le roi a tourné le dos.

Depuis cela, Son Éminence a encore mandé
Houel le joueur à Issy, parce qu'on a découvert que
les pertes de M. de Fulvy et de sa femme vont à sept
ou huit cent mille livres en différentes fois.

M. le cardinal vient de proposer au roi de donner
e ministère des finances à M. Amelot, et me donner
le ministère des affaires étrangères; et à cela le roi
tourne encore le dos, parce que cela n'est pas dans
son plan.

Le roi et le cardinal sont également embarrassés.
Quelque place qui puisse vaquer, Sa Majesté ne veut
plus y prendre des sujets de la main de Son Éminence,
et bientôt ceci deviendra pour lui une nécessité de
retraite absolue. Que sera-ce, si à tout cela on voit se
joindre les mauvais succès, tels que : le traité de
subsides manqué en Danemark; — notre crédit perdu
dans les affaires d'Allemagne; — le dedans du royaume

dans une misère effroyable ; — l'Église et le parlement
bouleversés ?

N'est-il pas temps de songer à la retraite ?

23 *mars*. — Le roi, à son lever, a eu la bonté de
me demander des nouvelles de ma santé, me trouvant un peu changé ! Un rhume et grande diète que
j'ai tenue en ont été cause.

M. Bachelier m'a fait demander par Hogguer un
mémoire ou plan de conduite pour remettre entre les
mains du roi touchant les affaires de l'Église, où Sa
Majesté croit voir que M. le cardinal l'embarquait trop
loin ; mais ni Sa Majesté, ni ses amis particuliers en
qui elle se confie aujourd'hui n'ont étudié assez cette
matière pour en savoir le pour et le contre. Le roi
sent seulement que M. le duc menait mieux les affaires
de l'Église que M. le cardinal, que Son Altesse Sérénissime avait eu cette pratique de réprimer les fougueux de part et d'autre, et distribuer les bénéfices
en conséquence. Sur cela j'ai composé un mémoire [1]
dont j'ai gardé minute, et qui doit suffire à Sa Majesté ;
nécessairement il n'est pas fait pour être vu de Son
Éminence, dont les entêtements sont bien blâmés.

25 *mars*. — Jamais on n'a tant vu de déchaînement
contre les Orry, surtout à la cour. Chaque jour paraît
fixé pour la disgrâce, du moins celle de M. de Fulvy
semble arrêtée de jour en jour. On dit qu'on donne ses
places de la Compagnie des Indes et autres districts
au prévôt des marchands Turgot, duquel le cardinal

---

1. Voyez ci après, p. 146.

voudrait bien faire un contrôleur général; mais il est trop pesant, trop goutteux et trop borné. Cependant il est soutenu par la clique des antichauvelinistes, MM. de Maurepas et Amelot, et par la garde-robe du cardinal.

L'autre jour, le roi revenant de la chasse dans sa gondole, on dit que le contrôleur général Orry venait d'arriver à Paris avec Mme de Fulvy, et sur cela le duc d'Ayen chanta cet air célèbre de l'opéra d'*Alceste* qu'on joue actuellement :

> Alcide est vainqueur du temps....
> Il ramène Alceste vivante.

Un autre petit-maître ajouta : « Il ne faut pas dire *Alceste brillante*, car elle a, dit-on, vendu ses diamants. » Tous bons discours devant le roi, et qui font un bon effet.

Depuis que le procureur du roi de la justice de Versailles est mort subitement, le roi y nomme directement. Le cardinal et le chancelier ont donné à Sa Majesté des listes de sujets. Le roi a fait écrire par Bachelier à M. Gilbert de Voisins pour lui désigner un sujet propre, un honnête homme ; on lui en a indiqué un, et le roi, au bas du mémoire, a écrit le sujet de sa main. Chacun s'est regardé, on a dit : « Mais qu'est-ce que cet homme ? » Il n'était encore ni sur la liste de Son Éminence, ni sur celle du chancelier ; mais il a bien fallu y souscrire. Cela prouve que Sa Majesté ne veut plus prendre aucun sujet de la main du cardinal.

Avril. — Nous avons longtemps raisonné, mon

frère et moi, d'affaires d'État et de vues d'ambition
pour lui, et même pour moi, qui n'y pense guère.
J'ai remarqué le vrai défaut qui le fera toujours
échouer des grandes vues, même s'il y parvenait, c'est
qu'il ne songe jamais à capter ses supérieurs que par
leurs faibles, et non par leurs véritables intérêts; le
grand bien, l'utilité publique n'a pas seulement le reste
des méditations de son esprit; à peine y songe-t-il par-
dessus le marché. Par là, il plaît pour un moment,
mais il n'est jamais assez utile pour être à la fois et
de suite aimé et estimé.

— Mon frère a l'âme forte; il l'a plus forte que moi;
mais, avec cette hardiesse, il a l'esprit plus petit qu'on
ne peut dire. Il va aux grandes choses par de petits
moyens. Combien de gens dont on prend la conception pour génie : cette conception va vite et mène
leurs facultés passives à entendre promptement les
idées des autres; elle s'élève même aux grandes idées,
mais en critique, et ils la prennent comme une nourriture étrangère que leur estomac rejette. De cette petitesse d'âme, de cette force et hardiesse d'esprit, il est
résulté que mon frère ne peut travailler qu'à vue, et
quand son travail est destiné à paraître promptement.
De là aussi lui est-il arrivé de préférer les sciences de
curiosité, comme physique et géométrie, aux études
politiques, morales et métaphysiques, et, parmi les
affaires politiques, d'aimer la science du palais d'après
nos lois et nos formes de procéder, qui sont pires
que les abus dont elles prétendent préserver les
hommes.
Je n'ai pas cette hardiesse de tempérament, et, si

je vaux quelque chose, c'est qu'à ma paresse et à ma
timidité est jointe une rectitude de cœur et d'esprit
qui fait que j'aime mieux *être* que paraître. Il me faut
de l'élévation dans les objets pour m'inspirer la hardiesse nécessaire aux entreprises, et surtout la suite et
la constance dans l'impulsion. Mais alors le *moi* est
oublié et je ne pense plus qu'aux autres.

5 *Avril.* — Le cardinal de Tencin fait le dévot, il a
toujours son bréviaire sous son bras, il prêche les
dames de la cour, il dissimule l'ordre qu'on lui donne
d'aller à Embrun attendre la mort du pape, en affec-
tant une grande envie d'aller dans son diocèse faire
des missions, hypocrisie détestable pour être retenu
ici et appelé au ministère. Il joue tous les soirs au pi-
quet avec notre cardinal premier ministre, il donne
des avis, il se rend nécessaire, il tâche de faire la cour
au roi.

Il fait semer des bruits qu'il gouvernera le royaume;
par là on craint cet homme, on n'ose s'élever contre
lui; seulement quantité de gens timides et ambitieux
se donnent pour ses amis et chantent ses louanges. On
accoutume le public à cette idée effroyable, les bonnes
raisons et les sentiments se taisent : pauvres sujets
accoutumés aux folies et à la tyrannie de leurs maîtres !

Le roi a déclaré hautement qu'il ne ferait pas ses
pâques le samedi saint. Notre sot de grand prévôt lui
demanda ses ordres pour qu'il touchât les malades
des écrouelles; nos rois ne vaquent à ce miracle
qu'après qu'ils ont fait leurs dévotions; le roi répondit à M. de Sourches sèchement : *non.*

On gémit de ce scandale[1], on pourrait sauver les
apparences par une basse messe que dirait le cardinal
de Rohan dans le cabinet du roi, le P. de Linières
présent, et on tairait mystérieusement que le roi ne
s'est présenté ni à la pénitence, ni à l'eucharistie; mais
le roi dédaigne cette ridicule comédie, étant plongé
dans l'adultère sans vouloir quitter son habitude. Les
véritablement honnêtes gens conçoivent cette opinion
de Sa Majesté qu'elle a de la religion et qu'elle est
hautement honnête homme, ne voulant point approcher indignement du sacrement ni jouer une comédie
plus indigne de son rang qu'il n'y est scandaleux de
ne pas remplir le devoir. Cela mène encore à secouer
le joug du vieux précepteur.

Walpole se tire d'affaire au milieu des clameurs du
peuple de Londres, des deux chambres du parlement
et des commerçants de l'Amérique assemblés; il leur
a laissé jeter leur feu, il leur a montré ses raisons pour
ne pas faire la guerre à l'Espagne; ces raisons, à la vérité, sont honteuses pour la nation et donnent grand
avantage à l'Espagne, et cela par un mémoire public;
il fait plaider pour son traité, il promet merveille pour
la suite, il conservera les dépenses à la flotte, il les
dupera encore cette fois-ci. Le roi d'Angleterre n'est
point à Hanovre cette année; ses affaires avec son
fils étant plus brouillées que jamais, il n'aura garde de
quitter l'Angleterre.

Cependant si son voyage d'Allemagne avait lieu,

---

1. On avait déjà remarqué que le roi n'avait fait ses dévotions
ni à la Toussaint, ni à Noël de l'année précédente. *Correspondance
manuscrite de Dubuisson.*

comme on a dit, il y effectuerait de grandes choses ;
tout est prêt pour cela, savoir une ligue des principales puissances protestantes : l'Angleterre, la Prusse,
le Danemark et la Hollande. La Suède n'y entrera
pas, ayant d'autres objets, comme la succession du
royaume, et de conserver sa liberté contre les monar-
chisants, et c'est pour cela que la nation s'est donnée
à la France.

Une telle ligue de protestants serait affreuse contre
notre politique, et c'est pour cela qu'un habile homme
et employé me disait l'autre jour que tout allait à la
débandade, et qu'il était temps que de plus habiles
gens se mélassent de nos affaires. Voilà ce que le cardinal de Richelieu et Louis XIV ont toujours empêché
que ces associations de protestants. Alors nous devrions prévoir une guerre sanglante à la mort de
l'empereur.

Le roi de Prusse se meurt, dit-on, de la goutte qui
remonte de temps en temps ; il a une grande ardeur
de tirer quelque parti de la succession du palatin, et
cela est depuis longtemps un intérêt de religion, depuis que la branche régnante de Hapsbourg est catholique, et même très-bigote, aujourd'hui que la cour
est gouvernée par les jésuites.

Ces quatre puissances associées commenceront par
faire leurs efforts pour tirer le parti que je dis des
successions de Juliers et de Berg.

Il est décidé que M. de Vaulgrenant n'ira plus à
Pétersbourg. Il a représenté que nous n'y avions pas
encore eu d'ambassadeur, que pour y paraître conve-
nablement, cette représentation était plus chère que
celle de Vienne, où on donne à notre ambassadeur

près de cent mille livres. Il demandait quatre-vingt-dix mille livres pour son entrée : il représentait que les seigneurs y changeaient d'habits presque tous les jours, que cette cour était montée sur le ton d'un luxe incroyable, que l'article seul du vin y allait à plus de vingt-cinq mille livres, à cause des vins à faire venir de France, et des gros droits dont n'étaient pas exempts les ambassadeurs.

On dit que M. de La Chetardie ira à sa place, et il y a grande apparence qu'il n'ira plus à Berlin.

Dans toutes les affaires que nous négocions aujourd'hui de toutes parts, on nous objecte notre double mariage avec l'Espagne, l'un conclu, l'autre prêt à être déclaré ; cela jette une défiance universelle de nos desseins : on ne nous regarde plus que comme des hypocrites, et qui, au fond, seront toujours liés avec l'Espagne pour aspirer à la tyrannie. Ces mariages-là aujourd'hui intéressent plus que jamais l'Europe, le roi n'ayant qu'un Dauphin.

Et arrive sur cela la circonstance qu'on ne veut pas donner Madame seconde à M. le duc de Chartres, mais au duc de Savoie, ce qui marque que nous n'avons aucun dessein de garder la double renonciation d'Espagne et de France. On parle de plus de former pour D. Philippe un nouvel État en Italie, et on croit que nos efforts pour la Corse y tendent ; en effet que dire quand on ne voit pas de véritable explication à donner directement aux entreprises ? on se livre alors naturellement aux soupçons qui expliquent mieux que les prétextes forcés.

D'ailleurs on appréhende encore tout autrement le ministère qui doit succéder à celui du cardinal ; on re-

garde toujours celui-ci, parmi les étrangers, comme un
bonhomme qui ne tirera jamais de pernicieux avantages de toutes ses mauvaises dispositions et contraires
au repos de l'Europe ; on présume même que ces
démarches échappent malgré ses avis, et que cela ne
provient que de conseils donnés au roi par des influences secrètes du ministère futur. On regarde M. le
Duc et la maison de Condé comme devant avoir grande
part au prochain ministère, M. Chauvelin devant y
revenir par son concours ; mais je suis persuadé que
celui-ci, passé quelques moments de reconnaissance,
et se trouvant une fois bien affermi, ne songerait
qu'aux véritables intérêts de la couronne.

M. le Duc est tellement enragé de haine et de jalousie contre la maison d'Orléans qu'il servira toujours
ardemment la branche d'Espagne pour succéder à la
couronne de France, en desservant celle d'Orléans,
quoique, celle-ci venant à régner, cela dût l'avancer
d'un degré vers la couronne.

On va publier la paix générale le quinze mai prochain, ce qui sent bien le réchauffé. M. le cardinal a
souhaité qu'on n'y fît pas grande fête et qu'on ne donnât point de festin à l'Hôtel de ville. Il a fait ordonner
la même chose lors du mariage de Madame avec don
Philippe, quoique le roi eût dit d'avance qu'on fît faire
des habits et qu'il y aurait des fêtes. Cette économie
est souvent mal placée ; il est vrai que la misère des
provinces est aujourd'hui si grande qu'on y a été, ce
carnaval, fort scandalisé du beau bal du roi, tandis
que les habitants manquaient de pain et broutaient
l'herbe, dont ils crevaient, en beaucoup de provinces
du royaume.

Depuis que M. de Maurepas est du conseil d'État, aucun secret n'est plus gardé, et on sait tout d'avance.

Les deux premiers commis de M. Amelot, MM. du Theil et Pecquet, ne font plus rien de leur métier; ils font des livres[1]. M. Amelot se pique de tout faire par sa tête, en dictant ses lettres sèches à quelques scribes.

L'affaire de M. Orry et de M. de Fulvy est dans une situation qui ne peut durer comme elle est. M. de Fulvy convaincu d'une dissipation de sept à huit cent mille livres au jeu, sans les autres dépenses folles, lui qui était entré avec rien dans les finances, déshonoré par les mêmes prises, le vrai de l'affaire découvert par le roi lui-même, et le cardinal contraint de prendre des meilleures informations qu'il n'avait fait, et qui se sont trouvées vraies, voilà de quoi disgracier absolument ces deux frères haïs de tout le monde.

10 *avril.* — Le crédit du cardinal s'affaiblit et meurt tous les jours; il se retranche tout entier sur les affaires d'Église qu'il mène rudement et veut mener plus rudement encore, s'étant jeté à corps perdu et livré aux plus ambitieux et outrés des molinistes. Cependant le roi s'est informé d'ailleurs des véritables principes politiques sur cette matière[2], il en a des mémoi-

---

1. On attribue à Pecquet les *Mémoires secrets pour servir à l'histoire de la Perse*, Amsterdam, 1745, in-12. Quant à Laporte du Theil, père de celui qui fut l'helléniste et membre de l'Académie des inscriptions, nous ne pensons pas qu'il ait rien publié.

2. D'Argenson fait allusion ici aux mémoires qu'il fournissait au roi sur ces matières. Voy. ci-après, p. 146.

res bons et justes, et bientôt il va résister au cardinal même sur cette matière.

On ne sait plus bien ce qui se passe entre lui et l'Éminence, mais il est à croire qu'après y avoir eu des négatives continuelles de la part de Sa Majesté sur les choses capitales, cela descend aux moindres, et qu'enfin il s'y trouve à présent des ordres positifs, secs et durs de la part de Sa Majesté.

Le cardinal amaigrit à vue d'œil sans être malade, il périt de chagrin. Voilà ce que c'est que d'avoir trop vécu. Ses faux amis lui ont toujours dit que le vaisseau de l'État n'avait plus à vivre qu'autant que Son Éminence vivrait, et il l'a cru surtout par rapport aux affaires de l'Église, qu'on lui a montrées comme perdues dès qu'il ne s'en mêlait plus, soutenant que pendant le peu de temps qui lui restait, il fallait avancer les progrès de l'unité de la foi, c'est-à-dire de la constitution, tout autant qu'il le pouvait, même au péril de sa vie et de tout, ceci menant à la rédemption de son âme et au pardon de ses péchés, et le pauvre homme ayant peur du diable, aussi près qu'il l'est de son tombeau, et l'ayant vu ouvert l'automne dernier. Il ne voit pas que toutes ces poursuites de commande gâtent l'unité même de la foi, au lieu d'y faire des progrès.

Quand on vient avertir l'Éminence d'aller chez le roi, l'Éminence paraît plongée dans la rêverie, elle se contraint, elle joue la gaieté forcée chez Sa Majesté.

Enfin la crise est actuellement le déplacement du contrôleur général et de son frère, que le roi a, dit-on, ordonné d'autorité. Mais sur ce déplacement, il faut un successeur à M. Orry, et voilà le *hic*. M. le cardinal

n'a proposé que des sujets mauvais et faibles; le roi a
son choix déterminé, qui est pour M. d'A....l.... [1]. Le
cardinal n'était pas éloigné ci-devant de ce choix et
l'avait proposé, mais lui voyant des appuis secrets
près de Sa Majesté, et surtout le soupçonnant d'amitié
pour M. Chauvelin, le regardant comme son précurseur, ces idées réchauffées par les idées de M. Chauvelin et par les concurrents de M. d'A....l.... [2]........
.... de
celui-ci, qui est aveugle dans son ambition ; Son Éminence, dis-je, combat et résiste, ce qui ne peut cependant aller loin, et on croit que cela ne passera pas
le prochain voyage d'Issy, qui est pour lundi prochain,
où il doit rester toute la semaine.

11 *avril.* — La mauvaise humeur du cardinal
augmente, et l'esprit de décision baisse chaque jour ;
il nous brouille avec la Hollande sans raison, il refuse
l'ajustement du Portugal, qui a envoyé carte blanche
à son ambassadeur. On vient de retarder la publication de la paix, sans doute pour quelques difficultés
qui marquent par quels hommes nous sommes gouvernés. Le roi est très-mécontent de l'insuffisance de
M. Amelot, qui ne prend conseil que de sa mémoire
et de sa sécheresse d'esprit. Ses deux premiers et ex-
cellents commis ne faisaient rien aujourd'hui, MM. du
Theil et Pecquet; il ne leur donne pas un quart d'heure
à travailler par jour. M. Amelot a très-mal dressé

1. D'Argenson l'aîné.
2. Il y a ici une petite déchirure dans le mss. Le passage semble
s'appliquer au comte d'Argenson.

l'instruction et le projet de traité avec les Corses, il est plein de négligence et de choses impraticables.

Enfin le roi supporte tous les jours M. le cardinal avec plus de chagrin et d'impatience, il le lui témoigne à tout propos, il le brusque, il ne lui répond pas.

Mais tous ces dégoûts ne prennent pas; le cardinal est gouverné par son habitude de régner, par les hypocrites molinistes qui lui disent sans cesse que, pour le bien de la religion, ils veulent qu'il gouverne le royaume jusques à la fin, après quoi cette pauvre France va être abandonnée à l'irréligion. En dernier lieu, ils se sont appuyés sur ce que le roi vient de déclarer tout hautement qu'il ne ferait pas ses Pâques cette année, que la France sera encore plus livrée à l'hétérodoxie et au schisme d'avec Rome, tout devant céder aux influences de la maison de Condé, que l'on sait être janséniste. Mais ce qui le retient le plus dans sa place si précaire, c'est la certitude dont il se convainc tous les jours que M. Chauvelin viendra en place à l'instant où l'Éminence aura le dos tourné, et cette pensée lui fait tourner la tête.

14 *avril.* — L'impératrice est déclarée hydropique. L'empereur ne se porte pas bien, il est plongé dans un juste chagrin, il a un fond d'injustice et de cruauté qui, avec les méchants conseils de Zinzindorf, le plongent dans la misère affreuse où il est.

On ne se cache plus que c'est aller à sa perte que de servir cette année dans l'armée de Hongrie. Le grand-duc, son gendre, ni le prince Charles ne marcheront pas, ils resteront en Toscane cet été, où il est très-mal voulu de tous ses sujets et se fait grandement

haïr par son gouvernement allemand, c'est-à-dire dur
et intéressé, et surtout par comparaison à l'aimable,
tendre et salutaire gouvernement des Médicis. Cependant sa réputation va aller de plus en plus mal pour
être jamais élu empereur. Cette rupture de son voyage
en Hongrie a l'air d'une poltronnerie effroyable; ses
voyages à Vienne, pendant la dernière campagne, son-
nent très-mal; le vrai, cependant, est qu'il vint comme
le seul qui pouvait remontrer à l'empereur que l'armée
manquait de tout.

   Une dame du premier crédit à Vienne étant chargée
de faire décider si le duc d'Aremberg servirait ou non
cette campagne en Hongrie, elle lui a répondu l'autre
jour, et un de mes amis a vu sa lettre à Bruxelles.
Elle lui marque qu'enfin et heureusement il est décidé
qu'il n'irait pas, qu'on est bien heureux que les têtes
qui sont chères soient conservées, et que c'est aller à
la boucherie que d'aller à cette armée.

   En effet, l'armée manque et manquera de tout, bien
plus encore que l'autre campagne; il n'y a plus pour
soldats que de vils paysans qu'on fait marcher à coups
de bâton, à peine des officiers, nuls approvisionne-
ments. La peste s'est renouvelée et est plus forte que
jamais dans le bannat de Temeswar. Il semble que
l'empereur ait résolu, par dépit et par fureur, de la faire
passer dans toute l'Europe; il ne fait garder aucuns
passages; il a, depuis peu, fait briser les barraques
des Vénitiens qui avaient mis des postes à l'entrée de
l'Italie pour les cérémonies de quarantaine.

   Les Turcs ont commencé par ordonner de grandes
courses de Tartares, qui ne craignent pas la peste, dans
le bannat; par là ils ont tellement dévasté le pays que

les impériaux n'y peuvent pas subsister. M. de Bonneval est revenu de son exil en Natolie à Constantinople; il en a été quitte pour une légère honnêteté au grand vizir; on l'a comblé de caresses et de dignités nouvelles; il va fournir mieux que jamais ses conseils funestes à la maison d'Autriche. Ledit Bonneval était revenu si fier et si haut de la dernière campagne, qu'il obtenait ce qu'il demandait; il avait demandé la proscription de trois têtes, dont le vizir était une; on lui a accordé celle des deux autres, et le vizir, qui est un homme de sens, l'a fait mortifier, mais avec intention de le regagner à lui comme il a fait.

M. le cardinal de Polignac m'a dit savoir bien que la guerre de la Corse, dont nous nous entêtons tellement, nous est inspirée par l'empereur; qu'en bon français, c'est une affaire que fait Sa Majesté Impériale par son crédit à Versailles, et qu'il en reçoit de l'argent des Génois pour nous le persuader; qu'il avait commencé cette guerre aux rebelles de la Corse avant sa guerre contre nous; mais qu'ayant été obligé de la cesser, il nous l'avait résignée après la paix, sous prétexte que cela mettrait nos forces à portée d'empêcher l'Espagne de faire aucunes mauvaises tentatives en Italie. Nous nous y piquons, nous y dépensons et nous y perdons de notre meilleure infanterie.

La publication de la paix générale à Paris vient d'être retardée, quoique le jour ait été pris au quatorze de ce mois. Les Nouvelles à la main ont dit que la cause en était de ce que les préparatifs des fêtes médiocres qu'on doit y donner n'étaient pas terminés, et en même temps on a vu que, par une ma-

nœuvre grossière, les ouvriers ne travaillaient pas.
M. Amelot m'a dit que le vrai de cela est que les
copies à faire faire pour l'Espagne et pour Naples ont
été confiées à de vieux secrétaires qui ne finissent
point, et que M. de la Mina est allé à Chantilly. Je lui
ai dit qu'ils se moquaient de nous, et qu'il y avait une
affectation grossière à ce contre-temps, car la maison
d'Espagne conclut cette paix à contre-cœur et attend
beaucoup du bénéfice du temps.

17 *avril.* — Au voyage de la Muette¹ que fait le roi
actuellement, la partie est gaillarde et indépendante.
On a invité les dames qui en sont ordinairement, et
auxquelles on est accoutumé. On dîne à Madrid, chez
Mademoiselle ; on soupe à la Muette ; dans l'après-
midi, à Bagatelle, chez la maréchale d'Estrées; on y
passe joyeusement le temps, on y fait l'amour, si vous
voulez ; tout est bien réglé ; mais, de plus, on y traite
continuellement avec irrévérence le pauvre bonhomme
de cardinal; on ne parle que de lui, de sa décrépitude
et de sa cour d'Issy. Le roi en est soûl, en est las, le
déteste, et il n'y a plus qu'un peu de vertu qui le retient.

— On s'attend à une grande fermeté de la part du
parlement à la rentrée d'après Pâques, dans les affaires de l'Église. Cependant on médite, dans la garde-
robe du cardinal, quelque grand coup contre la cour

1. D'Argenson écrit la *Meute*, ce qui est la véritable orthographe, ou du moins celle qui donne le sens et la prononciation
primitive du mot.

des pairs. Le cardinal de Tencin, l'abbé Gaillande et mon frère, tiennent de grands conseils pour suggérer à Son Éminence quelque coup terrible, politiquement scandaleux, ce qui, vraisemblablement, achèvera de perdre le cardinal dans l'esprit du roi, Sa Majesté étant déjà imbue d'autres maximes plus propres à la paix, et même au bien de l'union dans sa foi. L'abbé Gaillande est, sur cela, le maître des basses manœuvres, et le théologien de ce triumvirat; le cardinal de Tencin en est le politique, le ministre et le stipulateur pour Rome; et mon frère s'étant attiré les adorations de son grand conseil, où il commande pour un an, leur ayant donné lestement à dîner, y ayant été assidu, les ayant caressés en homme d'esprit et de cour, il promet ses troupes pour ces grands coups, car il s'agit de remplacer à l'instant le parlement par le grand conseil.

19 *avril.* — On a appris ce soir à Versailles que l'évêque de Metz (Saint-Simon) achetait du cardinal d'Auvergne la charge de premier aumônier, et qu'il avait parole du cordon bleu. Ce petit prélat est haï et déshonoré par son avarice, son humeur malfaisante et chicanière. Il a succédé à un homme généreux et bienfaisant[1]. Sa faveur auprès de M. le cardinal de Fleury provient du besoin qu'il s'y est ménagé par des lettres de Mme de Lévy, dont le cardinal avait été amoureux en jeunesse; ces lettres sont emportées et indiscrètes pour plusieurs noms de la cour. Le fripon d'évêque de Metz lui en remit une partie pour devenir

1. Henri-Charles de Cambout, cardinal de Coislin.

évêque de Noyon; il en retrouva encore pour avoir
l'évêché de Metz, et le bon cardinal, donnant toujours dans cette crainte, a encore été intimidé par un
petit restant des mêmes lettres que le Saint-Simon s'est
trouvé avoir. Il est à croire qu'il en aura encore pour
être fait cardinal.

On murmurait de ce choix, lorsque l'abbé et duc
de Berwick, nommé à l'évêché de Soissons, est sur-
venu avec de bons droits à la même charge; il en avait
traité il y a trois mois avec le cardinal d'Auvergne;
il avait l'agrément de M. le cardinal de Fleury,
et le roi était resté dépositaire de sa parole pour
qu'elle ne fût pas vendue à d'autres; mais tout cela
n'a point tenu contre dix mille livres de plus que
l'évêque de Metz a offert à M. le cardinal d'Auvergne,
qui est un homme sans honneur et sans décence, quoique sans noirceur. Notre cardinal ministre était bien
embarrassé; il tenait bon pour l'évêque de Metz,
lorsque le roi a terminé cela tout seul.

Le cardinal d'Auvergne entrant au lever du roi, le
mardi 22 avril, Sa Majesté lui a dit : « M. le cardinal,
je vous aime trop pour souffrir que vous me quittiez;
je ne veux pas que vous vendiez votre charge; » et tout
a été fini par là. Il est vrai que le pauvre vieux cardinal d'Auvergne est nul dans les affaires, et n'a pas
un sol pour son voyage de Rome, qu'on regarde
comme prochain.

Avril. — Le public est toujours alarmé par des
bruits qui courent, que le cardinal de Tencin va devenir adjoint de M. le cardinal de Fleury. Ce nouveau
cardinal s'est fait absolument cardinal valet; il se

trouve au lever et au coucher du premier ministre ; il lui fournit des mémoires sur tout, mais le diable serait de le faire goûter au roi, et cela recule au lieu d'avancer. Il est résolu qu'il va à Rome relever le duc de Saint-Aignan, et on vient de le faire mettre dans la Gazette à la main ; il doit même ne recevoir la barette et le camérier qu'à Embrun, ce qui chagrinera d'autant le petit camérier, qui comptait sans doute de voir Paris. On prépare déjà les galères qui doivent porter Son Éminence à Rome et ramener M. de Saint-Aignan.

24 *avril*. — Au moment de partir pour Lisbonne, j'écrivis à M. Chauvelin la lettre suivante :

« A monsieur Chauvelin, ministre d'État,

« Paris, ce 24 avril 1739.

« Je ne puis, Monseigneur, sortir du royaume sans prendre congé de vous et sans vous parler de mon sort et même du vôtre, afin de vous assurer de la continuation de mes sentiments.

« Suivant la réponse dont vous m'avez honoré le 20 du mois passé, vous ignoriez de moi jusqu'à ma demeure ; cette idée m'a chagriné, quoique je l'entendisse. M. votre beau-frère m'a envoyé votre lettre, et, si je ne trouvais pas une voie également sûre pour celle-ci, je me priverais plutôt de vous l'écrire, quelque plaisir que ce soit pour moi.

« J'étais destiné à ne pas sortir d'un métier pour lequel je n'ai jamais eu ni avances, ni talent, ni goût, qui est de juger des instances. Je m'y résignais depuis qua-

torze ans; il n'existait pour moi de moyen d'en sortir
que celui d'être connu de vous, ou plutôt d'en être
deviné, avec la bonté et l'amitié dont vous m'avez honoré, et que je souhaite vivement qui soient justifiées
par les épreuves.

« On ne m'appelle, on ne se sert encore de moi que
sur les mémoires que vous en avez donnés; et c'est là
bien assurément la moindre des inspirations qui sub-
sistent encore de votre illustre ministère. Pour finir
ce qui regarde mon sort, j'ai été destiné à une autre
ambassade, pendant qu'on a cru celle de Portugal
manquée; je ne l'avais pas demandée; je ne me suis
proposé pour rien, Dieu merci; je suis content partout pour moi-même. Tout ce que je puis mettre du
mien à ma fortune est de me souvenir de votre sagesse,
de votre modération, de votre attachement au roi et
à l'État, et d'aimer ces vertus. J'ai entendu encore
parler d'autres choses pour moi, et j'y ai toujours reconnu la même source. J'ai écouté; j'aurais bien à
m'accuser de quelque curiosité; mais, Dieu merci, je
m'en suis tenu là exactement, et rien ne s'oppose à une
tranquille résignation.

« En vérité, monsieur, ce que je désire le plus au
monde, c'est de voir l'État bien gouverné; et comme
tous mes vœux ne sont pas aveugles, j'y joins les
moyens que je connais et dont je me suis bien assuré.
Notre maître mérite par sa vertu d'être servi selon son
cœur. Je crois avoir conjecturé juste depuis un an; je
sais donc sur qui il substitue son choix pour la première confiance. Heureux et vertueux ceux qui travaillent à l'y confirmer! Je n'avais pas besoin de cette
persuasion pour leur être attaché; j'admire la sagesse

qui souffre, qui supporte, qui attend le moment avec
tant de patience, et qui ne craint rien tant que de dé-
buter par l'oubli des anciens services, et par insulter à
la vieillesse; mais ces égards ont leurs bornes; on
doit craindre les fautes irréparables, les maux des-
tructifs et les mauvais choix qui font des taches affreuses aux plus beaux règnes. Vous connaissez jusqu'où va la misère des provinces, et votre capacité
vous montre jusqu'où elle va s'étendre. On sait quel
parti paraît avoir prévalu à la cour depuis votre départ. Des gens qui n'ont pour tout mérite que de
vous bien haïr et d'être évidemment intéressés à s'opposer à votre retour, se piquent de servir la religion
qu'ils trahissent par leur méchante ambition, et ils sont
prêts d'enfreindre la constitution du royaume. Sans
aucune nécessité à la violence de leurs conseils, ils
corrompent les mœurs par les indignes choix qu'ils
persuadent tous les jours. Les affaires du dehors ne vont
plus que par la suite du mouvement que vous y avez
donné; le reste est commis au hasard et à l'étoile qui
peut pâlir, et on perd l'harmonie des différentes parties entre elles; on traite les plans généraux de systèmes chimériques ou de grandes questions qui effectivement effrayent de bonne foi les plus petites têtes
que notre nation ait jamais vues à la sienne.

« Voilà, monsieur, dans quel état je laisserai le
royaume en partant vers les premiers jours de juin
prochain. J'en suis plus inquiet que de ce qui me regarde personnellement. Ce juste tempérament de devoir et d'égards mettra-t-il tout le frein suffisant au
progrès des maux? Pour moi, je m'acquitterai tout de
mon mieux et avec toute l'industrie dont je suis ca-

pable de mon consulat, si je suis assez heureux pour
y en faire naître un, et surtout par le souvenir de vos
conseils, dont je n'ai oublié aucun.

« Ma lettre n'est bonne qu'à vous exprimer mes sentiments, et ne demande que le feu et nulle réponse, si
ce n'est de savoir souvent (je ne sais par quelle voie),
que vous vous portez bien, et que votre génie a encore
beaucoup d'années à servir l'État, en dépit de celles
qui se consument dans un exil politique, et que je ne
qualifie pas comme il doit l'être, par mon grand respect
pour celui qui le tolère. »

25 *avril*. — J'ai eu aujourd'hui une longue conversation sur la Hollande avec M. de Ville, secrétaire
d'ambassade de M. le marquis de Fénelon, notre ambassadeur à la Haye. Il m'a dit que nous tenions
bien la Hollande par la crainte qu'ils ont d'oppression extérieure ; que les intrigues du prince d'Orange,
c'est-à-dire les menées du roi d'Angleterre, son beau-
père, y font nos vraies forces : car ce roi, puissant
en argent et en corruption dans son pays par Walpole, a grande affection pour sa fille, la princesse
d'Orange, laquelle lui ressemble plus qu'à feue sa
mère. Ainsi Sa Majesté Britannique appuie ouvertement en Hollande le parti du prince d'Orange, pour le
porter au généralat et à la tyrannie. Cela produit désunion entre les deux puissances maritimes ; et certainement il arrivera qu'un de ces matins le parti opposé
à la cour, dans le parlement d'Angleterre, lui re-
prochera le tort que cela fait à la nation. Les Hollandais ont donc besoin de nous et nous ménagent,
dans la crainte de cette oppression où les peut jeter

une union d'intérêts avec l'Angleterre contre la France.

Le Grand Pensionnaire d'aujourd'hui est peu de chose, c'est un petit esprit occupé de formes, un buraliste : s'il entend quelque chose, c'est la finance, où il a été élevé. Voilà encore une raison pour détourner la Hollande de grandes entreprises contre nous, qui commenceraient par une union avec le parti protestant d'Angleterre et de Prusse.

Et, par nos bonnes mesures, voilà l'affaire de Berg et Juliers entièrement manquée pour le roi de Prusse, l'union des puissances protestantes n'ayant point eu lieu, par mésintelligence, par manque de résolution et d'une bonne tête comme le pensionnaire Heinsius pour ameuter cela. Le roi de Prusse, avec ses grands hommes, n'a osé faire avancer en Clèves que des munitions, mais nulles troupes extraordinaires, de peur de fatiguer ses grands géants; s'il l'avait fait, il n'aurait eu que vingt lieues à faire à la mort de l'électeur Palatin pour s'emparer de Juliers, et nous en aurions eu soixante, en tirant nos troupes du département de Metz, comme c'est le projet, sous les ordres de M. de Bellisle. C'est ce que nous exécuterons aussitôt cette mort, qui est prochaine, l'électeur ayant plus de quatre-vingts ans et dépérissant chaque jour depuis quelque temps.

Nous sommes convenus sur cela d'un traité de famille entre la maison palatine que nous garantissons, l'empereur et nous, par où on donne la provision des pays contestés au prince de Sultzbach, et nous lui prêterons des troupes, et ensuite on assemblera un congrès, qui doit durer deux ans, pour écouter les belles raisons de la Prusse et de la Saxe, qui sont déjà nées répudiées.

28 *avril*. — J'étais dans un grand embarras, quand les difficultés ont été terminées avec le Portugal ; car d'un côté les ministres extérieurs me disaient : Partez, et promptement ; et de l'autre, les ministres secrets et intérieurs me disaient : Ne partez pas, le roi vous garde pour de meilleures choses[1]. J'ai demandé décision, et enfin elle est arrivée. On m'a dit que Sa Majesté ne me trouvait pas bien malheureux à tout hasard de voir ces beaux pays qu'arrosent l'Èbre et le Tage, et que je reviendrais au bout de peu de temps ; que cependant j'eusse tout l'air possible de presser mon départ, mais que je le conduisisse vers les premiers jours de juillet. Et, en effet, au bout de quelque temps, j'ai trouvé l'empressement des ministres à me faire partir tout refroidi. On ne saurait pénétrer quels mots se dirent sur cela dans l'intérieur d'un travail entre Sa Majesté et Son Éminence. En effet, mes ordonnances à toucher au Trésor royal sont remises de jour en jour.

3 *mai*. — Je crois avoir parlé ci-dessus de l'affaire de l'Université, où le cardinal fut d'abord mécontent de mon avis opposé à son dessein, à quoi il fut bien excité par tous ces vilains prêtres molinistes ambitieux et perfides ; mais cependant le bonhomme sentit les difficultés et ma fidélité et franchise. Mais depuis

1. « B. (Bachelier) me prescrivait la rupture de la part de Sa Majesté. » *Journal de mon ambassade*, II, 263.

cela, il arrive que l'objet qu'on avait, qui était de faire révoquer l'appel de l'Université, a manqué absolument, d'où le cardinal a réfléchi sur la vérité de mon avis, et depuis cela il chante mes louanges partout, et même dans des circonstances qui marquent bien que l'affaire de l'Université en est le principe; car il dit l'autre jour à don Louis d'Acunha : Vous ne sauriez croire combien cet homme-là aime la vérité; il aime mieux la dire et déplaire.

Dans le même temps, le roi m'a fait demander par Bachelier un mémoire de conduite sur les affaires de la constitution, disant que c'était la seule chose qui l'embarrassait dans son gouvernement futur ; que son petit conseil d'aujourd'hui était mal instruit sur ces matières; mais qu'il sentait seulement que feu M. le duc d'Orléans avait d'abord trop donné au jansénisme, et qu'aujourd'hui M. le cardinal donnait trop au molinisme, et qu'il n'avait été content du gouvernement de M. Le Duc que sur cette matière, où il punissait également les chaleurs d'un côté comme d'un autre.

Sur cela, ces derniers jours, j'ai donné le mémoire qui est en mon portefeuille d'Affaires d'État[1].

---

1. Ce morceau, fort remarquable, se trouve en effet dans les *Mémoires d'État*, t. III, f° 14. Il est intitulé : *Mémoire sur la conduite politique dans les affaires polémiques de religion*, et précédé d'une note ainsi conçue :

« Le mémoire qui suit a été composé par ordre exprès de Louis XV.

« Le sieur B. me le fit demander : il fut dit que tout ce qui embarrassait alors *** et *** était ce que deviendraient les affaires de la religion après la mort du cardinal. Car on avait fait de cette affaire-là à S. M. un monstre qui l'étonnait pour l'avenir et

Bachelier le lut d'abord trois fois et le savait quasi par cœur, puis l'a remis au roi qui l'a bien relu et l'a gardé dans ses papiers, où il fait des extraits de tout.

Cependant il paraît que cela a rapporté des fruits, car tous les bruits du jansénisme sont restés là, l'affaire du Calvaire, celle de l'Université, les aigreurs contre le parlement. On a mis un curé plus doux à Saint-Roch, à la place du défunt. Il est hors de doute que Sa Majesté a parlé au cardinal comme il fallait, et je serais bien flatté d'être cause d'un repos si salutaire.

— Le cardinal de Tencin part cependant et nous quitte pour longtemps; il a pris congé, il part le 7 mai. Il ira à Embrun, il recevra la barrette d'un camérier, et de là à Rome, où il compte d'être le 20 juin, pour y aller recevoir le chapeau et y joindre cette résidence avec celle du prochain conclave. Il n'avoue pas encore l'ambassade de Rome ni le retour de M. de Saint-Aignan, quoique cela soit sûr; voilà comme il vient de m'en parler.

On ne peut croire encore à son départ parmi les

qui le faisait résoudre à écouter les conseils des prélats molinistes, avides et ambitieux.

« Je puis dire que ce mémoire fit un tel effet, que le roi, le relisant plusieurs fois, en a fait la règle de sa conduite sur ces matières de sectes, et que, depuis ce temps, les affaires de la Constitution changèrent de face en France, S. M. ayant résisté, à diverses reprises, à toutes les insinuations du cardinal, qui voulait frapper de nouveaux coups, principalement à l'occasion de la consultation des avocats contre le catéchisme de M de Sens. Cette résistance de S. M. découragea le parti des persécutants; ains les affaires sont devenues tranquilles, et l'on s'en est aperçu avec applaudissement. »

prétendus politiques d'État, qui assurent qu'il allait être adjoint au premier ministère, et, tout sûr de son départ qu'il est, il y a encore des parieurs qu'il ne partira pas. Cet entêtement vient partie de gens méchants qui le souhaitent, partie de sots qui le craignent.

Mais d'autres assurent qu'il reviendra d'Embrun à la première maladie de M. le cardinal, et que celui-ci en feindra une tout exprès.

Cependant, la veille de son départ, le cardinal de Fleury a encore fait la galanterie au Tencin de lui faire donner l'abbaye de Trois-Fontaines, qui vaut quarante mille livres de rentes, et il a accompagné ce don de grâce, lui disant : N'oubliez pas d'aller remercier le Roi. — De quoi ? — De l'abbaye de, etc. Il est vrai qu'il faut du revenu à un cardinal français pour soutenir le poids de sa dignité, et pour l'ambassade de Rome on ne donne que trente-six mille livres, supposant des revenus ecclésiastiques à un cardinal chargé des affaires comme était le cardinal de Polignac.

M. Hérault dit que la misère des provinces n'est rien en comparaison de cette calamité d'envoyer le cardinal de Tencin à Rome, puisque c'est le seul homme capable de gouverner nos affaires de l'État.

— Le dedans du royaume est dans un état sans exemple; les villes, et surtout la capitale, ont attiré tout à elles depuis la diminution des monnaies que fit M. Le Duc. Cela se fit sentir d'abord en 1725, y ayant eu une inclémence de saisons. M. Le Duc haussa ensuite un peu la monnaie, et cela fit mieux. M. le cardinal a soutenu les monnaies dans cet état; les riches ont

perdu, par l'injustice qu'il y a de devoir trois livres
d'or ou d'argent au lieu de deux qu'on avait stipulé
pendant les monnaies hautes; mais arrivant que les
denrées ne haussent pas à proportion, cela cause une
banqueroute universelle. Ce dernier acte de tragédie
se passant contre la plus basse partie du peuple, on
est exposé à une misère affreuse quand les récoltes
deviennent médiocres : que serait-ce s'il y avait disette comme en 1709 ? Cependant M. le cardinal ayant
préposé aux finances l'imbécile et brutal M. Orry,
plus celui-ci a été menacé de disgrâce, surtout par les
pillages de son frère, plus il a opposé à cela de nouvelles inhumanités et bêtises, ne voulant se soutenir
que par sa faveur auprès du cardinal en le flattant
surtout.

La misère depuis un an avance donc au dedans du
royaume à un degré inouï ; les hommes meurent drus
comme mouches, de pauvreté, et en broutant l'herbe,
surtout dans les provinces de la Touraine, du Maine,
de l'Angoumois, du Haut-Poitou, du Périgord, de
l'Orléanais et du Berry, et cela approche déjà des environs de Versailles [1].

---

1. On est tenté de taxer d'exagération ces tableaux, sur lesquels d'Argenson revient si souvent, de l'effroyable mortalité
causée autrefois par la misère en France. Voici à cet égard un
document authentique que nous empruntons aux *Mémoires de la
Société d'émulation de Moulins*. Il se rapporte à une époque an-
térieure et au règne de Louis XIV; mais il nous a paru d'un intérêt si saisissant que nous croyons devoir le donner ici. Il fait partie
d'un morceau plus étendu, intitulé *la Famine de 1709 dans le Val
de la Loire* :

Extrait des registres de la paroisse de Molinet, année 1709.

« Je certifie à tous qu'il appartiendra, que toutes les personnes

On a beau le dire, l'impression est momentanée,
M. Orry persuade toujours au cardinal que ce sont
des contes, et que c'est le parti de M. Chauvelin qui
insinue cela pour le chasser, lui, et par là discréditer
M. le cardinal en lui substituant un chauveliniste.

Les intérêts mal entendus dudit Orry lui suggèrent
en partie cette horrible flatterie, et en partie aussi les
discours des financiers, par les yeux desquels seuls il
voit le royaume, et ceux-ci sont avec lui dans la proportion de méchante flatterie où il s'est mis avec le
cardinal. Il regarde les intendants comme des curés
ou dames de charité, qui exagèrent le mal par sotte
douceur d'entrailles; par là, il a dégoûté tous les intendants; rien n'est plus entre le trône et le peuple, et
il traite le royaume précisément comme dans un pays
ennemi pour les contributions, et on ne voit que par
les yeux de ceux qui tirent mieux ces contributions.

Ce *mal politique*, dont on ne connaît aucunement
la portée, par cette considération des monnaies que
j'ai dit, est un phénomène que nos plus beaux raisonneurs croient être incompréhensible, car on ne voit
pas qu'il y ait eu disette marquée partout; ce n'a été
que des demi-années dans les provinces les plus mal-

qui sont nommées dans le présent registre sont TOUS MORTS DE
FAMINE, à l'exception de M. Descrots et de sa fille. »

« 1er janvier 1710, signé Barrois, curé à Molinet. »

(*Note du même, plus bas.*)

« L'an 1709, il n'y eut ni bled ni vin dans tous les pays voisins.
Les pauvres peuples ont vendu tout ce qu'ils avaient, pour avoir
quelques pains d'orge ou de sarrazin. *On a mangé les charognes
mortes depuis quinze jours*, les femmes ont *étouffé leurs enfants* de
crainte de les nourrir. »

traitées, et des années pleines dans d'autres ; c'est le
manque d'argent, c'est le manque de *moyens* pour
acheter des vivres qui milite le plus ; d'où cela vient-il ?
Avec cette pauvreté, les grains et les vivres enchérissent partout, personne ne fait plus travailler.

Cependant M. Orry a exigé les impôts avec plus de
rigueur que jamais, la taille poussée fort haut ; il a
toujours montré au cardinal une abondance dans la
finance, qui l'a fait se féliciter et a favorisé ses projets
politiques, et il continue la même chose.

A la fin se sont élevés contre M. Orry tous les principaux magistrats, même les plus politiques, surtout
M. Turgot, à qui cela a fait grand honneur, ensuite
M. de Harlay, si grand courtisan, et qui a été lui
chanter pouille à Bercy, et a fait ordonner la défense
des corvées pour les chemins ; car ce bourreau hait si
fort les pauvres peuples que, par un intérêt public mal
entendu, il voulait continuer ces chemins à corvée,
tandis qu'il en résultait un malheur public si supérieur.

Depuis un an, je commençai, en revenant de ma
province de Touraine, à exposer l'horreur de cette
misère. Le cardinal me dit : Mais parlez donc au
contrôleur général. Ensuite Mme la duchesse de Roche-
chouart, douairière, en écrivit au cardinal et fit impression. M. de la Rochefoucauld, venant de l'Angoumois, fit la même chose, et depuis, l'évêque du Mans
est venu de son évêché à Versailles, uniquement pour
dire que tout y mourait, et enfin, en dernier lieu, le
bailli de Froulay, qui a beaucoup d'accès à la cour,
vient aussi du Maine et crie encore plus fort. Cela fait
des impressions, puis on n'en parle plus.

M. Fagon dit que tout cela est la faute du chance-

lier (tant ce pauvre homme est le bardeau de tout),
que cela vient de ce qu'on a ôté la compétence aux
prévôts des maréchaux, qu'il n'y avait qu'à faire arrêter tous ces mendiants, qu'on les a laissés trop se
multiplier.

On accuse le petit Chauvelin, intendant de Picardie,
d'avoir inculqué le principal mal à M. Orry, en lui
persuadant qu'il y avait assez de blé, qu'il fallait qu'il
fût cher, et, pour cela, le laisser sortir, depuis cette
misère, et c'est à la faveur de ce terrible raisonnement
en telles circonstances que M. de Fulvy s'est enrichi
par tant de passe-ports.

M. Turgot déclare que le commencement de la misère à Paris et dans les provinces de la correspondance
commence à l'époque de la diminution des sols, ce qui
revient à mon système.

Enfin il est question à présent d'une horrible proposition, qui est de retrancher par moitié les rentes
sur la ville. M. Orry avance ce système afin d'ôter aux
tailles une partie de ce retranchement : banqueroute
horrible, flétrissante, ruineuse et non satisfaisante,
comme on éprouverait si on ne hausse pas les monnaies.

M. de Maurepas varie dans ses plans de cour ;
après avoir attaqué M. Orry, il le soutient à présent,
lui et ce système malfaisant. M. d'Angervilliers tient
de bons discours sur cela, et c'est de lui que nous sont
venus ces deux derniers articles.

De tout cela, il est aisé de conclure que le cardinal
est aussi proche d'être chassé du ministère, que M. Le
Duc quand il le fut en 1726. Ici c'est sa faute, il se
soutient par M. Orry, il lui rejette tout successeur, par

crainte de voir diminuer son autorité par quelqu'un suspect de chauvelinisme, ayant une passion furieuse contre ce ministre disgracié.

Par là, il ne remédie à rien s'il n'y remédie à point, et ce mal-ci mine beaucoup plus le royaume que les malheureuses guerres de l'empereur ne minent la maison d'Autriche, quoique nous nous applaudissions tant de notre fine politique sur cela. Son Éminence ne voit pas qu'il répondra bientôt lui-même de ces maux ; que M. Le Duc a sa revanche à prendre avec usure et avec plus de justice ; il doit dire : (et que l'on compare si le parallèle ne l'emporte pas avec accroissement ;)

Le cardinal est ce que j'étais alors, souffrant le mal par ignorance.

Fulvy est Mme de Prie, pillarde. .

Orry est MM: Duverney et d'Ombreval.

Bachelier est ce qu'était M. de Fréjus alors.

Et je ne doute pas que le parti de Bachelier et de M. Chauvelin n'aille jusque-là ; qu'ils ne supportent à présent M. Orry, pour que tout ce mal emporte le tout en même temps, et fasse disgracier le cardinal pour n'avoir pas voulu changer M. Orry.

Déjà il vient d'y avoir une sédition à Ruffec dans l'Angoumois, pour le pain, et une à Bordeaux par des écoliers, excités par l'insolence des commis.

4 mai.—Le cardinal est devenu *menteur comme un laquais ;* il l'a bien marqué depuis peu dans l'affaire de l'évêque de Metz et de l'évêque de Soissons, pour la charge de premier aumônier ; il a engagé le roi à finir l'affaire, comme on l'a dit ci-dessus, pour sauver sa turpitude aux yeux du public.

Ceux qui sont instruits des affaires de la maison
d'Orléans, savent bien que c'est le cardinal qui s'oppose au mariage de M. le duc de Chartres avec
Madame seconde, et que, tant que Son Éminence aura
du pouvoir, ce mariage n'aura pas lieu.

Bachelier a pour unique ambition le gouvernement
de Versailles, comme l'avait M. Blouin. M. de Noailles
l'a obtenu dans un temps de faveur, et Bachelier n'en
est que l'intendant. Il gêne M. de Noailles, et celui-ci
vicissim. Le roi a pris par lui-même la connaissance
des logements pour ne s'en rapporter qu'à Bachelier,
et ôter toute autorité au maréchal de Noailles. Celui-
ci l'a fait passer à son second fils, le comte de Noailles.
Bachelier vise à une indemnité pour celui-ci; il était
attentif à la maladie de M. le comte de Château-Re-
gnault; on lui a envoyé un courrier pour lui apprendre
sa mort. Il comptait que le roi donnerait au comte
de Noailles la lieutenance générale de Bretagne qui
vaut quarante mille livres de rente, moyennant quoi
celui-ci remettrait à Bachelier le gouvernement de Versailles, et le roi désirait ainsi. Mais j'ai été surpris d'apprendre, et on ne sait pas par quels canaux se font ces
choses, que cette lieutenance générale vient d'être
donnée à M. de Châtillon, gouverneur du dauphin. On
a en même temps disposé de quelques régiments de
gens qui se sont retirés.

On cite une plaisanterie du roi. Il faut savoir que ce
sot et vilain duc de La Force[1] est amoureux de la reine;
il la suit et s'empresse de faire sa partie de qua-

---

[1] Celui qui avait été condamné en 1721 par le parlement, pour
immixtion dans le commerce des denrées coloniales.

drille. L'autre jour le roi les vit jouer, et remarqua
que la reine voulant faire la vole avait joué spa-
dille, et que M. de La Force ayant manille gardée
avait jeté d'abord sa manille. Sur cela le roi conta
qu'il avait vu à Marly quelqu'un qu'il nomma et qui
était amoureux de la princesse de Rohan; qu'il avait
joué un coup à peu près semblable par une distraction
inévitable en amour. Et, sur cela, Sa Majesté se retira,
et on rit beaucoup. On vient de le nommer du voyage
de Marly, et le roi a dit que cela était trop juste.

11 *mai.* — Il y a eu une assemblée générale de la
Faculté des arts de l'Université de Paris, convoquée
pour sept heures du matin, aujourd'hui, par mandement du recteur, l'abbé de Ventadour. On critique
d'abord une irrégularité dans cette convocation, c'est
que, suivant les statuts, cet avertissement devait être
publié quarante-huit heures auparavant, et il ne l'a
pas été de quarante heures. On a affecté le mystère
d'annoncer cela subitement, la veille d'un dimanche
où le temps se met au beau, où on a cru tout le monde
à la campagne et le parlement prêt à y entrer. On
avait gagné toute la journée des bacheliers et licen-
ciés; on a fait recevoir maîtres ès arts, même aux dépens du roi, une quantité de jeunesse, et tout cela est
entré dans l'assemblée. Bref, on a donné tous les ressorts d'une mauvaise cause à celle de l'Église, et cela
par la fureur, l'impatience, la tyrannie et l'ambition
perfide de ceux qui mènent cela en cour. Par ces manœuvres, on élève la jeunesse à aller contre sa conscience; on la séduit par l'ambition, on perd les
mœurs.

Par là donc, la révocation de l'appel et l'acceptation pure et simple de la constitution ayant été mises sur le tapis, la pluralité des voix a été à l'affirmative, et voilà le ministère bien aise ; voilà le cardinal de Rohan qui va obtenir la coadjutorerie de Strasbourg et peut-être le chapeau de cardinal pour son neveu, l'abbé de Ventadour.

Mais le fâcheux aux yeux de la règle, de l'ordre et de la raison, c'est qu'il y a eu quatre-vingts opposants, et cela les meilleures têtes, les plus anciens, comme les Rollin, les Coffin, etc. On leur a refusé acte de leur opposition et de leur protestation.

Sans mutinerie, sans fanatisme, ces graves et scientifiques personnages vont se pourvoir au parlement, et il est à craindre qu'on ne les y reçoive avec grande protection. La voie des évocations au conseil est usée ainsi que celle des remontrances, et la tyrannie se marquant à ce coin, il est à craindre que le parlement ne s'avise d'autre chose, à quoi on ne s'attend point à la cour, comme d'un appel au futur concile au nom de toute la nation.

C'est ordinairement entre la Pentecôte et les vacances que commencent les campagnes du parlement contre la cour, ainsi que va s'engager celle pour les affaires de la bulle sous le pauvre cardinal de Fleury, qui est toujours le jouet de ces fripons hypocrites ultramontains dont il est circonvenu ; de ce côté là on ménage l'auxiliaire grand conseil avec grand soin ; et pour y signaler ce secours, on cherche à aiguiser le parlement pour le détruire. Voilà ce qu'on prépare et ce qui transpire depuis plusieurs mois.

On avait dit le cardinal de Tencin parti pour Em-

brun et Rome; mais s'il n'est point parti, comme
d'autres l'affirment, ces affaires-ci vont différer son
départ et prolonger son séjour secret pour le consul-
ter à Marly. Mais enfin le roi voudra être obéi, et les
prétextes manqueront.

12 *mai*. — Le cardinal est gai et tranquille à Marly.
Le contrôleur général est de même et oisif. Il fait jouer
les eaux pour les compagnies qui viennent le voir de
Paris; il dit qu'il n'a rien à faire, qu'il ne s'embarrasse
pas de la misère des campagnes; car il a, dit-il, donné
si bon ordre, qu'il n'en peut mésarriver et que tout
cela est arrangé. Cependant le cri augmente contre
lui; Paris est inondé de pauvres de la campagne.

Le cardinal a eu l'autre jour un déboire marqué du
roi. M. d'Angervilliers avait arrangé une disposition
avec Son Éminence; il la proposa; le roi ne répondit
rien. Le secrétaire d'État le lui demanda plusieurs fois
et ajouta que cela avait paru bien à M. le cardinal. Le
roi demanda le papier contenant cet arrangement, le
prit, le déchira et le jeta au feu. On l'a su; quelqu'un en
a parlé à M. le cardinal, qui a dit : « Bon! ce sont là
de petits enfantillages du roi, que je connais. »

Le cardinal de Tencin est enfin parti dimanche
dernier, 10 de ce mois, pour Embrun.

On attend à tous moments des exils et des bastilles
contre les vénérables opposants de l'Université, tels
que MM. Rollin et Coffin.

13 *mai*. — On a parlé que le cardinal de Fleury
songeait à être pape après la mort du pape régnant,
qui n'a cependant que deux ans plus que lui, étant

de 1651, et le cardinal de Fleury de 1653, quoique l'Almanach royal ne place sa naissance qu'en 1655 en juin.

Ceci explique quantité d'énigmes. Voilà ce qui le fait supporter au roi. Sa Majesté est flattée de cette gloire de faire son vieux précepteur pape , comme Charles-Quint fit le sien; ainsi il veut pousser le temps par l'épaule et ne le pas disgracier que le moment ne soit arrivé. Par là se trouvent expliqués et cet esprit de persécution dont les sentiments de Son Éminence ne paraissaient pas originairement entichés, et son amitié pour le cardinal de Tencin qu'il croit habile fripon et capable de grandes intrigues à Rome , tandis qu'un plus honnête homme ne l'eût pas bien servi ; par là on comprend comment le cardinal d'Auvergne, sans qui il n'eût jamais été cardinal lui-même, ne peut et ne doit être qu'à lui, quelque soit son peu d'habileté ; enfin on trouve que toutes les puissances catholiques et le sacré collége l'y serviront bien, les Italiens aimant l'élection des vieillards qui redonne bientôt lieu à un nouveau conclave, les catholiques contents de lui par amitié, les catholiques mécontents, comme l'Espagne et Naples , pour en voir délivrer notre ministère de France ; enfin sa qualité de Français n'y fera rien, car cela ne peut tirer à conséquence par son grand âge , et ne tenant à aucune famille considérable.

Nota. Le cardinal Mazarin était ainsi destiné à la papauté quand il mourut.

Mai. — Le plus grand mal de ce temps-ci pour le dedans du royaume et plat pays, c'est que l'on n'a jamais vu comme aujourd'hui *le règne exclusif des finan-*

ciers. M. Orry, porté de goût à cette race, ne voit que par leurs yeux et gouverne le royaume tout comme un pays livré aux contributions. Il a éconduit les intendants de province, qui n'osent parler ni représenter.

De son côté M. de Fulvy vole et pille plus que jamais. Je sais un de mes amis qui a vendu depuis peu à un de ses émissaires pour cent mille écus de liquidations, que le père de celui-ci avait achetées à $\frac{1}{2}$ pour cent. M. de Fulvy les a achetées à deux pour cent afin de les faire passer dans des payements au trésor royal.

19 *mai.* — La disette vient d'occasionner trois soulèvements dans les provinces; à Ruffec en Angoumois, à Caen et à Chinon. On a assassiné sur les chemins des femmes qui portaient des pains. Cette simple nourriture y est plus enviée aujourd'hui qu'une bourse d'or en d'autres temps, et, en effet, la faim pressante et l'envie de conserver ses jours, excuse plus le crime que l'avarice d'avoir des moyens accumulés pour les besoins à venir. La Normandie, cet excellent pays, succombe sous l'excès des impôts et sous la vexation des traitants. La race des fermiers y est perdue; je sais tels gens qui viennent d'être contraints d'y faire valoir leurs terres excellentes par des valets; tout périt, tout succombe. M. le duc d'Orléans porta l'autre jour au conseil un morceau de pain de fougère; à l'ouverture de la séance il le mit devant la table du roi et dit: Sire, voilà de quel pain se nourrissent aujourd'hui vos sujets!

On vient d'établir en Angoumois ce qu'on appelle *le trop bu.* Des commis viennent chez des gentilshommes compter ce qu'ils ont de vin de leur cru dans

leur cellier, ils disent : Vous ne boirez que vingt pièces ;
nous marquons le surplus, et nous vous le ferons payer
dans un certain temps. On souffre cela par respect
pour le nom formidable du roi, mais bientôt tout se
soulève contre la tyrannie. Il vient d'y avoir une tuerie
épouvantable d'écoliers à Bordeaux par la brutalité de
quelques commis qui, après avoir arrêté une poularde
qui ne devait rien, ont fait arrêter le soir l'écolier qui en
était porteur, pour leur avoir, disaient-ils, manqué de
respect, et, comme on ne punit point de telles horreurs,
on fait haïr les droits du roi, et cela sans profit. C'est
par cette protection aveugle, et par l'extension continuelle des droits, qu'on augmente tous les ans de quelques millions les baux des fermes ; mais cette augmentation n'étant fondée ni sur une meilleure régie, ni sur
l'accroissement de l'abondance, qui, au contraire, va
en diminuant, on voit le roi s'appauvrir. Cependant
M. Orry vante l'aisance où est la cour pour ses plats
projets politiques, pour la régularité des payements et
pour l'abondance de l'argent à Paris, d'où naît, dit-on,
le crédit royal. Il vante l'amour qu'ont pour lui les
financiers ; mais se piquera-t-on toujours de tout faire
pour le crédit du roi, dont on ne se servira jamais?
Car, dans la dernière guerre, qu'est-ce qu'ont avancé
les financiers? rien. Ainsi je crois bien qu'ils l'aiment, seuls riches, tout le monde pauvre, tolérés du
ministère, accrédités partout, et jamais employés à
servir le roi de ce crédit. L'avarice des Orry et Fulvy
va son chemin mieux que jamais et avec une avidité
qui se moque du gibet, à la veille de tant d'orages qui
grondent.

Ces jours-ci le cardinal a proposé au roi le choix

d'un autre contrôleur général qu'il lui a désigné ; Sa
Majesté lui a tourné le dos en lui disant que cela ne
pressait pas.

M. l'abbé de Langeac, agent du clergé, a obtenu le
sursis d'un certain droit qu'on demandait indûment en
finance à un ecclésiastique. M. le cardinal a ordonné
le sursis à M. Orry. Celui-ci a signé le soir l'ordre pour
le faire payer. Plainte de l'agent, explication devant
Son Éminence. M. Orry lui a donné un démenti, l'a-
gent est devenu furieux, le cardinal a mis le holà.
Voilà ce qui charme le vieux et coriace ministre ; mais
qu'il considère que toutes ses vertus admirées se bor-
nent à la brutalité.

M. de la Mina, ambassadeur d'Espagne, vient d'être
nommé au cordon bleu : cela nous embarrasse tous
les jours davantage avec nos alliés opposés à l'Allemagne. L'autre jour un excellent politique me disait :
Que ne voit-on un système d'être tout bien ou tout
mal avec l'un des deux partis ? Puisqu'on ne sait que
faire de son argent en France, que ne donne-t-on des
subsides au roi de Naples ? Voilà ce qui charmerait la
reine d'Espagne, et ce qui rendrait sa cour dépendante
ainsi que celle de Naples.

Le mariage de Madame l'aînée avec l'infant D. Philippe devant se célébrer ce mois d'août à Versailles,
le droit et la raison veulent que ce soit M. le duc d'Orléans qui l'épouse par procuration, comme le premier
prince du sang ; mais la cour d'Espagne n'aime pas ce
prince qui la prime pour sa succession à la couronne
de France, et d'ailleurs, S. A. R. ayant eu prise avec
elle pour les intérêts de la reine d'Espagne douairière,
elle lui préfère l'amitié de M. le Duc, qui paraît mieux

partisan de ses créatures en France, malgré l'injure, dont il a été l'auteur, du renvoi de l'infante, mais qu'on a su rejeter sur le bonhomme cardinal. Voilà donc conflit de juridiction. M. le Duc a montré la procuration qu'il a déjà reçue d'Espagne, et, en dernier lieu, il a été choisi, par préférence à M. le duc d'Orléans, pour donner l'ordre de la Toison à M. de la Mina, quoique celui-ci fût également chevalier de cet ordre. Mais le roi, voulant suivre les règles, vient de déclarer qu'il aimait mieux envoyer sa fille en Espagne sans être mariée auparavant, que de souffrir ce passe-droit aux règles et à l'ordre parmi les princes de son sang.

Il vient de paraître un arrêt du conseil qui casse et annulle l'acte d'opposition des quatre-vingt-deux opposants de l'Université, et les déclare incapables de posséder aucunes places ni fonctions de leurs grades. Par là, M. Rollin, ce savant si vénérable et si citoyen, est exclu de tout ; par là, trente-quatre des meilleurs professeurs de l'Université sont chassés de leurs chaires, qui vont être remplacés par de jeunes professeurs hypocrites, perfides, déshonorés dans leur corps et ignorants, chose qui va grandement profiter aux Jésuites, dont le collége va se remplir avec profit. On a donné des lettres de cachet à MM. Coffin, Gibert et abbé d'Eaubonne ; celui-ci ne fit qu'empêcher l'insulte que faisaient ces jeunes ignorants à M. Rollin, comme il voulait parler dans l'assemblée.

Cependant cette opposition avait été tournée en requête, et cette requête adressée au parlement, qui a dû s'assembler le 22 mai pour en délibérer. Mais l'évocation va suivre, et les remontrances, et les suites qu'on pourrait prévoir, si on ne croyait pas le cardinal tout près de sa chute ; et on craint de déplaire au roi, qui va gouverner avec autant de justice que de fermeté.

J'ai eu, le 16 et le 17 mai, une conversation avec M. de Courteilles, notre ambassadeur en Suisse, qui m'a dit confidentiellement que le traité de renouvellement d'alliance avec les cantons protestants ne réussirait pas ; qu'il leur disait tous les jours de profiter de la vie du cardinal, qui en avait envie et qui y donnerait gros. Mais ceux-ci veulent se faire acheter exorbitamment, quelque peu de besoin que nous en ayons, fiers de leur abondance, de leur peuplade et de leurs richesses, qui prospèrent tout autrement, comme on sait du reste, chez les huguenots que chez nous autres pauvres conformistes papistes et mangés par les prêtres. Ces gens-là veulent l'emporter en tout sur les catholiques déjà alliés avec nous ; et il est démontré qu'il faudrait renoncer aux uns pour gagner les autres.

M. de la Chétardie, fin comme l'ambre devant le cardinal qu'il sait duper comme M. de Mirepoix, lui a fait accroire que tout était bien accommodé en Prusse, et, voulant se défaire de son désagréable poste de Berlin, il soutient que M. de Valory, son successeur, sera bien reçu, ce qui n'est point, puisqu'on nous y déteste pour vouloir conserver au palatin l'intégrité de la succession de Clèves, sans rien relâcher à la Prusse, ni par aucune considération, et cela sous prétexte d'un congrès, où on discutera les moyens ; mais la possession provisionnelle emportera tout.

Cependant M. de la Chétardie lui-même va avoir une désagréable ambassade en Russie. Notre nouvelle alliance si intime avec la Suède menace la Russie de guerre, tandis qu'elle s'acquitte si désagréablement de la guerre de Turquie. La Russie joue l'empereur par cette considération et le laisse à la gueule au loup.

A la cérémonie des chevaliers de l'ordre du 17 mai 1739, il fut beau de voir le vieux Guerchy[1] criblé de blessures, soutenu par son fils dans les révérences. Le roi avait eu l'attention de lui ordonner de rester à Paris au lieu d'aller à son régiment, pour donner la main à son père.

Le cardinal de Tencin, peu avant de partir, a fait dire à Bachelier par Hogguer, et à celui-ci par M. de Vilaines, les vraies circonstances de son départ. M. le cardinal de Fleury lui offrit de le faire entrer dans le conseil, et son raisonnement sur cela a été de dire : Le roi a un arrangement pour après la mort du cardinal; ou j'y suis, et en ce cas il me rappellera d'Italie, ou je n'y suis pas, et alors il me chassera le lendemain. Sur cela, il a toujours réfuté son maître, et, le jour même qu'il partit, M. le cardinal lui écrivit un billet pour qu'il vint encore lui parler à Versailles, et le cardinal de Tencin lui répondit que cette nouvelle démarche était contraire à ses propres intérêts, étant trop marquée et trop ridicule. Il envoya sur-le-champ chercher des chevaux de poste et partit.

Cette démarche, cette confidence est fausse et perfide à son maître, elle a été mal reçue, mais elle est de bon sens.

On lui a dit : Mais voici qu'à présent M. d'Argenson le cadet va bien cheminer, étant si bien auprès de Son Éminence. Lui! a répondu le Tencin, il y est très-

---

1. Louis de Regnier, marquis de Guerchy, lieutenant général, gouverneur de Huningue, mort le 13 février 1748.

mal, il le connaît, il l'a connu au bout de trois mois, mais il le joue continuellement. Quel jeu, bon Dieu !

Avis sur les présents Mémoires. Ceci peut se rédiger par ordre de dates et en journal, dans le goût des Mémoires de l'Estoile ; mais les articles se trouveraient souvent bien plus étendus ; il y aurait quantité de fautes à corriger par un éditeur, et au style beaucoup à réformer et à châtrer.

24 *mai.* — Il y avait aujourd'hui à Versailles quelqu'anguille sous roche, quelque grande inquiétude parmi nos ministres, et surtout chez M. le cardinal, qui était d'ailleurs fort changé et cassé.

Non-seulement la réalité est dans la misère, mais l'intrigue de cour s'y joint aujourd'hui pour la faire éclater et chasser le ministère. On parle donc de misère à Versailles plus que jamais ; ce n'est plus seulement la Touraine qui en est le siége, c'est toutes les provinces qui approchent de Paris. L'évêque de Chartres [1] a tenu sur cela des discours singulièrement hardis au lever du roi et au dîner de la reine ; tout le monde le poussa à les redoubler. Le roi l'interrogeant sur l'état de ses peuples, il a répondu que la famine et la mortalité y étaient ; que les hommes mangeaient l'herbe comme des moutons et crevaient comme mouches, et que bientôt on allait y voir la peste, ce qui était pour tout le monde (et il y comprenait Sa Majesté). La reine lui ayant offert cent louis pour ses pauvres, ce bon évêque lui a répondu :

1. Charles-François Des Moutiers de Mérinville.

Madame, gardez votre argent pour quand le roi, ses finances et moi nous serons épuisés. Alors Votre Majesté assistera mes pauvres diocésains si elle a encore de l'argent.

Tout le blâme de ceci retombe de plus en plus et nécessairement sur M. Orry. M. le prévôt des marchands vient de me dire que, lui parlant de l'état du Limousin, où l'on ne trouve pas un sac de blé, quelque somme qu'on en offre, de celui de l'Angoumois, auquel on aurait dû pourvoir par la Charente, ce grand ministre répondit : On ne peut pas être partout. Un autre fait certain est qu'à Fontainebleau, cet automne dernier, les Pâris lui offrirent de faire venir pour sept millions de blé, qu'ils avanceraient et demandaient très-peu à compte, et par leur marché avec des Anglais ils l'avaient à treize livres le setier. M. Orry envoya paître durement cette proposition ; mais quelques mois après, la famine se faisant sentir, on voulut recourir après cette proposition, et alors on demandait vingt-quatre livres ce qu'on avait passé d'abord à treize livres, ce qui en rebuta.

On répond à tout cela que l'année est belle, que la campagne promet beaucoup. Mais qu'est-ce que la récolte redonnera aux pauvres ? Les blés seront-ils à eux ? Elle est aux riches propriétaires qui, alors qu'ils recueilleront, seront bientôt accablés des demandes de leurs maîtres, de leurs créanciers, et des recouvreurs des deniers royaux, qui n'ont suspendu leurs poursuites que pour les rendre ensuite plus dures.

28 *mai*. — Le bruit se répand que le cardinal n'ira pas à Compiègne ; on parle de retraite à Royaumont,

Avant-hier le roi a soupé à Luciennes chez Mlle de Clermont, à qui Mme la princesse de Conti avait prêté
cette maison. Il y avait la compagnie ordinaire en
dames. On y a parlé tout haut de délivrer la France
de la tyrannie, en chassant le vieux prêtre de la cour,
puisqu'il perd le royaume absolument. On y a dit que
si cela durait il faudrait dans un an chanter un *libera*
sur le royaume de France, et cela n'est que trop vrai.

On ne fait que des sottises dans l'administration des
finances. Un homme du trésor royal vient de me dire
qu'on venait d'avancer les payements, ce qui va à
onze millions. On paye les gages des offices et autres
charges de finances, de façon qu'au 1er juillet 1739,
tous les premiers six mois 1738 seront faits, et qu'au
1er janvier 1740, tout 1738 sera payé.

Cette avance extraordinaire n'est bonne qu'à mettre
le trésor royal à sec, et répandra peu d'argent parmi
les pauvres campagnards, puisqu'on n'y assiste pas les
pauvres, mais les riches, et, à la fin de cette année, le
trésor royal, perdant beaucoup par non-valeurs, se
trouvera à sec. Il faudrait bien mieux assister les pauvres et conserver tant de familles. On établit tout sur
une vaine circulation et un crédit qui n'est point l'âme
du royaume comme on l'imagine.

[*Janvier* 1737.] M. le garde des sceaux Chauvelin
est un homme plus franc qu'on ne croit; mais il ne
sait pas dissimuler ses haines, et voilà ce qui conduit
à lui prêter des défauts qu'il n'a pas. Or, il n'aime
pas tout le monde; il méprise quantité de gens et ne
cache pas son dessein de les écarter des affaires; mais
comme il s'éloigne de ces gens là par pure mésestime,

il n'est pas *vindicatif*, quelques injures personnelles
qu'il ait reçues. Et certainement, je parle-là d'une
grande vertu ajoutée à une autre, savoir d'être franc
et de n'être pas vindicatif. Mais voici son grand défaut. C'est un cadet de robe ; il a fallu percer à la
fortune par quelques manéges nécessaires ; ces manéges n'ont pas été odieux en rien, mais on y a
pris cependant quelques habitudes de finesse et de
ce qu'on appelle air de trigaudage, entr'autres celle
de caresser, n'étant pas caressant ni tendre naturellement ; car c'est un homme bilieux, un sage, un philosophe, un homme vertueux par tempérament, aimant sa patrie et les honnêtes gens, un législateur
digne de l'ancienne Grèce. Voilà ce qu'il est naturellement, faisant du bien aux autres par rectitude d'esprit et non par attendrissement du cœur ; et étant pétri
ainsi par la nature, il a cru devoir se replier aux caresses pour avoir des femmes dans sa jeunesse, et pour
s'attirer des amis à qui il fût utile, et qui le fussent à
son avancement, d'où il est arrivé que par des caresses
forcées il a toujours passé le but dans ses démonstrations et dans les promesses faites depuis qu'il est en
place ; et, quand il a voulu obtenir quelque chose de
quelqu'un, il a également donné dans cet excès de
promettre plus de beurre que de pain ; ce qui lui a
fait des ennemis de ceux mêmes qu'il obligeait, et *a
fortiori* des autres qu'il n'obligeait pas.

Et voilà la vraie source du peu de justice qu'on lui
rend sur ce chapitre de la franchise, puisqu'on l'a fait
passer au contraire pour un homme qui fourbait du
matin au soir, tandis que je soutiendrai que c'est
l'homme le plus franc que j'aie jamais connu, et je

n'aime pas les hommes et les femmes que telles. Ma
maîtresse, que j'aime depuis onze ans, est ce qu'il y a
de plus franc au monde; cette femme est peut-être la
seule, et cela irait à la rudesse dans le besoin.

4 juin 1739. — L'aversion du roi pour le cardinal
augmente tous les jours. Quand l'heure vient du travail, il sort de la gaieté qu'il a à présent tout le jour,
et de plus en plus depuis quelque temps. Mais alors il se
renfrogne, il se chagrine, et dit à Balon, l'huissier :
Qu'on aille chercher ce cardinal. Dans le travail, il
dit peu de chose. Il laisse dire le vieux bonhomme;
il refuse souvent par son silence ou par des *non* ce
que propose le cardinal; enfin il lui marque même
avec affectation qu'il s'ennuie grandement de lui, car
il en est à vouloir qu'il se dégoûte de lui-même et
qu'il se retire; mais cela ne prend pas. Cependant on
croit à présent que sa visée va plus loin, que le cardinal n'ira pas à Compiègne, et que pendant un des
séjours de la cour à cette résidence, on apprendra
tout d'un coup que d'Issy il aura tourné à Royaumont
au lieu de tourner à Senlis.

Ce n'est plus ce cardinal maître de lui-même, ne venant au ministère que malgré lui, vertueux, modéré,
désintéressé, ne voulant rien pour lui ni pour les siens,
au désespoir de l'éloignement du roi pour le travail,
cherchant à le vaincre et à se rendre *inutile*, comme
Fontenelle a dit faussement du cardinal Dubois;
ce n'est plus le sujet des bénédictions sincères du peuple, regardé comme auteur de tout bien, ce pauvre
M. Chauvelin gobant les malédictions de tout le mal;
c'est précisément le contradictoire de tous ces articles.

Le roi sait tout cela; on le lui représente tout le
long du jour. Cependant il ne voit son vieux précepteur, âgé de quatre-vingt-huit ans, et radotant, il ne
le voit, dis-je, que deux ou trois fois par semaine, et
peut-être un quart d'heure seul à seul, et ce quart
d'heure détruit par ascendant tout ce qui se trame,
se voit et se démontre pendant tout le reste du temps,
tant par la raison et l'humanité que par l'intrigue
qui y est jointe de toute sa force.

On explique encore ceci par deux défauts attribués au roi, l'un est de paresse d'esprit et l'autre
de timidité. Je ne nie pas qu'il n'ait donné de grands
signes de ces deux défauts; mais cependant il aime la
peine du corps; il travaille seul, comme j'ai déjà dit;
il a besoin de s'occuper; il a une grande mémoire; il
a l'esprit vif; et au bout du compte il a tout prêt dans
M. Chauvelin un ministre très-laborieux, industrieux,
sage et fidèle et connu de lui pour tel, et propre à le
soulager de tout; il a même de l'impatience de le remettre en place; Sa Majesté l'a témoigné. Sa Majesté a
aussi jeté les yeux sur un ministre des finances et du
dedans, dont il connaît la fidélité, et qu'il sait au fait
des moyens de réparer tous ces désordres.

A l'égard de la timidité, je conviens qu'elle est née
avec l'esprit du roi; mais elle se surmonte, et Sa
Majesté paraît l'avoir surmontée. Il est brave de cœur
et se montre à cheval, à la chasse et partout, où il ne
craint rien; à présent il parle hardiment à tout le
monde; il attaque de conversation; il répond.

Et de quoi s'agit-il ici? De dire un mot à un vieux
pédagogue végétant, ou du moins de lui écrire pendant ses absences, qu'il reste absent; et après cela,

qu'est-ce que le roi a à payer de sa personne pour réformer les affaires par un nouveau ministère ?

De l'autre côté (je parle du côté du cardinal), quelle
autre plus grande énigme que celle - ci ? Pourquoi
reste-il en place ? Qu'y fait-il ? qu'y doit-il espérer ? Un
homme mourant, honni, détesté de tous, se voyant
réduit à une demi-douzaine de fripons qui restent attachés à lui par leurs intérêts, tels que les Orry,
M. Hérault, l'abbé Brissart son intendant, Barjac son
valet, quelques vilains prêtres, Flamarens, grand man-
geur, sot et espion, les gens d'affaires qu'il a caressés
si sottement pour leur argent qu'on n'a point ainsi,
dont il a étendu les droits au mépris de l'abondance,
de la liberté et de l'humanité, voilà toute sa conduite.

Il est né avec de la douceur et du discernement ; il
les a perdus par humeur et par ivresse de sa place,
mais il doit lui en rester assez pour le retour sur lui-
même ; il voit que le roi lui échappe, lui refuse
beaucoup de choses, et à tous moments il est menacé
de disgrâce.

Le roi a donné un logement à Compiègne pour Bachelier, qui n'y était pas encore venu ; cependant ce
favori-confident n'y marche pas d'abord avec Sa Majesté ; il doit rester quelque temps chez lui à la Selle,
près de Versailles. On ne sait pas quand il ira à Compiègne ; et, en attendant, il y a un courrier au roi en
particulier qui trotte souvent pour porter les lettres
de Sa Majesté et de Bachelier. Il y a apparence que
Bachelier ne paraîtra à Compiègne que pour quelque
opération si désirée.

Quantité de gens sensés ont cru que le cardinal attendait la paix générale conclue, signée et publiée

pour tirer ses chausses et faire une honnête retraite; et assurément il n'a rien de mieux à faire dans ce monde que de trouver quelque bon moment pour chanter le cantique de Saint-Siméon, *Nunc dimittis servum tuum, Domine*.

Mais la paix a été publiée, et le cardinal n'en est pas moins parti pour la campagne.

Le duc de Chaulnes et son fils, en survivance, ont travaillé ces jours-ci avec le roi sur les détails de la compagnie des chevau-légers; ils ont travaillé seuls. Le cardinal est entré à la fin du travail pour conclure sur les grâces; il y en avait une qui faisait difficulté et que Son Éminence refusait. Le roi en a parlé devant lui; il a fait ses objections et les a faites à merveille, et tout de suite a prononcé et décidé contre l'avis du cardinal; ce qui mérite un obélisque.

Le cardinal n'a de bonté que pour les gens trop riches, comme MM. Orry et les fermiers généraux; il a pris sur ceux-ci un travers ridicule et pernicieux. Il a ouï dire que M. Colbert ménagea ces traitants dans je ne sais quelle occasion, et que le bail en augmenta de lui-même; de plus, il a vu qu'il gouvernait bien ainsi ses bénéfices par cette méthode de ne point outrer les baux; partant de là, il enrichit nos traitants qui attirent à eux tout l'argent, qui ne savent qu'en faire. Le cardinal les caresse et les fait caresser par le roi, et cela sous prétexte sans doute d'un prétendu crédit par eux dont on n'use ni on n'usera jamais.

Les frères Pâris se mitonnent toujours la faveur du garde des sceaux par son retour en place. Ils tiennent à M. le Duc et à tout le nœud de la liaison entre le prince et le ministre disgracié. Bachelier est ami se-

crètement de leurs amis. Quantité de gens s'y retour-
nent pour ménager cette porte. Montmartel, garde
du Trésor royal, ne paraît que peu à Versailles, dans
la crainte d'être examiné et mal interprété. Il craint
les questions du cardinal sur les affaires du dedans du
royaume; s'il disait mal, il trahirait sa conscience et
la patrie; s'il disait bien, il serait en butte à M. Orry
qui s'abandonne à toute injustice depuis qu'il est livré
à tant de haine.

Bachelier a des mémoires bien détaillés de tout ce
qui se passe dans le royaume sur les finances : cela
lui vient secrètement du garde des sceaux, qui les
tient aussi secrètement des Pâris. L'humeur de M. le
cardinal augmente à mesure que son esprit baisse, et
aussi par quantité de contradictions qu'il essuie du
roi; il le voit lui échapper tous les jours. De son côté,
il traite les ministres avec une hauteur ridicule; il les
fait taire comme de petits garçons, tandis qu'il fait le
gracieux avec des étrangers.

La pauvre Mme de Mailly n'a pas un écu, autre insolence du cardinal. Il est ridicule que la maîtresse
d'un sous-fermier ait une beaucoup meilleure condition que celle du roi.

On fit il y a quelques jours un souper à Lucienne,
que donna Mlle de Clermont; il dura jusqu'à deux
heures; on y but, on s'y divertit bien; le roi y fut
fort content; on y tint ouvertement le cardinal par
les pieds et par la tête, et on disait à plusieurs propos
à Sa Majesté : *Quand vous déferez-vous de votre vieux
précepteur?*

Le roi a regardé les boutons des manches de M. le
duc de Chartres; il a dit qu'il était ridicule qu'ils

fussent faux, et qu'il était d'avis qu'il en eût de diamants. Sa Majesté s'est chargée d'en parler elle-même
à M. le duc d'Orléans, et le tout à l'insu du cardinal.
M. le duc d'Orléans était prévenu par le gouverneur;
et quand cela a été proposé et accepté par M. le duc
d'Orléans en présence de la vieille et avare Éminence,
son visage a allongé terriblement.

Le roi prend un goût insensible pour M. le duc de
Chartres, qui est tout à fait à son goût et à son sens; il
aime la chasse et la promenade comme Sa Majesté, et
n'aime guère davantage l'application suivie; il aime
les honnêtes gens et a de la dignité. Il lui parle souvent comme un père qui badine avec son enfant, et
ce jeune prince se conduit à merveille et s'attache véritablement au roi; ce qui est le moyen de s'attirer de
plus en plus son amitié.

Mme de Mailly commence à tirer sur la reine, et
manque de ménagements convenables; ce qui peut lui
attirer malheur.

Le roi paraît de plus en plus gai et affable avec ses
courtisans; il leur parle avec une familiarité adorable.

On est bien content et bien gai dans le ménage du
sieur Bachelier; ce qui est bonne marque pour la future autorité et règne du roi par lui-même. Toutes les
apparences sont qu'il se trame actuellement quelque
chose prêt à éclore. Bachelier écoute avec avidité tous
les bruits de ville et les nouvelles propositions pour
en informer le roi; mais il a défendu à son ami Hogguer de venir à Paris, autrement que pour les affaires
les plus pressées, ne le croyant pas trop capable d'une
parfaite discrétion.

Les boulangers ont voulu augmenter le pain à Paris,

y étant pressés par les marchands, car tout augmente continuellement dans les provinces; mais on y a remédié seulement pour Paris. La misère redouble chaque jour dans le royaume ; on ne parle que de cela à la cour; et, ce qui étonne, c'est que, tandis que le beau temps promet une récolte magnifique, la misère ne diminue pas, ce qui fait voir qu'il y a d'autres causes à ce mal politique.

M. de Maurepas est devenu en butte à tous les différents partis à la cour, s'étant ce qu'on appelle trop retourné, le matin se donnant aux chauvelinistes, et le soir aux orristes, tenant à Mme de Mailly par alliance et par quelques bons offices, tramant contre elle par Mme de Mazarin avec qui elle est mal. A un pareil jeu et dans une belle passe, on se montre frivole, méchant, et on se dérobe à toute estime ainsi qu'à tout attachement.

M. d'Angervilliers s'est ménagé lentement, de façon que les chauvelinistes n'ayant pas besoin d'avoir de nouveaux ennemis, se le donnent pour partisan par prudence, ou au moins pour n'avoir rien fait contre leur chef.

Bachelier avait le dessein, comme j'ai dit, de faire tomber la lieutenance générale de Bretagne, vacante par la mort de M. Châteaurenaud, au comte de Noailles, de qui il aurait eu en plein le gouvernement de Versailles; mais, tout bien considéré, il s'en est détaché et de toute grâce pour lui et pour ses amis, tant que le cardinal régnera encore. On prétend de ce côté-là que ce règne doit être fort court.

Les harangues des cours supérieures, Académie, Université, sur la paix générale, se sont faites à Versailles le 3 juin. On y a remarqué qu'on n'a pas offert à dîner au parlement ni autres compagnies; pas un seul des ministres ; ils n'ont pas eu un verre d'eau.

La harangue de M. Le Camus, premier président de la Cour des aides, a été fort célèbre[1]; on en parlera longtemps : coup de courage hardi et noble, assez mal placé de la part d'un homme moins sage que fol, avare, non avide, mais peu estimé; d'ailleurs, étant janséniste par la forme, on a cru cette harangue soufflée par les jansénistes. J'en ai la copie dans mon portefeuille. Il y parle moins de la paix que de la misère générale; il y déclame contre l'avidité et le luxe des traitants, et y dit un grand mot contre le ministère, ajoutant : « Un regard de Votre Majesté remédierait à tant de maux. » On regarde cet événement comme le plus grand affront que pouvait endurer le cardinal sur la fin de son triste ministère. Qu'attend-il pour se retirer?

On a répondu aux remontrances du parlement sur l'affaire du Calvaire, de l'Université et du Schisme, sous prétexte duquel les évêques molinistes refusent les sacrements aux laïques soupçonnés de jansénisme. Cette réponse est emmiellée; on y caresse le parle-

---

1. Voici cette harangue telle que plusieurs recueils du temps nous l'ont conservée :

    « Sire,

    « Le bruit des trompettes annonce la paix à votre peuple, à ce peuple qui gémit dans la misère sans pain et sans argent, obligé de disputer la nourriture aux bêtes qui sont dans les champs, pendant que le luxe immodéré des partisans et des gens d'affaires semble encore insulter à la calamité publique. Un seul regard favorable de Votre Majesté dissipera tous ces malheurs et rendra la paix l'objet de la joie universelle. »

ment, on y fait de gros mensonges, on promet, on
permet, et on va son train.

Il est à remarquer que la cour se conduit à présent
selon une toute autre prudence avec le parlement que
ci-devant. On fait languir la demande de rencontres ,
on ne reçoit ses plaintes que par écrit; on y répond
de même, par là on laisse refroidir le feu , et on ne
heurte plus de front par des coups d'autorité, comme
en 1732. Cependant le parlement fait des arrêtés secrets sur son registre dans des sens tout opposés à
ceux de la cour, et ces arrêtés feront bientôt un code.
On le souffre, la cour va son train, et il n'en est rien
de plus.

14 juin. — On remédie à grands frais à la misère
des provinces; mais tous ces remèdes sont insuffi-
sants, faute d'être venus à temps. M. d'Ormesson cal-
culait ces jours-ci, que, depuis qu'on y pourvoit ainsi,
il en coûte au Trésor environ trente-huit millions, y
compris ce qu'on n'a pas touché , en révoquant tous
ordres de recouvrements indifféremment sur toutes
provinces et sur le riche comme sur le pauvre, ce qui
est d'une mauvaise finance, y compris les avances
pour achats de grains et de vins, et les aumônes données aux pauvres, les avances de payements faits par
le Trésor royal, les fonds pour payer le travail des
chemins, etc.

Par tout cela, il est à craindre que le Trésor royal
ne vienne à sec cet automne; car quelle diminution à
faire sur les tailles en automne? Comment recou-
vrera-t-on huit mois dans deux? Et alors, le crédit du
Trésor royal cessant, celui des financiers n'existera

plus, et les bourses se resserreront absolument; ce qui sera un nouveau degré de mal pour mettre tout au comble.

— De plus en plus je composerai ces mémoires-ci dans le goût du *Journal de l'Estoile* : naïveté caustique, détails instructifs et anecdotes.

20 *juin*. — Le pauvre M. Hérault, le jour de la publication de la paix générale, a loué trois ou quatre compagnies de vilaines harangères bacchantes pour s'enivrer et crier par les rues : Vive le roi et ce bon M. le cardinal! Un de mes amis en a entendu qui, en passant, disaient entr'elles : Je voudrais bien que Chantpi (exempt de police) nous entendît, comme nous gagnons bien notre argent.

Il a encore obligé l'abbé de Grécourt à composer des ponts-neufs sur le même sujet, et celui-ci le dit à tout le monde; il demande un bénéfice ou une pension pour cela.

Pourquoi obliger et prétendre à cette fausse joie pour un événement vieux et réchauffé, et au milieu de tant de misères, comme l'a si bien dit M. le Camus dans sa harangue.

Les étrangers parlent mal du cardinal partout et hautement. M. de la Torella montrait l'autre jour dans une maison toute l'obscurité et l'indignité de certains articles de notre paix générale, qu'on dit être honteuse pour la France.

Le roi résistait à nommer deux dames de compagnie pour Madame seconde; cependant M. le cardinal a insisté et l'a emporté : ascendant incompréhensible. M. Boulogne, père de Mme de l'Hôpital, a donné de l'argent afin d'obtenir cette grâce pour sa fille.

M. le duc d'Aiguillon, lassé de Madame la princesse de Conti et elle de lui, lui a fait prendre un autre amant. Il s'est retiré à sa terre de Véretz, en Touraine; il a fait venir un arracheur de dents; il s'est enfermé avec lui; il lui a proposé de lui arracher toutes ses dents qui étaient fort belles; l'arracheur a refusé, le duc l'a menacé de lui passer son épée au travers du corps; à ce prix l'opérateur a opéré. M. d'Aiguillon a fait du tout un paquet qu'il a envoyé à Mme la princesse de Conti. Il dit que c'est pour éviter les fluxions qui l'incommodaient; il est devenu horrible; il ne parle guère, et il ne rit plus du tout.

Le camp, indiqué à Compiègne, est contremandé. On a dit que ces maisonnettes étaient trop grandes pour M. le dauphin, et trop petites pour le roi. M. le cardinal a trouvé le polygone trop grand, et qu'il en coûterait trop de poudre à le défendre. On avait fait venir quarante pièces de canon; on a dit au roi que cela ferait fuir toutes les bêtes, et qu'il n'y en aurait plus dans la forêt d'ici à trois ans. Outre cela, M. le comte d'Eu, général de l'artillerie, ne voulait pas être commandé par le comte de Biron. On proposait d'y faire venir le maréchal de Biron pour les mettre d'accord; c'est cela qui était bien marionnette. Quoi! un maréchal de France pour un château de cartes? Mais la vraie raison est la cherté des vivres qui est excessive à Compiègne. On donne à ses laquais quatre livres par jour à dépenser, et ils meurent de faim. Un camp de plus eût rendu le séjour de la cour insupportable.

Le vendredi 19 juin, le soir, à Compiègne, il y
eut un travail extraordinaire chez le roi avec M. le
cardinal et le contrôleur général. Celui-ci en sortit extrêmement harassé et ébouriffé, on ne sait pas ce que
le roi lui avait dit; mais on regarde son affaire comme
finie. Il monta chez le cardinal, celui-ci arriva; et,
comme les portes sont mal étoffées à Compiègne, on
entendit une des grosses querelles qui puissent s'élever entre ministres, de gros mots, des injures à voix
haute, si bien que l'on ne comprenait pas comment
le cardinal à son grand âge supporte des colères à tuer
un crocheteur, dont il prend des doses souvent. Et
M. Orry étant sorti de chez son Éminence encore
plus embrouillé que de chez le roi, il se rendit chez
lui bien vite; on manda plusieurs commis, et il y eut
grand mouvement chez lui le reste du soir.

Sur cela, le bruit s'établit à Compiègne, comme très-
sûr, qu'enfin le contrôleur général venait d'être congédié, et le lendemain il y eut plusieurs lettres à Paris,
et tout de suite le public nommait mon frère pour
successeur. Or, comme cela se répandait dans le jardin du Palais-Royal, quantité de gens envoyèrent
chez mondit frère, et on y vit sa chaise de poste atte-
lée, et le suisse répondit qu'il allait à Compiègne, ce
qui fit donner tous les nouvellistes dans le piége, qu'il
était nommé ministre des finances. Mais il est vrai
qu'il y avait trois jours qu'il avait arrangé ce voyage
en cour pour des affaires de la maison d'Orléans. Il
était au désespoir de partir sur ces entrefaites, il voulait rompre son voyage de peur de ridicule, mais il
ne le pouvait pas.

Cependant aujourd'hui où j'écris ceci, 23 juin, il n'y

a encore rien d'opéré de ce changement si annoncé et si désiré par tout le monde.

24 juin. — Le vrai plan du roi est de donner au cardinal tant de jolis petits dégoûts par semaine qu'il l'oblige à quitter la partie et à se retirer à Royaumont ou ailleurs. Le cardinal avait les passe-partout pour entrer partout à Versailles, à Fontainebleau, à Marly et à Compiègne. Il vient de trouver à Compiègne qu'on avait changé les gardes des serrures partout, si bien que le lendemain de son arrivée, il dit à Barjac : « Cette clef n'ouvre pas, ouvrez donc, Barjac. » Celui-ci dit qu'on avait changé la serrure certainement ; voilà le cardinal furieux ; il mande un des hommes des bâtiments qui fait difficulté d'avouer ce qui en est ; mais enfin le cardinal demandant toujours par quel ordre ce changement : *par ordre du roi*, monseigneur, lui a-t-il dit, et Sa Majesté a défendu de le dire à personne.

Assurément il n'y a qu'honnêteté à tout cela et c'est chasser un homme avec une grande politesse.

Mme de Mailly le prend sur un ton de grandeur et de maîtresse déclarée, et tout le monde s'aperçoit que cela augmente, mais elle n'a pas un écu dans sa poche.

On prétend dans Paris que la scène de vendredi dernier au soir, dont je parle ci-dessus, est très-certaine, que le roi a absolument congédié M. Orry, et et a dit qu'il ne voulait plus voir cet homme-là, qu'il n'est donc plus contrôleur général actuellement, si ce n'est de la grâce du cardinal qui le continue dans sa position, mais qu'il ne travaillera plus avec le roi, qu'il s'agit d'un successeur, et que le cardinal n'est aucunement le maître de faire nommer qui lui plaît. On dit qu'il est beaucoup question présentement de mettre M. Amelot aux finances, et mon frère aux affaires étrangères; mais Sa Majesté ne goûte pas encore ce plan.

On assure que la nouvelle et cumulative querelle contre M. Orry vient de ce qu'il a trompé sur les secours envoyés au Maine, et que, sur de nouvelles lettres écrites par l'évêque du Mans, on a vu qu'il s'en fallait des trois quarts qu'il y eût dans ces assistances la réalité qu'il annonçait; de quoi convaincu devant le roi, on a vu combien cet homme-là n'était guères charitable, mais, en revanche, grand menteur, je dis bien avéré; ce que le roi lui a reproché, et alors il ne lui reste plus qu'à se faire moine.

— Des gens du parti du cardinal, arrivant de Compiègne, assurent qu'il n'y a pas un mot de vrai à ce qu'on répand de la disgrâce de M. Orry, et cette grossièreté d'assurance ne persuade rien et ne sent que la plate discrétion du parti. Le beau est qu'on accuse M. Hérault d'avoir répandu ces bruits à Paris. J'ai demandé comment il se faisait qu'il y eût eu plusieurs lettres écrites le même soir de Compiègne sur la même nouvelle et que cela fût sans le moindre fondement, et à cela même réponse. On ajoute même que M. Orry est gai et gaillard et qu'il est agréablement avec m.... f....[1], que le public dit tant lui devoir succéder.

1. Mon frère

Ce qu'il y a de certain, c'est que tout abandonne le pauvre cardinal, même ses meilleurs amis, les sots et les fripons qui lui paraissaient si attachés. M. Hérault se retourne à tout moment vers des gens qui croient lui ménager Bachelier, comme sont les Bellisle et M. Fagon. M. Amelot, tout Maurepas, mais tout obligé qu'il est au cardinal, se retourne du côté de son maître et contrefait ses démarches légères plutôt qu'il ne les copie. Il s'attire tant qu'il peut Mme de Mailly, il vise au ministère des finances pour céder à M. Chauvelin son ancienne place des affaires étrangères : voilà le plan du Maurepas.

Tout ce qui s'aperçoit de l'écroulement du parti de M. le cardinal de Fleury se retourne à un tiers parti qui est celui de Mademoiselle et de la maréchale d'Estrée. Mme de Mailly ayant permission de fréquenter cette société a l'air d'y donner une grande bénédiction; mais c'est là l'habile panneau que tend l'homme de Bourges aux intrigants. Le pauvre chancelier, par son fils de Fresne, croit se soutenir par là, et m.... f.... s'y prépare des voies secrètes pour après le départ de D. qu'il avance autant qu'il peut.

L'homme que j'ai dit tout à l'heure, si grand partisan du cardinal, prétend encore que l'affaire du passe-partout est un conte, et que, de quelque façon que soient les clefs, il est souvent chez le roi et le roi souvent chez Son Éminence, leurs cabinets étant adossés l'un à l'autre.

27 *juin*. — On dit que la seule personne qui soit aujourd'hui véritablement amie du cardinal est la reine, parce qu'il y va de temps en temps sécher ses

pleurs sur les amours du roi avec Mme de Mailly.
Comme leur affliction est bien sincèrement commune,
cette consolation allant bon jeu, bon argent, rien ne
lie davantage. Voilà donc les deux amis du cœur, et
du cœur affligé par la perte, l'une des caresses de son
mari que d'autres ne lui remplaceront pas, l'autre de
sa chère autorité despotique qui s'est tournée en tyrannie, mais qui est énervée et ne durera pas longtemps, vu son âge et l'abus qu'on en fait; car, sur un
peuple aussi poli que celui-ci, la tyrannie grossière et
contre les mœurs ne va pas loin sans culbuter.

Il vient d'y avoir une manière de révolte à Saumur
touchant une fille à qui on a refusé les sacrements à
cause qu'elle était appelante; elle est morte, et les
prêtres cruels l'ont fait jeter à la voirie, ce qui a sou-
levé le peuple; autre affaire à Bayeux, où le lieutenant
général du bailliage, ayant prévenu pareil désordre, a
été dénoncé à M. le cardinal par l'évêque, et Son Éminence a fait donner un *veniat* à ce sage juge qu'on
n'aimait pas d'ailleurs à l'évêché; et sur cela, il va
paraître une belle consultation de douze avocats.

Il y a sous presse une déclaration du roi pour évoquer au grand conseil toutes les affaires où la religion, c'est-à-dire la constitution *Unigenitus*, est intéressée, ce qui ira bientôt à priver le parlement de
tout appel comme d'abus, ce que souhaitent tous
les évêques. Je doute que ceci se passe sans troubles.

Le roi laisse faire le camp de Compiègne et l'attaque du polygone, malgré ce qu'on lui a représenté
qu'il n'aurait bientôt plus de bêtes à chasser dans sa
forêt et que les timides cerfs s'en iraient dans les Ar-
dennes.

1er *juillet*. — Les bruits augmentent que la tyrannie du cardinal va finir, je dis la tyrannie, car enfin rien n'est aussi odieux que le gouvernement d'un vieux précepteur sans naissance et sans génie, âgé de quatre-vingt-six ans, étouffé d'amour-propre et de la rage de dominer, étayé des plus mauvais seconds qu'il soutient sans examen, dépossédant à plaisir son roi du gouvernement.

Le bruit est donc grand que le roi en marque son mécontentement, qu'il l'a marqué particulièrement à M. Orry.

M. de Maurepas vient de faire des démarches que je sais sur M. Chauvelin, en vue de son retour, dont on parle secrètement dans la bonne compagnie comme d'une chose assurée.

Le cardinal a fait à milord Waldegrave une déclaration qui nous revient par l'Angleterre, savoir que, si sa nation attaquait l'Espagne, nous nous en mêlerions.

Je sais que l'on travaille actuellement à un long traité de commerce entre nous et l'Espagne et qui nous donnerait assurément bien mauvais jeu avec le Portugal pour pareille affaire du commerce.

Les Moscovites vont secourir l'empereur, non plus en argent, mais en nature et en hommes : ils traversent la Pologne à main armée, et cela contre promesses. Par là on voit que, si nous paraissons duper l'Europe et les Autrichiens en nous donnant pour moins bien avec l'Espagne que nous ne sommes suivant nos démarches, d'un autre côté l'empereur paraît nous traiter assez mal quant aux discours et quant aux démarches effectives avec la Russie.

Et il s'y dit bien excité par nos nouvelles liaisons avec la Suède où nous envoyons notre belle escadre, sous prétexte d'exercer notre marine; mais la Suède arme à force et paraît à tout le monde menacer la Finlande ou la Courlande.

Tous ces jeux, toutes ces feintes, sans succès et sans possibilité d'exécution réelle, dénotent trop le caractère de notre vieux ministre qui jettera la défiance partout en se faisant mésestimer; c'est ce qui s'appelle brouiller, et rien de plus mauvais au monde pour un grand État comme celui-ci.

La misère et la pauvreté, loin de diminuer, augmentent chaque jour, malgré la beauté des récoltes.

— Les Bellisle ont quitté le cardinal; cela se dit comme d'un entreteneur qui aurait quitté une p.... On a trouvé à quel point il radotait et combien il était ébranlé auprès du roi et du public, combien ses autels menaçaient ruine et écraseraient ses favoris. L'aîné ne lui fait plus sa cour par une correspondance particulière, le cadet n'y met plus le pied. Et, d'un autre côté, on prétend que ces habiles frères se sont retournés et raccommodés avec le Chauvelin et son parti, habileté de souplesse que l'on voit souvent à la cour.

Mais une chose qui doit impatienter tout homme de bon sens dans les intrigues pour s'élever au ministère, c'est de deviner l'homme d'État dans le jurisconsulte et de dire : voilà un maître des requêtes qui rapporte bien, Voilà un président qui prononce bien : donc ce doit être un bon ministre, un bon administrateur. Or, il est certain que ces affaires de palais

éloignent l'esprit de tout talent pour l'administration
et pour les grandes vues; on y apprend à respecter
les formes et les mauvais usages; on s'y raccourcit
l'esprit tous les jours au lieu de l'étendre. Je dois
dire cela ici à l'occasion d'un homme dont on parle
beaucoup aujourd'hui pour l'élever aux finances.

Le sieur d'Argenson l'aîné, qui était nommé depuis
deux ans à l'ambassade de Portugal et qui était prêt à
partir, a reçu aujourd'hui une lettre de M. Amelot,
par où il lui est ordonné de renvoyer ses gens et de
vendre ses équipages, et déclaré qu'on va lui nommer
un successeur. Ce n'est pas qu'on lui ait trouvé aucun
démérite ni métalent pour l'ambassade, M. le cardinal disant au contraire de lui, il y a six semaines,
qu'il n'avait jamais vu partir d'ambassadeur si bien
instruit des affaires dont il était chargé; mais il s'est
brouillé avec l'Éminence pour des retranchements et
des lésineries indignes, que cet économe ministre
voulait lui faire essuyer contre les usages ordinaires et
contre des lettres positives, portant que ses appointements courraient de tel jour et se continueraient jusqu'à
son départ. Sur cela, M. d'Argenson ayant représenté à
Son Éminence qu'il était ruiné par ce retranchement,
et que cela le déshonorait parmi les autres ambassadeurs, il a été jusqu'à lui proposer d'en nommer
plutôt un autre plus riche que lui qui n'y allait pour
aucune vue de fortune, mais seulement pour le service. De là le vieux cardinal s'est fâché extraordinai-
rement et a cru qu'on lui manquait de respect; ensuite le sieur d'Argenson a diminué des sommes qu'il
demandait; il a rapporté le change et ne demandait
que d'être payé de tout en argent de France; mais le

cardinal a continué dans sa mauvaise gloire, et personne n'a pu accommoder cette querelle, qui a fini par une rupture et a donné aux étrangers une nouvelle preuve du radotage et de l'injustice du cardinal au lieu d'en donner une de fermeté comme il le prétend[1].

4 juillet. — Les Anglais vont déclarer la guerre à l'Espagne actuellement ; les ports sont fermés; on assure que Walpole est disgracié et que même on ne sait ce qu'il est devenu.

M. le cardinal a déclaré à milord Waldegrave, ambassadeur anglais à Paris, que, si l'Espagne attaquait l'Angleterre, nous pourrions être médiateurs; mais que, si les Anglais attaquaient les Espagnols, nous nous en mêlerions.

D'un autre côté, voici que la Suède va attaquer les Moscovites du côté de la Finlande, et cela sous nos auspices, et avec l'assistance de notre subside et de notre escadre, et certes voilà une grande entreprise. Car si, par malheur, le Turc allait faire la paix avec

---

1. Sans doute les questions d'argent furent l'occasion de la rupture de l'ambassade de Portugal, mais la lecture attentive des papiers de d'Argenson nous a convaincu qu'il y avait à son refus de partir une cause non avouée ici. L'espoir, toujours caressé par lui, du retour de M. Chauvelin aux affaires et d'une combinaison ministérielle où il comptait jouer un rôle important, lui paraissait alors à la veille de se réaliser. On lit dans le *Journal de son ambassade,* f° 256 : « Comment, au changement futur de ministère, envoyer chercher à 500 lieues de la cour un ambassadeur pour le placer dans ce ministère? » Nous avons même vu qu'il se flattait d'être encouragé dans son attitude expectante par des suggestions venues de très-haut.

l'empereur et la czarine, nous serions mauvais marchands de toutes ces entreprises ; et, de quelque façon que la chose tourne, nous voilà toujours en réputation de grande fourberie, et cela sous les auspices de la belle candeur dont se pique tant le cardinal.

Mais on lui fait plus d'honneur qu'il ne mérite ; tout cela n'est que radotage, il bousille d'un côté et d'un autre sans principes et sans vues, et on le verra bien quand il s'agira de dégaîner ; il en usera comme au traité de Séville, et il n'a plus aujourd'hui de M. Chauvelin pour l'appuyer.

Mais quel est l'état du royaume ! toujours de pire en pire. Plusieurs provinces viennent d'être grêlées, surtout celle du Maine qui était déjà plongée dans une si affreuse misère. Quand on s'en plaint au contrôleur général, il ne parle que de l'assistance que le roi donne aux pauvres, et qu'au moyen de cela le pain est, dit-il, à bon marché là où il était si cher. Cependant on découvre tous les jours, de plus en plus, qu'on ne voit point dans les provinces ces assistances promises et certifiées. Je sais bien que, dans mon canton de la Touraine où il y déjà plus d'un an que les hommes mangent l'herbe, on n'a pas encore vu pour un sou d'aumône royale, soit en blé, riz ou argent ; il est vrai qu'on y a envoyé un fonds de vingt pistoles pour travailler à un bout de chemin.

Le déchaînement est donc tous les jours plus grand contre le ministère, et tout le menace de révolte.

Milord Waldegrave s'est pris de paroles chez M. de Lichtenstein avec M. Orry. Il fut parlé de blé et de vaisseaux pris. Le contrôleur général a contracté l'habitude de dire volontiers : Cela n'est pas vrai ; et mi-

lord, qui prit cela pour un démenti, parla de le jeter
par les fenêtres, sans le respect de la maison, etc. Sur
quoi M. de Lichtenstein vint se mettre entre eux deux
et leur parler d'autres choses.

Le roi avance son départ de Compiègne, la reine
doit en partir le vingt-quatre de ce mois, et le roi le
premier ou deux août. On ne sait pourquoi; on croit
qu'il y a à cela de la disgrâce du cardinal, ou de sa
retraite volontaire, si désirée et si convenable, surtout
pour lui-même.

Milord Waldegrave a, dit-on, proposé que nos
vins entrassent librement en Angleterre et sans aucuns
droits, pourvu que leurs draps entrassent de même
en France. Il n'y avait pas à balancer pour l'acceptation de cette proposition, si on entendait tous les intérêts de notre commerce par la liberté, et certes la
perte d'un côté serait bien inférieure au gain de l'autre,
d'autant plus qu'en même temps les Anglais mena-
cent d'une attention plus sérieuse à empêcher la sortie de leurs laines. Le débit de nos vins favorise
l'agriculture qui est un si beau et si abondant profit
naturel. La diminution de nos manufactures ne ferait
que renvoyer davantage à l'agriculture; il est vrai
qu'il faudrait au préalable que nos campagnes fussent
moins tyrannisées, et il arriverait toujours que le gros
du peuple s'habillerait de nos draps grossiers, ce qui
en fait un si grand débit.

7 *juillet.* — Le roi a avancé son retour de Compiègne, qui doit être à présent le 2 août, et on dit qu'il
l'avancera encore. Depuis quelques coups de canon
qu'on a tirés pour montrer à M. le dauphin ce que

c'est que l'école d'artillerie, tous les cerfs sont partis de la forêt, et le roi ne trouve plus rien à ses chasses.

Mais on assure que la vraie raison est l'antipathie et la bouderie qui augmentent entre Sa Majesté et Son Éminence. Celui-ci a encore depuis peu mandé Lazure et Lebel pour avoir les clefs des cabinets, et à tout cela refus, mépris, bouderies; tous les jours le roi les renouvelle et les marque. On dit qu'à Compiègne Mademoiselle a l'air tout triomphant, et sans doute Mme de Mailly sous son nom. Le cardinal est assiégé de ces dégoûts auxquels il tient. Milord Waldegrave et M. de La Mina le tourmentent également et respectivement de leur côté, et enfin on ne doute pas que le roi, à son retour de Versailles, ne le fasse se retirer de gré ou de force, étant plus que temps qu'à trente ans Sa Majesté commence à gouverner son État.

8 *juillet.* — Le roi a encore avancé son retour à Versailles, ce devait être pour le 8 août, puis au 2, puis voici que c'est pour le 27 de ce mois. Il y a de plus en plus froid et bouderie entre Sa Majesté et Son Éminence, et on assure secrètement qu'il ne tardera pas huit jours que cela ne vienne à éclore pour le plus grand bien du public. Personne ne souhaite au cardinal sa mort naturelle, les honnêtes gens ne souhaitent à personne un tel malheur; on ne désire donc ni sa mort naturelle ni sa mort civile, mais bien sa mort politique.

Voilà Compiègne qui tombe en défaveur. La reine veut venir partout; c'est le cardinal qui a engagé le roi à y mener la reine, et cela a déplu à Sa Majesté, quoique cela lui ait procuré plus d'assiduité de Mme de Mailly, qui n'a point eu de semaines de distraction. Mais la reine veut aller chasser en amazone, tout est perdu; et d'un autre côté, voilà les cerfs bannis de la forêt par suite des coups de canon tirés pour l'école d'artillerie et pour l'attaque du polygone.

Le roi a toujours le dessein de bâtir à Blois quelque chose de petit, des maisons de chasse partout comme la Muette; cela ne sera pas cher. Cependant Sa Majesté a Petitbourg et Choisy à opter pour cet établissement qui a principalement en vue la forêt de Senart, et, pour toutes ces consolations, on attend la fin du cardinal qui grogne sur tout. Le roi fait continuellement dessiner devant lui, en particulier, le jeune Gabriel, de ses bâtiments [1].

— Le roi aime de plus en plus Mme de Mailly, il en souffre même des propos trop cavaliers. L'autre jour elle perdait au jeu, le roi lui en marquait son chagrin; elle répondit : *Cela n'est pas étonnant, car vous êtes là.*

Au reste, ces anecdotes et autres semblables, que j'omets ici, ne sont données que par les partisans du cardinal, et il faut remarquer que ceux-là et les amis et créatures de M. Hérault qui sont tous de la même clique, sont les seuls dans le monde qui décrient aujourd'hui le roi avec affectation et méchanceté; ils le

1. Il s'agit ici de Jacques-Ange Gabriel, architecte du roi, comme son père et son grand-père, né en 1710, mort vers 1782. Il fut chargé de l'achèvement du Louvre, de la construction de l'École militaire, et donna son nom à l'allée Gabriel, aux Champs-Élysées.

donnent pour un imbécile et pour incapable de jamais gouverner, sous qui les gens de mérite n'éprouveront jamais d'avancement. Enfin il semble qu'aujourd'hui il y ait en France deux pouvoirs ayant
chacun leurs partisans : ceux du roi pleins de respect
et d'estime pour Sa Majesté, et le publiant partout;
il est vrai qu'ils disent que l'Éminence radote et que sa
tyrannie ne peut pas aller loin ; les partisans du cardinal, qui n'ont de jours à vivre que ceux de Son
Éminence, décriant le roi en toute occasion, bénissant
sa longue vie, et surtout sa grande autorité sur l'esprit de Sa Majesté qui ne peut, dit-on, lui résister en
rien.

Surtout ils disent que M. le cardinal a inspiré au
roi une telle horreur des jansénistes qu'il devient cramoisi quand on lui en parle. J'ai répondu à cela qu'on
devient aussi *cramoisi d'indifférence* par l'ennui extrême que cela inspire, comme Scarron a dit de
Mme Bouvillon : « elles rougissent aussi, les dévergondées[1]. »

Ils disent pour excuser le passe-partout du cardinal
frustré à Compiègne qu'aussi cela entreprenait sur le
canapé du roi, ce qui était vraiment trop fort, et que,
depuis cela, Son Éminence n'y a plus insisté.

11 *juillet.* — Tous ceux qui tiennent pour le roi
dans son royaume ont beau faire et beau dire, ils ne
peuvent plus le soutenir contre les partisans de l'autorité du cardinal qui, pour l'éterniser, n'ont d'autre
parti à prendre que de faire du roi un *Infans perpe-*

---

1. Voy. le chap. xxxii du *Roman comique.*

tuus, de le décrier pour l'esprit, la force, le courage,
le talent et même l'honneur. C'est leur intérêt pour
faire croire qu'eux-mêmes dureront en place; ils le
croient de bonne foi, et qui ne le croirait pas? vu la
façon dont on se moque de l'autorité propre du roi
dans toutes les décisions où il n'est jamais dit un mot
du roi, mais toujours : *Son Éminence a décidé*, et
cela à l'égard des étrangers comme des Français.

De plus, tout va mal, tout va très-mal et de pire en
pire; la Providence s'arme de rigueur, chaque jour
nouveau mal; voici l'inclémence du ciel qui a grêlé
un quart de la France, des pertes inestimables de
moissons, surtout aux environs de Paris et même de
la cour, à Compiègne, comme pour avertir d'une
manière plus pressante de faire finir le ministère actuel. Et du côté des affaires étrangères, qui allaient si
bien en apparence, et par la seule influence d'une
étoile heureuse, voici que les Anglais arment à force
contre l'Espagne, sans qu'il soit question de notre médiation, et nous jettent dans la nécessité de soutenir
l'Espagne ou de nous déshonorer. Voici que le Portugal, choqué des mauvais procédés de Son Éminence, va se tourner entièrement du côté de l'Angleterre et sans doute contre les deux branches de la
maison de France. Voici que dans le nord on pénètre
nos prétendus desseins pour la Suède et contre la Mos-
covie, l'Angleterre va y suivre notre petite escadre et
nous donner du dessous et du ridicule par une flotte
supérieure. Voici que l'empereur commence à rem-
porter en Hongrie des avantages contre les Turcs, ayant
donné pleine confiance à son général Wallis, le meilleur de ses généraux et le plus solide, et dont il de-

vait faire cet usage depuis longtemps; et bientôt on
découvrira que toute notre feinte amitié pour l'empereur n'était que fourberie indigne pour le duper, pour
le faire tomber dans des abîmes, en paraissant le servir
dans la médiation de la paix. L'empereur victorieux
fera bientôt la paix avec le Turc. Et bientôt lui et la
czarine se vengeront de nous, non par des dépenses
militaires, dont à la vérité ces deux grandes puissances
sont aujourd'hui épuisées, mais par une *politique
libre d'agir*, et d'ameuter tout contre nous habilement
et avec force. La czarine attaquera la Suède sans défense, pour lui montrer à se fier à nous qui savons
si mal secourir sous un ministère faible, incertain,
avare et mal habile. Par le Danemark, ils se joindront
à l'Angleterre en lui donnant ainsi qu'à la Hollande
de nouveaux priviléges de commerce dans le nord.

L'empereur, reprenant l'exercice de sa tyrannie sur
les princes catholiques d'Allemagne, séduira les uns et
affaiblira les autres, il laissera enfin lier cette partie si
appréhendée et si bien évitée de tout temps par Richelieu et Louis XIV : je parle de l'union entre elles des
puissances protestantes, l'Angleterre, la Hollande, la
Prusse et le Danemark. Par là, on se plongera forcé-
ment dans une étroite union avec l'Espagne, où nous
n'entrerons jamais, sous la marâtre qui y gouverne,
qu'au prix de guerres injustes, ambitieuses et les plus
ruineuses de toutes en Italie. Et voici déjà que nous
entrons, malgré tous les principes et inclinations
du cardinal, dans cette ligue forcée où on nous engage sans qu'il puisse l'éviter, et bientôt nous serons
ruinés de tous côtés par les attaques que l'Angleterre
peut faire à l'Espagne du côté du Portugal et du côté

de l'Amérique ou de la Méditerranée, nos commerçants à Cadix étant complétement à découvert, ainsi
que tout le reste de notre commerce, et, pour nous
préserver de plus grandes attaques ou de déshonneur
éternel, pour ne pas perdre ce que nous avions repris
d'une si jolie réputation par notre guerre de 1733,
alors il faut donc nous jeter dans des dépenses royales
d'une vingtaine de millions d'extraordinaire, et dans
quel temps pour les finances !

Voilà donc, tant au dehors qu'au dedans, les malheurs que nous promet la continuation du ministère
de ce vieil insolent, de ce vieil imbécile de cardinal ;
et le plus grand de tous, selon moi, est la perte de
toute confiance dans notre monarque, doué d'ailleurs
de si bonnes qualités, mais inexcusable, à son âge de
trente ans, de rester volontairement dans une si malheureuse tutelle, sur quoi j'avoue que personne ne peut
plus le défendre.

— On a fait de grandes affaires ici à M. Chauvelin
sur ce que, à Bourges, il donnait l'aumône à tant
de pauvres qu'il y a, et de ce qu'il avait un chirurgien habile qui allait les panser. On a dit que tout
cela était fait par ostentation : car de plus, la pensée
à la mode chez les partisans du cardinal est que toute
la misère présente n'est rien et que cela est exagéré
par les chauvelinistes ; et, si ledit Chauvelin n'avait
pas donné l'aumône, on eût dit chez les mêmes gens
que c'était un homme dur.

La récolte des blés est des plus mauvaises partout,
il semble que le ciel ait contribué à notre perte tant
que nous aurons à notre tête le détestable ministre qui

nous gouverne si mal. Jamais on n'a vu tant d'endroits
grêlés et des pertes si considérables; ailleurs c'est la
nielle, c'est le brouillard, c'est une chaleur subite qui
est venue donner sur les épis après le vent du nord et
les pluies froides, en sorte que les froments sont noirs
et que les épis rendront peu, et il y a quantité de seigles
gelés, ce qu'on n'avait pas aperçu d'abord; en sorte
que prenant sur cette récolte, estimée au quart de l'ordinaire, de quoi ensemencer les terres, en prenant,
dis-je, peut-être le demi-quart au total, on va, à la fin
de l'automne, retomber dans la misère affreuse et pire
que la première.

Mais enfin, quand cela ne serait pas, je dis qu'un
royaume comme celui-ci, réduit à ce point que la récolte, bonne ou mauvaise, décide de la misère générale,
est condamné à un état de misère continuelle, puisqu'il
devrait y avoir bien d'autres articles pour le soutenir,
et que la pauvreté ne devrait pas être si générale que
d'autres richesses ne soutinssent quelque portion seulement du plus bas peuple, qui souffre du prix du blé.

15 *juillet.* — Il a paru hier une nouvelle danseuse
à l'Opéra. Elle est Italienne; elle s'appelle la Barba-
rini; elle saute très-haut, a de grosses jambes, mais
danse avec précision. Elle ne laisse pas d'avoir des
grâces dans son dégingandage; elle est jolie, quoiqu'elle
eût la f..... en arrivant à Paris, causée par les eaux
de la Seine, qui ne manquent pas d'attaquer ainsi les
étrangers qui y arrivent pour la première fois, et les
purgent, comme pour les avertir de se préparer à recevoir quantité de choses malsaines dans cette grande
ville. Avec cela, elle a été fort applaudie, et il est à

craindre que sa danse ne soit suivie. Nous voyons déjà
par là que Camargo a pris chez les étrangers les sauts
périlleux qu'elle nous a produits. Notre danse légère,
gracieuse, noble, et digne des nymphes, va donc devenir un exercice de bateleur et de bateleuse; ce que
nous prendrons chez les Italiens et chez les Anglais.
Ainsi a dégénéré et dégénère tous les jours notre musique céleste de Lulli [1]; l'artiste l'emporte sur l'homme
de goût, le mérite de la difficulté surmontée donne la
vogue aux arts étrangers, et nous cédons sottement *le
pas* quand nous en sommes si hautement en possession.

— Le bruit est que Mme Amelot devient maîtresse
du roi. Elle a soupé quatre ou cinq fois dans ses cabinets; elle y a paru d'un embarras extrême, et le
roi, ravi de trouver quelqu'un plus timide que lui, a
paru se plaire avec elle. Elle eut l'honneur de faire
attendre l'autre jour le roi pendant un quart d'heure
pour une promenade en calèche, et, comme elle ne
venait point, Sa Majesté dit : Allons la prendre chez
elle. Et il attendit encore un quart d'heure à la porte,
dans sa calèche, avec toute sa suite. Cela l'a mise
en grande vogue; Mme de Mailly en paraît fort jalouse. On dit que, pour le vrai, c'est que le petit Coigny en est amoureux, et que le roi veut marquer ces

1. D'Argenson était grand partisan de notre vieille musique
française dont il a tracé une *Histoire abrégée* au n° 1727 de ses
Remarques en lisant. Il assista vers la fin de sa vie aux premières
luttes entre les *Bouffons* et l'opéra français, et se prononça aussi
vivement contre les chanteurs italiens qu'il le fait ici contre les
danseuses de ce pays.

distinctions à la maîtresse de son favori. Les gens bien instruits prétendent que tout cela n'est que comédie, pour donner des ridicules au petit Amelot, et qu'on ne l'en chassera pas moins quand le cardinal ne régnera plus ; ce qui n'ira pas loin. On a voulu se moquer d'une beauté du Marais, comme le roi faisait la plaisanterie, il y a quelques années, de faire venir régulièrement à la chasse son apothicaire Imbert jusqu'à ce qu'il s'y cassa les reins, où cela a fini.

22 *juillet.* — Le roi marque tous les jours plus d'aversion et d'impatience contre le cardinal. L'autre jour, il s'agissait de travailler avec lui pour un travail extraordinaire ; le roi ne voulut point voir sa vieille face ; on avait dressé la table dans le cabinet ; Sa Majesté prit le tapis de velours vert et le jeta par terre. A toute occasion, le monarque se chagrine dès qu'il s'agit de voir ce vieux prêtre.

On assure que, dans le travail entre Sa Majesté et Son Éminence, le roi ne dit pas trois paroles ; il le laisse dire et lui tourne souvent le dos aux propositions.

Enfin quelqu'un qui connaît cette cour depuis la régence, dit que le roi n'a jamais eu tant d'aversion contre le maréchal de Villeroy qu'il en montre contre celui-ci.

La plupart des constitutionnaires s'imaginent devoir être bien soutenus auprès du roi par l'aversion où on l'a élevé, dit-on, contre les jansénistes ; mais ils ne savent pas ce que je sais sur cela par les mémoires et les principes que Sa Majesté m'a fait demander ; et, s'ils s'en tenaient aux simples conjectures,

quelle apparence y a-t-il qu'un roi de trente ans,
amoureux de la femme d'autrui, nullement dévot, et
passant aussi nettement qu'il a fait par-dessus les fêtes
pascales, allât se soucier si fort d'une drogue ridicule,
contraire à la bonne politique, et capable seulement
d'attraper quelque vieux décrépit comme Louis XIV
et le cardinal, à l'âge où ils ont peur du diable pour
leurs vieux péchés? Voilà donc un gagne-pain et une
ressource bien mal assurés.

Le roi aime plus que jamais Mme de Mailly. Elle
se déclare de plus en plus contre le cardinal, et paraît avoir entrepris sa perte. Elle a impatience d'être
déclarée maîtresse et faite duchesse; en attendant, elle
n'a pas un écu. Son mari, qui avait arboré un carrosse,
ne va plus qu'en fiacre. L'ambassadeur d'Espagne va
souvent à sa toilette.

Elle s'est déclarée contre Mme de Mazarin[1], et
prétend la chasser de chez la reine qu'elle gouverne
et qu'elle pille. On la prétend mariée avec du Mesnil,
et alors n'étant plus duchesse, elle doit, dit-on, quitter
la charge de dame d'atours, ou, n'étant pas mariée
avec lui, sa vie scandaleuse doit encore davantage
la faire chasser, et Mme de Mailly s'accommoderait
bien de cette place que Mme de Mazarin lui a en-
levée, à ce qu'elle croit. On attaque du Mesnil
sur une escroquerie impudente; il maltraite cette
pauvre amante en femme qui se voit à son dernier

---

1. Cette dame, née Mailly et cousine de la favorite, avait
épousé en premières noces M. de La Vrillière, puis le duc de Mazarin, mort en février 1738. Elle était dame d'atours de la
reine.

maître, et tout ce qu'il lui prend en argent est pour
le porter à des filles pour qui il a divers goûts passagers. Il a reçu de Mme de Mazarin l'argent suffisant
pour payer son nouvel hôtel à Paris, et il n'a payé
aucun ouvrier ; ils vont tous faire saisir ladite maison.
Du Mesnil a fait deux ou trois tours de maître escroc,
comme au comte de Guébriant, et même au sergent
aux gardes qui est à l'Opéra ordinairement.

Fargis a fait la cérémonie de marier deux couples
d'amants mariés ailleurs. C'était à la campagne de
Compiègne, où M. le duc de Biron commande ;
Mme de Rottembourg[1] et la duchesse de Vaujour[2] l'y
sont venus voir ; on a bu, et on a dit que leur fréquentation était illégitime. On a habillé Fargis en
pontife ; on lui a fait une mitre de carton ; il a béni
les prétendus mariés, puis il a mis au lit M. de Biron
avec Mme de Rottenbourg, et M. de Bissy avec la duchesse de Vaujour, tandis que le pauvre de Rottembourg est à la campagne, qui sue la v...., et tandis
que le duc de Vaujour vit avec de jolis garçons. Celui-ci a fait une chanson sur lui-même, dont voici le
commencement :

> Au milieu des flammes,
> Le duc de Vaujours,
> Fier rival des dames,
> Finira ses jours.

1. Fille de Mme de Parabère ancienne maîtresse du régent.
Elle avait épousé un parent de M. de Rottembourg, ambassadeur
en Espagne, puis en Prusse.

2. Le duc de Vaujour, qui prit au mois d'août suivant le titre
de duc de La Vallière, était Louis César Le Blanc de La Baume,
neveu de Mme de La Vallière.

Mme de Parabère conte partout les aventures de sa fille, de Mme de Rottembourg; elle a le plaisir de voir qu'elle chasse bien de race. Toute cette vie-là serait bien jolie, si la v.... ne s'en mêlait pas si promptement; ce qui rend ces belles dames horribles; en sorte qu'en trois années elles passent d'être la fleur des pois à devenir infâmes gratte-culs, et leur race sont de petits rabougris.

Mme Parabère a constamment le duc d'Antin, et elle apprend à jouer du basson pour lui plaire.

Mme de Tallard[1] ayant amené à Paris Mesdames de France, elle a mandé l'abbé Alary pour être toujours auprès d'elles pendant leur séjour et leurs promenades, et il ne les a pas quittées, même à la promenade aux Tuileries et sur le balcon du Louvre qui donne sur la rivière, leur tenant le parasol. Cet abbé, leur ancien instituteur, a été disgracié par M. le cardinal de Fleury[2], de sorte qu'il ne va plus à la cour. Rien ne marque davantage combien Mme de Tallard estime le cardinal peu puissant à la cour et sur le bord de sa chute.

M. le duc de Châtillon[3] a eu du dégoût, quoiqu'il ne dût pas le prendre ainsi. Le roi allant au camp avait déjà sa calèche presque pleine; il s'est avisé de dire à M. le dauphin d'y monter, et après cela il restait une place. Le roi a dit à M. le prince Charles, grand-

1. Gouvernante des enfants de France.
2. Voy. t. I, p. 204.
3. Alexis-Madeleine-Rosalie, dit *le comte de Châtillon*, lieutenant général, duc et pair, nommé gouverneur du dauphin le 15 novembre 1735.

écuyer, d'y monter, ajoutant qù'il était juste que son service passât devant celui de M. le dauphin. M. le duc de Châtillon, qui était là présent, en a paru fâché, disant que jamais un gouverneur ne quittait un tel pupille. Mais il a eu tort selon tout le monde, le roi pouvant bien servir de gouverneur à M. le dauphin, et ayant eu la bonté de dire la raison susdite comme une espèce d'excuse ou de motif seulement.

Mme de Beuvron est tout à fait au vieux sérail; elle a montré l'ingratitude de Lucifer à l'égard de Mme de Mailly, ayant prétendu plaire au roi en droiture. Elle tenait là par Mademoiselle qui l'a abandonnée promptement, ne se souciant que d'être la bonne et louable amie du roi, selon que telle ou telle femme lui plaira, et n'importe qui. Mme Amelot se comporte mieux : elle s'attache tant qu'elle peut à la favorite, par qui elle voudrait bien soutenir son mari. Elle a de la simplicité et de la naïveté; ce qui lui sauve quantité de ridicules. Le roi est content de voir son ami M. de Coigny bien avec elle. Mais toutes ces petites protections vont tomber comme celles de la maréchale d'Estrées et de Mademoiselle, et même celle de Mme de Mailly; dès que M. Chauvelin sera revenu en place, il jouera le grand rôle, tenant bien, et par les affaires essentielles.

25 *juillet.* — Voilà la Corse presque toute conquise par nous et pour nous. Les Corses ne désarment et ne se rendent qu'à condition de ne pas rentrer sous la domination des Génois. Peut-être ce discours leur est-il inspiré; mais enfin le dessein est d'y conserver

l'image, de domination des Génois; que les actes et
jugements s'y rendent en leur nom; qu'ils reçoivent
quelques revenus, et que nous en tirions le reste en
subsides pour la garde du pays; en un mot, de traiter
ce pays comme nous traitons Monaco.

Par cette conquête, nous aurons une belle place
d'armes tout devant la Toscane. Nous sommes en état
d'y tomber sur l'empereur, d'y secourir le roi de Naples, et d'y empêcher les conquêtes et les inquiétudes
des Espagnols, s'il en était besoin. Nous avons de
grandes sûretés pour le commerce du Levant, et
bien au-dessus du Port-Mahon qu'ont les Anglais.
Nous sommes prêts à châtier les Génois dans le besoin; nous nous passons du duc de Savoie pour l'entrée de l'Italie, et nous lui interceptons les secours de
son royaume au besoin.

Voilà sur quoi l'Europe va ouvrir les yeux sans
doute, et encore un peu d'augmentation de notre marine doit achever le dessillement de leurs yeux et
surtout de ceux de l'empereur qui a manqué son
coup par sa sotte guerre de Turquie. Que ne se for-
tifiait-il au lieu de cela en Italie?

Nous avons fait cette conquête au prix seul de la
perte de vingt-neuf hommes, tandis que les Impériaux
y perdirent neuf à dix mille hommes, il y a sept à
huit ans. Notre nation est charmante pour les conquêtes; il ne s'agit que de la mener.

Ç'a été aussi une grande intrigue de cour que de
procurer cette gloire à M. de Maillebois. On a voulu
donner un bon antagoniste au Bellisle, et celui-ci le
terrasse; car qu'a-t-il fait encore? Le parti de M. Chauvelin se compte ici une grande victoire, Maillebois

en est soutenu, et a un chiffre particulier de relation avec M. B. Il avait contre lui tout le ministère.

M. et Mme de Carignan sont brouillés ensemble, on ne sait pourquoi, si ce n'est que Mme n'a plus de crédit à la cour pour lui faire faire des affaires.

On parle plus que jamais de la manie du cardinal pour la constitution. Il y a, dit-on, un grand projet pour chasser de France tous les Pères de l'Oratoire et y éteindre cet ordre en les renvoyant chacun chez leurs parents, et, pour ceux qui n'ont pas de bien ni de rentes, leur donner une portion congrue de cent écus pour subsister, à prendre sur les biens de l'ordre, qui seront appliqués à d'autres choses. Voilà ce que la clique des évêques enragés pour la constitution contre ces aimables lettrés est capable de faire, en attendant mieux.

26 *juillet.*—Mon frère eut l'autre jour la constance de me dire bien sérieusement que ce qui ruinait sa fortune c'est qu'il était constitutionnaire de bonne foi, et que M. le cardinal au fond était janséniste. Voilà qui est merveilleux que ce soit cela qui empêche son élévation.

Il envoie son fils, le chevalier, qui n'est qu'un marmot, et fort délicat, faire ses caravanes sous les ordres du bailli de Tencin, général des galères de Malte, et frère du grand cardinal de ce nom. C'est là ce qu'on appelle un otage de sa foi et de sa conduite politique.

Il plaît à présent à ce fol de Legendre[1] de croire

---

1. Probablement Legendre de Collande, son beau-frère.

fermement que je vais être ministre des finances [1] incessamment, et que ma disgrâce sur l'ambassade de
Portugal n'est qu'une feinte dont le roi est le premier
complice. Il rit au nez de ceux qui lui parlent des injustices qui me sont faites là-dessus, et il a trouvé
plaisant de répondre à ses meilleurs amis que je vais
me jeter dans la haute dévotion; que je vais remettre au roi ma place du conseil et me retirer à
Argenson, comme mon aïeul après ses malheureuses
ambassades. Il y a eu des gens qui ont pris cela au
pied de la lettre et qui m'en parlent.

27 juillet. — Le roi soupa l'autre jour au camp,
chez M. le comte d'Eu qui commande l'armée. Il y
avait un grand dîner chez le comte de Biron. Ceux
qui avaient été de ce dîner avaient trouvé plus commode d'aller tout de suite chez M. le comte d'Eu et
de s'y présenter pour être du souper du roi; ce qu'on
brigue comme le consulat à Rome. Il n'y eut donc
que deux courtisans (M. de Coigny et le grand prieur)
qui s'avisèrent de retourner au château où le roi les
fit monter dans sa calèche avec quantité de dames
qui étaient du souper. Quand ce fut à y nommer, le
roi dit qu'il n'y aurait que ceux qui l'étaient venus
trouver au château et qui l'avaient accompagné qui
auraient l'honneur de souper avec les dames, et il ne
pria que le grand prieur et M. le comte de Coigny, le

---

1. On lit dans le *Journal manuscrit de l'ambassade de Portugal*
à la date du 6 juillet : « Le bruit a été universel depuis deux
jours dans Paris que ce n'avait jamais été de mon frère dont il
avait été question pour être contrôleur général, mais de moi. »

comte de Biron sans difficulté puisqu'il était resté à son poste de l'armée, et il invita M. d'Allevraud, lieutenant-colonel du régiment du roi, honneur qu'on n'avait pas encore vu rendre à ceux de ce grade, et ce qui ne peut être que très-approuvé dans cette circonstance, où c'est une espèce d'armée guerroyante.

Le roi ajouta qu'il s'apercevait bien quand on lui manquait, quoiqu'il n'en dît rien. A ce mot la terre a tremblé, quand un roi *reproche*, et on commence à dire que Louis XV sera tout aussi haut qu'un autre, et il est d'un *décidé*, d'une mémoire, et d'une attention rapide qui doit faire grand effet un jour.

28 *juillet*. — On parle de plus en plus dans le public de quatre brefs qui vont arriver de Rome, et obtenus à la sollicitation de la France.

L'un est, dit-on, pour obliger tous les ordres religieux qui ne font pas de vœux perpétuels d'en faire ou de se retirer chez eux; ce qui va à l'extinction totale de la congrégation de l'Oratoire; de quoi tous nos vilains constitutionnaires, surtout ceux de l'épiscopat, sont aujourd'hui si avides.

L'autre est pour donner pouvoir et caractère de concile national à l'assemblée du clergé qui va se tenir en mars prochain 1740. Et il y aura là bien des dépositions d'évêques et d'autres supérieurs sans doute. Ce pouvoir donné par Rome sera sans doute une grande atteinte portée aux libertés de l'Église gallicane.

J'ignore ce que doivent chanter les deux autres brefs; il est sûr que nos ministres travaillent fort et ferme et continuellement depuis tout ceci.

Voilà de vilaines choses, voilà des occupations bien
tristes, tandis qu'il y aurait des ordres bien plus es-
sentiels et pressants à donner pour éviter le malheur
public qui nous assiége de tous côtés.

Quelle sottise que cette marotte du cardinal pour la
constitution, et quelle plus grande folie encore que de
le laisser faire!

29 *juillet.* — Bachelier n'a pas été à Compiègne de
tout le voyage, mais il a pour lui un résident auprès
du roi, qui est de tous ses secrets intérieurs. Il se
nomme Lenoble; il est valet de chambre de Bachelier,
qui l'a fait garçon bleu de la chambre[1], et, après qu'il
a eu de grandes conversations avec le roi, où il parle
avec Sa Majesté de toutes les affaires les plus importantes peut-être, il s'en retourne à la Selle servir mo-
destement son ancien maître à l'ordinaire; ce qui ressemble aux mœurs des anciens dignitaires romains. Ce
Lenoble trotte, va et vient de la Selle à Compiègne et
à Fontainebleau, et porte les lettres secrètes.

On dit bien du mal du roi, et l'on n'augure rien de
bon des espérances qu'on en pouvait avoir. Ses meilleurs partisans, tous du parti de M. Chauvelin, ne
savent plus que dire des qualités du cœur et de l'esprit de Sa Majesté, puisqu'il ne prend aucun parti dans
des conjonctures si pressantes. On est à bout; on

---

1. « On appelle chez le roi *garçons de la chambre,* dit le *Dictionnaire de Trévoux,* ceux qui sont destinés aux menus services de
la chambre, et qui sont au-dessous des officiers en titre. » Il est
probable que les *garçons bleus* tenaient ce nom de la couleur de
leur livrée.

est persuadé qu'il laissera le cardinal radoter jusqu'aux dangers les plus extrêmes du gouvernement.
Il n'y a en effet que la perte totale de la mémoire qui
désigne le véritable radotage à expulser des affaires,
et l'on ne voit pas encore que la mémoire diminue.
Des gens qui arrivent de la cour disent que le cardinal
est mieux que jamais pour les fonctions corporelles. Il
mange, il digère comme un crocheteur; il est vrai
qu'il se courbe beaucoup, se ride et se casse; mais il se
tient des quatre heures debout sans fatigue. Il sait
qu'on désire sa mort, et s'en réjouit davantage de
vivre. Sur tout ceci, le roi, revenant à Versailles avec le
beau projet de faire dix voyages à Rambouillet avant
Fontainebleau, marque une insensibilité au travail et
au secours qu'il doit au gouvernement; ce qui décon-
certe tout le public et ceux qui espèrent le plus en lui.

Voici la guerre déclarée tout haut entre l'Angleterre
et l'Espagne. Les dernières lettres d'Angleterre portent
que cela a été réglé à la fin du dernier conseil; qu'on
a résolu d'expédier des commissions à tous ceux qui
en demanderaient pour faire des représailles contre
l'Espagne; qu'on a publié à son de trompe; qu'on a
fortifié secrètement l'escadre de l'amiral Haddock, de
sorte qu'au lieu de quinze vaisseaux de guerre elle
en a bien présentement vingt-cinq; que, de deux ou
trois vaisseaux des Assogues¹, on a nouvelle qu'il y en
a un de retiré à la Havane, que l'on a fait échouer
l'autre aux côtes du Mexique, et que le vaisseau de

---

1. De l'espagnol *azogue*, vif-argent. C'est le nom qu'on donnait
au bâtiment qui transportait le mercure employé dans l'exploi-
tation des mines.

guerre de conserve a été perdu par la tempéte ; qu'ainsi toute cette cargaison des Assogues, qui va bien à cinquante millions, est en sûreté présentement contre les attaques des Anglais. Cependant voilà les escadres anglaises qui bloquent Cadix et qui s'opposent à tout notre commerce de la Méditerranée et du Levant, si nous nous mêlons de la querelle. Les Anglais ont levé l'embargo de leurs ports, déclarant qu'ils avaient plus que suffisamment de matelots.

Nous pourrions et devrions dire aux Anglais : En interceptant ainsi les retours de l'Amérique à Cadix, vous nous attaquez, nous autres Français, plus que personne ; nous aurons les deux tiers de moins dans les retours attendus à Cadix. Voilà cent vingt millions de perdus pour la France.

Que de banqueroutes, que de misère on prévoit de ceci ! Tout se prépare à des calamités affreuses cet hiver, même à Paris : maladies populaires, famine, manque d'argent. Voici que les commerçants et banquiers vont manquer ; et le trésor royal manquer d'autant plus qu'il recevra moins de tous côtés et sera engagé en cent mille dépenses inévitables.

L'argent devient introuvable dans tous nos ports de mer. A Marseille, il est à présent à un pour cent par mois ou à douze par an ; ce qui est la plus grande rareté dans la plus grande place de commerce et de banque après Paris.

Le cardinal saignera du nez sur la déclaration que j'ai dit ci-dessus qu'il a faite contre l'Angleterre. On publiait que nous armions dans nos ports ; mais un de mes amis vient d'avoir nouvelle qu'on n'arme pas une chaloupe ni à Brest ni à Toulon.

Le cardinal s'occupe plus que jamais de ces sottises de constitution *Unigenitus*, des Pères de l'Oratoire, etc.

Le roi a tenu l'autre jour un discours bien imprudent sur la personne du roi de Prusse, et capable de nous l'aliéner pour toujours. C'était devant M. de Lichtenstein et M. de la Mina ; on parlait du siége de Philipsbourg. Sa Majesté dit que le roi de Prusse y était venu, comme on sait ; mais qu'ayant appris que le prince Eugène devait attaquer le lendemain, il était parti la veille ; *car*, a dit le roi, *ce prince n'aime pas les coups de canon*. Sur-le-champ cela a fait grand bruit. L'ambassadeur de l'empereur n'a pas manqué de le mander à sa cour, et cela se répandra partout : il n'en faut pas davantage pour l'aliéner de nous et le piquer d'être le plus mortel de nos ennemis.

Mme de Mailly est plus pauvre que jamais, à ce que m'a dit un homme qui la fréquente beaucoup. Ses chemises sont élimées et trouées, et sa femme de chambre mal vêtue, ce qui sent la pauvreté bien sincère. Elle n'avait pas l'autre jour cinq écus pour payer au quadrille où elle avait perdu. Elle est désintéressée au possible, elle rend service volontiers à ses amis ; mais n'entend rien aux affaires d'argent, et ne veut seulement pas écouter les propositions. Elle est franche, elle est vraie ; mais elle est haute comme les nues et se souvient longtemps des offenses ; avec cela, elle a peu d'esprit. Tout cela est d'une bonne suite pour le caractère du roi qui aime la franchise et les honnêtes gens.

29 *juillet.* — Un homme de la cour et qui a été,

dit-on, en grande place, qu'on ne me nommera que
dans quelque temps, a dit que ma réputation augmentait à chaque pas, et dans le public et à la cour; que
les ministres me craignaient et avaient voulu non-seulement m'éloigner, comme je l'aurais été allant en
Portugal, mais m'éloigner même de toute affaire en
me privant de l'ambassade de Portugal; que cependant
on cherchait à m'y rappeler depuis la rupture, mais
que c'était pour m'y jouer les plus indignes tours; que
je me défiasse d'eux; que le parti que j'avais pris avait
mis tout le monde de mon côté, et avait donné un
exemple d'un extrême radotage, tyrannie et injustice
du cardinal, et que j'avais eu ce qu'on appelle le
parterre pour moi.

30 *juillet*. — Un homme de la cour, qui arrive de
Compiègne à l'instant, m'a dit qu'il était toujours
permis de définir le caractère du roi en bien, malgré
tout ce qui arrive à l'État et à Sa Majesté même, par
rapport au radotage du cardinal; que le roi marquait
de l'esprit de plus en plus; qu'il avait eu dessein de
bien faire au camp, mais qu'on avait cependant remarqué qu'il était *enfant* des pieds à la tête et plus
qu'on ne croyait, et qu'il s'amusait volontiers à des
choses d'*enfance*, et comme aurait fait M. le duc
de Chartres, quoique Sa Majesté ait près de trente
ans. Être *enfant*, c'est avoir cette partie de l'imagination qui conduit à s'égayer de bagatelles et avec
une inconstance soudaine, espèce de joli défaut
qui va quelquefois durer jusqu'à cinquante ans,
mais pas davantage. J'ai cependant vu le cardinal
de Polignac, il y a bien quinze ans, dans son exil à

Anchin[1], sauter de joie, en particulier, de ce que je lui avais procuré deux belles vaches de Furnes.

Outre cela, le roi est entêté sur quatre ou cinq points, et pour rien au monde ne démordrait, ce qui vient, partie de cette enfance, et partie d'une opinion que la fermeté est bonne aux rois, ce qui commence à l'éloigner de cette enfance.

Au nombre de ces chefs d'entêtement, est l'idée qu'il doit rester maître absolu de ce qui regarde son personnel, comme de ses voyages, soupers, maîtresse, valets, etc., sur quoi il ne souffre plus, par une révolte totale et subite, que le cardinal mette le nez un moment.

De même aussi, et voici le pire de ses entêtements, il s'est persuadé qu'il était de son honneur de ne pas se montrer ingrat à l'égard du cardinal, et qu'il le tuerait net en lui ôtant les affaires.

Mais, chemin faisant, il donne au cardinal quantité de déboires qui lui feront peut-être quitter la partie au risque de ce qui arrivera après lui, car on le sent bien, on aime encore mieux vivre tranquille que de mourir en se vengeant. Si Son Éminence était bien conseillée, elle commencerait par permettre le retour de M. Chauvelin à Grosbois, pour ne pas le voir revenir au ministère en partant d'une pleine disgrâce.

Voici des révoltes pour la misère. Il vient d'y en avoir une terrible à Angoulême, et cela au milieu de la récolte, ce qui annonce de grands maux. Voici une

---

1. En 1719, lors de la conspiration de Cellamare, le cardinal avait été exilé dans son abbaye d'Anchin, en Flandre.

guerre de l'Angleterre et de l'Espagne, ce qui pourra
enfin déterminer le cardinal à rester à l'abbaye de
Royaumont où il va passer en revenant de Compiègne.

1er *août.* — On parle de la marche du cardinal, pour
revenir de Compiègne, comme d'une chose admirable;
c'est un triomphe où chacun s'empresse de le voir et
d'être invité des dîners où il sera. Il dîne et soupe à
Mont-l'Évêque avec ses meilleurs amis, de là il dîne
à Chantilly ; le voilà donc grand ami de M. le Duc,
auquel il a joué ci-devant tant de tours. Je ne puis
souffrir ces rapatriages personnels entre grands ; cela
vient ou d'humeur fourbe ou de lâcheté; qu'ils se
réconcilient assez pour ne se faire plus de mal,
je le souhaite; mais non assez pour se caresser, c'est
ce que je blâme. De Chantilly, le cardinal va souper
et coucher à Royaumont, et plût à Dieu qu'il restât
chez son neveu et qu'il y finît sa carrière. Enfin, il
dîne à Saint-Denis, chez les moines, où il verra leur
beau bâtiment neuf, et de là à Issy, pour se rendre
le 9 au matin à Versailles.

Il y a actuellement disette totale d'avoine dans
Paris; à la halle et au port, les écuyers et cochers y
couchent pour avoir des premières qui arriveront.
Tout le monde va mettre ses chevaux dans la rue, on
n'a jamais vu un si mauvais ordre, et les avoines nouvelles ne viendront pas d'ici à un mois; il faut le
temps de les mûrir, de les couper, de les faire javeler
et de les battre, et je ne sais si elles seront bonnes
aux chevaux ainsi dans la primeur.

Août. — Jouissant alors d'un assez grand loisir, après avoir renvoyé ma maison d'ambassadeur et arrangé mes affaires tout autant qu'elles en étaient susceptibles, je me trouvai quantité de goûts pour m'occuper en les remplissant. Ces goûts se tournent volontiers à ce qu'on retire de son esprit dans la retraite et le cabinet, tels que lecture, composition, peinture, etc. Je remarquai sur cela que ce qu'on appelle vide dans l'esprit, et qui fait tomber dans un si grand abattement, ne vient pas seulement de l'inapplication à aucune chose, mais du vide de vues dans l'application même aux gens qui n'ont que des sens et peu d'âme. Il leur faut des objets de plaisirs sensuels, ou d'avarice, qui affectent les âmes basses et grossières, le progrès de leur famille et de leur prochain, si leur cœur est bien tourné, et ils veulent à cette famille et à ce prochain tout le même bien qu'à eux; des richesses, des possessions, une femme riche, une femme lucrative. Quand ces âmes s'élèvent à l'orgueil, qui est encore une bassesse, ils veulent injustement des charges non méritées, et sans s'arrêter un moment à toute leur incapacité, parce qu'ils regardent tous ces avancements en patrimonialité, et parce que notre système de gouvernement n'a que trop prêté les mains à ce désordre.

Mais les belles âmes se proposent d'autres vues, et il en faut toujours de ces vues pour se bien porter, pour agir légèrement et vivement, pour user le temps, pour y trouver des plaisirs. Quelles que soient ces vues, ils les faut analogues avec nos goûts naturels, de naissance ou acquis. Heureux ceux qui n'en ont que de vertueux !

Les ministres disgraciés périssent ordinairement
par ce défaut de vues et de goûts ; ils n'ont plus que
des vues médiocres à se proposer, ils sont gâtés, ils
sont blasés par la carrière qu'ils viennent de courir,
ils sont comme un joueur au louis le jeton qui
se remettrait aux six sols. Cependant on dira que
ce joueur, revenu à peu de bien, peut se proposer le
gain ou la perte d'une pistole comme un grand objet
dans la réduction actuelle de sa fortune ; mais com-
prenons qu'il y a grand dégoût dans ce contraste présenté du grand au petit. Ainsi le ministre doit se proposer le soin du bien qui lui reste comme un objet
important, et oublier la grande et facile carrière de
grandeur qui vient de lui échapper. De quelque façon
que ce soit, il lui faut des goûts et des vues bien rai-
sonnées pour conserver sa vie ; qu'il s'y plonge d'a-
bord, qu'il ne laisse pas refroidir son activité, autrement la bile qui passe dans le sang devient noire et
sèche, et le tue promptement.

La philosophie bien approfondie retranche les
goûts, mais ne les éteint pas ; elle mène droit à la
grande médiocrité, où se trouve bien plus de plaisirs que dans l'or et dans la grandeur ; car, dans ces
excès, les désirs sont infinis et tourmentent infiniment,
et les grandes passions multiplient les grands soins,
les contradictions et les fraudes qui excitent la colère
des fraudés.

Dans la médiocrité d'un philosophe, il se trouve
des vues sans nombre, mais nombrées quand on le
veut ; on s'arrête à propos, et l'infinité de désirs ne
tourmente plus infiniment comme chez ceux qui se
sont abandonnés à l'ambition et à l'avarice. On se

propose l'ordre extrême, la grande propreté, toute
méthode qui épargne les soins, le soin de la santé, les
connaissances à acquérir pour briller dans la conversation, pour redresser les lumières des autres, pour la
satisfaction de conscience qui en vient et qui flatte
tant notre émulation, ou, si l'on veut, notre amour-
propre (riche présent du ciel quand on en use sans
en abuser), en raisonnant mieux que les autres sur
toutes matières. On jouit de tout ce que la nature
et l'art ont présenté dans ce bas monde pour les
délices de nos sens et de notre âme, on les sa-
voure, on y raisonne, on les perfectionne quant à
soi et quant aux autres; et qu'on croie que le philosophe, dans sa médiocrité, jouit presque seul de
tout cela, au prix des grands ambitieux qui n'ont que
l'ombre.

Mais voici la grande carrière à courir, c'est celle de
faire du bien au prochain, de le préserver des plus
grands maux, de lui procurer les plus grands biens,
les nécessaires, les utiles, les voluptuaires (selon la
distinction du droit romain), de répandre ses bienfaits
sur un plus grand nombre de gens et principalement
sur la patrie, qui comprend tout le prochain en corps,
et dont la gloire et le bonheur a un certain charme
inexprimable.

Nous avons tous dans le cœur ce penchant de bienfaisance, et on en voit des traits s'échapper parmi les
hommes les plus rudes et dans les siècles les plus
lâches, comme est celui-ci; mais on écoute peu son
penchant, le préjugé général en éloigne la voix qui
réclame, le bon air, la mode étouffe cette voix, on
raisonne mal sur la distribution de ses bienfaits, ou on

ne s'y adonne que par un amour-propre rude et impérieux.

Je me supposerai ici doué de qualités et de lumières acquises, propres à tirer ma patrie de grands maux, à lui procurer de grands biens, comme Moïse appelé à tirer la sienne de la captivité d'Égypte. Je dis que voilà alors un grand objet pour remplir le cœur et l'esprit, et pour agir en conséquence de ses vues avec une légèreté, un délice et cependant une action tranquille qui délecte l'âme sans l'agiter avec fureur ou aigreur.

Aujourd'hui la France gémit dans l'oppression des maux, non d'un joug trop dur et qui demande qu'on la tire de dessous ses rois, à Dieu ne plaise! mais de dessous une *aristocratie odieuse*, non de noblesse, qui penserait plus généreusement; mais d'une *satrapie de roture* qui a tout mis en forme, en mauvaises règles, en méchants principes et en ruine. Les *parvenus* de la robe et de la finance ont arrangé le gouvernement de façon qu'aujourd'hui tout remède y devient un nouveau mal, et que le mal est parvenu jusqu'à miner et ruiner l'intérieur des provinces, qui ne devient plus qu'un grand hôpital. Les vrais principes à ramener, le bonheur et l'abondance à faire renaître, sont un objet digne des plus grands travaux.

Voilà donc un objet que je puis me proposer; je puis y tendre par mes études et par mes actions; voilà assurément bien de quoi me donner des vues et des objets jusqu'à l'âge le plus reculé connu, même de quatre-vingts ans, si je n'étais appelé qu'à cet âge-là au redressement des affaires de l'État, comme M. le cardinal de Fleury y a été appelé, mais avec les seules bonnes intentions pour tout apanage et nulle habileté, la moindre connaissance en discernement des hommes et de leur caractère lui ayant été refusée.

En attendant, je m'occuperais de tout ce qui conduit à cette désirable et pressante réformation, cela s'appelle *étudier pour être premier ministre*. Tout y entre, mais avec plus ou moins d'importance : la politique, la guerre, la marine ; l'administration de la justice, comme on l'exerce aujourd'hui, n'y entre que *ad duritiem cordis eorum*, pour ne pas paraître ignorer les choses d'usage présent, pour quelque coups à frapper allant au bien, pour réformer les abus présents, etc. En toutes choses, proposons-nous les objets que j'ai dits : notre santé, nos affaires médiocres et en bon ordre, la propreté et l'ordre en tout, le bien de notre prochain en détail, quand les grandes occasions du grand ne se présentent pas encore, le bien de nos amis en leur faisant d'abord éviter le mal, et alors nous agirons vivement, légèrement et voluptueusement. Autrement, je ne puis seulement pas quitter ma chambre pour aller vaquer à une vaine promenade d'aller et de venir; il me faut des objets, il en faut à tout le monde; mais, dans les promenades, dans les études, dans les conversations, qu'on y pense, et on y trouvera de ces objets, de ces fins dernières ou plus prochaines. Ces règles sont pour tout le monde, chacun a ou doit avoir un métier, son bien, son patrimoine même borné et désiré tel, sa propreté, son ordre, sa santé, l'avantage du prochain, la jouissance des délices pour l'âme et les sens, sa curiosité satisfaite par les nouveautés, en un mot, on se trouvera des désirs en tout. Ce penchant mérite d'être écouté;

chacun est fait pour être occupé de désirs continuels, mais la philosophie rend ces désirs charmants au lieu que la corruption et la folie les rendent pénibles et funestes.

Nota. Je crois avoir composé tout cet article dans le goût de mon Sénèque que je lis actuellement.

5 août. — Le roi a écrit à Bachelier qu'il ne vînt pas le trouver à Versailles demain jeudi, et qu'il irait faire collation chez lui à la Selle, demain vendredi. Sur cela, ce fidèle domestique prépare tout pour bien recevoir Sa Majesté; il y a cinquante ouvriers à sa maison pour mettre en bon ordre et en grande propreté, sachant que le roi aime la propreté et le bon ordre et visite jusqu'au moindre chenil. Il a des officiers qui travaillent à la plus propre et à la plus magnifique collation. Cette petite fête, cette visite qui paraîtra imprévue, est faite uniquement pour morguer l'Éminence[1]; elle fera merveille et ranimera le parti des honnêtes gens qui détestent la tyrannie du cardinal et qui souhaitent si vivement de la voir finir, tant pour l'honneur du roi que pour le bien de la nation poussée à la dernière misère. En cela aussi le roi paraît suivre son projet, qui est de chasser peu à peu le cardinal par des dégoûts secrets qu'il lui donne depuis longtemps, et ensuite par des dégoûts publics, comme ceci le commence bien; car le cardinal est à Issy pour jusqu'à

1. Plus tard et vers octobre 1742, Bachelier prêta cette même maison de la Selle au cardinal de Fleury, qui la fit meubler et s'en servit quelque temps, mais, au mois de décembre suivant, il revint définitivement au séjour d'Issy. *Manuscrits Narbonne.*

dimanche matin, et au diable s'il a jamais été question que le roi allât dans ce vieux séminaire!

Après cette levée de boucliers, on propose que le roi reçoive une lettre de M. Chauvelin, par où il se plaigne de la longueur de son exil, après l'avoir mérité si peu et dès qu'on ne lui trouve aucun crime, et que sa santé et ses affaires demandent qu'il aille dans sa terre de Grosbois; et que le roi déclarât au cardinal qu'il croit cela juste et qu'il l'ordonne, puis tournât le dos aux remontrances.

On propose ensuite que Sa Majesté, à la fin d'une seconde collation chez Bachelier, lui déclarât qu'il lui donne le département des bâtiments, M. Orry ayant trop d'affaires pour fournir à ce travail.

M. d'Angervilliers se meurt, il est devenu borgne d'un œil sur lequel s'est jetée une humeur apoplectique, et il est devenu cassé comme un homme de quatre-vingts ans. La peur de mourir le tourmente. Mon frère songe au ministère de la guerre avec grand espoir fondé sur ses radoucissements auprès du cardinal; il ne voit pas quel obstacle lui ferme toute place par sa rancune et sa haine déclarée contre M. Chauvelin, puisqu'on le regarderait comme un mineur attaché à la place où le roi destine de faire remonter l'ancien ministre. On assure que le plan de gouvernement après la mort du cardinal est résolu par Sa Majesté, autant que chose ait jamais été résolue, et il est très-apparent que M. de Breteuil doit relever M. d'Angervilliers quand celui-ci viendra à manquer. Si ce manquement arrivait plus tôt, cela aurait l'air embarrassant; mais le roi ferait effort de fermeté pour y placer M. de Breteuil, et tant pis pour le cardinal s'il s'avi-

sait de prendre la chose de mauvaise grâce. M. de
Breteuil a pour lui d'avoir rempli cette place avec un
grand honneur et ordre. Il a le parti de la reine et
toute l'estime de M. le Duc qui est si ami de M. Chauvelin et de M. Bachelier.

Le roi, arrivant à Versailles, ne veut plus être que
par voies et par chemins, à la Muette, à Rambouillet,
à la chasse de côté et d'autre, la chasse, ses soupers
et sa maîtresse. Il y a certainement de l'affectation
dans cette conduite, pour marquer que le cardinal lui
enlève son travail et qu'il ne veut pas le partager; par
là encore, le contraste sera plus marqué quand il
prendra en main les rênes du gouvernement, après la
méchante administration du cardinal.

On a remarqué que la nouvelle pretintaille du quadrille nommé le *Médiateur* a été instituée en déri-
sion de ce que le cardinal prétend être un médiateur
universel de toute l'Europe; mais on voit que cela va
jusqu'à la satire la plus cruelle; car, en accomplis-
sant cette médiation, on y voit son roi une fiche.

11 août. — On parle d'envoyer M. de Lautrec en
Suisse comme ambassadeur extraordinaire, pour y
aider M. de Courtcilles au renouvellement de l'alliance
avec les cantons évangéliques, et il est sûr que
M. Amelot dessert ici M. de Courteilles, quoiqu'il fasse
très-bien et tout au mieux dans son ambassade; mais
le petit Amelot, et tout petit secrétaire d'État, n'aimera jamais les gens de robe dans les ambassades,
et fera tout de son mieux pour les écarter.

Les Anglais y vont de plus en plus sérieusement dans
leur guerre contre l'Espagne, et ils ne voudront jamais

notre médiation; de sorte que, dans l'étroite alliance
où nous sommes aujourd'hui avec l'Espagne, l'Angleterre nous mettra dans la nécessité de rompre avec
elle ou d'être déshonorés, en laissant accabler notre
premier allié et qui est de notre maison.

Les Anglais peuvent faire à l'Espagne et à nous de
grands maux publics, et nous ne leur en pouvons
faire que de secrets, d'insensibles et de détail.

Ils peuvent intercepter, pour longues années, les
revenus de l'Espagne par galions, flottille et assogues,
causer par là grosse banqueroute en Espagne et surtout en France; car, pour chez eux, ils ont si beau
jeu à leur interlope, qu'ils mettent peu de leurs fonds
à Cadix. Ils peuvent nuire également à notre commerce
avec l'Espagne par mer, et, au Levant, par les flottes
dont ils assiégeront l'Espagne, le détroit et, vers le
golfe de Lyon, notre commerce d'Afrique et de tout le
reste. Ils peuvent s'emparer sur nous du Canada par
la force de leurs colonies de la Floride. Ils peuvent,
par leur Jamaïque et avec les flottes qu'ils tiendront
en Amérique dans le golfe de Honduras, s'emparer de
l'isthme de Panama, ou prendre et fortifier un poste
dans l'île de Cuba, proche de la Havane, ou prendre
même la bonne place de la Havane. On dit que c'é-
tait là le dessein de Cromwel en 1655, quand il fit
la guerre à l'Espagne. Tels sont les maux principaux
qu'ils peuvent faire à nous et à l'Espagne, étant aussi
maîtres de la mer qu'ils le sont; car ils ont plus de
cent dix vaisseaux en mer, tandis que nous et l'Espagne n'en avons pas aujourd'hui trente en bon état. Le
dedans de notre royaume est même dans un état où
nous ne devons guère augmenter nos dépenses, sur-

tout avec les pertes où nous exposera cette guerre déclarée, par rapport au peu que nous faisons encore de commerce.

Le mal que nous et l'Espagne pouvons faire aux Anglais est principalement en redonnant commissions à nos fameux armateurs de Saint-Malo et de Dunkerque qui désolent tous navires marchands anglais. D'abord, nosdits armateurs, sans qu'il y ait guerre de notre part, prendront commission et pavillon espagnol, ils courront sus et s'empareront de beaucoup de marchands anglais. Ces pertes sont plus sensibles à ces insulaires qu'à nous; car c'est un pays dont tous les débouchés sont par la mer; en un instant nous allons mettre leurs assurances à des quinze et vingt pour cent. Voilà aussi tout le mal que nous leur pouvons faire. car pour celui de leur amener le Prétendant dans leur voisinage, c'est peu de chose, puisque cela ne réussirait jamais en temps de guerre, et d'une guerre agréable et souhaitée par la nation comme celle-ci. Alors tous les partis se réunissent en Angleterre et ils se trouvent bien gouvernés par leur roi et par leur ministère. Aujourd'hui, si le roi d'Angleterre est ébranlé sur son trône par quelque chose, c'est parce que son fils est mieux aimé que lui; mais cela ne va pas à faire rejeter la famille protestante entière pour y substituer une famille papiste, élevée à Rome.

Les Anglais ne font nul mal aux navires marchands espagnols, car ceux-ci n'existent pas; mais c'est assez d'arrêter leur commerce des galions, et celui d'Amérique avec Cadix.

Les Anglais peuvent encore nuire à l'Espagne par le Portugal, en y transportant dix mille hommes et dis-

ciplinant les Portugais. Ceux-ci ont leurs places de
frontière bien entretenues, tandis que celles d'Espagne sont en très-mauvais état; et, procurant aux
Portugais la restitution de Montévideo, la sûreté et
netteté de toute la côte, ils les engageront par là et
par d'autres voies à rompre : car, quand ils ne peuvent
pas persuader cette nation faible, ils la contraignent
à ce qu'ils veulent, sous peine de brûler Lisbonne.

Nous nuirons aussi grandement aux Anglais en em-
pêchant aisément leur commerce de détail au Portugal. Il est vrai que, quant à leur retour en argent, les
Anglais ne le font qu'à chacune des trois flottes portugaises de la baie de Tous-les-Saints, Pernambouc et
Rio-Janeiro. A leur arrivée, ils enlèvent d'abord l'or
qui leur revient, et ils le feront sûrement convoyer
des mêmes vaisseaux de guerre qui auront été convoyer les flottes portugaises, en les prenant aux Açores.

*11 août. — Suite d'une conversation que j'ai eue
aujourd'hui avec un homme de cour.*

On ne sait plus comment justifier le roi de la conduite qu'il tient. On a beau donner l'exemple de
Louis XIV, qui se montra peu de chose jusqu'à la
mort du cardinal Mazarin qu'il laissa gouverner, puis
se montra un grand roi. Louis XIV fit sentir son règne
à la France, lorsqu'il n'avait que vingt et un ans.
Louis XV a tout à l'heure trente ans; Louis XV ne se
nourrit l'esprit de rien; il se lève à onze heures; il
mène une vie de petit-maître et d'homme inutile. Il
est vrai que sa santé ne court pas de grands risques,
en ce qu'il fait beaucoup d'exercice pour dissiper ses
humeurs peccantes, et qu'il ne fait qu'un repas à fond.

Il arrache à toutes ses occupations frivoles une heure
de travail sur papiers et livres : c'est tout; car il faut
lui compter pour rien son travail avec les ministres,
où il laisse tout faire et se contente d'écouter ou de
parler en perroquet. Bachelier va tous les matins à
sept heures chez le cardinal lui dire des nouvelles de
la santé du roi, et pour les détails du château de Versailles ; et le cardinal lui a, dit-on, rendu toute sa
confiance et l'air d'amitié.

M. le Dauphin est bien mieux élevé que ne l'a été
le roi; on ne lui passe aucun jeu de mains ou bien on
l'oblige sur-le-champ à une satisfaction, au lieu que
le roi était fort polisson jusqu'à vingt-deux ans, et il
est encore très-enfant; il faut que le roi ait eu un très-
bon fond pour n'avoir pas été gâté par cette mauvaise
éducation. M. le Dauphin a de l'esprit, et il aime à
s'occuper. Ses maîtres ne le chagrinent pas quand ils
l'instruisent; au contraire, il aime à les retenir et fait
tout gaiement. Par là il prévient les contrariétés de volontés qui sont si fâcheuses dans l'éducation. Il faut
convenir qu'on a mis auprès de lui d'honnêtes gens,
si ce ne sont pas des gens d'esprit; ils ne cherchent
point à le flatter ni à rien gagner par leurs adulations;
cela provient aussi de ce que le roi est très-jeune et
les pourra récompenser lui-même.

— Voilà une défaite épouvantable des Impériaux par les Turcs. Il y a quelques jours que le
bruit en transpire; on l'a cachée avec soin; et pourquoi cela? M. le prince de Lichtenstein est enfermé
chez lui et s'arrache les cheveux. M. le général Wallis,
le seul bon qu'eût l'empereur, n'est qu'un vieillard

hardi, entêté et fanfaron, à peu près comme était le
général Mercy que nous avons tué à Parme, et qui mé-
prisait tant et si injustement notre nation. Wallis a
donc voulu entreprendre le siége d'Orsowa, et Neu-
perg a eu ordre de couvrir l'armée qui allait former le
blocus. Les Turcs (dont le grand art, depuis que M. de
Bonneval les commande, est de cacher la marche de
leur armée, en sorte qu'elle vous tombe sur le corps
au moment où vous la croyez bien loin), sont tout
d'un coup tombés sur l'armée impériale; l'aile droite
et le centre ont été défaits, l'aile gauche où comman-
dait le prince Charles, a mieux fait et s'est soutenue.
Les Impériaux ont perdu, dit-on, quinze mille hommes; ce qui fait les deux bons tiers de cette armée.
Toute la noblesse allemande qui était dans cette défaite s'est fait tuer de rage, comme le frère de Mme la
Duchesse, le prince de Hesse-Rheinfels, deux princes
de Waldeck, et quantité d'autres princes et seigneurs
d'Allemagne. Le reste de cette malheureuse armée est
retiré sous le canon de Belgrade. Les Turcs vont les
poursuivre vivement, et peut-être aller jusqu'à Vienne,
dont ils formeront le siége avant l'hiver. Ils vont s'emparer aisément de la Transylvanie, et la peste dont ils
se moquent va chasser le reste de l'armée allemande.
Ils masqueront Belgrade et le laisseront derrière.
M. de Bonneval, qui avait été fait séraskier, était à la
tête de cette armée victorieuse; le voilà bien vengé.

Voilà donc l'étoile du cardinal qui mène toujours
les choses au succès, quelque mauvaises que soient
ses mesures. Restent les Anglais, dont il sera plus difficile de venir à bout. Si nous ne nous en mêlons
pas, mais avec une dépense considérable, pour avoir

aussi une bonne marine et la combiner avec celle
d'Espagne, nous sommes menacés d'une paix désa-
vantageuse, au lieu de la faire signer aux Anglais.
Et le malheur de ceci, c'est que nous n'y pouvons
vaquer qu'en combattant un autre monstre, qui est
notre pauvreté au dedans du royaume, où aucun de
nos ministres ne voit aujourd'hui de remède, tandis
que moi j'en sais d'efficaces.

Le sieur de Sainclair, officier suédois, qui a été assassiné exprès et par une détestable politique en Sibérie, en
revenant de Constantinople à Stockholm, était chargé
d'une quantité de papiers qui contenaient des cabales
horribles entre nous et la Suède contre l'empereur de
Russie, tandis que nous jouons avec eux le rôle d'a-
mitié. Par là tout est découvert. Ainsi on ne voit de
tous côtés que fourberie au lieu de prudence, comme
le dit Tacite, que ce qui était prudence sous Auguste,
était devenu fourberie sous Tibère : témoin l'usurpation de la Corse, sous prétexte de la recouvrer pour
les Génois; notre dernière guerre en ligue avec l'Espagne, où nous avons reçu trente-six millions de
subsides, et cela pour ôter à la reine d'Espagne son
patrimoine, Parme et la Toscane, et y substituer deux
royaumes pelés et qui ne se soutiennent qu'à force
d'argent; notre tromperie envers Dantzig et la Pologne.
Vilaine façon de conduire un grand empire! Il faut
laisser aux petits États comme la Savoie la finesse
africaine et la mauvaise foi punique.

12 *août*. — Bachelier a eu, depuis le retour de Compiègne, une conversation d'une grande heure avec le
cardinal. Quelle comédie! Comment peut-on se jouer

de part et d'autre avec tant de constance? S'il y a deux
ennemis dans le monde, ce sont eux.

Mme de Mailly est prête à être déplacée de son poste
de maîtresse du roi. Elle se conduit comme une folle;
il est vrai que, manquant absolument de tout, elle se
jette dans l'humeur, non qu'elle cherche absolument
à faire des affaires; mais le besoin général d'argent la
fait se jeter du côté de Mademoiselle et de la maréchale d'Estrées, qui lui parlent des moyens d'avoir
plus de crédit qu'elle n'en a. On peut dire du roi
comme du czar Pierre pendant qu'il séjourna en
France, qu'il fait l'amour en crocheteur et paye de
même. Le roi ne tient plus à elle que par une habitude charnelle et corporelle; Bachelier lui a absolument retiré ses conseils; aussi tout va très-mal pour
elle.

Il a couru un bruit ce matin que le contrôleur général se retirait enfin, et que M. Trudaine allait le
remplacer; ce que les gens bien informés ne peuvent
croire.

14 *août*. — M. le Duc a appris par un valet de pied
que sa femme[1], qui est si jolie et qu'il abandonne tant,
avait une intrigue avec M. de Bissy, commissaire général de la cavalerie. Il est devenu furieux de jalousie.
On dit que M. de Sade, bien menacé, n'a pas nui à
cette découverte si fâcheuse. M. le Duc a monté chez
une femme de garde-robe qui était dans la confidence; il a menacé de la faire pendre; elle a eu peur;

1. Caroline de Hesse-Rheinfels, née le 18 août 1714. C'était la
seconde femme de M. le Duc qui l'avait épousée le 23 juillet 1718.

elle a tout découvert. Les rendez-vous se donnaient
chez elle. Il a été tout de suite chez la jeune duchesse ;
il lui a dit que sa grand'mère (la Maillé , femme du
grand Condé) ayant été convaincue d'une mauvaise
conduite, avait été enfermée toute sa vie dans une
tour où elle était morte, et qu'elle s'attendît au moins
à ce mauvais traitement. Il a fouillé dans ses poches ,
et il y a trouvé une lettre du marquis de Bissy. Depuis
cela, il a changé son appartement : elle était logée au
rez-de-chaussée avec une petite porte qui donnait sur
le jardin et de là dans la rue ; on l'a logée en haut
avec des grilles aux fenêtres ; on a changé les femmes
qui étaient suspectes.

Mme d'Egmont s'est jetée aux pieds du prince qui
est son amant depuis longtemps ; elle lui a dit qu'on
ne manquerait pas de lui en imputer la faute, et que,
s'il faisait de l'éclat, il s'attendît à ne jamais la revoir.
Cela l'a adouci. Il a promis de cacher son ressentiment ; mais, depuis, sa fureur augmente de jour en
jour ; et comme il apprend que le public en parle , il
ne ménagera plus rien, et il est à craindre que cette
jolie princesse ne soit enfermée, tant que son mari
vivra, dans quelque affreux château, pour une faute
si pardonnable. M. le Duc a demandé que M. de Bissy
s'éloignât, et on l'a envoyé sur-le-champ à son régiment.

Un homme de la cour, qui voit les choses de près
et qui a du sens, prétend qu'à la mort du cardinal le
roi se livrera tout entier à Mademoiselle et sera gouverné par elle, non par amour, mais par la force de sa
hauteur et de sa faveur ; à quoi elle joint beaucoup
d'esprit, dit-on. Ce n'est pas que le roi ne connaisse

ses vices, et surtout qu'il ne haïsse son indécence, car
rien n'est plus indécent qu'elle au monde. Elle n'a ni
principes, ni respect pour l'ordre et pour la vertu.
Quelle race que toute cette maison de Condé ! à quoi
s'est jointe la folie des Mortemart par bâtardise. Mademoiselle eût été receleuse, voleuse et bouquetière,
si elle fût née dans le peuple. Cependant le roi n'aime
rien de tout cela ; mais la hardiesse et l'emportement
étonnent des esprits doux et timides quand une fois
ils se sont ouverts à quelque ascendant. Voilà ce qui
fait croire à quelques gens de la cour qu'elle l'emportera à la mort du cardinal, et que peut-être Sa Majesté ne souffre aujourd'hui le ministère défectueux
du cardinal que comme un rempart qui dure encore
contre cette tempête. Mademoiselle a pour conseils,
c'est-à-dire pour amants, l'évêque de Rennes et l'abbé
Dédit, aumônier du roi[1]. Il arrive toujours un temps où
les p..... s'adonnent aux gens d'église par une destinée
naturelle. Elle prétend nous donner l'Éminence de
Rennes pour secrétaire d'État des affaires étrangères,
et l'abbé Dédit sera nommé à quelque grande église.

Voilà donc quel est aujourd'hui ce célèbre parti de
Mlle de Charolais. La princesse sert de commode au
roi ; elle tient compagnie à Mme de Mailly, et, au milieu de ses complaisances, elle en propose de temps
en temps une plus jolie au roi, tandis qu'elle exhorte
Mme de Mailly à profiter de son règne et en tirer
meilleur parti pour les richesses et les grandeurs. La
maréchale d'Estrées s'y est jointe et apporte dans la

---

1. Probablement l'abbé d'*Aydie*, frère du chevalier, l'amant de
Mlle Aïssé.

société son expérience et le cardinal de Rohan, son
amant. Ce que Mme de Mailly a de meilleur pour elle,
c'est de la bonne foi et un petit sens fort droit, avec
un assez bon cœur : c'est ce qui la soutient contre sa
tête de linotte et contre son honneur, et la diversité
des conseils qui la tourmentent. Mais, comme elle est
assez indifférente sur sa pauvreté, et qu'elle est noble
au milieu de ses besoins, ses demandes ne sont point
aigres, ni ses intrigues souterraines et détournées. Cependant Bachelier l'a abandonnée à son sens ré-
prouvé, et sans doute que M. Chauvelin sait bien à
Bourges ce que tout cela devient à Versailles. Un si
habile homme se moque de ces tempêtes et est l'auteur lui-même de la plupart des vagues qui la composent. Tout ce parti de Mademoiselle et de Mme de
Mailly ne sont que des fantômes plus aisés à faire dis-
paraître qu'on ne l'imagine, dès qu'on en facilitera la
suppression aux yeux de Sa Majesté, ces yeux pares-
seux et timides, mais justes et bons.

M. le Duc ne se mêle de rien au monde : son cœur
est rempli par la chasse et les colifichets de Chantilly.
Sa tête est vide, il laisse faire, il est rancunier contre
M. Chauvelin ainsi que contre le cardinal, et quelques
legers applaudissements qu'ils se donnent l'un à l'autre
ne font pas oublier les anciens sujets de haine et d'a-
version.

Sa Majesté ne laisse pas de lâcher de temps à autres
au cardinal des traits de sécheresse rebutants pour
tout autre que ce vieux tyran. L'autre jour, l'Éminence
dit au roi que ce serait pour le 24 août la demande de
Madame par l'ambassadeur d'Espagne. Sa Majesté répondit sèchement : « Je ne serai pas ce jour-là à Ver-

sailles. » Le cardinal essaya d'insister en représentant
que ce jour-là avait été pris, et le roi répondit encore : *Je n'y serai pas*. Le cardinal, en adroit courtisan, se retourna du côté de la complaisance et dit
bien fort que le roi était le maître, et qu'on prendrait
son jour, à quoi Sa Majesté répliqua, et plus haut et
plus sèchement que ci-devant : *Apparemment*, mot
qui a été bien relevé et le sera.

On ne saurait dire qui est-ce qui a fait retomber le
cardinal dans l'alliance intime de l'Espagne, comme il
a fait, et dès que ce doit être quelque habile main, ce
ne peut être que par les influences et ressorts cachés
de M. Chauvelin. Qu'est-ce qui dira qu'il ne suit pas
une besogne qui va si bien?

Je sais qu'il est grandement question de faire encore un plus grand usage de M. de La Mina, et certes
cet ambassadeur joue aujourd'hui en France un rôle
singulièrement beau. Qu'on ne croie pas que l'habileté seule y préside; on le vient trouver, on va à lui,
et ce sont des machines toutes préparées pour ce ministre. Il est à la vérité de l'étoffe qu'il faut pour cette
espèce de rôle; *il va aux enfants perdus* et il y va
sans douter de rien. Tous les grands seigneurs l'ac-
cueillent et lui fournissent des moyens.

Je sais qu'il est question aujourd'hui de cet ordre de
marche : laisser accomplir le mariage, et, pendant ce
temps-là, l'Espagne a accepté la guerre d'Angleterre uniquement par notre alliance; autrement quelle chicane
que ce qui la cause après la convention du Prado [1]!

---

1. Par la convention du Pardo, ou Prado, signée le 4 janvier 1739, les couronnes d'Espagne et d'Angleterre se faisaient

Voilà donc une guerre assurée. Les Anglais comptent de la faire contre nous. C'est l'intérêt de M. de Maurepas que cette guerre, qui rétablira notre marine; la dépense en est peu de chose, quand nous ne l'avons pas ailleurs : cinq ou six millions de plus par an en feront l'affaire.

C'est donc beaucoup d'avoir engagé indispensablement le cardinal dans cette guerre maritime; on le laisse s'y engager tous les jours davantage. Après cela, m'assure-t-on, M. de La Mina va pousser le cardinal de la bonne façon et se reprendra sur tout. Il ne le laissera pas un moment en repos, et le caractère avare, timide, irrésolu et peu habile du cardinal y donnera matière du reste. On verra des banqueroutes, des pertes par la mer, de faibles secours, des délibérations incertaines là où il en faudrait de vigoureuses. Voilà de quoi attaquer le cardinal par le ministre d'Espagne sans qu'on puisse rien dire au ministre. Bientôt il aura pour lui le public et enfin le roi; le temps de la retraite arrivera bientôt. Un autre personnage qui agira dans tout ceci, c'est M. le duc d'Orléans dont les paroles sont d'or en certaines circonstances, où sa vertu, sa philosophie et sa dévotion donnent un grand poids; car M. Chauvelin disait partout qu'il n'y avait plus à balancer de déclarer la guerre à l'empereur, dès que M. le duc d'Orléans en avait été le premier d'avis.

Tous les jours les grands seigneurs se détachent de

réciproquement raison de leurs griefs, et le roi d'Espagne s'obligeait à payer aux Anglais 95 000 liv. st. pour indemnité des prises faites par les Espagnols. Cette convention n'eut point d'exécution.

plus en plus d'aller chez le cardinal. On s'en félicite quand on a renoncé à cette cour, et bientôt l'herbe viendra dans son antichambre.

Son Éminence a joué un tour indigne à M. de Balleroy[1], gouverneur de M. le duc de Chartres, en refusant que son fils dansât au bal de M. le Dauphin, comme ne devant ni le père ni le fils monter dans les carrosses du roi. Il a prouvé par sa généalogie qu'il était d'une très-ancienne noblesse de Normandie, quoiqu'avec peu d'illustration, mais de belles alliances et toujours suivies. Le cardinal a fait dix mensonges sur cette affaire, tant à M. de Châtillon qu'à M. de Balleroy et à M. le duc d'Orléans lui-même, à qui il a nié ce qu'il lui avait dit. M. de La Cour, son père, a été six ans maître des requêtes, voilà toute la tache de cette famille. Heureusement qu'après ces mensonges, la petite vérole de M. le duc de Chartres interrompit ces bals, et sur cela, M. de Balleroy s'est mis à ne plus mettre les pieds chez l'Éminence; mais il y a des gens auprès du roi par où il prend les ordres

---

1. Claude Augustin de La Cour, marquis de Balleroy (on a imprimé par erreur *de La Tour*, p. 93 du 1er volume) et les deux frères d'Argenson, étaient cousins germains par leurs mères, qui étaient toutes deux Caumartin. Rectifions en même temps la note de la p. 6 du même volume, où nous parlons d'un recueil de lettres adressées à la marquise de La Cour, mère de celui que nous venons de mentionner. Cette correspondance, conservée à la bibliothèque Mazarine, et dont nous n'avions pu prendre communication à cette époque, renferme un assez grand nombre de lettres, non du lieutenant de police d'Argenson, mais de son fils le marquis, écrites dans sa jeunesse, et pouvant, en certains points, servir de complément à son *Journal*.

directs de Sa Majesté pour tout ce qui regarde ce
prince, et il emporte l'avantage sur tout ce qui se présente. On peut juger de là si ce gouverneur ayant toute
la confiance de M. le duc d'Orléans et toute l'amitié de
son élève, si, dis-je, on l'inspirera bien sur le compte
du vieux cardinal.

Voilà donc à la cour quatre partis présentement :

1° Celui du cardinal qui ne tient plus qu'à M. Orry,
à M. Hérault et à quelques faquins de sa garde-robe ;

2° Celui de M. Chauvelin, à la tête duquel sont les
secrètes résolutions de Sa Majesté, M. Bachelier et
une quantité de grands seigneurs les mieux vus du
roi ;

3° Celui de Mlle de Charolais, dont j'ai traité ci-
dessus ;

4° Celui du cardinal de Tencin, dont il faut parler.
Dans ce parti sont les Noailles, les molinistes zélés,
perfides et ambitieux, quantité de femmelettes se piquant de dévotion et d'ultramontanisme, comme
Mmes d'Armagnac, de Villars, de Gontaud, Mme de
Saint-Florentin et Mme de Mazarin. Toutes ces femmes
assurent qu'il n'y a au monde que ce cardinal-là qui
soit capable de gouverner le royaume après la mort
du cardinal de Fleury. Sa sœur, la Tencin, est à Paris
qui remue ciel et terre, principalement dans le parti
constitutionnaire. On assure que le roi sera toujours
pour ce parti-là, non par religion, mais par tout ce
qu'on lui a inspiré, que les jansénistes et les parlementaires étaient ses véritables ennemis, et ils croient
qu'il le pense ainsi, de façon que si le libertinage de
Sa Majesté leur ôte les armes de la religion, elles se
retrouveront dans cette politique. Ce parti a un

chef prudent, quoique le gros de l'armée soit composé
de folles. Ce chef est prêt à le réunir à celui du Chauvelin dès que le temps en sera venu ; ce sont ses armes
et sa monnaie pour se soutenir en crédit.

Le parti des ministres et secrétaires d'État exista au
commencement, peu après la disgrâce de M. Chauvelin ; mais bientôt après il se divisa et est resté ainsi
par le peu d'estime réciproque et par la mauvaise humeur du cardinal, dont ils ont eu et ont toujours tant
à souffrir, au lieu de les tenir bien unis et en quelque
crédit ; bien éloigné de cela, il ne leur en donne
aucun. Le seul M. Orry tiendra toujours au cardinal
comme étant à son dernier maître.

Mon frère s'attache à ce parti tant qu'il peut et par
la même raison. Il a tenté fortune du côté de Mademoiselle, mais il a échoué, n'y pouvant trouver estime
pour lui ni principes pour eux. Mme de Gontaud l'a
déterminé et l'a lié du côté du parti Tencin où il croit
avoir jeté des fondements de longue main ; c'est là où
il tient le plus, et il n'y épargne aucuns soins ni dili-
gences, mais je doute fort qu'il y sache les desseins
du chef pour renouer avec le Chauvelin dans l'occasion ; peut-être se doute-t-il de quelque chose et tend-
il au moins à ne pas jeter davantage de l'huile dans
le feu, du côté de ce puissant disgracié.

Les affaires de l'empereur vont de mal en pire en
Hongrie : il vient d'être tout à fait défait, et toutes ses
forces se trouvent enfermées dans Belgrade, ou dis-
persées dans le Bannat de Temeswar, et cela après des
efforts incroyables de crédit, d'emprunt et d'industrie. Certes notre étoile est admirable, car voilà à bas
le seul rival qu'eût notre maison par terre. Nous pou-

vons faire la loi dans le Nord par notre alliance avec
la Suède et diminuer le commerce des Anglais, si
nous rétablissons bien notre marine; mais quels dé-
sastres dans l'intérieur de nos provinces! Considé-
rons-les dans le mois présent, août 1739.

L'intendant de la généralité de Tours m'a dit ce
matin qu'on lui accorderait seulement cette année
cent mille livres de plus que l'an passé pour la diminution des tailles de la généralité : comment pourrait-
on demander cette taille à des provinces si dénuées de
tout, et dont les habitants, à moitié morts, ne vivent
plus que de charité?

Il est vrai qu'il est décidé que le roi fera de gros
fonds pour faire travailler aux chemins, afin de donner, dit-on, l'aumône seulement désormais à charge
de travail et pour répandre de l'argent dans les provinces; graine dont on a une si fâcheuse idée parmi
les spéculateurs financiers; car qui est-ce qui partici-
pera tant à cette semence?

Toute cette résolution provient d'un séjour de deux
mois que M. Fagon vient de faire dans sa terre de
Vaurey, dans le Perche. Je lui ai demandé ce qu'il lui
avait paru de la misère : il répond que ce sont des coquins qui ne veulent pas travailler et qu'on perd tout
en leur donnant l'aumône. Il a persuadé au ministère
que c'était une habitude de fainéantise qui corrompait
les mœurs de la campagne, et qu'il fallait les en tirer
par les travaux des chemins. Je ne doute pas qu'en
même temps il n'ait conseillé de pousser et de presser
les recouvrements des tailles pour les obliger encore,
a-t-il dit, à travailler. Quelle fausseté de remède au
mal, c'est comme si on disait qu'un enfant, sur qui tra-

vaille un chirurgien, ne crie que parce qu'il a la mauvaise habitude d'être criard. Voilà quels sont ceux qui ont part à la direction des affaires, durs tyrans, heureux pour leur compte, et décidant pour le mal des autres par principe mal raisonné, et dont la source est dans leur cœur détestable et bourgeois, juges de Tournelle, aimant de sang-froid la ruine et le supplice des autres.

18 *août*. — M. Chauvelin, ci-devant garde des sceaux de France, était un *très-honnête homme* et un grand citoyen qui avait *les manières d'un fripon*, mais qu'on croie que cela ne passait pas les manières. Elles avaient été contractées de jeunesse : étant cadet de robe, et ayant devant lui un aîné qui brillait seulement par de grands talents extérieurs, il lui fallait percer à travers des obstacles et des défauts de moyens, et, pour cela, il se fallut animer d'une grande ardeur, de façon que, les moyens passant souvent le but proposé, ce mécompte passait pour fausseté, et, y voyant du succès, il se fit l'habitude de ces transgressions qui en attirèrent d'autres; mais étant en train d'arriver et étant arrivé à une si haute fortune qu'il n'avait plus rien à désirer de grandeur, il s'est retrouvé ce qu'il était au fond, ce que ceux qui l'ont approché avec discernement et équité estimeront aisément en lui.

Sans haine, sans méchanceté ou malignité, sans avarice, content de la médiocrité des biens, se passant à peu de chose, aimant sa patrie et son roi, et cela avec des talents bien rares dans notre siècle, capable de grand travail, non par penchant et habitude à la paperasse, comme sont tous les robins, mais par

ardeur pour son objet, c'est-à-dire pour sa *perfection*,
et non pour un simple accomplissement en merce-
naire, ce qui forme la véritable différence de l'homme
vertueux au simple ambitieux ; il a ce coup d'œil
de l'homme de génie et de l'habile homme propre au
commandement général, un grand discernement des
sujets et de leur propriété ; ce qui doit être le grand
et peut être le seul talent des rois. Henri IV n'avait
que celui-là, ses talents pour la guerre avec l'amour
de ses sujets; ce que l'abbé de Saint-Pierre appelle la
bienfaisance.

Août. — On m'a bien fait de l'honneur l'autre jour
quand on m'a dit que nous avions, mon frère et moi,
deux différentes façons d'aller à la fortune, moi en
ménageant les hommes *comme ils devraient être*, et
lui en les ménageant et recherchant *comme ils sont*.
Il me semble que cela a été dit de Corneille et de
Racine.

22 *août.* — Le public est de plus en plus indigné
des dépenses excessives qu'on fait pour célébrer ici les
noces de Madame avec l'infant D. Philippe. On assure qu'une dame de la cour a dit au roi : « Mais, Sire,
quand il s'agira du mariage de M. le dauphin, Votre
Majesté fera donc mettre le feu aux quatre coins de
Paris? » Le roi a répondu : « Ah! on verra bien autre
chose! » On compte dix à douze ouvriers qui ont déjà
péri aux échafaudages pour ces fêtes. On dit que cela
coûtera huit cent mille livres à la ville de Paris; ce
qu'elle eût bien mieux employé à des magasins de blé.
Et toutes ces sortes de dépenses ne sont que pour

tenir lieu de compliment à l'Espagne, au lieu de la
réalité pour la soutenir dans sa guerre contre les Anglais. Cependant on apprend de Brest qu'on y arme
pour le certain six gros vaisseaux de guerre, et huit à
Toulon; de sorte qu'ils seront prêts dans deux mois
pour aller du côté du Sud. On croit que cette médiation armée effrayera les Anglais, qui verront que nous
y allons bon jeu bon argent, et qu'ils vont par leur
contumace donner lieu au rétablissement de la marine
française qui les a tant désolés ci-devant, eux et les
Hollandais. Si le cardinal réussissait dans cette menace pacifique, on pourrait dire qu'il n'y aurait jamais
eu d'étoile si heureuse que la sienne dans l'administration des affaires du dehors; car, pour le dedans ,
tout va de pire en pire. On ne comprend plus rien à
toutes ses démarches; on ne s'attend à rien , on voit
toujours ce à quoi on s'attend le moins. On assure que
toutes ces démonstrations honorifiques à l'égard de
l'Espagne ont pour objet un traité de commerce qui
est actuellement sur le tapis. Cependant on ne voit
plus que des épargnes de bouts de chandelles avec des
prodigalités furieuses et déplacées. Nul homme de talent n'occupe les places; Son Éminence est engouée
plus que jamais de son contrôleur général qui lui en
impose par sa manière brusque et lourde, avec ses no-
tions fautives sur les matières de finance.

Le comte de Tessin est ici depuis trois semaines. Il
est maréchal de la diète et du comité de Suède; c'est
entre ses mains que sont déposés les pleins pouvoirs
de la nation entre les deux assemblées des États. Il va
prendre ici caractère d'ambassadeur extraordinaire et
n'y résidera pas longtemps. Il est chargé de savoir au

vrai à quoi la nation peut s'en tenir sur le ministère
de France et sur l'appui qu'on en peut espérer.

Le vrai est que M. Gedda nous ayant trahis sur les
moyens de cette alliance, et s'étant trouvé l'homme
du roi et non l'homme de la nation, il a débité au
comte de Tessin tout ce qu'il savait de sujets de défiance sur notre ministère, le peu d'assiette du cardinal, l'incertitude des changements qui suivraient sa
mort; il a répété tout ce qu'il avait dit sur cela au
cardinal, et ce que Son Éminence lui avait promis de
changements dans le ministère, tant par rapport aux
affaires étrangères que de celles des finances qui péri-
clitaient le plus; il lui a fait la peinture au vrai de nos
provinces énervées.

Et, sur tout cela, le comte de Tessin considère qu'il
n'y a pas d'autre chose à espérer du cardinal que sa
prompte retraite; il voit que l'Éminence a manqué de
parole à la Suède sur cent choses plus essentielles l'une
que l'autre, et surtout de constituer un meilleur ministère; il voit que les affaires ne marchent ici par le
cardinal qu'en marchandant pied à pied par fantaisies,
en sorte que toutes ses mesures peuvent manquer à la
fois, qu'on a pu les engager à donner de la jalousie à
leurs voisins et les abandonner ensuite, comme on a
fait des Dantzigois. Nous avons manqué très-sottement
l'alliance du Danemark; par là, la Suède se trouve en
presse entre le czar, bien capable d'être agresseur dès
que la guerre de Turquie sera finie, le Danemark,
l'empereur et l'Angleterre.

Ce comte est résolu à pousser le cardinal autant
qu'il pourra. Il s'est d'abord lié avec Hogguer qui a
une baronnie en Suède, et qui est aussi malheureux

ici qu'il est estimé là-bas; il a donc un travail réglé
avec ce baron, et celui-ci rend compte de tout au
sieur Bachelier, qui en instruit le roi. Le comte de
Tessin doit même avoir des conversations particulières avec Sa Majesté. Il va loger à l'hôtel de Guise,
au Temple, d'où nous devons nous voir sur ces choses
là, et Hogguer a déjà ordre de m'en montrer les premiers plans.

Voilà comme tout s'achemine à une fin si désirée,
c'est-à-dire à la cessation de cette administration ridicule qui malheureusement déshonore le roi chez les
étrangers et chez ses sujets.

— M. de Maillebois, par ses grands succès en
Corse, efface tout à fait M. de Bellisle et sa grande
réputation sans effet jusqu'à présent, si ce n'est par
une grande application dans les détails. Il y a à dire
sur cela que c'est le sort des Colbert de chasser les
Fouquet; c'est ce qui était si bien peint par pur hasard dans les lambris de Vaux, où on voyait une cou-
leuvre (armes de Colbert) qui chassait un écureuil
(armes de Fouquet). M. de Maillebois, fils de M. Des-
marets, ne vient des Colbert que par les femmes; il
est petit-neveu du grand Colbert.

On vient de créer un régiment en Corse, dont les
trois premiers officiers seront français : le colonel, le
lieutenant-colonel et le major, et le reste, de la noblesse de Corse ainsi que les soldats. Cela marque bien
que nous garderons cette conquête, et que nous y lais-
serons aux Génois tout au plus les prières nominales,
et peut-être nous en accommoderons-nous en propriété avec cette république; ce qui nous donnera un

grand pied en Italie, sans avoir besoin du roi de Sardaigne. Infidélité cependant que ceci et aux Génois et
à toute l'Europe.

25 août. — Notre dispute avec les secrétaires d'État
va être décidée à notre avantage, c'est-à-dire pour les
conseillers d'État, et voici la part que j'y ai eue. Il
n'y a qu'un conseil : le rang de ministre, le conseil
d'État et de dépêches ou de finances, ne sont que
comme des détachements du conseil. Cependant, depuis quelques années, ce mauvais usage s'était introduit que les secrétaires d'État prenaient un rang différent entre eux, suivant leur réception, et conservant
cependant toujours celui de réception au conseil
privé, quand il arrivait que quelques-uns de nous autres à robe longue entraient au conseil de dépêches ou
de finances, alors ils prenaient parmi nous le rang de
leur réception; de sorte que, par une grande indécence
devant Sa Majesté, ils avaient un rang différent dans
une occasion que dans une autre. M. d'Angervilliers,
par exemple, précédait M. de Saint-Florentin quand
nous y étions, et le suivait quand nous n'y étions
pas.

On vient d'expédier une commission pour la signature du contrat de mariage de Madame Élisabeth avec
l'infant D. Philippe, et justement, dans cette commission, M. Amelot, qui l'a expédiée, s'est nommé après
M. Orry, quoiqu'il le précède à notre conseil par ordre
de réception. J'ai été averti de cette incongruité; je
me suis joint à quelques-uns du conseil; j'ai été animer M. le chancelier à nous obtenir redressement de
ce grief; il est craintif; il ne cherche qu'à différer le

temps et à parler mollement au cardinal; le temps pressait avec cela, et le contrat de mariage devait être signé le lendemain.

Enfin M. le chancelier a parlé au cardinal comme il faut, et Son Éminence a résolu de décider incessamment notre prétention tout comme nous le souhaitons précisément, et comme il est juste et décent.

M. de Pomponne a rappelé à ce propos qu'il avait vu la question décidée par le cardinal Dubois, lors archevêque de Cambray et conseiller d'État; il fut commissaire avec M. Amelot, conseiller d'État, pour le contrat de mariage de Mme de Modène, et signa après · M. Amelot.

27 *août*. — Les dépenses et profusions que M. le cardinal fait faire aux fêtes pour le mariage de Madame Louise-Elisabeth ont pour unique cause un vieux conte de M. Colbert, qui m'a tant impatienté et ennuyé. On prétend que le feu roi voulant donner un carrousel et craignant l'économie de M. Colbert, celui-ci le commanda plus beau même que le roi ne le souhaitait; mais il le fit beaucoup annoncer. Cela attira quantité d'étrangers; de là, grande consommation et droits dont les fermiers généraux profitaient : ils payèrent le carrousel, et le roi eut encore cent mille écus de profit au bout, par la raison que les fêtes de cette espèce coûtent le moins quand elles sont le plus chères. On parle encore souvent du même sac de mille livres qu'on vit dans un même jour chez trois différents notaires, pour symbole de la belle circulation. Toutes ces épigrammes en politique plaisent fort à nos Français superficiels, par leur distraction

et paresse, mais non par leur manque d'esprit ni de capacité à approfondir. Ils en restent là, et croient avoir accompli toute étude politique, quand ils ont ainsi raisonné sur la circulation, quand ils savent seulement ce mot.

J'ai déjà répondu que cette belle fête de M. Colbert, si vantée, n'était autre chose que la similitude d'une vieille comtesse ruinée qui donne à souper avec l'argent des cartes.

Tous nos pauvres gens qui gouvernent l'État aujourd'hui se croient de très-grands hommes en copiant cet admirable trait de M. Colbert; voilà nos grands médecins politiques. Je demande si et quand ils obligeront les fermiers généraux à payer la fête de la ville et celle de Versailles. Ces traitants diront vrai en assurant qu'eux et leurs sous-fermiers sont ruinés par la misère des provinces.

> Non tali auxilio nec defensoribus istis
> Tempus eget.

Cependant voici que les peuples se ruinent, la noblesse s'efforce en luxe et en habits pour paraître à ces fêtes, et cela par ordre du roi.

Combien toutes ces dépenses eussent été mieux en nourriture aux pauvres! comme le disait fort bien Judas, mais Notre-Seigneur lui répondit: C'est que vous ne m'aurez pas toujours parmi vous; et il n'y a pas ceci à répondre aujourd'hui. L'hôtel de ville emprunte et va encore emprunter davantage; on eût bien mieux fait de lui laisser faire ses magasins de blé, comme elle en avait tant envie.

On honore encore le cardinal d'en user ici comme

les Romains assiégés dans le Capitole, qui jetaient du pain par les fenêtres pour marquer qu'ils en avaient de reste, tandis qu'ils en manquaient en réalité; cela fit un effet dans une place assiégée : il s'agissait de lever le siége; mais que nous fait aujourd'hui une fausse réputation? Par qui sommes-nous pressés? Ce n'est point par nos voisins, c'est par la misère réelle du dedans. Nous n'aurions à en imposer qu'à nous-mêmes, et nous n'y parviendrons pas; au contraire, les peuples des provinces sont par là plus effrayés de la tyrannie de la cour et de la capitale qu'ils ne l'étaient auparavant.

Cherchons donc toute une autre cause de ces profusions, quand tous les motifs tirés du cardinal n'expliquent rien devant les esprits justes.

Qui sait ce qui se passe et ce qui se dit entre le roi et le cardinal? Celui-ci est résolu à tout souffrir plutôt que de quitter sa place; il file doux, quand il voit la volonté du roi pencher à un point décidé. Ne peut-il pas se faire que Sa Majesté se soit décidée pour l'alliance de l'Espagne, malgré l'opinion de Son Éminence? et, si Sa Majesté joint, par de bons conseils, l'adresse à la détermination, il a amené l'Éminence au point de cette alliance autant par sa sottise que par sa docilité forcée, et l'aura engagée d'abord à désirer le mariage du Dauphin comme nécessaire, d'autant plus que le prince électoral de Saxe allait nous l'enlever par un double mariage, comme la princesse, sa sœur, nous a enlevé le roi des Deux-Siciles. De là, le cardinal n'a pu se refuser à l'établissement d'une fille de France dont le roi a jusques au nombre de sept. Il s'est joint à cela de grandes vues de commerce qui ont flatté l'avarice d'État dont le cardinal fait tant trophée.

Tout cela est mené par des conseillers habiles et intéressés à perdre le cardinal, car, à mesure qu'il s'embarque avec l'Espagne dans un ouvrage qui n'est pas de lui, qui est contraire à ses intérêts, et pour lequel il a perdu son rival et son ennemi, M. Chauvelin, à mesure il avance sa disgrâce inévitable. Quand il fera quelque chose pour l'Espagne, on ne lui en aura jamais d'obligation, et il n'en fera jamais assez ; on le prendra par ce dernier article, et rien ne sera plus aisé.

M. Chauvelin a pour lui quantité de gens, et surtout le sieur Bachelier qui travaille avec le roi. Bachelier lui-même a pris auprès de lui le pauvre Hogguer[1], homme passionné pour la politique, indifférent sur l'opulence ou la pauvreté pourvu qu'il vaque à cette passion politique, instruit à fond de la géographie et des détails d'intérêts des princes, ainsi que de spéculations de commerce et de finance, chimérique et borné dans ses vues, comme cela se rencontre toujours, mais utile, comme j'ai dit, pour sa science des détails. Bachelier n'a donc pas eu pour lui une affection aveugle d'ancien ami, mais il en a fait son premier maître et son premier commis. Plus capable qu'il ne faut pour mettre au fait un valet de chambre sans éducation, il l'a mis en état de parler congrûment de toutes les af-

---

1. Il est probable que le banquier Hogguer, que nous avons vu si activement mêlé à diverses intrigues politiques, était déjà à peu près ruiné, comme Barbier nous le représente à propos de la mort d'une Mme de Curzay (janvier 1753), laquelle, dit-il, n'avait pas peu contribué à cette ruine.

faires à Sa Majesté de la part de M. Chauvelin qui conduit toutes ces affaires plutôt verbalement que par
correspondance écrite, de peur d'être découvert par
les chemins d'ici à Bourges.

Qu'on remarque les traces extérieures de tout ceci,
on trouvera que jamais il n'a été dans le caractère
mesquin, ignoble et précautionné du cardinal, de no-
tifier à l'univers que la France et l'Espagne vont être
unies dans une union indissoluble, comme on a affecté
de le dire dans l'explication du feu d'artifice de M. de
La Mina, et de proclamer cette union par des fêtes
splendides, et où le roi prit la peine de venir en personne.

On reconnaît à tout cela la main du Chauvelin et
la répugnance du cardinal; c'est le roi qui a donné
ses ordres en personne pour que tout le monde eût
des habits superbes à ces fêtes; on y reconnaît aussi le
feu de la jeunesse qui passe le but dans ses vouloirs,
l'affectation d'un rival disgracié qui arrive à son tour
à contrarier un premier ministre, et qui veut marquer
la chasse.

J'ai déjà parlé du comte de Tessin qui est ici. Il est
chargé de tous les pouvoirs de la nation suédoise; il se
plaint en cent choses du cardinal, lequel mêle toujours
des défections dans son amitié, et ne saurait faire autrement par son plat caractère. Il est à remarquer que
notre union avec la Suède est un ancien ouvrage de
M. Chauvelin, que le cardinal a continué depuis en re-
chignant, trompé souvent par Gedda, l'homme du roi
de Suède, et trompeur par nature. Ce petit secrétaire
d'État artificieux n'a pas manqué d'entretenir le comte
de Tessin et les principaux de la nation suédoise de

tous les risques qu'on courait avec la France; et de
leur répéter les arguments qu'il avait poussés lui-même
au cardinal pour l'obliger à changer le ministère; car
comment, a-t-il dit, pouvoir se fier à un ministère si
près de sa chute, et si fort sur son déclin, nécessaire
par sa faiblesse; et c'est pour cela qu'il obtint presque
le changement en un ministère plus fort et plus durable, quand il partit.

Le comte de Tessin, qui a véritablement succédé en
Suède à l'autorité du comte de Horn presque retiré,
est donc arrivé ici pour arranger et aviser à toutes
choses, en prenant de bonnes informations. Il a eu
ordre, d'abord, de s'aboucher avec Hogguer pour
deux raisons; l'une, comme ancien ami de Charles XII et lui ayant rendu de grands services; l'autre,
comme ami de Bachelier, et, par là, en relation avec
M. Chauvelin, s'il doit être le maître en faisant passer
au roi ses propositions et ses doutes. Hogguer a eu déjà
nombre de conférences avec ce ministre; il rend à
Bachelier tout leur résultat, et il doit enfin conférer
personnellement avec Sa Majesté. On lui a déjà établi
les vues qu'on a sur M. d'Argenson pour le mettre à
la tête des affaires du dedans du royaume et de tous
les secrets de l'État pour aviser entre eux à la suite
des affaires de Suède, qui auront besoin de s'accorder si bien avec lesdites affaires du dedans. Le comte
de Tessin doit dans peu travailler avec ledit sieur
d'Argenson et former des résultats à mesure.

Il s'agit dans nos affaires avec la Suède d'une ligue
offensive contre la Russie, qui la prenne au dépourvu,
quand l'empereur se trouvera encore plus appauvri,
et quand il finira sa triste carrière; alors on pourra

mettre si bas ce nouvel empire, que ni la France ni l'équilibre européen n'en auront plus rien à craindre.

Dieu veuille que la tête ne nous tourne pas de tant de succès, et qu'après avoir procuré le repos au monde, nous ne recherchions pas une vaine gloire de conquête conjointement avec l'Espagne !

Certes, notre position est des plus belles, et il ne s'agit plus que des affaires du dedans du royaume, qui sont dans un état si misérable. Pour cela, on médite de changer le ministère des finances et d'y proposer un homme aussi équitable qu'éclairé dans ses vues.

C'est par là principalement que la disgrâce du cardinal est préparée. Depuis celle de M. Chauvelin, on a longtemps attaqué M. Orry ; mais il est toujours échappé grâce à ses intrigues dans la garde-robe ; il est conduit actuellement par M. Fagon [1], homme aussi dur de cœur et aussi borné d'esprit qu'il est souple de conduite. Ce misérable M. Orry a toujours eu besoin d'un précepteur, d'un génie en apparence plus élevé, et qui lui préparât des vues. Depuis la mort de Mallet, qui lui fournissait son dixième, il s'est mis sous l'aile d'un Fagon, qui ne dicte à présent que des contraintes dures de recouvrements, des dénis d'aumône et d'assistance au peuple, avec des travaux publics dont j'ai parlé, pour répandre, dit-il, de l'argent dans les provinces, pour mieux paver les avenues de sa terre.

On est assuré qu'à Fontainebleau les grands changements si longtemps attendus s'accomplissent enfin, et que le cardinal sera prié par le roi de se tranquilliser

---

1. Fils du premier médecin de Louis XIV, conseiller d'État, puis intendant des finances. Il mourut le 8 mai 1744.

pour lui laisser sa place, qu'il ne convient plus à Sa
Majesté de laisser à un autre, à la veille d'être grand-
père, prenant goût au monde et aux grandes affaires ;
car il est à remarquer que le roi a très-bien fait à la
fête de Versailles, qu'il a été charmant, qu'il n'a ouvert la bouche que pour dire des choses gracieuses à
tout le monde, et qu'on voyait bien que ces fêtes venaient de lui.

Fontainebleau a été remis enfin pour la scène de
ces grands changements. Ce sera le quartier du sieur
Bachelier, qui achèvera de pousser Sa Majesté aux résolutions où elle peut encore hésiter. Elle dira au cardinal qu'il est temps qu'il travaille seul avec ses ministres ; ce sera du milieu des ses dissipations extérieures
que Sa Majesté partira tout à coup pour gouverner par
elle-même.

L'arrivée des Assogues à Saint-Andero a déconcerté
tous les projets d'Angleterre. Non-seulement ils perdent l'occasion de se venger par cette prise sur l'argent de la France et de l'Espagne, mais ils y perdent
une douzaine de millions qu'on leur va saisir sur les
dites Assogues. Il y a eu sur cela grand vacarme en
Angleterre, dès qu'on a su cette nouvelle, et le ministère qui répond de tout est en plus grande haine que
jamais. En effet, le ministère est devenu si mauvais
que nous n'avons plus rien tant à faire que de le bien
conserver. Le roi est méprisé, le ministre Walpole
passe pour l'entrepreneur de la ruine totale de l'Angleterre, en faveur de l'enrichissement des Allemands.

Un homme arrivé depuis peu d'Angleterre m'a
dit que le commerce de ce pays était plutôt diminué
qu'augmenté depuis la paix d'Utrecht, et que le nôtre

était plus augmenté qu'on ne croyait ici ; que nous
avions présentement un plus grand nombre de vaisseaux marchands en mer que les Anglais ; qu'ils ne
jouissaient paisiblement que du seul commerce du
Portugal et qu'en conséquence ils avaient tremblé d'y
voir arriver un ambassadeur de France accrédité ;
que dans toutes les autres terres on aimait mieux
avoir affaire à nous naturellement ; que les voies dont
ils se servaient pour augmenter leur commerce par
usurpation ou par moyens illégitimes sentaient la faiblesse et non la force, puisqu'ils étaient grossièrement
méchants ; que l'état actuel des richesses de l'Angleterre était : 1° de la richesse chez quelques particuliers aux dépens des autres, inégalité qui marque et
qui cause la décadence des États ; 2° par cette inégalité,
peu d'efforts à obtenir de la nation pour des dépenses
de bien public ; 3° la ruine du trésor public par les
dettes nationales et par l'incommodité des impôts
beaucoup plus avancée que chez nous ; qu'au reste,
dans la circonstance présente, il fallait s'attendre
dans la nation à l'esprit d'animosité au dernier degré,
non pas seulement contre Walpole, mais pour se tirer
de la dure vexation des Espagnols qui les méprisaient
et les maltraitaient trop, et que, du petit au grand,
tous étaient résolus, avec uniformité, à y mettre
jusqu'à leur dernier sol pour se racheter de cette
vexation d'Amérique ; qu'ainsi il ne suffirait pas de
nous joindre avec l'Espagne pour menacer, mais
qu'il fallait des effets et des coups forts et heureux,
sans cependant alarmer les puissances de l'Europe,
comme l'avait fait Louis XIV dans la guerre de la
succession.

Que les Espagnols sont inexcusables pour les trois quarts de leurs prises sur les Anglais; que, dans cette classe, sont ceux qu'ils prennent à quelques lieues de leurs côtes, si vous voulez, mais tellement chargés de sucre ou de marchandises de la Jamaïque qu'on ne saurait les soupçonner de fraude; qu'il est à souhaiter que de tout ceci il intervienne deux choses : 1° un bon règlement et bien exécuté pour ôter ces fraudes respectives, et ce règlement dicté par nous, ce qui nous mettra en grand honneur et crédit; 2° que, pendant le cours de la négociation, préparant vivement notre médiation armée, nous élevions notre marine à cinquante ou soixante vaisseaux de ligne bien entretenus, ce qui en est une belle occasion sans faire crier contre nous, et les Anglais seront sans doute assez maladroits et nous assez adroits pour conduire à bonne fin ce rétablissement de marine où il n'y a pas un moment à perdre.

31 *août.* — J'ai appris à Versailles que chaque jour le roi secouait le joug du cardinal et lui donnait de nouveaux dégoûts. La semaine dernière, Sa Majesté a tenu le conseil d'État sans le cardinal, au moment où celui-ci était allé à Issy. Le roi est charmé qu'on vienne à lui pour demander des décisions et décide bien ou mal, souvent à tort et à travers; mais ceux qui s'intéressent au bonheur de l'État aiment mieux que le roi décide, et décide mal, que de continuer dans le joug où il vivait. Des petits objets de décision, Sa Majesté passe aux plus grands, s'y plaît, ne refuse rien et aime qu'on aille à lui. Il est vrai que Sa Majesté n'aime pas les représentations, et que, comme on dit,

les conseillers n'ont point de gages chez lui. Il pense
vite et va loin d'abord ; cette soudaineté lui tient lieu
de réflexion, il a bon esprit et bon cœur, le flegme ne
lui va point; il pense bien et loin d'abord, ou ne
pense point du tout. Les partisans de M. Chauvelin
augmentent en nombre; ses plus grands ennemis
commencent à en dire moins de mal et plient
les épaules. On craint le parti de Mademoiselle qui
l'entraîne dans les plaisirs comme un Sardanapale,
non à la vérité dans ceux que goûtent seules la mollesse et la sensualité, mais la vicissitude, la variation,
le passage d'un lieu à un autre, des fêtes, des soupers, des voyages et des projets, encore d'autres
voyages, l'amour d'aller, et d'un changement local.
Le but de ce parti de Mademoiselle est de détourner
ainsi le roi de toute attention aux affaires, de l'en-
traîner par ce bruit de chaînes jusqu'à la mort
du cardinal, où elle lui glisserait subitement un ministre de sa façon, que j'ai dit devoir être l'évêque de
Rennes.

Le cardinal, souple comme un gant, gobe tous les
dégoûts avec une adresse honteuse. On n'expliquera
jamais sa résistance aux attaques, la honte de sa per-
sévérance ambitieuse et toutes ses contradictions avec
lui-même que par l'horreur de voir de son vivant
revenir en place M. Chauvelin. Déjà il est le m.... public
du roi : il se voit entre sa maîtresse et lui; il a arrangé
le futur mariage de Mlle de Mailly, il ne s'agit plus
que de lui trouver un bon épouseur; on doit lui
donner cent mille écus sur le trésor royal et quatre
mille livres de pension. L'autre jour, le roi lui laissa
dire à huit heures qu'il n'irait pas à Marly, et, à neuf

heures, Sa Majesté déclara qu'elle y irait. Le roi se rit
de tout cela et s'en fait un jeu ; le cardinal approuve
tout dès qu'il voit tout fait.

Il vient d'arriver une affaire assez considérable
entre les princes du sang et l'ambassadeur d'Espagne.
Celui-ci a donné une grande fête jeudi et a compté
d'y avoir nos princes du sang. Madame Élisabeth y fut
comme infante. L'ambassadeur invita M. le duc d'Orléans par un gentilhomme, et lui en parla plusieurs
fois dès Compiègne. Il en usa de même à l'égard de
M. le Duc : il envoya le gentilhomme, et en parla ensuite ou auparavant, par occasion d'autre affaire.
M. le duc d'Orléans répondit à l'ambassadeur qu'il
n'allait point à ces fêtes ; on proposa d'y envoyer
M. le duc de Chartres à sa place : cela fut accepté, et
il n'arriva à ce prince, ainsi qu'à M. le prince de Conti,
qu'un simple gentilhomme. L'ambassadeur avait
aussi rencontré M. de La Mina par occasion, et il lui
avait parlé de sa fête. M. le prince de Conti est d'ailleurs mécontent de M. de La Mina ; ce fut lui qui releva
cette faute et qui remarqua l'affectation. A l'instant il
se remua beaucoup pour ameuter les princes du sang ;
il en parla au roi, et il a été résolu, de concert avec
M. le duc d'Orléans, que les princes n'iraient pas à
cette fête, ce qui a été fort ridicule et offensant pour
l'Espagne, ainsi que pour notre nouvelle infante qui
s'est trouvée seule de la royale famille à la fête donnée
pour elle.

L'ambassadeur a recouru au cardinal qui a haussé
les épaules et ne s'est pas trouvé en force pour se faire
obéir. On a vu les princes du sang s'ameuter ensemble,
tenir des assemblées chez M. le duc d'Orléans et

montrer leur force. M. le comte de Charolais a parlé
avec vivacité et M. le prince de Conti avec hauteur.
Il est à remarquer que ce dernier est du nombre de
ceux qui ne mettent plus le pied chez le cardinal, et
que ce nombre grossit tous les jours, et le roi décide
net dans cette occasion. On mit tout sur le compte du
cardinal comme sur ce vieil âne rogneux de la fable
d'Ésope. On prétend que, pour se faire un petit mérite
auprès de l'Espagne, c'est l'Éminence qui a poussé
l'ambassadeur à conduire si dextrement ce petit point
de cérémonial dont on a pensé ne se pas apercevoir,
et voilà la fin qu'il a eue.

D'un autre côté, nos grands d'Espagne français viennent de refuser de baiser la main à l'infante, comme
c'est la mode d'Espagne. L'ambassadeur a envoyé sur
cela un courrier à sa cour, et opine à leur ôter la
grandesse ; il représente que, quand ces Français ont
été prendre possession de leur grandesse à Madrid, ils
ont baisé la main des infants et infantes, et qu'ils le
peuvent et doivent faire de même en France quand il
s'y trouve une infante, puisque cela ne combat pas directement le devoir de sujet du roi, et l'on trouve
qu'il a raison.

On pense que ces deux défections de part et d'autre
pourront aller l'une pour l'autre, et qu'il sera réglé
que désormais les ambassadeurs d'Espagne inviteront
à leurs fêtes les princes du sang en personnes, et qu'il
sera permis aux grands d'Espagne, sujets du roi, de
baiser la main des infants, en pareille occasion.

Mais ce qu'on voit de plus considérable en tout
ceci, c'est que le cardinal baisse visiblement de pouvoir, et que le roi cherche à le dégoûter davantage.

1er *septembre*. — Le projet dont M. de Bal.... [1] m'a déjà exposé la suite à deux fois, et qui vient en droiture des chauvelinistes par le marquis de Matignon, se trouve absolument conforme à celui de M. Bachelier qui me vient par Hogguer, c'est de retirer l'administration des mains du cardinal, morceau par morceau. Chaque jour donc on lui ôte quelque partie de la cour ; il s'agit à Fontainebleau de lui ôter le reste.

Après tout, cette cour est-elle si difficile à gouverner ? en quoi consiste-t-elle ? quatre ou cinq chefs, les princesses, Mademoiselle, Mme la princesse de Conti. Il leur faut quelque affaire, quelque somme d'argent ; il sera facile de gagner les princes parmi lesquels il n'y a pas un homme, et à qui on fera quelque présent, si l'on veut, surtout en ne les accoutumant point à postuler trop pour leurs créatures. Le roi a un ton décisif et soudain, un sec même dans ses refus, qui suffira pour gouverner cette haute partie de la cour, car, écoutant les remontrances et le détail des affaires aussi peu qu'un Suisse, il décidera comme un Français. En voilà assez, dès que le roi paraît vouloir par lui-même, les ministres sont excusés, rien ne roule plus sur eux de ces parties menaçantes ; le roi a bon dos. Vous avez les Rohan qui ne veulent que des prérogatives pour leur maison ; on peut faire filer ces grâces ; les Noailles, et voilà bientôt tout ; les La Rochefoucault gagnés en les chefs, tout le reste se tait. Qu'est-ce qui entend mieux à rattacher à lui les grands que M. Chauvelin, et qui est-ce qui les a gagnés à moins de frais ?

---

1. Probablement de Balleroy.

On comptait l'autre jour un trait de l'éducation que le cardinal de Fleury a donnée au roi. Chevalier, qui montrait les mathématiques au roi, entrait pour sa leçon après celle de M. de Fréjus qui s'était réservé de lui montrer l'histoire ; il en était à la lecture de Quinte-Curce qu'il devait lui expliquer. Chevalier remarqua que le signet en était toujours au même endroit pendant six mois, et qu'au lieu de travailler, le bonhomme lui apportait des cartes pour le divertir par des tours de cartes.

Le cardinal est toujours plus furieux que jamais contre tout ce qui a rapport au Chauvelin. On vient de nommer l'archevêque de Toulouse à l'archevêché de Narbonne. Il a été question ensuite de nommer un archevêque de Toulouse : on a proposé comme très-capable l'évêque d'Alais, qui est Danejan. Il a du mérite et est aimé de tout le monde. Le cardinal s'est souvenu d'une vieille tache : « Mais il est *Chauvelin,* » a-t-il dit ; et sur cela on croit que cette place sera longtemps à remplir [1].

M. de Saint-Contest, après avoir paru délibérer longtemps, a enfin refusé l'ambassade de Portugal, ce qui jette dans de grands embarras pour cette place. Qui est-ce qui la voudra à son refus ? Nouveau et essentiel grief contre le cardinal : on ne trouve plus personne pour les ambassades par son extrême vilenie et parce qu'il envie le bien-être de chacun, excepté des seuls fermiers généraux. M. de Saint-Contest tient à M. Chauvelin ; le cardinal ignore cette intrigue. Le

---

1. Ce fut Charles-Antoine de La Roche-Aymon qu'on nomma à cet archevêché le 4 septembre 1740.

président Chauvelin, neveu du garde des sceaux, aime
Mme de Saint-Contest et en est aimé ; il a fait ses
efforts pour leur procurer l'intendance de Caen afin
de la revoir à Paris souvent. Comment s'est-on ima-
giné qu'avec cela elle pût accepter l'ambassade au
Portugal ? elle remet aisément son mari au ministère
de M. le garde des sceaux, pour lui procurer des ambassades meilleures et y être mieux traité pour la subsistance.

On doit rapporter samedi à Marly, an conseil des
dépêches, une affaire devant le roi, qui couvrira de
honte le cardinal et ceux de la garde-robe, comme on
les appelle. L'évêque de Grasse, Anthelmy en son nom,
et ci-devant secrétaire ou aumônier du cardinal,
s'était chargé d'obtenir pour les bénédictins qu'on
nommât un abbé régulier à l'abbaye de Lérins qui
vaut vingt à trente mille livres de rentes ; il lui
fut promis une pension et de l'argent par les moines,
il agit auprès du cardinal, il manœuvra, il rendit
compte aux bénédictins, il paraissait employer toute
sa plus fine manœuvre pour les servir, il faisait des
protestations ardentes, et enfin il a paru, au lieu de
cela, qu'ayant su tous leurs secrets, il s'en est servi
pour faire réunir cette abbaye à son évêché de Grasse.
On ne croit pas qu'il puisse y avoir au monde de plus
terrible infidélité que celle-là. Il ne peut y avoir à
cela d'autre motif que celui de s'enrichir ; et quelle ardeur méprisable pour l'argent doit avoir un homme
et un parti qui ose faire paraître sous les yeux du roi
un procès entaché de pareilles manœuvres, au prix
et par l'espérance de le gagner par la forme ! Les bénédictins ont fait un factum de leur défense, et la

moitié du mémoire consiste à la publication des lettres affectionnées et perfides de cet indigne évêque[1]. Voilà où le cardinal osera se trouver présent devant Sa Majesté. M. Choppin est le rapporteur ; on croit qu'il aura la basse complaisance de ne parler que du procès, et point du procédé : il en est bien capable, et, si cela est, ce sera encore une plus grande indignité aux commissaires de ne pas relever ces faits et de ne pas conclure à quelque punition flétrissante contre M. Anthelmy. Quoi ! un M. de Senez[2] sera enfermé tandis qu'un tel fripon triomphera et aura le prix de sa perfidie par la propre bouche du roi !

2 *septembre*. — Le roi fait véritablement un travail de chien pour ses chiens ; dès le commencement de l'année, il arrange tout ce que les animaux feront jusqu'à la fin. Il a cinq ou six équipages de chiens. Il s'agit de combiner leur force de chasse, de repos et de marche ; je ne parle pas seulement du mélange et des ménagements des vieux et des jeunes chiens, de leurs noms et qualités que le roi possède comme jamais personne de ses équipages ne l'a su ; mais l'arrangement de toute cette marche, suivant les voyages projetés et à projeter, se fait sur des cartes, avec un calendrier combiné, et on prétend que Sa Majesté mènerait les finances et l'ordre de la guerre à

---

1 On trouve dans les *Mémoires d'État*, t. III, f° 54, un *Mémoire* de d'Argenson sur cette affaire.

2. Jean Soanen, évêque de Senez, déposé en 1727 à cause de ses opinions jansénistes et relégué à l'abbaye de la Chaise-Dieu où il mourut en 1741.

bien moins de travail que tout ceci. Mais cela marque
toujours que le roi a l'esprit travailleur et le penchant
à l'ordre, à la méthode et aux détails quand il faut, ce
qui le conduira à de grandes choses, quand il changera d'objet.

Le roi porte son enfance partout, et aujourd'hui Mademoiselle, dans son m...., porte cette enfance aux affaires d'amour. Libre de voir Mme de Mailly à toutes les
heures qu'il veut, on augmente la difficulté pour as-
saisonner des rendez-vous, par un certain escalier dérobé, par une certaine allée, à une heure indue, à un
temps rompu. Voilà une grande fonction qu'elle s'est
faite; mais cela ne peut pas durer; c'est un goût forcé
dont on revient un beau matin.

3 *septembre.* — Une dame anglaise, qui est fort
avant dans le parti du Prétendant, m'a dit que la nation anglaise regardait Walpole comme un Catilina et
qui avait résolu de livrer tout l'argent d'Angleterre
aux Hanovriens, et tout le pouvoir arbitraire au monarque allemand le plus borné et le plus entêté de
tous les hommes. Ils croient que Walpole s'entend
avec les Français et les Espagnols pour cette horrible
opération de perdre les droits et les lois de la nation
dont elle est si jalouse.

Cette dame était favorite de la reine Anne; elle est
grande jacobite, mais bonne protestante; ainsi elle
voudrait voir venir le Prétendant ou son fils à Londres, mais qu'ils fussent bons protestants, soutenant
qu'il ne s'agit pas seulement de la liberté de conscience que ne permettront jamais les prêtres papistes,
ni la bigoterie où ces pauvres Stuarts ont été élevés à

Rome ; qu'il faudrait absolument, pour profiter d'une
révolution qui menace, que ces Stuarts disent comme
notre Henri IV de la messe : *Une couronne vaut bien un
prêche.*

Elle se plaint de ce que le Prétendant ne se remue
aujourd'hui pour rien, qu'elle fréquente ici ses plus
affidés, et qu'elle ne voit qu'une inaction totale au
milieu de si grandes affaires en Angleterre et un mé--
contentement si général et si vif dans toute la nation,
voyant leur liberté et leurs lois (mais non à la vérité
leur religion) en si grand péril, et qu'ainsi la religion
ne devrait pas ici contre-balancer la liberté, qu'autrement, et si tous les deux articles allaient militer pour
les Stuarts, il ne faudrait qu'une poignée de gens
auxiliaires pour aider la révolution, puisqu'il en fallut
si peu au roi Guillaume, et qu'aujourd'hui le murmure
furieux est beaucoup plus et plus justement animé que
contre le pauvre Jacques II.

Pour moi, j'en reviens sur tout cela à nos principes
généraux : quel bien cela peut-il produire à la France
et au monde ? Nous ne voulons autre chose des Anglais sinon que leur commerce ne soit pas rapine, et
qu'ils ne soient pas conquérants en Amérique ; que leur
marine ne soit pas si florissante et avec un privilège
si exclusif qu'eux seuls aient marine, et nous point. Il
est vrai qu'il leur en faut un peu davantage qu'à nous,
puisque ce sont là leurs murailles de bois, comme
disait l'oracle de Delphes aux Athéniens, mais il faut
que la France et l'Espagne puissent leur en opposer
au besoin, en augmentant la leur de quelque chose ;
il faut profiter de cette occasion honnête pour rétablir

notre marine sans scandale, il faut leur ôter le commerce exclusif du Portugal qu'ils ont, etc.

Et, pour toutes ces choses, que devons-nous désirer? un gouvernement anglais un peu ébranlé y est peut-être bon; mais, en vérité, il ne faut pas croire qu'il y faille une révolution tragique. Le très-mauvais gouvernement britannique actuel ne nous serait nécessaire que si nous avions des desseins conquérants comme le feu roi, mais, aujourd'hui, je crois que simplement un roi légitime tranquille, régnant selon les droits de la nation, et n'ayant point de souveraineté étrangère, comme le duc de Hanovre, réprimerait la rapine et la juiverie, et se contenterait d'un commerce aussi légitime que lui, au lieu que les Hanovriens et Walpole concourent eux-mêmes à ces rapines, loin de les réprimer.

Si les Stuarts amènent ces temps-là, favorisons leur retour sans toutefois dépenser beaucoup d'efforts ni faire beaucoup de sacrifices pour un résultat aussi peu certain, après tout. Mais si leur restauration doit produire l'effet que je viens de dire, l'obligation qu'ils contracteront par là envers nous, tournera, je l'espère, au profit de l'Angleterre et du monde. Nous gagnerons encore que les Stuarts n'auront point de devoir autrichien comme les Hanovriens, qui sont de l'Empire, et qu'ils n'auront pas un gendre prince d'Orange.

4 septembre. — On répète un propos suffisant du milord Waldegrave, ambassadeur d'Angleterre. Voyant l'autre jour le feu de l'hôtel de Gesvres, quand les petits bateaux illuminés débouchèrent du pont Neuf, il dit : « Voilà la flotte de France¹ ! » Quelqu'un lui répondit : « Milord, les galions sont derrière, et vous ne les verrez pas. » Il était à la fête du roi à Versailles, personne ne lui parlait dans la galerie, il voulut attaquer quelques-uns de conservation et on ne lui répondait pas.

L'autre jour, le cardinal, finissant son travail, dit au roi : « Sire, je n'ai qu'une grâce à demander à Votre Majesté avant de mourir, c'est de se souvenir de ce que je lui ai dit dans sa jeunesse, que, si jamais Votre Majesté écoutait les conseils des femmes sur ses affaires, elle et son État étaient perdus sans ressource. » Le roi ne lui répondit rien ; peu après Sa Majesté monta dans les cabinets où elle soupait avec Mademoiselle et Mme de Mailly ; il leur dit : « Tout à l'heure *un homme* me disait (ce discours), et je dis à cela que si quelque femme osait jamais me parler d'affaires, je lui ferais fermer ma porte au nez sur-le-champ. » A cela on rougit, on pâlit, on fut déconcerté, c'est à-dire Mademoiselle, qui a de si grandes prétentions, mais non Mme de Mailly, qui est contente de tout. C'est le petit Lebel² qui entendit ces discours.

---

1. C'est à une plaisanterie de ce genre que Collé fait allusion dans sa fameuse chanson : *Le Port-Mahon est pris*.

> Beaux railleurs d'Angleterre,
> Nogent, Melun, le coche d'Auxerre
> A vos vaisseaux de guerre
> Ont pendant cet été
> Résisté.
> Notre flotte d'eau douce
> Vous voit, vous joint, vous combat, vous pousse, etc. »

2. Le petit Lebel grandit dans la confiance de Louis XV, et fut,

Mademoiselle et Mme de Mailly ont fait l'impossible
pour que le roi allât au bal de l'Hôtel de ville dimanche
dernier. Sa Majesté a su qu'elles avaient un fort beau
projet; ces dames ne devaient pas quitter Sa Majesté,
le faire tenir longtemps à la fenêtre qui donnait
comme une tribune sur la grande salle du bal; là elles
devaient se démasquer, et ainsi tout un grand peuple
eût joui pendant longtemps de l'auguste spectacle de
voir le roi entre deux p...; car elles devaient se démasquer d'abord sous prétexte de la chaleur, et ce triomphe
était digne d'elles. Le roi a renoncé promptement à
son projet, et on a grand tort de dire dans le public
que le roi a sacrifié le bal à Mme de Mailly, puisque
c'est au contraire la volonté de Mme de Mailly qu'il a
sacrifiée à la décence. Mme de Mailly fit l'impossible
pour que le roi y allât, mais il est bien têtu. Elle disait: « Mais, Sire, ce pauvre M. de Gesvres, mais ce
pauvre M. le prévôt des marchands qui s'y est tant
donné de peines pour vous recevoir! Au moins, Sire,
que ce soit pour l'amour de moi. » On a pressé, rien
n'a produit. Mademoiselle a fait cent singeries, et
enfin elle a composé un placet comique pour l'en
prier, elle l'a attaché à un rideau avec une épingle, et
en passant elle a dit au roi: « Sire, vous ne lisez pas
les placets qui vous sont présentés. » Le roi a dit: « Je
sais ce qu'il contient, j'y mets néant dès à présent. »

Le roi est fort las de Mme de Mailly, et après quelques récompenses, on pourra procéder à un autre
choix. A force de bien jouer la comédie dans la dissi-

comme on sait, le pourvoyeur en titre de ses dernières et honteuses amours.

mulation de tout ce parti de Mademoiselle, elle y a
mis quelque sincérité et quelque attache, et de là son
règne sera court.

— On m'a rendu une conversation de Mademoiselle,
qui me fait l'honneur de me vouloir du mal, parce
qu'elle me croit ami de M. Chauvelin. On a parlé du
Portugal à un souper dans les cabinets, et elle a dit :
« Il n'y a pas grand mal que cet homme-là n'aille
pas dans cette cour : il est tout d'une pièce ; il faut
un homme plus fin et plus délié pour ces Portugais,
car il faut absolument attraper ces gens-là et leur argent. »
Beau discours assurément, et qui sied bien à une
princesse française ! Le roi l'a écoutée, lui a ri au nez
et a haussé les épaules. Au reste, elle ne me connaît
que par ouï-dire, car je ne suis pas, Dieu merci, dans
de telles fréquentations. On pourrait me faire plus de
mal dans ce monde que de dire au roi que je suis tout
d'une pièce et que je ne m'entends pas à attraper
l'argent des gens. En effet, si j'avais aussi mal réussi
à attraper l'argent des Portugais que celui de M. le
cardinal, j'aurais été un mauvais ambassadeur.

7 *septembre*. — Le dévoiement a pris au cardinal
hier matin. En vérité, c'était une grande joie pour tout
le monde ; hier à l'Opéra, où j'étais, on se disait : « Il a
la f..., il a la f...! » et on a appris qu'il avait manqué
le conseil de dépêches où on devait juger son cher
M. d'Anthelmy, évêque de Grasse. Il devait donner à
dîner aux conseillers d'État commissaires ; il en a
chargé au lieu de cela M. le contrôleur général. A

l'instant MM. de finance ont fait baisser les actions
pour marquer au public combien la santé du cardinal
est précieuse à l'État; elles sont donc baissées de cent
livres; mais elles doivent baisser bien davantage ce
matin, car on apprend qu'il se retire à Issy pour sa
santé.

On croit que les Turcs ont pris Belgrade, et l'on
s'en réjouit.

Quand MM. de Lichtenstein et de Smerling entendent parler ainsi dans les compagnies, ils voient combien nous sommes Espagnols et anti-Autrichiens,
comme aussi anti-Anglais. L'humeur de la nation doit
effrayer ces deux peuples : nous nous intéressons pour
leur malheur, quelque grand qu'il soit, nous craignons
leur succès, ils nous affligent hautement pour peu
qu'ils paraissent ; quelque réchauffement de notre ministère pour eux scandalise tout le monde, le ministère en devient haï et méprisé : on ne parle plus alors
que de s'en voir dépossédé, ou, si on le supporte, c'est
qu'on le soupçonne de feinte, et d'embrasser les Impériaux, les Moscovites et les Anglais pour les mieux
étouffer. Certes, ces trois nations nous le rendent, ils
doivent s'informer et applaudir à la misère du dedans
de nos provinces qui menace d'une si grande ruine
tous nos projets politiques ; car nous ne devenons plus
qu'un squelette qui se décharne tous les jours, si on
n'y remédie efficacement; autrement le peuple et puis
le roi ne seront bientôt plus que banqueroutiers.
Toute levée de tribut va devenir exaction. L'autre
jour M. Fagon me disait ce grand mot : « *Pour pouvoir
payer, il faut recevoir ;* » Je lui répondis : « *Mais pour
qu'on reçoive, il faut qu'on puisse payer.* »

Septembre. Il y a au conseil un petit monsieur de la Bove, fils de M. Caze, fermier général, et gendre de M. Boulogne, premier commis du contrôleur général pour le département du Trésor royal, riche à millions, accrédité par l'influence que peuvent créer son agiotage et sa souplesse, et par son hypocrisie en morale comme en dévotion. Il a donné sa fille aînée à M. de L'Hôpital, et la cadette à ce petit maître des requêtes. On assure qu'il aura bientôt les plus belles intendances. Je trouve qu'il ressemble à ces petits écoliers polissons dont on voit tant dans les colléges, et qu'on nomme *malice* par excellence : petit ragot, de petits yeux, un air de malignité, soutenu de peu d'esprit, et entremêlé d'air sérieux dans les actes de quelque bon sens; pâle au reste et des trous aux joues.

11 *septembre*. — Mon frère est dans un chagrin mortel de voir finir le règne du cardinal et de le voir sans crédit et dans la haine du roi avant sa fin. Par là toutes ses mesures sont rompues, et il voit M. Chauvelin prêt à revenir en triomphe.

Il s'est déclaré l'ennemi *affecté* de M. Chauvelin. Qui est-ce qui l'y obligeait, dit-on, pourquoi courir ce risque gratuitement ? Le voici.

Ils étaient brouillés. M. Chauvelin le regardait et le donnait comme ambitieux, sans principes, et comme son ennemi juré. Renversant cet obstacle à la faveur du cardinal, il lui a été facile de gagner les bonnes grâces d'un vieillard, car il entend les vieillards mieux qu'un autre, et je l'ai assez éprouvé à la séduction de mon père et de l'archevêque de Bordeaux, qui l'ont fait leur légataire universel. Il a donc trouvé des en-

trées et un travail réglé avec le vieux cardinal ; de là,
il a gagné tous ses entours, sa garde-robe ; et même les
ministres l'ont regardé comme un homme qu'il ne s'a-
gissait que de mettre en place pour être bien assuré
qu'il braverait à tout jamais le retour de M. Chauvelin,
et cela par intérêt personnel et de passion ; cela le leur
a rendu cher et les a intéressés à l'élever. Ainsi ils se
sont joints à lui pour l'établir tout au mieux auprès
dudit vieillard. Tout cela allait le mieux du monde,
mais a manqué (comme tant de mesures de la prudence humaine qui n'a que le personnel pour objet, à
quelque prix que ce soit) par un article imprévu, c'est
que la faveur du cardinal a manqué près du roi. Il fallait chasser Bachelier et Mme de Mailly ; au lieu de
cela, leur faveur a augmenté, et les mesures prises
contre eux ont nui aux faiseurs de tentatives. Le parti
de M. Chauvelin par M. Bachelier s'est vu accru de
tout cela ; on a attaqué les créatures du cardinal, comme
M. Orry, en qualité de lâche délateur de son bienfaiteur M. Chauvelin, et bientôt ledit Orry a donné
grande prise sur son ministère par les friponneries de
son frère Fulvy et par sa malhabileté. Peu à peu le
crédit du cardinal s'est trouvé à rien, et ne s'est soutenu que par l'envie qu'a eue M. Chauvelin de paraître
vertueux auprès du roi en lui conseillant de ne point
chagriner son vieux précepteur. Enfin l'aversion du
roi, contrainte par cette comédie, a augmenté pour le
cardinal, que ses partisans ont déconseillé d'abandonner la partie et de se retirer. Ils ont espéré toujours
qu'il vaquerait quelque place, soit pour mon frère, soit
pour M. Hérault. On espérait celle du chancelier, qui
avait l'air mourant et qui faisait mal sa charge. On a

cherché à pousser les affaires de la constitution pour contraindre à chasser le chancelier, mon frère ayant sur lui les principales fonctions de la chancellerie, dont il rendait compte au cardinal ; librairie, affaires contentieuses, et enfin le grand conseil, où il a tant brillé ; mon frère, dis-je, était comme le mineur attaché à la place pour la faire sauter, personnage non béni de Dieu et des hommes, puisque, sous les dehors d'un favori, on travaille en mortel ennemi pour se revêtir de la dépouille. Mais il n'a vaqué aucune place au ministère depuis les deux ans et demi de la disgrâce de M. Chauvelin, et, s'il en avait vaqué, je doute que le roi eût souffert que le cardinal y eût nommé. Cela aurait produit un cas embarrassant, et ainsi, à plus forte raison, le cardinal n'a pu faire des changements, congédier M. Orry pour y substituer un choix de lui.

M. Chauvelin, revenant en place, ménagera certes quantité de monde, et surtout ses ennemis. Il aura à soutenir auprès du roi le caractère qu'il a pris d'homme vertueux et sage, au moins plus que le cardinal ne l'a été sous une fausse réputation, ou demi-fausse ; il ne cherchera point à se venger, mais il aura pour eux une haine sourde qui les exclura à jamais des faveurs et de l'élévation, et au fond je sais qu'il n'est vindicatif que comme cela ; c'est ne le pas être que d'éloigner des grâces, sans faire ni accabler de maux, ceux qui nous ont offensés.

14 *septembre*. — On vient de déclarer le mariage de Mlle de Nesle[1], sœur favorite de Mme de

1. Pauline-Félicité, née en août 1712, la seconde des cinq

Mailly, avec M. de Vintimille, fils du marquis du Luc,
neveu de l'archevêque de Paris, et beau-frère de M. de
Nicolaï, premier président de la chambre des comptes,
famille très-amie de M. le cardinal. On prend au trésor royal cent mille écus pour ce mariage, et le roi
assure six mille livres de pension. On ne doute pas que
le cardinal n'ait topé à ce mariage, et par là on voit
le renouement du vieux précepteur avec la maîtresse,
chose infâme, après avoir tant dit qu'il quitterait le
ministère dès que le roi aurait une maîtresse. On croit
aussi que, de cette affaire-là, Mme de Mailly approche
de la disgrâce, et qu'il a fallu qu'elle donnât sincèrement dans un rapatriage avec le cardinal, et qu'elle le
ménageât, ce qui l'éloigne de la fidélité tant promise
à MM. de Chauvelin et Bachelier, et son attachement à
Mademoiselle a passé jeu et les vues de dissimulation
qu'on s'y était proposées.

Hogguer, soutenu entièrement de Bachelier, a presque gagné son procès[1] aux requêtes de l'hôtel, malgré

filles du marquis de Nesle. On lit dans la correspondance manuscrite de Dubuisson, à propos de ce mariage : « J'ajoute, à ce
qui regarde Mlle de Nesle, que Mgr l'archevêque de Paris lui a
fait présent de 25 000 francs en bijoux, qu'il était du dîner de
noce, que Mademoiselle en a fait le souper, et que c'est elle et
le roi qui ont donné la chemise aux nouveaux époux. » Soulavie
(*Mémoires de Richelieu*, V, 93), suivi en cela par la *Biographie
universelle*, prétend que Mlle de Nesle était déjà la maîtresse du
roi, et que ce mariage n'eut pas d'autre objet que de couvrir
les suites de cette liaison.

1. Les affaires embarrassées de Hogguer avaient donné lieu à
plusieurs procès. On voit même, dans l'*Almanach royal*, figurer,
parmi les attributions du 7ᵉ bureau des commissions extraordinaires
du conseil, « la discussion des biens du sieur Hogguer. »

la sollicitation ouverte de Mademoiselle, et on regarde cela comme un triomphe du futur ministère sur les brigues de celui-ci, car Mademoiselle paraît liée secrètement avec le cardinal, par haine contre les chauvelinistes.

17 septembre. — Que dit-on aujourd'hui, que dira-t-on un jour du cardinal de Fleury? En pays étranger on le croit aujourd'hui un grand et fin ministre; dans les provinces, il avait quelque estime avant la misère générale; plus on l'approche, moins on l'estime, et on ne l'aime plus nulle part. Chez les hommes en place, surtout, on ne peut séparer l'amour de l'estime; à peine cela se pardonne-t-il à l'égard d'une jolie p..... Il n'est plus aimé que de quelques malheureux fripons de sa garde-robe. On lui a trouvé partout un esprit médiocre, mais adroit; il n'est pas cruel, mais il est méchant. Songez à tous ceux de qui il a reçu le plus de bienfaits; c'est la mesure du mal qu'il leur a fait, et quel est ce mal? Il est fin comme son caractère; il les a attaqués et comblés par le déshonneur, qui est le plus grand mal qu'on puisse faire à l'homme.

Il reçut les premiers bienfaits de M. d'Aguesseau, lors intendant de Languedoc; il s'en est ressenti sur sa famille quand il fut premier ministre, d'abord en laissant M. le chancelier un an à Fresne sans sujet, puis il ne l'en fit venir qu'en le déshonorant par deux endroits : 1° en lui retranchant les sceaux, lui présent, pour les donner à un autre; 2° en le poussant insensiblement à tout ce qui pouvait davantage l'avilir sur les matières de la constitution, l'engageant dans le molinisme et lui attirant cet affreux reproche à un lit de justice au parlement : *Quantum mutatus ab illo !*

Il fut ensuite avancé par M. de Bâville. Comment l'a-t-il reconnu dans sa famille ? Il laisse M. de Blanc-mesnil dans sa terre, sans charge et sans emploi. Il a amené M. des Forts, son gendre, au ministère, pour le dépouiller depuis de tout, et comme il en a essuyé le reproche par une lettre de Mme des Forts : *Souvenez-vous, Monseigneur, que c'est vous qui avez réduit le gendre de M. de Bâville à un moindre avancement qu'il n'avait il y a dix-huit ans !* Par la séduction, il lui fit perdre la place de conseiller au conseil royal et celle de conseiller d'État des plus anciens et à la tête du conseil, des pensions, bureaux, etc., et à peine voulait-il lui laisser la pension de ministre, que M. Chauvelin lui fit conserver. Il a placé M. de Courson dans la place de conseiller au conseil royal, pour le mettre en lieu où il fût déplacé. Le fils de celui-ci, M. de Morvault, qui est assez lourd, mais qui ne manque pas de bon sens et qui serait intendant comme un autre, il le déshonore à plaisir en ne lui donnant point d'intendance.

Le cardinal de Noailles l'avait fait évêque. De quelle séduction ne l'a-t-il pas payé pour lui faire signer des actes favorables à la constitution ! en sorte que cela ne profitait en rien à cette cause ultramontaine, mais que cela ôta tout l'honneur à ce vieux cardinal. Quelles promesses à ceux de sa famille pour l'y servir, et quelle tenue à ses promesses !

Il a tiré de M. Chauvelin tout ce qu'il a pu par son travail infatigable, par ses vues, par ses talents ; les seules affaires d'État menées grandement sous son ministère sont dues audit M. Chauvelin. Il a été jusqu'à embourser la haine publique des mauvaises choses dont il n'était pas l'auteur : quel salaire pendant ces onze ans de ministère, et depuis! il l'a dépouillé de tout, il n'a pas tenu à lui qu'il ne le déshonorât, s'il y avait eu matière, mais il l'a honoré par l'événement, il a cherché à l'enfermer dans un château fort; le bon esprit du roi y a seul résisté.

Mon ami l'abbé Alary a été attiré par Son Éminence au métier d'instituteur ou de maître à lire des enfants de France, comme l'avait été l'abbé Prévost. L'abbé Alary est de l'Académie française, et il avait eu l'honneur d'être de l'éducation du roi. Il s'était donné ce ridicule de devenir maître à lire, sur la promesse positive de devenir sous-précepteur du dauphin. Le cardinal lui manque de parole un beau matin : il a dépouillé l'abbé de tout ce qu'il tenait du roi pour cela.

Il a voulu m'embarquer dans l'ambassade de Portugal pour m'y ruiner de biens et de réputation, s'il avait pu, et il est parvenu au premier article en me faisant dépenser vingt mille écus du mien pour frais d'établissement. Son malin vouloir provenait de ce qu'il me savait fidèle à l'amitié pour M. Chauvelin depuis sa disgrâce. Il m'embarqua par des à-comptes sur mes appointements, me fit soutenir deux ans toute la dépense d'une ambassade à Paris prête à partir, et, au départ, me refusa ce qui m'était dû, échu et promis, par où j'aurais débuté à Lisbonne avec cent soixante mille livres de dettes, sans jamais de moyen pour les acquitter. Il me chargeait d'une commission pour déplaire en arrivant dans cette cour, et notre position avec l'Angleterre, notre réconciliation et intimité affectée avec l'Espagne rendaient la négociation à renouer avec le Portugal tout infructueuse.

Par ce que je dis là, je me rends moins croyable sur le caractère dudit cardinal, mais la vérité n'en perd rien pour cela. Qu'on demande qui est-ce qui l'aime et estime : est-ce son roi ? est-ce la cour de Rome ? est-ce la cour ? est-ce le peuple ? On le trouvera réduit à un petit nombre d'amis fort ignobles, et qui encore ne le suivent que par intérêt, tels que Barjac, son valet de chambre, l'abbé Brissart, son intendant, homme de sac et de corde, le Portugais Mendez, M. Hérault, imbécile et grossièrement fourbe, Flamarens, son espion, et homme d'aussi peu d'esprit que de bon estomac, et encore ces gens en particulier en disent du mal.

Reste donc dans les pays étrangers une opinion de fourberie plutôt que de finesse. Ils s'en prennent à son habileté de leurs malheurs politiques, ils lui prêtent des vues qu'il n'eut jamais : il gouverne despotiquement un État formidable, tandis que les autres son affaiblis ; il a montré notre force par la conduite hardie de M. Chauvelin, il se soutient dans le branle que cela a donné aux affaires, il ménage, il tripote, il s'insinue en confiance par une feinte amitié qui va à la perdition la plus dure : le bon M. Vanhoey, ambassadeur de Hollande, n'en est pas à le reconnaître. Mais, à la fin, toute cette manœuvre est découverte, et l'éclat du mépris, de la haine et bientôt de la fureur universelle est prêt à l'accueillir de toutes parts. Reste l'homme *heureux* au possible, et je sais bien qu'on a dit souvent, et avec quelque raison, qu'il valait mieux donner son jeu à jouer à un petit joueur, mais heureux, qu'à un habile malheureux.

19 *septembre*. — Les conseillers d'État ont gagné leur procès contre les ministres et secrétaires d'État. Il a été décidé qu'ils ne prendraient d'autre rang au conseil, devant le roi, que celui de leur réception au conseil des parties, le principe étant *qu'il n'y a qu'un conseil;* en conséquence ils ont changé leur rang, et M. d'Angervilliers s'est mis au-devant de M. de Saint-Florentin, et M. Amelot devant M. Orry, au contraire de ce qu'ils avaient pratiqué jusques ici.

1er *octobre*. — L'empereur vient de bâcler la paix avec le Turc, à qui il cède deux provinces, Belgrade et tout ce qui est par delà, et il abandonne son alliée la czarine : paix honteuse et des plus sales que les empereurs de l'Allemagne aient encore faites avec le Turc. Dans le public, on assure que cette paix ne sera faite que sur la demande expresse des puissances maritimes, et qu'on tient prête une ligue contre nous : l'Angleterre, la Hollande, l'empereur, la Prusse, la czarine, le Danemark et la Russie.

La prétendue habileté de notre si vieux cardinal, qui a substitué la fourberie grossière à l'adresse politique, nous attire depuis deux ans une jalousie universelle et plus grande que toute celle des conquêtes de Louis le Grand. Tous les gazetiers ne parlent que du poids de la France, de son état brillant, et qu'elle joint aujourd'hui l'habileté et la grande finesse à sa grande force naturelle, tandis que toutes les autres nations sont dans l'humiliation.

Depuis que les nouvellistes nous font tant d'honneur,
et bien plus que n'en méritent la prétendue habileté
du cardinal et notre force intérieure, voici encore que
ledit cardinal a joué la haute réconciliation avec l'Espagne et la parfaite intimité. On a affecté cette liaison
dans les feux d'artifice pour le mariage de Madame ;
on a vu, entre autres, dans la description de celui de
M. de la Mina, de grands arbres représentant nos deux
couronnes cousines, avec de petits arbrisseaux humiliés dans l'éloignement, pour signifier les autres puissances de l'Europe ; et savez-vous quelle était la
seule visée du cardinal dans toutes ces affecta-
tions ? de les faire passer à Madrid pour un secours
réel qu'il voulait refuser à l'Espagne dans la guerre
d'Angleterre.

On nous a vus guerroyer trois ans avec grand succès ;
unis avec l'Espagne, dépouiller l'empereur ; conclure
la paix à notre fantaisie et garder la Lorraine ; profitant nous seuls de cette paix, faire quel roi nous voulions, puis nous donner pour arbitres généraux de l'Europe, en faisant mal les affaires d'un chacun ; enfin
secourir la Corse pour nous l'approprier, prêts à forcer
le Portugal à tel commerce que nous voudrions et à
tel cérémonial qui lui déplairait le plus ; refuser à la
Hollande ce que la moindre complaisance pouvait
exiger, tandis que nous nous donnions pour leur ami
intime, et que nous étions avec eux en reste d'obligations pour leur neutralité pendant la guerre ; et enfin
nouer dans le Nord des alliances intimes et même
officieuses avec la Suède, ne tenant qu'à quelque trait
d'avarice du cardinal si nous n'en avons pas fait de
même avec le Danemark.

On revient enfin contre de telles tromperies ; il n'y a douceur ni souplesse qui tienne. Les Anglais ont été les premiers détrompés, puis les Hollandais, où il y a tant d'Autrichiens et où le parti du prince d'Orange sème si fort l'anglicisme.

Les Anglais se voyant traités avec une dureté barbare par l'Espagne, ont montré d'abord leur défiance de notre médiation, et ont crié contre nous aux fripons.

Notre ambassadeur en Turquie, M. de Villeneuve, trichait et tirait la bécassine ; jamais il n'eût fait cette paix, et voici que l'Empereur la fait tout seul, à quelque prix que ce soit, et par le conseil, dit-on, des puissances maritimes, qui lui ont dit : « Entrons dans une bonne ligue avec[1] la France, dont vous ne pouvez trop vous défier. »

Voici donc que les actions du cardinal en politique tombent de la moitié par cet événement. Voici que la Suède étouffe ses desseins par notre embarras dans ceci ; que la Russie, intéressée si personnellement pour sa sûreté, va agir *totis viribus*, et que notre embarras est grand dans la situation pressante de l'Espagne et de l'Angleterre. Nous armons, et que ferons-nous ? La disette va assiéger le trésor royal. Pour conduire ces attaques avec dignité, nous allons déchoir de notre splendeur et nous paraîtrons misérables. Nos ennemis, quoique affaiblis, trouveront de grandes ressources dans la richesse des particuliers de l'Angleterre et de la Hollande.

Ceux qui arrivent d'Angleterre trompent atrocement le cardinal, en parlant des Anglais comme de polissons

---

1. Il semble que le sens exigerait : *contre* la France.

et de fanfarons, tels M. de Cambis, M. de Chavigny,
qui y a demeuré trois ans, et Silhouette, qui en arrive. Ces gens-là, bien animés pour leur commerce,
iront loin et forceront la malice de Walpole et du
roi à se bien conduire dès qu'ils suivront le vœu de la
nation pour la guerre. On se trompe, on se trompera, nous n'avons que de mauvaises et vieilles lu-
nettes.

3 *octobre*. — Le roi vient d'acheter Choisy ; on ne
doute pas que ce ne soit pour Mme de Mailly ; et bientôt
Sa Majesté achètera pour lui Petitbourg, d'où, par
un voisinage agréable, on aura de petits séjours, de
petits soupers, des chasses dans la forêt de Sénart; et
Grosbois[1] est dans ce quartier-là. Tout cela se fait sans
en dire un mot au cardinal ; il y a six mois qu'il éven-
tait jusqu'à la première idée de semblables projets.

Le mariage de Mlle de Nesle avec M. de Vintimille
s'est fait sans lui en dire un mot, et, comme les du Luc
sont de ses amis, on lui en a extérieurement donné
tout l'honneur.

L'autre jour, Mme de Mailly, à Rambouillet et devant quantité de personnes, demandait une grâce au
roi, qui lui répondit en mettant le mémoire dans sa
poche : « *J'en parlerai à M. le cardinal.* » La dame
lui répondit: « Eh quoi ! sire, *ne vous déferez-vous
jamais de ce tic-là.* » La faveur de cette dame
augmente, dit-on, comme une tache d'huile. Le roi se
moque de Mademoiselle; il lui dit l'autre jour :
« Vous allez à Paris, *c'est pour votre procès*, » en

1. On se rappelle que Grosbois appartenait à M. de Chauvelin.

parlant du procès de ce pauvre Hogguer qu'elle sol-
licite contre lui sans intérêt, par le seul plaisir de
méfaire.

4 octobre. — Voltaire m'a avoué la cause de sa disgrâce près du cardinal et de M. Hérault. Ces messieurs, le voyant prévenu contre les jansénistes et ami
du P. Tournemine, comme il le paraît par quelques
vers de lui [1] épars dans ses œuvres, voulurent l'engager à écrire pour la cause contre le jansénisme, et
il avait commencé quelque chose dans le goût d'anti-
lettres provinciales. Il vint chez M. Hérault et lui dit
qu'il ne pouvait continuer, qu'il se déshonorait, étant
soupçonné de cela, et regardé comme plume merce-
naire; et il jeta son ouvrage au feu. *Inde iræ.*

Je lui ai dit : « Monsieur, soyez moliniste comme
moi; » il n'y a qu'un parti pour un bon citoyen toujours d'accord avec le bon chrétien, c'est celui du
tolérantisme destructeur de tout parti en France.
Henri IV, par la paix réelle et de fait qu'il maintint
entre les deux partis, a donné le coup le plus mortel
à l'hérésie; à sa mort elle n'était plus que politique
pour soutenir quelques ambitieux. Jamais il n'y aura
de plus belle persécution que la Saint-Barthélemy; c'est

---

1. Voy. notamment le Ve *Discours en vers sur la nature du plaisir* (1737). Le P. Tournemine écrivit, à l'occasion de *Mérope*, une
lettre au P. Brumoy, et Voltaire y répondit par une autre lettre,
en date de décembre 1738, dans laquelle il le remercie de ses
éloges. Elle se termine par ces mots :

« Ce que je n'aurai jamais à corriger, ce sont les sentiments
de mon cœur pour vous et pour ceux qui m'ont élevé; les mêmes
amis que j'avais dans votre collége, je les ai conservés tous. »

ce qui fit tellement pulluler l'hérésie que tout devint alors calviniste en France.

— On croit que le ministère ne passera pas Fontainebleau, cependant il paraît décidé que le roi laissera le cardinal achever sa misérable carrière, et qu'il ne le disgraciera pas pour le peu de temps qui lui reste à gouverner ou plutôt à vivre. Celui-ci, de son côté, semble bien résolu à ne plus jamais quitter la partie et à ce que, pour ennoblir cette idée, son dernier pet soit le pet d'un ministre [1].

Du reste il est à craindre qu'après la mort du cardinal, Sa Majesté ne travaille pas davantage et peut-être moins qu'aujourd'hui ; mais il a de l'esprit, il aura de la fermeté, il écoutera les détails et il décidera parfois. Henri IV, au bout du compte, ne fut que cela ; il se divertissait continuellement à la chasse, avec ses maîtresses, mais il choisissait de bons ministres et les soutenait bien. Louis XV a de la hauteur et quantité de qualités autres qu'on ne croit. Tout promet un heureux règne, il aime les honnêtes gens, il hait les fripons, il fuit ceux qui l'ont trompé une fois. On assure donc à la cour qu'il décide de plus en plus et décide assez bien, mais surtout fort net.

Gens qui voient les choses de près m'assurent que le roi est persuadé qu'il est fort aimé de Mme de

1. « Là me souvint du vénérable abbé de Castilliers, lequel, importuné de ses parents et amis, de résigner sur ses vieux jours son abbaye, dist et protesta que point ne se dépouilleroit devant soy coucher ; et que le dernier pet que feroit sa *paternité*, seroit un pet d'*abbé*. » (*Pantagruel*, l. V, ch. xvii.) D'Argenson avait bien lu Rabelais et s'en souvenait volontiers.

Mailly, et tout comme le feu roi l'était de Mme de La Vallière, et que c'est un grand attrait pour notre monarque, qui a le cœur bon avec de la bonne foi, de se croire ainsi aimé sincèrement d'une femme, accident si rare aux rois.

Le pauvre chancelier est devenu d'une timidité prodigieuse avec Son Éminence ; il n'ose rien lui proposer, et ceux qui s'entremettent entre eux deux travaillent à augmenter cette appréhension, au lieu de la diminuer. Voici que la première présidence du grand conseil va être à nommer à la fin de l'année. On ne croit pas que le chancelier ose y nommer aucun de ses enfants, de peur de refus. Il va, dit-on, remettre sur les rangs des conseillers d'État de la tête et non plus de la queue du conseil ; on croit que ce sera M. de Machault ou M. Lescalopier. On a voulu me proposer, mais Son Éminence y ferait une laide grimace, et cela m'embarrasserait beaucoup. M. de Fresne, fils du chancelier, cultive grandement la cour de Mademoiselle pour conserver les sceaux à son père : illusion chimérique et fâcheuse pour les prétendants.

— Le roi aimera beaucoup les bâtiments. On travaille partout actuellement ; à Compiègne, on est au huitième million ; à Fontainebleau, on fait une aile ; on va finir l'aile neuve de Versailles, on va bâtir à Choisy considérablement. Mais tout est restreint par la vilaine petite économie du cardinal, et par le mauvais goût et bien bourgeois de M. Orry ; c'est ce qu'on remarque partout, surtout à ce qu'on fait à Fontainebleau.

12 *octobre*. — Quand le cardinal n'y sera plus, Sa Majesté aimera à décider et ne décidera pas fort juste, non faute de justesse d'esprit, mais faute de réflexions, de méditations, d'expérience et de fonds de connaissances. Il a l'esprit vif et bon, mais il se trompera, allant si vite et revenant peu sur ses pas; il tombera dans quelque inconvénient, et, s'étant enfourné peut-être bien loin, il abandonnera la besogne et laissera faire ses ministres, pour retomber dans sa nonchalance. Il peut se faire que la passion de *décider*, qu'on voit gagner, précipite la chute du cardinal, surtout au moindre faux pas. Sa Majesté est colère par faiblesse, comme une femme et un enfant; mais, n'étant point méchant, ni inhumain, sans être tout à fait bon et humain, il n'est que rancunier, et ses petits dépits produisent seulement un dégoût éternel de la personne haïe. Tous ceux qui s'intéressent à Sa Majesté sont fâchés d'une habitude qu'elle a prise et qui n'est qu'un vrai tic, mais fâcheux; c'est qu'elle parle d'un air de joie de la mort ou de l'extrémité de ses serviteurs. Tout à l'heure j'ai été témoin que la reine lui a demandé des nouvelles d'un pauvre chirurgien de sa suite, qui s'est cassé la tête à la chasse; le roi a dit en riant qu'il était mort ou peu s'en fallait. Au fond, il en souffre; mais voilà un misérable tic.

Dans l'affaire que les conseillers d'État viennent d'avoir avec les ministres et secrétaires d'État, pour qu'il n'y eût qu'un rang entre eux, et qu'ils roulassent tous ensemble sans distinction, les secrétaires d'État avaient voulu y mettre une queue ou restriction, savoir, qu'ils continueraient à rapporter à leur rang d'ancienneté de secrétaires d'État et non de conseil-

lers d'État, voulant l'exécuter au premier conseil où
le roi le régla ainsi. Sa Majesté les en empêcha rudement, et M. de Maurepas voulant remontrer quelque
chose sur cela, le roi rougit et dit : « *Cela ne me convient pas.* » La terre trembla : les pauvres ministres
sont bien mortifiés et cela fait pitié. On ne sait quel
souterrain il y a eu à cela, pour les rabaisser ainsi et
pour favoriser le conseil; mais enfin le roi s'est entièrement montré pour nous contre eux, et a agi tout
seul et de tête; on n'y a rien vu du cardinal en tout
cela, et on pourrait croire qu'il y a là dedans des conseils de l'homme de Bourges.

13 *octobre.* — Un des meilleurs amis et confidents
de M. d'Angervilliers m'a dit aujourd'hui que ce ministre songeait à se retirer, moyennant une bonne
pension tant pour lui que pour sa femme, et que c'é-
tait tout son vœu. Il prévoit ce changement dans ses
affaires par la prochaine retraite ou mort de Son
Éminence. Il est vrai que le changement qu'on prévoit n'ira guère à son détriment; mais enfin il fera
mieux de se retirer quand on lui en saura bon gré,
que quand il paraîtrait forcé, quoiqu'il ne le fût pas
au fond; mais ces apparences dans le public décident
de la considération, qui fait tout dans des circonstances aussi délicates qu'une retraite. M. d'Angervilliers
est jaune et cassé; il a soixante-dix ans, et a eu une
ou deux attaques d'apoplexie qui l'inquiètent et qui
lui ont en effet rendu l'imagination bien plus lente,
joint au méchant état de sa poitrine, qui a de violents
assauts tous les hivers.

Je remarque de plus en plus combien le raisonne-

ment superficiel a prévalu sur tout ce qui gouverne
notre État. Nulle philosophie : le pouvoir est aux petits maîtres ou aux gens de robe. Je n'ai vu que
M. Chauvelin où il y eût de l'étoffe et de la médita-
tion ; c'est que ce qu'il avait le moins étudié était la
jurisprudence ou la procédure de palais. Les formes
raccourcissent l'esprit et éloignent de tout approfon-
dissement politique. Voilà le grand mal des gens de
robe commis aux affaires en chef. Raisonnait-on
comme on fait aujourd'hui, parmi les Rosny, les
Jeannin, les Villeroi ?

16 *octobre*. — L'intrigue pour satisfaire l'ambition
est un goût d'habitude et de passion, précisément
comme celui du jeu. Un joueur aime mieux dix louis
acquis par le jeu et des richesses imaginaires qu'un
bien gros et solide accru par l'arrangement et les voies
simples. Il est bien dangereux d'élever des jeunes
gens dans ce goût d'intrigue, surtout de jeunes juges,
comme nos petits maîtres des requêtes. Ils s'y croient
bientôt habiles et croient devoir tout à cette habileté
acquise. C'est là un des plus grands maux qu'attirera
au gouvernement l'imbécillité du cardinal. Le pauvre
chancelier d'Aguesseau se noie actuellement dans son
crachat, par les gauches intrigues de son fils de
Fresne. Voici le fait :
Le cardinal mourra bientôt, vu son âge, ou se reti-
rera bientôt, vu son radotage, et le goût qui prend
tous les jours au roi de plus en plus de décider, d'a-
gir librement et de s'ennuyer de son vieux pédagogue. Alors donc, dans la famille du chancelier, où on
ne manque pas de fausseté d'esprit, on a raisonné

comme suit : il est à craindre que M. Chauvelin ne
revienne ou qu'on ne donne les sceaux à quelque autre, ou qu'encore on ne prie bien poliment M. le
chancelier de se démettre de sa charge et de finir ses
jours à Fresne.

Il est vrai que le chancelier fait mal et mécontente
tout le monde. Il est mal à la fois avec les molinistes,
qui diront qu'il est janséniste au fond du cœur, et encore plus mal avec les jansénistes, qui le méprisent
comme un apostat. C'est un érudit déplacé ; il fait sa
charge comme Grotius faisait son ambassade ; il n'expédie rien, *totus in nugis versatur*. Et encore, dans
quel genre sont ces chiffonnages ? dans l'informe mi-
nutie de procédures et de formes, toutes ses connaissances, toute la fécondité de son esprit ne rendant
aux affaires que des difficultés et des incertitudes. Lui
et sa famille ont tout brouillé dans le conseil, on a
fait une opération inique dans les avocats au conseil,
par où les gens vertueux ont été éloignés et ruinés, et
les âmes viles et vénales, l'ignorance a été caressée,
employée et élevée. La corruption de basse intrigue a
désolé la magistrature et la justice, et les mœurs per-
verses des jeunes rapporteurs influeront longtemps
sur les affaires, en opprimant les indéfendus et nour-
rissant les passions des gens puissants. D'ailleurs,
M. le chancelier n'est pas connu du roi, ou ne l'est
qu'en mal ; il se trouvera tombé des nues sous tout
autre que le cardinal.

Dans ces circonstances, je suppose le cardinal mort
ou retiré : on demande ce que deviendra donc ce pauvre chancelier d'Aguesseau. Je soutiens qu'il n'a d'autres armes au monde pour se soutenir que celles-ci :

sa vieillesse, sa propre défaillance, un fonds de réputation originaire d'honnête homme, d'homme vertueux et de magistrat érudit. Qu'il s'y tienne, on n'o-
sera lui rien faire; les mêmes conseils qui ont inspiré
au roi de laisser mourir le cardinal dans son ministère,
pour respecter le droit de vieilles obligations et d'une
réputation extérieure bien ou mal acquise, ces mêmes
dispositions, dis-je, porteraient les affaires du chancelier à rester comme elles sont, à lui laisser les sceaux,
à ne point l'affliger par un exil dont on ne verrait pas
de cause marquée; ou, si on négociait sa retraite, ce
serait sans doute à des conditions très-lucratives pour
sa famille.

Mais, dès qu'à cette seule défense positive vous
joindrez la moindre offense, tout devient de mauvaise
grâce et de rigueur. M. de Fresne, inquiet, tristement
dénué de principes, haïssant l'homme, gauche en
toute démarche, inquiet et atrabilaire, s'est mis à
faire l'homme de cercles et de dames, et il a embrassé
chaudement une belle intrigue de femme pour soutenir son père, et même pour augmenter son crédit, et
il s'est jeté dans cet infâme et indécent commerce réciproque d'injustices pour plaire.

Il porte son père à favoriser les molinistes dans leurs
procès au conseil, je dis dans leurs procès pécuniaires;
il a gagné tous les plus grands fripons du conseil, qui
marchent à ses ordres, tels que Choppin et Maboul;
il a enrôlé dans cet ordre indigne des jeunes gens isolés
et ambitieux d'avancer avec des talents, comme Lucé
et Laporte; par là, on gagne des suffrages à la cour
pour le chancelier, mais on ne voit pas que ce commerce d'intérêt attire plus d'inimitiés qu'il ne concilie

d'affections; que cela ne peut se combiner avec justesse, que les dernières grâces offensent plus que le
refus total fondé en justice, surtout les courtisans qui
ont un fonds d'honneur par réflexion, étant nés et
ayant toujours vécu avec noblesse.

La maréchale d'Estrées était anciennement amie par
voisinage du chancelier; elle le prétendait amoureux
d'elle et s'en moquait. Depuis un an, elle est élevée au
grand poste de m.... du roi et s'y est associée en
second à Mlle de Charolais; mais, comme cela n'a pour
objet que d'imaginer quelques raffinements aux amours
du roi et de Mme de Mailly, ce sont là des charges peu
solides et qui partiront légèrement à la première tracasserie qu'on voudra. Cependant cela fait grand bruit
et étonne les sots qui s'y prennent comme les grives à
la glu. Peut-être le roi est-il las de Mme de Mailly elle-
même. Quelques revenus de plus lui étant fondés, sa
sœur que voilà mariée aux dépens du fisc, tout cela
suffira pour sortir honnêtement d'affaire et en prendre
une plus jolie, ce qui n'est pas difficile; mais en supposant que notre roi, homme d'habitude, comme ils
le sont tous volontiers dans la maison de Bourbon,
s'en croyant aimé naïvement, la garde toujours, je
demande si le roi et sa maîtresse ne peuvent pas se
moquer dans le fond de l'âme de ces vilaines entre-
metteuses et les renvoyer un beau jour à la Salpêtrière.
Ceux qui connaissent bien le roi assurent qu'il portera
encore plus loin que Henri IV la répugnance à mêler les
femmes aux affaires sérieuses; un nouveau ministère
dérangera donc tous ces échafauds.

M. le chancelier s'est donc lié, par son fils de
Fresne, avec le parti de Mademoiselle, de la maréchale

d'Estrées, et prétendu parti de Mme de Mailly ; on a
été au-devant de toutes leurs passions et prétentions ;
le procès du misérable Hogguer a été un chef-d'œuvre
d'habile corruption ; cela l'emporte sur toute l'adresse
de Robert Walpole en Angleterre, car encore celui-ci
y va par grosses sommes d'argent, au lieu que, pour
asservir les juges du conseil, il suffit de fumée, d'espérances volages, ou tout au plus de quelques bureaux de
cent pistoles de revenu, sur quoi encore on retient le
dixième. Le chancelier mandait les juges d'Hogguer et
leur prescrivait la voie à tenir, dont M. de Fresne per-
fectionnait les insinuations, et, par là, à force de délais
sur le délibéré, on est parvenu enfin, malgré les con-
clusions de l'avocat général, à refuser la poursuite cri-
minelle d'un tissu de friponneries démasquées et dont
l'événement aurait sauvé la fortune du pauvre Hogguer
qui a, comme on sait, rendu de grands services à l'État,
sous le feu roi, pendant les horreurs de la dernière
guerre. Dans les affaires de Law, on a adjugé une
grosse somme à la succession du maréchal d'Estrées
pour un pari avec Law, et on a colloqué ce titre à la
tête de l'ordre de créanciers fort sérieux ; on a enlevé des
papiers à un régisseur désagréable aux puissances, et on
l'a mis en prison par lettre de cachet, sans inventaire
de ses papiers ; actuellement on juge rapidement les
affaires entre M. de Nesle et ses créanciers, lequel étant
père de Mme de Mailly gagnera assurément ses procès,
et ce serait paroles perdues que de s'en informer.

M. de Fresne se donne des mouvements incroyables
sur toutes ces procédures. Qu'arrivera-t-il de tout cela ?
On ajoutera à l'incommode administration de son père
la tache d'avoir été *spelunca latronum,* on le jette

dans un parti de cour qui déplaît et déplaira au roi de
plus en plus, et bientôt M. Chauvelin aura beau jeu
pour le disgracier totalement lui et sa famille, au lieu
que restant tranquille et s'enveloppant dans sa vertu,
il se fût maintenu et accru, c'est ce que je soutiens.

18 *octobre*. — M. d'Angervilliers a parlé confidemment à un de mes amis qui me l'a redit, comme ayant
le dessein très-prochain de quitter son ministère de la
guerre. Il a eu quelques attaques secrètes d'apoplexie,
son esprit baisse, sa raison s'éteint; il parle lentement,
tout travail le fatigue, il est jaune comme un coing,
il a l'air tout cassé et il a en effet quelque soixante-dix
ans. Dans ces circonstances, on parle des intervalles
de la vie et la mort, on veut vivre tous les jours que
Dieu nous laisse. Il n'a qu'une fille qui est mieux mariée qu'elle ne mérite[1]. Sa femme[2] serait sans pain, si
quelque pension ne lui passait pas. Il veut faire sa condition bonne, il craint le changement de ministère et
le retour à la faveur de quelque parti opposé au sien,
quoiqu'à la vérité il ne soit d'aucun parti et qu'il se
soit conduit très-sagement dans l'affaire du garde des
sceaux. Celui à qui il a parlé de son dessein tâche de
le soutenir; en effet, le roi y serait embarrassé, et voilà
tout ce qu'a à craindre le parti des honnêtes gens à la
cour. Il faudrait attendre de S. M. plus de fermeté
qu'on ne veut lui en demander. Le cardinal y voudrait
placer quelque sotte créature à lui, et le parti que je

---

1. Mariée d'abord au président de Maisons, elle avait épousé
en secondes noces, le 21 janvier 1733, J. de Saint-Simon, marquis de Ruffec.

2. Marie Anne de Maupeou.

dis tend à y remettre Breteuil qui est le plus honnête
homme du monde. On tâche donc de soutenir le goût
de la retraite de M. d'Angervilliers contre lui-même;
on lui représente qu'il n'aura rien ou peu de choses
sous le ministère avare du cardinal; mais il est à
craindre que l'envie de vivre et la crainte d'une nouvelle maladie n'emportent M. d'Angervilliers par delà
ces conseils; en attendant le bruit en éclate.

19 *octobre.* — J'ai parlé à M. de Breteuil du bruit
qui courait de l'envie de retraite qu'avait M. d'Angervilliers; il m'a dit qu'il l'avait su dans le temps; que
cela avait été; mais que ses amis, tels que la marechale
de Villars et autres, l'en avaient détourné; qu'en effet
tout son intérêt, à lui Breteuil, était que M. d'Angervilliers restât en place tout le temps du ministère du
cardinal, étant sûr que le cardinal n'y remettrait pas
M. de Breteuil, et qu'au lieu de cela il y mettrait
quelque sotte créature à lui. Je lui ai représenté qu'il
n'en aurait pas le pouvoir, et que je ne doutais pas que,
dans l'embarras, le roi ne fît éclater qu'il voulait *bientôt*
être le maître plutôt que d'admettre encore quelque
choix ridicule et mauvais du cardinal. Breteuil m'a
avoué en grande confidence que c'était lui-même qui
avait fait soutenir M. d'Angervilliers en quelques
occasions par M. le Duc et dans cette vue, et que je ne
doutais pas des bontés du duc pour lui. Je lui ai dit
que ce bruit qu'il croyait cessé et n'être plus fondé
subsistait toujours depuis deux jours, et qu'il n'y avait
pas ce temps-là que M. d'Angervilliers en avait parlé
sur ce pied à un de mes amis et des siens.

Je dis donc à M. de Breteuil qu'il ne devait pas désem-

parer de Fontainebleau et s'avancer davantage sur
ceci par ses amis ; qu'au bout du compte, si j'avais le
coup d'œil bon, je pensais qu'on ne courrait aucun
risque en laissant M. d'Angervilliers se retirer, et que
certainement le roi ne se laisserait pas donner un ministre à la fantaisie du cardinal dans une telle place et
qu'il avancerait ses arrangements ; qu'il se mettait par
là hors du risque que le roi fût pris au dépourvu,
que, lui parvenant à être en place, on verrait bien que
ce n'était pas là le goût et le choix du cardinal, et que
cela amènerait à celui-ci un prompt dégoût auquel il
ne tiendrait peut-être pas.

M. de Breteuil a une autre crainte, c'est que M. le
duc d'Orléans ne reconnût à cela la main de M. le Duc
par cet arrangement anticipé, et qu'alors il ne décou-
vrît dans les desseins inspirés au roi et dans le parti de
M. Chauvelin tout le crédit de M. le Duc ; que, si ce
saint prince était capable d'une rancune immortelle
pour quelqu'un, c'était pour M. le Duc, et qu'alors il
jurerait de plus en plus la ruine de M. Chauvelin, et
serait peut-être seul capable de s'opposer à son retour
en embarrassant beaucoup le roi.

20 *octobre*. — En Angleterre, les deux partis, celui
du ministère et celui opposé à la cour, se sont également bandés contre tous les patricotages du cardinal
de Fleury et ne veulent pas entendre parler de son
immixtion dans la moindre de leurs affaires avec l'Espagne. Ils insinuent perpétuellement à l'empereur
combien c'est un dangereux ami puisqu'il ne songe
qu'à nous porter malheur et à s'arroger du pouvoir et
de l'agrandissement. Il arrive de là que nous n'avons

de parti à prendre que la guerre contre eux ; si le ministère de Walpole ne s'y porte pas très-sérieusement,
il est perdu au prochain Parlement, et le chef en sera
pendu ; s'il s'y porte avec mauvais succès, il court le
même risque, et, sur cela, le seul parti à prendre est
de faire sérieusement la guerre à l'Espagne. Aussi l'Angleterre arme-t-elle de toutes parts avec des efforts
qu'on ne lui a vus que dans le plus fort de la dernière
guerre. Voilà déjà trente-trois millions de dépensés et
pris sur les fonds d'amortissement, ce qui causera un
grand scandale au prochain Parlement, quand on ne
verra aucun fruit de cette dépense, et la seule réponse
à cela est de continuer ces dépenses, de les rendre
encore plus fortes et d'agir *totis viribus*, à outrance.

— Les apparences sont bien fortes que tout va se
brouiller dans nos affaires étrangères.

Comment le cardinal apaisera-t-il les différends entre
l'Angleterre et l'Espagne ?

En France, le parti de M. de La Mina est fort à la
cour. M. de Maurepas, le plus accrédité de nos ministres, a pour seul intérêt de considération légitime
de rétablir la marine, et le ministre des affaires étrangères est à sa dévotion ; le parti espagnol est réuni sur
cela au parti Chauvelin ; le cardinal n'a pour tous
principes que des intrigues continuelles, hautes et
basses, perdant tous les alliés de la couronne par sa
mauvaise foi reconnue, n'obligeant aucuns, surtout
avec grâces, et croyant duper tout le monde, en quoi
il est reconnu.

En Espagne, ils ont la même vue de brouiller l'Europe pour s'unir davantage avec la France. Ils ont un

démêlé sérieux et foncier avec l'Angleterre pour les
affaires d'Amérique et leurs vaisseaux pris ; ils nous
tiennent par le futur mariage de M. le Dauphin ; ils
ont vues de ravoir d'Italie après nous avoir fait briller
dans une guerre maritime ; ils poussent à outrance
toutes ces affaires ; l'affaire était accommodée avec les
Anglais par la convention du Prado ; ils sont rebrouillés
à plaisir depuis notre intimité avec eux, où le cardinal s'est laissé aller faute de principes et de fermeté.

En Angleterre, il s'agit pour le premier ministre
d'être pendu et pour le roi d'être déshonoré. Il s'est
engagé à trente-trois millions de dépense cette année,
est-ce pour en demeurer là? Le ministère anglais
montre une grande aversion et tiendra bon jusqu'au
bout contre les patricotages du cardinal. Le peuple
anglais commerçant est outré des infamies qu'il essuie
des Espagnols.

Les dispositions des autres puissances sont loin de
nous être favorables.

Voilà l'état où ce sot de cardinal de Fleury a mis
nos affaires, et, pendant que le dedans du royaume est
dans un dépérissement progressif, il a trouvé moyen
de perdre tous les fruits que la bonne foi et la réputation doivent attirer à un grand État comme celui-ci,
en trigaudant et trompant vilainement tout le monde.

24 *octobre*. — Il n'existe qu'un seul moyen pour
pacifier toutes choses, de changer notre ministère, en
obligeant notre cardinal-ministre à la retraite. L'Espagne veut à son tour avoir cette même gloire que la
France a eue en faisant chasser Alberoni qui nous était
contraire. Elle y trouve une grande avance par le dé-

goût qu'a le roi pour ce vieux pédagogue. L'Espagne
veut se venger d'un ministre qui l'a tellement trompée
et humiliée en lui faisant perdre ses conquêtes d'Italie,
nous seuls profitant de la guerre. L'Espagne a déjà
fait chasser M. le Duc et M. de Morville, se servant de
l'ambition du cardinal et de celle de M. Chauvelin.
L'Espagne croit trouver dans M. Chauvelin un ami
fidèle et qui s'intéresse pour elle.

Toute la cour travaille pour l'Espagne ; jamais ambassadeur n'a paru avec tant de considération à la
cour que M. de La Mina fait aujourd'hui ; on le fête
partout.

Il est à la veille, et il commence à tomber sur le
cardinal pour le faire marcher à des décisions plus
partiales pour l'Espagne. Il le fait enrager, et on ne
quittera pas Fontainebleau sans qu'il ait parlé plus
haut et plus hardiment.

Tout s'achemine à ce projet que je sais depuis trois
mois ; M. le Duc y est tout entier. On voit sur cela les
chauvelinistes se ramasser de toutes parts, et on y fait
entrer insensiblement M. le duc d'Orléans par les intérêts de l'État, et, de la façon dont il commence à les
comprendre, il poussera encore mieux M. le cardinal
que personne.

Octobre. — J'ai découvert la plus belle chose du
monde, c'est que mon beau-père a une grande intrigue de capucins pour parvenir au ministère, et, en
attendant, pour obtenir différents emplois à MM. Le
Bret, neveux de ma belle-mère. Voici donc que
M. Méliand ne bouge des Capucins. A quelque heure
que je passe devant la cour de ceux du Marais, j'y vise

un de leurs carrosses. Il me revient qu'il se ruine en présents, en grilles de fer, en vitrages, en chapelle, en menuiseries pour ces bons pères. Le jour de Saint-François, il dîne à midi pour être de bonne heure à leur service, il agit pour leurs affaires, il élève la beauté de la place que mon frère a eue après mon père, de général des capucins; il me demande pourquoi je ne l'ai pas eue, moi étant l'aîné; il a négocié heureusement avec mon frère, dit-il, pour certains legs faits aux capucins. Je vois toujours venir chez lui un certain grand père ou frère capucin, qui, d'un air goguenard, semble le maître à la maison, et est reçu comme protecteur. Il y reste en longue conférence.

Voici le dénoûment. Les capucins sont les valets des jésuites et les goujats du molinisme. Le sort et le goût de mon pauvre beau-père a toujours été de cheminer par le plus subalterne, et je conviendrai que, joignant à cela de la sagesse et beaucoup de piété, il n'a pas laissé que d'arriver et d'obtenir; tant nous sommes dans le règne des sots depuis le commencement du règne de Mme de Maintenon, qui mit d'abord la cour en intrigue de vieilles femmes et de dévots, ce qui a fait place aux fripons et aux vicieux de la régence, puis aux sots et aux fripons sous Mgr le cardinal Fleury.

M. Méliand est dévot; il a toujours eu des confesseurs jésuites et quelques vieilles maîtresses, et voici que M. Le Bret, mort premier président d'Aix, frère de Mme Méliand, se trouve en mourant le juge du P. Girard et de la Cadière[1]. On sait tout ce que lui at-

---

1. Le P. Girard, jésuite, fut accusé de séduction et de ma-

tira cette affaire. Il était fort attaché au cardinal et
surtout à tout le parti moliniste : belle monnaie pour
soutenir les frais de cette intrigue ! Madame est or-
gueilleuse de son nom en femme dévote. Ils se sont
chargés de ses dits neveux, qu'ils ont pris chez eux ;
l'objet est donc double : attraper pour M. Méliand
des honneurs, et des avancements pour ses neveux
uxoriens.

Elle me dit l'autre jour, par imprudence, que si
M. Gilbert de Voisins avait voulu donner son fils à sa
nièce Le Bret, elle l'aurait fait conseiller d'État, elle,
Mme Méliand : elle répondait à la pensée de son intrigue molinienne et capucinade ; mais, qu'au lieu de
cela, M. Gilbert de Voisins, livré au jansénisme,
ayant déjà tant de bien, avait préféré donner son fils
à Mlle de Cotte, petite fille d'un maçon bien riche, à
la vérité, mais encore plus janséniste ; que par là il ne
serait jamais conseiller d'État, et que c'était bien en
vain qu'il s'alliait par là à Bachelier, qui n'aurait jamais de crédit.

Pour ces neveux dont M. Méliand tire une bonne
pension, il ne me propose point de prendre chez lui
mon fils[1] à sa sortie du collége, quoiqu'il s'y trouvât
toutes sortes de convenances pour l'éducation sage et
retenue, eux tenant pied à boule chez eux, ayant un
dîner et un souper, fermant leur porte de bonne
heure et étant riches, et moi pauvre, comme ils le sa-

---

nœuvres criminelles envers Marie-Catherine Cadière, sa pénitente,
et acquitté par le parlement d'Aix, le 10 octobre 1731.

1. Le marquis de Paulmy. Il en sera longuement question à la
date du 9 juillet suivant.

vent, et menant vie de garçon. Mais la branche colla-
térale nuit certainement à la directe, et, quand j'ai dû
aller en Portugal, j'ai trouvé des objections à tuer
chiens, mais que j'ai enfin vaincues, pour ce même
arrangement si convenable, tant l'amour de devoir
passe après celui de goût, de passion et d'intérêt!

Mon frère est donc admiré chez eux; il a tout crédit à la chancellerie, et, par la grâce de la sainte constitution Unigenitus, il a avec le cardinal un travail
de deux et trois heures, des deux et trois fois par semaine; est-ce pour la seule littérature? Il est plus
garde des Sceaux que s'il en avait le titre; il a les trois
quarts de l'autorité chancelière, et si on pouvait faire
tomber le chancelier dans quelque défaut de souplesse, il serait bientôt relégué à Fresne.

M. de Fresne, second fils du chancelier, s'est livré
et a livré son père tout entier au parti de Mademoiselle, qui prétend gouverner le roi par Mlle de Mailly,
après la mort du cardinal. Le chancelier s'étant donné
des ridicules dans les premiers commencements par
quelque affectation amoureuse auprès de la maréchale d'Estrées, cette petite intrigue a marché tout
de suite. Par là, on a fait perdre le procès au pauvre
Hogguer, ami de Bachelier. M. le chancelier mandait
ses juges et leur faisait le bec.

Tournier, avocat général des requêtes de l'hôtel, a
été sollicité par mon frère pour conclure contre Hogguer; mais il l'a cependant chargé de dire à Hogguer
qu'il le lui avait bien recommandé. Il l'a fait venir
chez lui pour en recevoir des remercîments. Mais, entre les deux avocats contraires, Simon et Cochin, l'a-
vocat général s'est contredit; il a dit à Mlle de L. J.,

sa maîtresse, qu'il n'entendait rien à tant de galima-
thias, et que mondit frère voulait qu'il fût contre Hogguer. On assure qu'il est honnête homme et qu'il
charrie droit. Ce froid et ce chaud, toute cette manœuvre grossière, est revenue à Bachelier, qui en a
été indigné contre mon frère, et il est à craindre qu'il
n'en prévienne Sa Majesté contre lui; car, pourquoi,
dit-il, vouloir se mêler de tant de choses? pourquoi
vouloir se faire des mérites auprès d'un homme, d'un
pauvre misérable qui poursuit le retour dans son
bien et qu'on étrangle? Pendant ce temps-là, il
venait de décocher la Tencin à Hogguer, pour qu'il
sollicitât Bachelier à aimer le cardinal de Tencin et
mon frère, et à me haïr. Quelle grossièreté! quelle
stupidité!

28 *octobre*. — Le prétendu parti de Mademoiselle
faisait trop d'éclat, et ses liaisons avec le cardinal ont
trop marqué pour qu'il ne fût pas temps de l'arrêter.
Cela fortifiait le parti du cardinal, tandis qu'on souhaite qu'il diminue extérieurement, et, en quelque
sorte, par transpiration. Sur cela, il a été résolu de
faire retirer peu à peu Mme de Mailly d'auprès de
Mlle de Charolais, et à l'instant ladite princesse se
trouve n'être plus rien qu'une m.... à louer, ainsi que
la maréchale d'Estrées. Voilà donc ce qui se passe et
dont tant de gens sont tout étonnés. Mme de Mailly
recourt de nouveau à Bachelier et déclare qu'elle ne
se conduira que par ses conseils.

On mine donc, on attaque de plus en plus ce qui
restait de force et d'autorité au parti du cardinal; car
ce pauvre ministre s'était véritablement fortifié du

parti de Mademoiselle; cela augmentait le front de son parti, cela attirait quantité de sots, et elle était la grande espionne de Son Éminence à Fontainebleau. Elle a un escalier dérobé par où elle monte chez le cardinal deux ou trois fois par jour et y travaille fort longtemps. Il est certain que M. Chauvelin gouverne de Bourges mieux qu'il ne ferait de Versailles ; car il conduit la garde-robe, le cabinet et les affaires principales.

5 *novembre*. — Voici ce qui est arrivé à la cour depuis le dernier article :

Le duc d'Ancenis[1] avait le dévoiement depuis quatre jours; il voulait chasser avec le roi ; il a dit qu'il se guérirait bien de l'importunité de sa maladie. Il a demandé au grand maître des œufs durs à déjeuner; il en a mangé trente tout de suite; il a été à la chasse ; il n'a point eu de dévoiement, mais il a été attaqué du tenesme ou rétrécissement du boyau, avec le ventre dur comme une pierre, et l'inflammation s'en est suivie. Il n'y a eu secours de la médecine ni de la chirurgie qui ait pu y subvenir : il a fini promptement. Il laisse un petit garçon et une petite fille. Il était le dernier des garçons qu'ait eus le duc de Béthune[2] depuis 1735. Cette famille s'est éteinte à cela près en ces quatre années. Mme de Béthune est morte de la poitrine; son aîné fut tué à Cleursen, au dernier coup

---

1. François-Joseph de Béthune.

2. Le duc de Béthune, dit la *Correspondance de Dubuisson*, passe universellement pour un des plus honnêtes hommes de la cour.

de mousquet tiré de la guerre; celui d'après, qui
était abbé, est mort d'austérités, et celui-ci de con-
stipation. Quels sont ces coups subits de la Providence? Cependant c'est une famille de dévots et de
dévotes servant Dieu de tout leur cœur.

M. de Nesle, père de Mme de Mailly, vient d'être
exilé subitement à Lisieux. Il avait répandu dans le
public un grand mémoire contre ses juges, et surtout
contre Maboul, son rapporteur; il parlait avec hauteur, il écrivait de même à tout le monde au sujet de
ses misérables procès avec ses misérables créanciers,
et tout cela se ressentait de l'attente certaine de la future autorité, par le règne prochain de Mme de Mailly,
sa fille, maîtresse du roi. Cela a étonné tout le
monde. Sa Majesté pouvait éloigner seulement M. de
Nesle, et non par une lettre de cachet publique; en
même temps, il devait faire arranger ses affaires par
quelqu'un de compétent, et c'était plutôt l'affaire du
contrôleur général que du chancelier. Mais le grand
effet de cet éclat de justice a consisté à élever fort
haut le crédit du cardinal, et à dire : Voilà le précepteur plus maître que jamais du petit garçon : il fait
fouetter le père de sa maîtresse, et cela n'est fait que
dans ce but. Cependant, quelques jours après, on a
parlé d'adoucir cet exil; Mme de Mailly et toutes ses
sœurs ont été publiquement chez le cardinal lui demander grâce pour leur père, et sans doute que le ro
a exigé cette auguste cérémonie. M. de Nesle a demandé grâce à cause de sa santé : il a obtenu répit;
puis on a changé son exil en celui d'Évreux, et enfin
on assure qu'il ne partira pas du tout.

On vient de recevoir nouvelles d'Angleterre que la

guerre vient d'y être déclarée par mer et par terre
contre l'Espagne par un hérault, authentiquement.

Et qu'on croie que cette déclaration s'adresse autant et plus à nous qu'à l'Espagne. Les tolérances ont
leur terme, les principes capitaux réclament toujours,
et la politique, plus que toute autre science, est faite
pour agir conséquemment aux principes. En effet,
observez que la couronne d'Espagne, placée dans la
maison de France au commencement de ce siècle, a
armé toute l'Europe, et avec un degré d'obstination
et d'efforts qui nous allait détruire et peut-être subjuguer, quand l'Angleterre se détacha de la grande alliance par trois raisons : l'une, que c'était folie, depuis
la mort de l'empereur Joseph, de vouloir faire de
Charles VI un Charles-Quint ; la seconde, parce que
l'Angleterre éprouva alors quelques divisions intestines, et que la reine Anne voulait appeler son frère au
trône ; la troisième, par des avantages considérables
de commerce que nous accordions à l'Angleterre, et
ces avantages de nature qu'ils assuraient en même
temps l'Europe que la France n'agrandirait pas son
commerce de l'Espagne, article qui touchait le plus
l'Europe ; enfin, par des renonciations réciproques
bien stipulées et jurées entre les deux branches de
notre maison de France, et substituant la maison de
Savoie à celle d'Espagne, en cas de manquement
d'hoirs mâles.

Véritablement plusieurs accès de froideur et poussés jusqu'à la guerre ont succédé, après la paix, à notre union avec la branche d'Espagne ; des gouvernements indisposés, des intérêts singuliers en ont été le
ressort, mais enfin l'Europe s'y est fixée et s'est endor-

mie. Cette confiance a été si loin, qu'on nous a passé
des choses contraires aux apparences et même aux
effets, telles qu'une ligue avec l'Espagne et la Savoie
pour conquérir sur l'empereur, sans que les puissances
maritimes y intervinssent, l'acquisition de la Lorraine
et enfin la conquête de la Corse que nous nous ap-
proprions sous prétexte d'avoir cette vedette avancée
pour surveiller les desseins ambitieux de l'Espagne.

Mais peu à peu l'Europe s'est aperçue qu'elle était
jouée par le cardinal, et enfin a paru une union plus
grande que jamais entre la France et l'Espagne, depuis
les ambassades de MM. de La Mark et de La Mina.
Les nations ont vu la célébrité de nos fêtes pour le
mariage de Madame, et, sous prétexte de réconciliation dont il n'y avait pas de sujet, une joie affectée et
immodérée, des devises annonçant l'éternité et la
force de cette union, le mariage de M. le Dauphin en
perspective avec une Infante, les deux couronnes
et les deux conseils prêts à n'en faire plus qu'un, des
armements, des démarches de toutes parts, et enfin,
depuis cette union, l'Espagne rompre la convention
du Prado sous de très-faux prétextes. Quant au ministère de France, le cardinal tout prêt à finir à quatre-
vingt-dix ans, ne se cachant plus de sa fourberie,
ayant trompé toutes les puissances, et semblant les
mettre au défi, n'ayant plus le garde des sceaux Chauvelin pour jouer le rôle de bouc émissaire, mais
n'ayant sous lui pour ministre des affaires étrangères
qu'un petit garçon sans vues et sans génie, petit commis d'écritures ; ce que M. de Maurepas peut avoir
d'influence aux affaires allant à nous amener une
guerre sur mer pour rétablir son département en splen-

deur, et enfin le retour de M. Chauvelin annoncé comme devant suivre immédiatement la mort du cardinal, grâce à des intrigues secrètes de cour par femmes, maîtresses et valets, et ce ministre passant pour grand Espagnol de cœur, quoique, pour ma part, je le croie avant tout dévoué aux sages et vrais intérêts de la France.

Et certes, il a effectivement résulté de tout cela une trop grande influence des intérêts espagnols sur toute notre cour. On ne peut plus aujourd'hui se déclarer contre l'Espagne, sans courir risque de disgrâce ; et, si nous n'avons pas un roi très-ferme, nous courons risque d'être livrés à tous les maux de cette partialité.

Telles sont les circonstances où l'Angleterre déclare une guerre furieuse à l'Espagne, comme on en apprit ici la nouvelle le 4 novembre dernier. Cette guerre est déclarée par terre et par mer, et cela veut dire (par terre) que les Anglais, maîtres du Portugal, vont le faire déclarer pour descendre par là en Espagne.

Le Portugal n'y manque pas de prétextes : les affaires du Brésil méridional, de la colonie Sacramento et du fort espagnol de Montevideo, affaires non encore terminées, et seulement par un vain *statu quo*, sont plus que suffisantes pour cette rupture. Les Anglais font entendre aux dociles Portugais qu'ils n'obtiendront jamais de redressement de griefs que par cette occurrence de guerre ; d'ailleurs, il s'agit de protection de commerce, et voilà la cause fondée de leurs intérêts avec le Portugal. Les Anglais ont seuls des vaisseaux aujourd'hui, le Brésil reste libre de ses retours, tandis que ceux de l'Amérique espagnole sont interceptés totalement.

Doute-t-on que l'Angleterre, si puissante en marine
et en argent, n'agisse *totis viribus*, puisque c'est la nation même qui pousse à cette guerre, que toute cette
nation est commerçante et qu'elle y force le ministère ?
Celui-ci agira avec l'ardeur que donne la crainte de
périr, et l'envie de se montrer dans ce parti aussi ami
de la patrie qu'on l'a cru perfide, pour se réhabiliter
envers elle et se soutenir. Il n'y a que le premier pas
et la déclaration ouverte qui coûte à ces âmes timo-
rées et chancelantes, et ensuite tout ne marche que
plus vivement.

Le remède serait de changer promptement notre
ministère, de reconquérir la confiance des autres nations, de battre froid avec l'Espagne, de se comporter
avec elle plus en juge qu'en ligué, et on trouverait
bientôt de bons expédients pour régler le commerce
d'Amérique par une médiation armée, et de continuer
la même conduite avec l'Espagne comme avec un
frère d'humeur différente à la sienne. Tout est tendresse au fond, tout est froideur au dehors.

6 *novembre*. — On encourage la France à une guerre
sérieuse contre l'Angleterre. On assure que les côtes de
France et d'Espagne sur des mers qui serviraient de
véritable théâtre à cette guerre navale, ces côtes, dis-je,
valent cent vaisseaux ; c'est-à-dire qu'avec cinquante
vaisseaux et les Anglais ou Hollandais cent cinquante,
nous serions au pair, et qu'il ne faudrait pas faire
d'autre usage de la marine espagnole que de la charger de la défense de leur Amérique, et nous serions
très-suffisants, avec nos soixante vaisseaux divisés en
escadres, pour la défensive sur nos côtes, sur celle d'Es-

pagne et dans la Méditerranée. Avec cela, lâchant la bride à nos armateurs et rétablissant Dunkerque, nous ferions bientôt venir les assurances des Anglais à cinquante pour cent, ce qui est le thermomètre de cette guerre maritime. Mais tout cela est bel et bon s'il n'arrive pas qu'on détermine promptement le reste de l'Europe à s'armer contre nous, en considérant quelle est notre supériorité de toutes parts, bien unis comme nous le sommes avec l'Espagne.

11 *novembre.* — La légitimation de la fille de M. le Duc et de Mme de Nesle par lettres du roi vient enfin d'être décidée. Le prince a mandé M. le chancelier qui faisait toute sorte de difficultés sur cela ; la grande et apparente était qu'on n'y nommait pas la mère, ce qui fourmille d'exemples, quand il s'agit d'une bâtarde adultérine et fille ou fils d'une femme mariée. Tels ont été les enfants du feu roi et de Mme de Montespan ; telle, Mme de Carignan, fille de Mme de Verrue ; et telle, dans la famille de M. le Duc, Mlle de Chateaubriand[1], femme de M. de Lassay, fille de M. le prince et de Mme de.... Enfin on croit dans le public que la légitimation dont il s'agit est faite principalement pour annoncer quelque acte pareil émané de la sacrée personne de Sa Majesté avec Mme de Mailly ; ce sera, dit-on, un duc de Vendôme. Une dame à répartie a

---

1. Celle que Mme la Duchesse appelait Ruson, et dont il est question dans les poésies de Chaulieu. Il s'agit ici du marquis de Lassay, père du comte. Voy. dans la *Correspondance littéraire*, 1859, p. 387, l'article de M. Alex. Destouches : *Les deux Lassay,* pour compléter nos notes du t. I, p. 95 et 258.

dit sur cela qu'elle voudrait que Louis XV se montrât
un Henri IV, avant de nous donner des ducs de Vendôme.

Le chancelier, mauvais et bas courtisan, a traversé
cette opération de M. le Duc par cent mille difficultés,
mais, pour dire le vrai, ses scrupules lui provenaient
uniquement de la rage de complaire en tout à Mademoiselle, qui est la grande intrigue. Cette princesse enragée, traverse son frère en tout, pour se venger de je
ne sais pas quoi. M. le Duc s'est bien assuré de la volonté ferme du roi, et a mandé le chancelier chez lui
à Fontainebleau : il a même voulu qu'il s'y trouvât
quelques personnes présentes. Le chancelier a débité
entre ses dents (quoiqu'il n'en ait plus) quelques-uns de
ses médiocres prétextes contre le désir de Son Altesse
qui lui a dit enfin : « *Monsieur, je suis las de vos mauvaises difficultés et de vous*, cessez-les. J'ai mes lettres,
le roi me les a accordées et le veut. L'enregistrement
ne vous regarde pas, et il ne faut que votre sceau, vous
le mettrez tout à l'heure. » Et le pauvre chancelier,
tout tremblotant, est allé chez lui sceller sur-le-champ
lesdites lettres.

La réflexion à faire à cela, c'est que le roi a une volonté, que M. le Duc s'en était bien assuré, que Sa Majesté avait décidé, que cette décision est arrivée malgré
le cardinal qui soutient le chancelier et Mademoiselle,
son espionne et son intrigante à la cour, et qu'enfin
M. le Duc a plus de crédit qu'on ne s'imagine.

J'ai dit plus haut que les raisons de cacher ce crédit de M. Duc étaient pour ne point offenser M. le duc
d'Orléans qui, plus il est dévot, plus il persévère dans
une haine implacable contre M. le Duc, de sorte que,

pour acheminer à bonne fin les choses que souhaite
M. le Duc, telles que le retour de M. Chauvelin au
ministère et le rétablissement de M. de Breteuil dans le
sien, il faut que M. le duc d'Orléans ne se doute pas de
la moindre influence de M. le Duc à ces choses-là ; autrement le bon et saint M. le duc d'Orléans se joindrait
au cardinal pour faire des cris horribles, et ces crédits
d'opposition réussissent toujours sous un règne faible
ou qui veut bien l'être encore quelque temps par
douceur, par timidité et par politique.

Ce préambule influe sur l'affaire du jour. M. d'Angervilliers est très-mal de la poitrine : cela lui a pris
tout à coup par une fièvre continue avec des redou-
blements. Il crache le pus ou tout au moins des tubercules, et à la fin la poitrine se détruit par suite de quatre
ou cinq attaques du même mal qu'il a essuyées depuis
quelques années, de sorte qu'on ne croit pas qu'il relève de celui-ci. J'ai dit ci-dessus qu'il voulait se retirer du ministère : c'était pour soigner davantage sa
santé, et, s'il revient de ceci, il saisira certainement le
parti de la retraite.

Il s'agit donc de le remplacer. Le parti des Bellisle
travaille pour Séchelles, celui des bâtards pour de
Graville[1], le cœur du cardinal pour Fontanieu. La faveur du cardinal et tous les dévôts à parti accrédités
près du cardinal, et sa réputation d'esprit et de facilité
au travail font pour mon frère, ainsi que le parti du
cardinal de Tencin. La voix du public, mais non son
suffrage, prédit que ce sera M. Orry, que les finances

1. Le comte de Graville, lieutenant général.

seront données à M. Amelot et les affaires étrangères à mon frère.

Sur tout cela, je suis persuadé que ce sera M. de Breteuil, que c'est lui qui est dans le plan du roi, pour après la mort du cardinal, et que le parti secret qui influe sur cet avenir prochain lui inspirera de tenir bon, et de renverser d'un seul mot, *je le veux*, toutes les menées contraires; d'autant que Sa Majesté peut y ajouter la grande raison de justice que Breteuil a rempli cette place avec probité et succès pendant trois ans, qu'on la lui a ôtée pour la restituer à M. Le Blanc qui devait naturellement succéder à celui-ci après sa mort, et que ce n'a été que la grande réputation d'habileté en ce genre de M. d'Angervilliers qui l'a fait préférer; mais qu'aujourd'hui, à choses égales, M. de Breteuil a toute l'expérience pour lui, préférablement à ses concurrents.

Autrement, si le roi laissait nommer à cette place quelque misérable favori du cardinal, ce serait afficher son enfance et imbécillité perpétuelle, ou aller contre la probité en plaçant là un pauvre diable pour être trébuché trois jours après.

On m'a assuré qu'une des jambes du cardinal, qui était ouverte, vient de se fermer. Cette clôture annonce quelque chose, d'autant que, depuis cela, l'appétit diminue et la migraine augmente. Il fait des bâillements horribles et y perd connaissance ; il rendra l'âme par là. Il ne manque cependant pas autour de lui d'ennuyeux capables de cultiver ce moyen de bien public en le faisant bâiller jusqu'à défaillance. Je ne suis ici que l'écho de Paris.

M. de Nesle est parti pour son exil : il a demandé Caen au lieu de Lisieux ; on le lui a accordé. On a nou-

velle qu'il y est arrivé; on mande qu'il y a fait une
manière d'entrée, tant ses mesures étaient bien prises.
Il avait quatre pages, un écuyer, Mlle de Seine[1], sa
maîtresse, et nuls autres domestiques, tant les gens de
bon air aiment le noble superflu et rejettent le bourgeois nécessaire. On sait à présent le nœud de cet exil,
et qu'il ne faut point l'attribuer, comme on croit, à la
baisse du crédit du roi et à la hausse de celui du cardinal. Il est vrai que c'est par de mauvais conseils qu'on
a donné ce spectacle au public et qu'on l'a alarmé si
fort, en ne lui présentant qu'un pauvre roi qui laisse
exiler le père de sa maîtresse, à la demande de son
précepteur.

Au fond, tout vient d'humeur : la fille a voulu faire
des remontrances au père et ses sermons ont été mal
pris. Le père voulait triompher en restant dans ses
désordres, il voulait rentrer dans la jouissance de ses
terres, et que ses créanciers s'en rapportassent à lui
du payement; il voulait se venger de ses juges, et il
pensait que ce n'était pas la peine de voir sa fille maîtresse déclarée du roi pour n'en tirer que de légers
avantages. Il comptait qu'une grâce singulière lui en
attirerait une autre et l'embarquerait à gouverner l'État.
Sur ces pensées qui l'occupaient, après son beau mémoire lâché et des lettres de hauteur qu'il écrivait à ses
amis, et dont j'ai vu quelques-unes, menaçant tout
d'une prompte vengeance, on a parlé au roi de cette
annonce scandaleuse d'autorité abusive : cela a aigri
effectivement Sa Majesté qui n'aime pas la vindicte, qui

---

1. Marie Dupré de Seine, comédienne; elle avait quitté la scène
en 1736.

se pique de justice, et qui n'a de défense contre les reproches d'avoir pris une maîtresse que de bien assurer
qu'il ne sera pas gouverné par les femmes; sur cela
donc l'exil a été lâché. D'un autre côté, on a flatté
Mme de Mailly que ce serait un moyen de réduire son
père à la raison, car en même temps M. de Bouillon
a été lui faire la proposition qui avait été méditée. En
effet, la veille de la lettre de cachet, M. Maboul travailla
avec Mme de Mailly deux heures le matin et trois l'après-
dînée, pour lui faire entendre le plan des affaires de
M. de Nesle. M. de Bouillon a donc été lui proposer
un tel ajustement qu'il aurait soixante mille livres de
rente payées à cinq mille livres par mois, mais avec
interdiction, pour en être relevé dans la suite et rentrer
dans ses biens, dès que les dettes auraient été entièrement acquittées. On insinuait aussi la proposition que
ce fût M. de Mailly qui jouît de ses biens par anticipation
d'entrée en ouverture de substitution : joli prétexte
pour étaler Mme de Mailly comme grande dame, et faire
paraître les dons du roi à l'abri de cette possession.

M. de Nesle a rejeté avec hauteur cette proposition,
il a traité ses filles de g.... et de p..., il a voulu
partir; M. de Vintimille, son gendre, lui a prêté de
l'argent pour son voyage, et voilà toute l'histoire.

14 *novembre*. — C'est depuis l'assassinat de Saint
Clair, en Silésie, que l'on a découvert les noires fourberies du cardinal. Cet officier français réfugié et au
service de la Suède passait de Turquie en Suède
avec quantité de papiers concernant tout ce que la
France et la Suède tramaient contre l'empereur et la
Russie, sous les dehors tendres d'une fausse amitié.

Cependant, par une autre intrigue incompréhensible, on assure que le cardinal a tramé la paix entre la Turquie et la Russie avec des soins fort mystérieux. Qu'on s'accorde donc sur de telles choses et qu'on rende ce plan de conduite plus correct, soit dans le mal, soit dans le bien. Quoi qu'il en soit, on m'assure que Gérauldy, arracheur de dents, ayant été à Pétersbourg pour accommoder la bouche de la grande autocratrice de Russie, il s'est trouvé être un drôle capable d'intrigues, et le duc de Courlande s'en est saisi, qu'il l'a chargé d'une lettre de conséquence que Gérauldy a envoyée à Mlle Canaye, marchande, et sa correspondante, et qu'elle a apporté fort secrètement ce paquet à M. le cardinal, et que, pour la réponse, elle a marché par un courrier; que, sur cette réponse, on a engagé le général Munich à venir à Paris, où il a résidé quinze jours, caché dans un cinquième étage, et s'abouchant souvent avec le cardinal.

Les affaires de M. de Nesle s'accommodent, m'assure-t-on. Le roi est revenu sur lui-même; il doit se repentir de l'éclat; mais enfin l'emplâtre en réparera une partie. On conte ses raisons en secret et à l'insu du cardinal. Le comte du Luc a été prié par le roi, par le canal de M. de Vintimille, de se faire rendre compte, par deux habiles avocats de l'état au juste de cette affaire. Sous le comte du Luc, travaillent ces deux avocats, Simon et .... On y verra au juste quelles sont les dettes, ce qui a dû être rentré au séquestre, etc., et ensuite on assemblera ces avocats avec Thorelle et même Maboul pour entendre le pour et le contre des griefs respectifs; la finance royale entrera là dedans et on procurera une vie heureuse à M. de Nesle. Voilà par où on aurait dû commencer et non finir, depuis que Mme de Mailly est maîtresse déclarée du roi.

20 *novembre*.—Mon frère n'est point ce qu'on croit : on le croit fort *ambitieux*; il n'est qu'*intrigant* par coup.

L'ambition est chez tous les hommes : chacun désire son bien-être et son mieux-être; il ne s'agit que du plus ou moins de passion à ce désir, et du plus ou moins de moyens à y employer. J'ai remarqué dans mon frère plus d'indifférence, plus de philosophie qu'on ne croit à l'égard de tous ces objets. Il y a seulement des points de jalousie contre V....[1] qui ressemblent à l'émulation, mais qui ne sont vifs que dans l'activité des moyens plutôt que dans le désir. Ayant pris goût de jeunesse à l'intrigue, il s'y est cru très-propre et y veut tout mettre. Il joint à cela un mépris de la vertu pure qu'il traite de sottise ou de chimère, par bel esprit, de sorte qu'il attribue tout à l'intrigue, comme les précepteurs charlatans attribuent à l'art de l'éducation toutes les qualités des élèves. Il ressemble à un joueur purement joueur qui n'agit pas précisément par avarice dans son objet, mais qui a pris un tel goût à ce moyen prétendu d'acquérir en hasardant, qu'il ne peut se passer de jouer et jouera toute sa vie, même en se ruinant. Après cela, quand vous me demanderez qu'est-ce que l'intrigue, je dirai que c'est d'entrer dans les intérêts des particuliers accrédités, de les posséder, et d'en faire un commerce, prétendant que rien ne se passe en politique que par là.

1. Ou N....

— J'ai remarqué que les jésuites sont aujourd'hui moins persécutants contre les jansénistes qu'aucuns de ceux des constitutionnaires. La raison est que la persécution ne leur profite pas (trouvez le nœud de l'intérêt, et vous trouverez celui de l'action). Les évêques de cour leur ont enlevé ce gagne-pain, et ne les consultent que par honnêteté, mais de loin. Le clergé séculier fait tout : à peine souffre-t-on encore un pauvre confesseur jésuite, mais bien imbécile. S'il s'agissait d'un accommodement ou plutôt d'un tolérantisme en règle, les jésuites pourraient s'en charger et s'en bien acquitter autant que personne. Tout le but de ces gens-là est de plaire au chef du gouvernement et de régner par là ; les autres partis factieux veulent gouverner par eux-mêmes.

23 *novembre.*—On dit toujours qu'il n'y a personne en Europe, nulle tête assez forte pour conduire un ouvrage tel que serait une ligue générale contre la maison de France ; mais pourquoi aller si loin sans trouver les Walpole? Qui est-ce qui montre plus de tête que ces deux frères ? Têtes froides et qui ne s'échauffent de rien, *multa agentes pauca agendo.* Le Robert ne paraît pas affairé chez lui et mène tout. Il a forcé son nouveau maître à le reprendre et à augmenter sa confiance quoiqu'il le haïsse du temps du père. Le cadet, Horace, possède parfaitement les affaires étrangères par ses longues ambassades et voyages. Il est diligent et laborieux. Robert est le plus habile financier et le plus corrupteur d'hommes, sachant prendre le milieu entre l'autorité et les ménagements, d'où il faut conclure qu'il connaît bien l'homme, et surtout l'homme

de sa nation. Qui est-ce qui va mieux que lui à ses fins? Tout lui tourne à succès : il va venir à bout de réconcilier le père avec le fils, par des moyens lents mais sûrs; il a à ménager le plus petit esprit de roi qu'il y ait jamais eu ; enfin il veut illustrer ce règne par une guerre qui abaisse la maison de France; il laisse les peuples désirer cette guerre, et cela par jalousie de commerce; il se laisse menacer par là, mais il va paraître à leur gré, et il tirera de la propre impatience et haine des Anglais de quoi pousser loin sa gloire : qu'y a-t-il de plus grand pour un ministre?

25 *novembre*. — M. Hérault se meurt, on ne sait de quoi. On croit qu'il a de l'eau dans la poitrine. Il a les jambes enflées, il ne saurait marcher sans se trouver mal. Il a eu l'an passé une attaque d'apoplexie, ayant eu un bras subitement sans mouvement; il étouffe, il est tout ahuri, il l'était déjà depuis longtemps. Et voilà que tous ces pauvres jansénistes ne vont pas manquer de dire que le diable lui tord le col; que la main de Dieu s'appesantit sur lui et sur les siens. Tout ce qui était venu de biens dans sa famille par la faveur de ce petit hypocrite personnage, tout disparaît comme l'ombre. M. de Vervins de Bonnevie, qui, ayant cent mille livres de rente, aurait bien voulu épouser la cousine de Mme Hérault, *propter favorem aulicum et eminentiam*, vient de mourir de la petite vérole. Peu devant est morte sa progéniture, et tout récemment encore l'abbé de Nassigny, frère[1] de cette veuve. Ledit abbé avait obtenu des bénéfices par la faveur de M. Hé-

---

1. Le manuscrit porte : *sœur*.

rault. Qui choisira-t-on pour remplir cette place, si
M. Hérault nous échappe promptement? Le cardinal
pourra proposer M. de Séchelles; pour moi, je pro-
poserais Pajot, intendant de Montauban.

28 *novembre*. — M. Du Theil m'a dit aujourd'hui :
« Monsieur, tout ceci se brouille furieusement et je ne
sais plus ce qu'il en sera. Les nouvellistes de Hollande
ne parlent plus que de revenir à l'ancien système.
N'ont-ils pas trop pénétré cette fois-ci? Qu'est-ce que
l'ancien système? c'est-à-dire la réunion de l'empereur
et des puissances maritimes contre la maison de France,
ce système devenu plus fixe depuis que la couronne
d'Espagne est dans notre maison. Il trouve la tête qu'il
faut pour ameuter cette ligue contre nous dans Walpole qui se montre un très-habile ministre. » Je lui ai
demandé quel était ce référendaire qui gouvernait
aujourd'hui l'empereur; il me l'a nommé, j'ai oublié
son nom (Bartenstein). Il gouvernait déjà de son temps.
Il dit que c'est un homme d'assez de vivacité d'esprit
pour un Allemand, et fort instruit, mais qui n'allait
pas au grand. Il m'a dit qu'il était absolument faux
qu'il ait été question du retour de M. de Mirepoix ni
du départ du prince de Lichtenstein; qu'il était bien
vrai que le premier avait proposé de prendre congé
pour s'abstenir ensuite de tout le cérémonial fatigant
des chapelles et même de tant de dépenses, et qu'il
serait resté longtemps après cela chargé des affaires, et
que M. de Lichtenstein eût pu en faire autant ici; mais
que cela aurait été rejeté à cause des qu'en dira-t-on
dans les circonstances présentes. Je lui ai remarqué que
c'était là principalement ce qui marquait la fin de nos

liaisons avec l'empereur, si l'on retirait d'ici l'homme
essentiel pour ne plus y laisser que l'homme vain et
aux compliments, et que c'était donc là le temps de
regagner, chez tous les princes de l'empire, tout ce que
nous y avions perdu par notre complaisance affectée
pour l'empereur. Il ne croit pas que Chavigny parte si
tôt; il dit qu'il est étonnant qu'on ne reçoive de Portugal le retour d'aucun des courriers qu'on y a envoyés,
l'un pour la rupture de mon ambassade et l'autre pour
l'admission dudit Chavigny, et que, faute de cela, et
dans les circonstances présentes, son départ est toujours incertain et qu'on n'expédie encore rien pour
lui.

Pour revenir aux affaires générales, il m'a dit que
les ligues contre la maison de France pouvaient venir
de la jalousie de nos forces et de nos conquêtes, ou de
défiance de notre bonne foi; que le temps était passé
où tout roulait sur notre candeur, *et que ces choses
n'avaient qu'un temps.* Cela veut dire en bon français
que les basses fourberies du cardinal étaient démasquées et que le seul remède aux maux était de changer
le ministère, et, en effet, s'il avait l'ombre d'amour de
patrie, il le proposerait au roi.

30 *novembre.* — M. de La Mina, ambassadeur d'Espagne à Paris[1], vient de recevoir son rappel[2]. On en
a parlé diversement.

1. La véritable orthographe de ce nom est : *las Minas;* mais
nous avons conservé la forme que lui donne d'Argenson, et qui
se retrouve dans la plupart des mémoires du temps.

2. On trouve dans les *Mémoires d'État,* t. III, f° 59, un

Ceux qui sont le plus dans le parti du cardinal de Fleury, de cœur et de vœux, disent que c'est un grand coup d'autorité de sa façon; que cet ambassadeur lui avait déplu d'abord, puis avait continué de lui déplaire et de chercher à le décréditer; que la reine d'Espagne a besoin du cardinal, c'est-à-dire de nous (car on accole toujours ces deux pouvoirs ensemble); qu'il affectait d'être tout à fait partisan de M. Chauvelin et de voir ses amis, d'entretenir commerce avec ce qu'il y a de factieux à la cour; que même on va découvrir à la suite de ceci des crimes secrets de M. Chauvelin, ce qui donnera peut-être lieu de l'envoyer en quelque cita-delle; que M. de La Mina a demandé au roi deux ou trois audiences à Fontainebleau, où il a parlé à Sa Majesté seul à seul, et lui a conté cent fagots contre le cardinal; que M. le cardinal et M. Amelot lui ont donné le coup de Jarnac; que d'ailleurs il avait avec le roi et la reine les manières du monde les plus fami-lières et les plus indécentes. On ajoute que M. de La Torella[1] l'a très-mal desservi en Espagne d'où il arrive; que ce La Torella n'est pas un homme de suite, mais donne de bons coups de collier et parle haut; que M. de La Mina ne lui laissait rien faire ici, et jusqu'à ne lui pas laisser faire part du mariage de D. Carlos, s'en chargeant lui-même; que M. de La Torella l'avait perdu en Espagne, dépeignant combien il déplaisait au ministère en France; qu'il paraissait prétendre à y jouer le même rôle que feu M. Amelot avait joué en

---

Billet anonyme envoyé à M. le cardinal sur le renvoi de M. de La Mina.

1. Ambassadeur d'Espagne auprès du roi des Deux-Siciles.

Espagne; que ce n'était pas là le moyen de réussir à notre cour dont l'Espagne avait aujourd'hui si grand besoin; que, par là, M. de La Torella avait commencé par lui enlever la grandesse qui semblait destinée à M. de La Mina, et que sa disgrâce précipitée ne lui laissait plus aucune ressource de fortune en Espagne.

D'autres expliquent cela d'une façon contraire, mais à la vérité avec quelque subtilité un peu trop obscure. On dit donc que M. de La Mina ayant résolu de pousser le cardinal hors du ministère, a pris en même temps la résolution de se retirer dès qu'il aurait parlé au roi comme il a fait; que le cardinal n'a aucune part à cette disgrâce, et qu'il tire aujourd'hui un grand air de crédit de ce qui, dans un autre temps, était pour lui un jeu, et allait tout de suite; que toute affectation de crédit marque qu'on en manque; qu'il se peut faire que l'Espagne soit, en effet, pressée d'obtenir de nous des secours ou une médiation puissante, et qu'elle aille au besoin pressant; qu'on va voir promptement, par le choix du successeur, si c'est là une véritable humiliation aux pieds de Son Éminence de la cour de Madrid; que peut-être enverra-t-on un autre ambassadeur aussi chaud, mais plus habile.

Il peut se faire qu'en effet on sacrifie M. de La Mina au bien de la paix, et qu'on lui impute bientôt toute la brouillerie présente et toute la rupture de l'Espagne et de l'Angleterre qui nous allait jeter dans une guerre universelle. On dira que c'est lui qui, par ses intrigues à la cour de Versailles, aura excité l'Espagne à rompre la convention du Prado, l'assurant qu'elle serait puissamment secourue par nous; qu'il en avait les moyens en main, et qu'il lui procurerait le grand avantage de

faire sauter le cardinal de cette affaire-là ; que l'on
n'aura rien vu de ses promesses, le cardinal vivant
toujours et se soutenant en crédit auprès du roi ; que
d'ailleurs la reine d'Espagne se souciant peu d'une
guerre de nation espagnole, mais seulement des intérêts de ses enfants du second lit, voyait D. Carlos
menacé en Italie et toute l'Europe prête à se déclarer
contre la maison de France, sans que la France s'en
remuât beaucoup ni accordât aucuns secours prompts,
et que, durant ce temps-là, l'Espagne allait manquer de
revenus, les galions ni flottilles n'osant montrer le nez
hors des ports ; qu'on croyait quelques ports pris ou
insultés en Amérique, et qu'on venait de prendre les
vaisseaux de caraques ; mais que, cet ambassadeur une
fois sacrifié, et lui imputant, comme au bouc émissaire, toutes les fautes précédentes, toutes les invita-
tions à la guerre, alors il serait aisé de porter l'Espagne et l'Angleterre à se concilier, les points de
division étant, au bout du compte, peu de chose, et
aisés à terminer, sans allumer un incendie général par
cette étincelle ; que l'Angleterre avait déjà montré ne
pas demander mieux que de s'accommoder et de rétablir son commerce ; que le renouvellement du traité
d'*assiento* et du vaisseau de permission n'étaient pas
un objet si lucratif pour que le renouvellement en 1743
en fût fort à cœur à l'Angleterre, pourvu que la France
ne s'en emparât pas ; que la France jouerait un grand
rôle dans cette affaire-là, si les Anglais lui en attri-
buaient la médiation, et que Son Éminence s'y com-
portât avec candeur.

C'est cet article qu'on va voir au prochain parlement
d'Angleterre et qui est déjà ouvert, et Walpole y in-

fluant, comme il fait, avec toute autorité par la voie de la corruption, il ne faut pas douter qu'il n'accepte enfin notre médiation, si nous en agissons avec candeur et à l'avantage du commerce anglais. On ne doute pas que la ligue avec l'empereur contre nous ne soit déjà faite, mais conditionnelle et si nous ne cédons sur rien ; mais, dans le cas où la maison de France cédera ou fléchira, Sa Majesté Impériale et ses alliés ne demanderont certes pas mieux que de s'épargner une cruelle guerre.

Il faut croire encore que le contre-coup de ceci retombera sur M. Chauvelin et que le cardinal ne manquera pas de dire qu'il ourdit toutes ces trames dans son exil de Bourges ; que M. de La Mina était son homme ; qu'on sait depuis longtemps tout le crédit qu'il a en Espagne ; qu'on n'y espère qu'en lui, et que le grand moyen de donner le repos à la France est de l'envoyer bien loin, et même de l'enfermer dans une citadelle pour qu'il n'y remue plus avec ses factieux.

Il est certain qu'une guerre générale était fort à craindre et nullement souhaitable après deux années de calamités comme le temps où nous vivons.

Mais n'est-il pas aussi à craindre que, de cette affaire-ci, la réputation de la France et de toute notre maison ne tombe en aussi bas discrédit et plus bas que celui d'où nous nous sommes relevés par la guerre de 1733 ? Les Anglais triompheront avec hauteur, ils diront qu'ils n'ont qu'à se montrer et qu'ils nous humilient là où ils veulent, jusqu'à nous faire sacrifier tous nos ministres. Ces ennemis de nos intérêts, de notre commerce et de notre gloire prendront de ceci *tel avantage qu'ils voudront*, à moins qu'ils ne soient d'une sagesse peu commune à l'homme. D'un autre côté, l'empereur n'en sera pas plus de nos amis pour cela, et ne se fiera jamais au cardinal, à moins qu'il ne voie un prompt succès à l'élection du Grand-Duc comme roi des Romains, et cela par notre influence. Mais la trigauderie ordinaire du cardinal va bientôt prendre la place des bonnes et adroites voies, et peut-être en serons-nous pour notre humiliation et bassesse.

On m'assure cependant que, de ceci, le roi a pris le cardinal dans un renouvellement de crédit plus grand que jamais, et qu'il compte pour beaucoup de lui épargner par sa sagesse une guerre très-fâcheuse. Le cardinal s'est rangé à tout ce que souhaitait Sa Majesté pour ses petits plaisirs et pour l'avantage de sa maîtresse Mme de Mailly, si bien que celle-ci l'aime tout à fait depuis le mariage de sa sœur.

Le roi, dit-on, ne se soucie sur les affaires de son royaume, sinon qu'elles n'aillent pas trop mal et qu'elles ne soient pas en définitif irréparables, et Sa Majesté est résolue à laisser le cardinal mourir dans sa place. Le vieux prêtre a repris toute sa santé depuis qu'il se voit si bien avec son maître, et il se montre pouvoir vivre encore plusieurs années. Il fait assaut d'estomac avec Flamarens, et cela fait croire que, malgré sa joie, il peut crever un beau matin.

Cependant le roi a, dit-on, certains points de vue où il amène le cardinal peu à peu et sans le heurter. On m'a confié sous grand secret qu'il est résolu à donner au cardinal de Rohan tout le secret des affaires du conclave, à la prochaine élection du pape, pour l'ôter au cardinal de Tencin.

Mademoiselle n'est bien ni avec le cardinal, ni avec le roi, ni avec M. Chauvelin. Mésestimée de tous côtés, le roi la traite, dit-on, comme une m.... du Pont-Neuf ; cependant il s'accoutume à elle et il est à craindre qu'elle ne prenne avec Sa Majesté la sorte d'autorité d'habitude qu'a prise le cardinal lui-même, et que Sa Majesté ne fasse dans la suite quantité de choses pour elle, de peur de lui déplaire. Elle a avec le cardinal des conversations de trois heures, pour de mauvais espionnages, et croyant s'attraper tous deux.

Le roi est extrêmement doux, craint d'offenser, redoute les scènes, et rejette tous ceux qui peuvent les causer. C'est par là que M. de La Mina lui a déplu et que Sa Majesté a concouru à sa disgrâce.

On travaille sourdement à marier M. le duc de Chartres avec Madame seconde, et on croit que le roi y est déterminé et achemine les choses peu à peu. En effet, rien n'entrerait mieux dans l'étendue des vues de pacification, puisqu'on verrait par là en Europe que le roi songe plutôt à substituer la branche d'Orléans au dauphin, que la branche d'Espagne, comme toute l'Europe le désire tant. Cependant le roi de Sardaigne y est fort à craindre, car il excite tant qu'il peut à la guerre, où il compte de gagner toujours, et peut-être peut-il demander ce mariage pour son fils, au préjudice de M. le duc de Chartres, pour prix de son suffrage en cette occasion, et le cardinal, craignant ce mariage qui donnerait trop de consistance à la maison d'Orléans, peut saisir cette occasion.

3 *décembre.* — Le renvoi de La Mina a de plus en plus scandalisé le public ; tout le monde a dit : « Eh

quoi ! parce qu'un ambassadeur a demandé audience
particulière à un roi de trente ans, voilà que le vieux
précepteur jaloux cause sa disgrâce. » Certes, cela est
plus impertinent que jamais, et il est certain que ces
audiences secrètes ont marqué la disgrâce de La Mina,
avec cette affectation que, depuis cela, le cardinal refusait de lui parler et ne l'invitait plus à dîner quand il
invitait d'autres ministres étrangers. On accuse M. de
La Mina d'avoir manqué de hauteur en cette occasion,
parce que, voyant ce froid, il avait recherché alors le
cardinal avec quelque empressement ; mais, en vérité,
ne faisait-il pas sa charge en cela, tant que Son Emi-
nence était premier ministre de France ? On croit
même que c'est lui qui a mandé à sa cour qu'il était
brouillé avec le cardinal et qu'il était à Paris en personnage inutile, étant sur ce pied-là, et qu'il avait pris
le parti de se retirer, après avoir ainsi éclaté hautement en plaintes. J'ai vu avant-hier cet ambassadeur
chez lui, et j'ai eu assez long entretien avec lui. Je puis
assurer qu'il parle avec beaucoup de sagesse sur ce qui
le regarde, et, quoiqu'il s'échauffe en parlant des secours que la France doit à l'Espagne en cette occasion,
il écoute cependant avec tout le sang-froid nécessaire
ce qu'on lui expose sur cela des énumérations de parties qu'il n'avait pas considérées d'abord. Il n'a point
encore de successeur nommé. Il y a des gens qui
croient qu'on pourra bien ne lui en pas nommer,
et que l'Espagne commence ici à nous marquer une
froideur qui pourra avoir des suites sur tout ce
qui nous regarde, comme sont les affaires de notre
commerce, et, en fin de compte, l'Espagne pourra bien
s'accommoder brusquement avec l'Angleterre, en re-

nouvelant le traité d'Assiento pour dix ou vingt années,
payant les quatre-vingt-quinze mille livres st. et
convenant d'un règlement pour l'Amérique. L'Espagne
étant conduite par une femme violente, ces besognes-
là vont vite par passion, comme le premier traité de
Vienne, quand nous renvoyâmes l'Infante ; mais après
cela, aussi, attendons-nous à toutes les traverses avec
l'Espagne tant que nous serons gouvernés par ce vieux
lâche de prêtre.

Nous nous trouvons donc peut-être déjà également
exclus de la médiation et par l'Espagne et par l'Angleterre : triste situation, quand nous ne serons plus con-
sidérés ni par la hauteur de nos forces, ni par la réputation de notre franchise ! Quelque issue qu'ait ceci
autrement que par la guerre, considérons encore que
la maison de France va déchoir, par cette affaire-ci, de
la réputation de force acquise par ses lauriers et le
sang répandu dans la dernière guerre. Quelle perte !
car nous et l'Espagne, unis ou désunis, n'en sortirons
que par l'humiliation. C'est un grand malheur que la
guerre, si vous voulez, mais c'en est encore un bien
plus grand de la regarder dans un État comme un si
grand effort à faire : *si vis pacem, para bellum*. Henri IV
obtint quinze ans de paix et une continuelle considération, parce qu'il paraissait toujours prêt à dégainer.
Un État doit toujours être sur la hanche, comme un
homme du monde qui vit parmi des bretteurs et des gens
difficiles à vivre. Telles sont les nations de l'Europe
aujourd'hui plus que jamais, les négociations n'étant
qu'une querelle continuelle entre gens sans mœurs,
hardis à prendre et continuellement avides. Voilà de
quoi ne se cachent pas les puissances d'Europe, quoi-

que les particuliers en soient régis par la religion, la morale et l'honneur.

Cependant il court quelques bruits souterrains d'un événement bien imprévu, qui est que M. Chauvelin va revenir et rentrer subitement dans le ministère, et que le courrier lui en a été dépêché par ordre particulier du roi. Cette nouvelle a été dite par M. L. P. R. C. à sa maîtresse, avant-hier au soir, et elle l'a dite à d'autres. C'est ainsi qu'on sait les nouvelles secrètes à Paris, et qu'on les apprend à la ville, tandis qu'on les ignore à la cour, les courtisans ayant leurs maîtresses à Paris, et l'amour portant à l'indiscrétion. On sut encore dès samedi dernier, par M. A. C., à un dîner à Versailles, qu'il en était question. Plus le roi a redoublé en apparence extérieure d'air de bienveillance envers le cardinal, plus cela peut signifier sa disgrâce; car telle est la manière de nos rois, et Louis XV, élevé dans ces grands principes de dissimulation royale, a déjà montré ce qu'il savait faire, quand il a disgracié M. le Duc, en 1726; jamais il ne lui témoigna tant d'amitié.

Que ce coup serait bien fait et admirable! Sa Majesté, voyant le cardinal au bout de son rôlet et tout prêt à nous déshonorer aux yeux de l'Europe, appellerait à son secours sa véritable ressource, un ministre ferme et habile, capable de montrer à l'Europe qu'on doit craindre la France, et qu'elle prendra, dans ces circonstances-ci, le parti le plus ferme et le plus suivi. En même temps il a consenti à la retraite de M. de La Mina, comme d'un boute-feu trop violent, et, tempérant ainsi le suffrage de la France d'impartialité et de force, la véritable médiation ne viendrait-elle pas à nous échoir? Le rappel du garde des sceaux Chauve-

lin aux affaires nous vaudrait plus en cette circonstance que la levée de trente mille hommes et de
soixante vaisseaux de ligne sous le cardinal décrédité
et décrié comme il est. Peut-être résulterait-il de ceci
une humeur un peu trop guerrière en France, car on
sait où penche sur cela M. Chauvelin; mais ce défaut
serait tempéré par l'habileté à administrer les affaires
du dedans autrement qu'elles ne sont; et alors, dès que
la France pourra employer une vingtaine de millions
de plus par an à la guerre, mettant le fort pour le faible et le temps de paix pour celui de la guerre, tirant
tous les deux ans un homme de plus par chaque paroisse, choses aisées à remplacer par un meilleur soin
des provinces qui se dépeuplent plus en paix sous la
misérable administration présente que sous celle d'un
habile ministre qui fait la guerre; alors, dis-je, vous
pouvez, sans inconvénient, entretenir plus souvent des
guerres nécessaires à votre réputation. Votre noblesse
n'a que ce métier au monde, et il le lui faut; notre cour
n'a de grâce que pendant que le temple de Janus est
ouvert; le brillant de notre monarque est alors, et
certainement M. Chauvelin penche bien à tout ce brillant qui rend un ministre si considérable. Le cardinal
de Richelieu se comporta ainsi : tout son ministère ne
fut qu'une guerre. Nous avons un roi infatigable et
qui se plaît à la fatigue; il montre une hardiesse gaie,
et ne fait que le cas qu'il faut des petits détails de troupes, ce qui peut le faire augurer pour un roi guerrier :
c'est ce qu'on a annoncé aux étrangers à diverses reprises. Et ainsi, Sa Majesté en désire une belle occasion; il n'en trouvera pas de plus magnifique et de plus
juste au fond que celle-ci. Croira-t-on donc, au con-

traire, qu'il va laisser le vieux cardinal avilir la maison
de France au point où il paraît le vouloir faire?

5 *décembre.* — Notre ambassadeur à Londres, M. de
Cambis, vient encore d'être insulté de nouveau. Il n'ose
paraître au milieu d'un peuple animé contre les Français et il court des risques continuels. Ses audiences
du roi et du ministre ne sont remplies que de rebuf-
fades. Bien loin de vouloir écouter notre médiation, on
lui répond durement sur toutes plaintes de nos vaisseaux visités et même *pris*, ce qu'on cache soigneuse-
ment ici; enfin on nous y pousse à la guerre avec plus
de suite que M. Chauvelin n'y a jamais encouragé Son
Éminence en 1733, quand la guerre a été plus à propos et de nécessité.

Que n'a pas à dire l'Espagne sur notre alliance et
la nature de notre assistance, après nous avoir secou-
rus si généralement et si vertement, quand il a été question de repousser l'insulte faite au roi Stanislas? Combien ce cas-ci est-il plus urgent pour l'Espagne et pour
nous, étant réduits à nous cacher dans nos ports et
voir détruire tout notre commerce pour y substituer
l'Angleterre! L'Espagne peut-être en perte actuellement de la Havane ou de quelque pays riche et considérable en Amérique. Enfin où n'en est-elle pas
réduite par de pressants besoins de secours, pour sacrifier, comme elle vient de le faire, son meilleur
ambassadeur, M. de La Mina, à la très-grande sottise
de Son Éminence, parce que cet ambassadeur sollicitait ces secours avec trop d'importunité!

Le cardinal pousse si loin cette haute sottise qu'il
plaisante devant les courtisans de la disgrâce de ce

ministre ; il disait l'autre jour que depuis qu'il était en France, il avait reçu quatre ordres, celui de la Toison, de saint Janvier, du Saint-Esprit, et l'ordre de se retirer.

Froides railleries quand toutes les fautes et l'infamie sont de notre côté. Où sont les ressources de ce grand politique ? Qui ne voit que notre couronne va déchoir de toute gloire et de tout honneur sous son ministère ? A peine la moindre république osera-t-elle se réclamer de notre protection.

Le pont aux ânes, la moindre vue voulait que nous montrassions les dents aux Anglais et à leur ligue, à l'instant qu'ils ont voulu faire injustice à l'Espagne. Il eût fallu, il faudrait se défier de l'empereur qui ne poursuit que son intérêt là où il se trouve, et qui changera dix fois d'alliance dans vingt ans, s'il le faut. Il eût fallu resserrer nos nœuds avec l'Espagne, faire cause commune, doubler les subsides de Suède et rechercher l'amitié des princes de l'empire. C'est par ces contre-batteries qu'on mine les desseins de ses ennemis, et non par les sophismes, par les supplications et par la fausse amitié.

Il y a longtemps que je me suis fait ce principe : vivez avec l'Espagne comme avec un frère d'humeur différente à la nôtre ; ne donnez point dans les guerres d'ambition comme sont ses vues sur l'Italie ; que tout soit alors contradiction au dehors, mais que tout soit tendresse au dedans pour la soutenir quand on l'opprime. Elle est opprimée, on lui fait injustice en Amérique ; soutenez-la donc ici de toutes vos forces, et ne craignez pas l'envie universelle dont on vous menace, quand vous aurez la justice pour vous.

7 *décembre*. — Il s'est tenu hier une assemblée extraordinaire de ministres chez M. le cardinal (mais non devant le roi qu'on affecte de plus en plus d'éloigner de ses affaires), et là, on a délibéré avec affectation sur ce qu'il y a à faire pour se préparer à la guerre, tant par mer que par terre, afin que chacun proposât les choses de son département. Le cardinal croit que ces préparatifs sérieux vont faire grand'peur à l'Angleterre et à l'empereur ; mais ce jeu de mines lui est trop étranger pour que cela fasse l'effet promis, et on croit Son Éminence trop portée à la résolution d'accommoder ces différends, même avec la plus grande bassesse et humiliation pour la maison de France.

D'un autre côté, on ne parle que de la misère des provinces qui s'exténuent de plus en plus. Les grains enchérissent et on parle d'une famine de pain pour ces Pâques, où nos pauvres Français jeûneront sérieusement, tandis que les receveurs généraux viennent de faire une remontrance fort sérieuse, comme pour rompre la glace, tendant à diminuer les tailles de leurs recettes qu'ils ne peuvent plus lever sur le pied où elles sont.

8 *décembre*. — M. Hérault, lieutenant général de police, se meurt d'une irruption de bile qui s'augmente plus on l'évacue : tout se tourne chez lui en ce liquide. On l'attribue à un grand chagrin, de n'avoir pas été soutenu par Son Éminence, sur une insulte et mauvais traitement qu'il a essuyés du duc de Gramont, dans l'appartement même du cardinal. Ce magistrat avait ordonné trop cavalièrement de congédier un soldat aux gardes de la compagnie de Valon, ne-

veu du chevalier de Rochepierre. Valon a été se plaindre à son colonel, le duc de Gramont, qui a,
comme je dis, maltraité le magistrat avec des paroles
inouïes.

Retournons aux grandes affaires. Les politiques ne
parlent que de la situation extrême où nous nous
trouvons, et plus le cardinal marque de la tranquillité
et de l'indifférence, plus il est à croire qu'il ne connaît pas le danger de guerre générale ou de déshonneur extrême.

On n'obtient pas la paix quand on veut, même la
plus humiliante, quand on s'est laissé acculer dans
l'état de poltronnerie, et ses ennemis dans celui de
force, d'avantage et de hauteur. Je ne sais qui répondit si bien sur un cas extrême du commencement de
ce siècle. On disait : « Je voudrais voir comment
s'en tirerait le cardinal de Richelieu. » Et quelqu'un,
vieux politique expérimenté, répondit : *C'est qu'il
ne s'y serait pas mis.*

Quand Louis XIV accepta, du haut de sa puissance
et de ses succès, la couronne d'Espagne pour Philippe V, il voulut tout garder, Pays-Bas, Italie : et
même il fit des actes contraires à toutes renonciations
respectives. Il prétendit conserver à la branche d'Espagne le droit de succéder à la couronne de France,
et, par là, il tendait évidemment à réunir un jour les
deux royaumes. Alors il eût pu accommoder l'affaire,
en cédant seulement une barrière aux Hollandais et
quelque lieu en Italie. Trois ans après, il n'en eût pas
été quitte pour céder les Pays-Bas et l'Italie ; trois autres années après, on lui demandait pour conditions de
la paix de tourner ses armes contre son petit-fils, et

enfin ses ennemis prétendaient sérieusement partager le royaume en quatre parts, quand heureusement l'Angleterre se détacha de l'alliance et nous gagnâmes la bataille de Denain.

Je dis donc que ce printemps il était temps pour nous et pour l'Espagne d'accommoder l'affaire d'Angleterre, en payant quatre-vingt-quinze mille livres sterling. Nous devions y obliger l'Espagne, dès que nous ne voulons pas entrer en une guerre ambitieuse; nous devions plutôt surseoir aux mariages, ou y mettre cette condition de s'accommoder; au lieu de cela, le cardinal a cajolé l'Espagne; il a cru finir glorieusement son ministère par un rapatriage éclatant avec l'Espagne; il n'avait aucun dessein de tenir ses promesses, et l'hostilité dont il menaçait l'Angleterre par notre faux air d'union s'est bornée en une vaine démonstration. Ainsi l'air avantageux des Espagnols et notre faiblesse, tout cela a également tourné contre l'alliance.

Dans cette situation, sommes-nous les maîtres d'obtenir la paix, même la plus déshonorante? L'Angleterre, l'empereur et la czarine veulent suivre cette guerre qui nous abaissera; ils croient en avoir trouvé le moment. Croit-on avec bon sens qu'on obtienne même le déshonneur que le cardinal recherche?

Le renvoi de M. de La Mina est d'une mauvaise politique; il est contre le jeu de mines qui pourrait absolument être la parade de ce coup-ci.

9 *décembre.* — Un secrétaire du prince de Lichtenstein a dit à un de ses amis qui est des miens : « Monsieur, jamais la France n'a cherché à nuire à la

maison d'Autriche comme depuis l'amitié liée avec votre cardinal. Ce prêtre est cause de tous les ruisseaux
de sang que nous avons répandus depuis deux ans.
Son marquis de Villeneuve, votre ambassadeur à la
Porte, est plus Ottoman que chrétien ; c'est lui qui,
sous prétexte de médiation, excitait perpétuellement
le grand visir à continuer la guerre et à redoubler ses
efforts ; c'est ce qui nous a obligés à nous amener
nous-mêmes pour faire la paix aux conditions que
vous avez vues. »

M. du Theil me disait l'autre jour un grand mot,
parlant de la fausse réputation de droiture que
s'était donnée le cardinal : *Cela n'a qu'un temps*, di-
sait-il.

10 *décembre*. — Je tiens ce qui suit d'une conversation avec le chevalier de Bellisle, qu'a eue un de
nos amis communs, qui me l'a rendue presque sur-le-
champ. On sait que les Bellisle sont aujourd'hui dans
le tiers parti à la cour, c'est-à-dire de celui des ministres : qu'ils sont presque également mal avec le cardinal et avec M. Chauvelin ; qu'ils ont voulu se lier avec
Bachelier ; mais cela n'a pas eu de succès, à cause de
leur mal avec M. Chauvelin. L'aîné reste l'hiver à
Metz, à cause de l'extrémité où est sa femme ; le chevalier est ici chargé des affaires de son frère, et intrigue tout au mieux, avec autant de bon sens que d'activité ; mais si leur affaire d'intrigue est gâtée sans remède par de fausses mesures, il faut se retrancher sur
leur mérite, dont ils sont à la vérité suffisamment
pourvus.

Selon lui donc, on doit penser que le cardinal ne

restera pas longtemps en place et que le roi va le chasser. Il a gagné tant d'exemptions qu'il n'y a plus qu'un petit saut à faire pour s'exempter totalement. Il lui a déclaré si net de ne se plus mêler de ses voyages, de ses plaisirs et de ses amours, que l'article de ses affaires ne peut subsister longtemps, allant surtout aussi mal qu'il va.

Depuis peu, dit-il, les ministres se sont réunis et liés ensemble de telle sorte qu'ils commencent à entrevoir la possibilité de renvoyer le cardinal. Ils ont banni leurs jalousies; ils croient marcher de front désormais, et rompre, en se communiquant, toute division pour soutenir l'un au préjudice de l'autre. M. Orry, surtout, est étroitement lié avec M. d'Angervilliers, M. Amelot est entièrement soumis à M. de Maurepas, e celui-ci, se voyant mal avec tous les autres partis de la cour, revient à ce centre et y joint fortement sa créature, M. Amelot.

On vante avec affectation le bien qui résulte de leur assemblée hebdomadaire, et comme quoi elle a produit si lestement la conquête de la Corse. Ils se prétendent à eux quatre doués de grande sagesse et suffisance. On répand cela, et cela va au roi par les femmes et par quelques mémoires qu'ils peuvent lâcher et lui faire remettre. Ils lui font accroire que, par cette assemblée, ils dirigeront le royaume sans lui donner de peine ni de travail et qu'il paraîtra gouverner à l'imitation du feu roi, sans premier ministre.

Par là, ils croient éviter le danger de reprendre M. Chauvelin, surtout dans ces temps-ci de crise et de guerre.

En effet, leur système sur la guerre présente de

l'Angleterre et de l'Espagne est de lasser les puissances
armées, par le temps, les délais et l'inaction. Ils prétendent que l'inaction lassera les haines ; ils montrent
la grande unanimité de leurs assemblées par l'avis
concerté de M. Orry qui enchérit de cinq hommes au
lieu de deux hommes l'augmentation proposée pour
la guerre.

Ils prétendent faire passer à Vienne ce concert de
leurs suffrages comme une attente solide de notre
gouvernement à qui l'on peut se fier présentement, au
lieu des fourberies et du grand âge du cardinal, ou
des passions espagnoles de M. Chauvelin.

Certes ce système *de lasser les haines* est celui du
cardinal, s'il en a un ; mais il est impossible, avec la
vivacité dont les Anglais procèdent à ceci, et ils vont
prendre des provinces en Amérique aux Espagnols si
on n'y accourt, car Walpole prévoyait cette ruse.

Le cardinal ne pouvant pas mener ce plan à bonne
fin les y traversera, et il faut croire que ses créatures
à lui le traverseront et vont se hâter de le culbuter.

M. Orry a quelque bon esprit, son frère est grand
pillard : quelques amis subalternes qu'il a font des
affaires, mais cela produit moins de déprédations, en
total, que quand toute la cour s'en mêle sous un contrôleur général plus gracieux. Mais il est lourd et sans
capacité aucune pour rétablir le royaume, il s'en éloigne
même.

M. Amelot, extrêmement borné et ne raisonnant
jamais, est aussi tout insuffisant dans sa besogne ; les
vues de M. de Maurepas ne suffiront pas à l'éclairer.

Ils étaient convenus d'une de leurs créatures pour

remplacer M. d'Angervilliers s'il était venu à mourir en octobre dernier.

C'est donc un quatuorvirat dont nous sommes menacés, car M. le chancelier, ni le petit Saint-Florentin ne sont pour rien dans tout ceci.

Ils font entendre au roi que le cardinal ne peut plus travailler, que les affaires languissent, qu'il radote, qu'il met partout de l'humeur et de la faiblesse et de la réputation de fourberie, ce qui leur nuit au lieu de servir, et que tout irait bien s'ils s'en mêlaient seuls. Par là, je crois qu'ils battent le buisson et que d'autres attraperont les oiseaux; ils servent Bachelier et M. Chauvelin.

Ils gagneront aussi quelques suffrages des amis du Chauvelin en leur disant : « Nous allons toujours vous défaire du cardinal, c'est une partie de ce que vous demandiez, c'est beaucoup pour vos fortunes. »

11 *décembre.* — Bachelier est devenu plus boutonné que jamais avec tout ce qu'il a de plus cher au monde. Qu'est-ce que cela veut dire? car sa faveur est augmentée au lieu d'avoir diminué: c'est que le roi se montre plus amoureux du secret et plus fâché quand on y manque qu'il n'a jamais été. Cependant le peu qui a transpiré de lui ces jours-ci, c'est que M. de La Mina s'y est, dit-il, mal pris; qu'il a voulu pénétrer le roi, et, qui pis est, il a marqué qu'il le pénétrait, en quoi il a confondu quelques vérités avec beaucoup de présomption. Cependant on travaille sous main à adoucir sa disgrâce; elle a été demandée par le cardinal seul, et le roi n'y a mis et n'y met la résistance

nécessaire que selon l'impénétrabilité mystérieuse de
ses desseins si recommandée chez Bachelier. On compare, sur cela, la rupture de mon ambassade en Portugal
commandée par Sa Majesté et exécutée, comme elle l'a
été, sans que le roi y parût pour rien, avec la grossière
conduite dudit M. de La Mina, et on élève l'une pour
abaisser l'autre. Cependant, comme je dis, le roi recule et va reculer le départ de M. de La Mina peu à
peu et sous divers prétextes. Ce qui paraît extérieurement, c'est que cet ambassadeur espagnol devait, dit-
on, partir d'abord dans les vingt-quatre heures, puis
en décembre, puis il a dû être reçu, et le sera, chevalier
de l'Ordre en forme à la cérémonie du jour de l'an;
enfin il ne partira qu'en février. Voilà le dernier état.
Ce qui paraît encore extérieurement, c'est qu'on a
contremandé de vendre ses équipages et meubles, et
on ne vend plus rien chez lui. Son successeur n'est pas
nommé, et tout se recule et se reculera avec le départ
de l'un et l'arrivée de l'autre. On sait encore de lui
que depuis quinze jours M. Hérault, aidé de mon frère,
par ordre du cardinal, et M. Amelot, ne font autre chose
et ne s'occupent de rien qu'à découvrir les liaisons de
M. de La Mina. Que d'espions en campagne! On a
prétendu trouver de grandes correspondances avec
M. Chauvelin, et on y échoue. Le roi se rit de tous ces
efforts. On a prétendu aussi y fourrer Bachelier, et il
a encore plus de quoi s'en rire. Il parle, sur cela, de
M. Chauvelin comme d'un homme qui est cher au roi,
et que rien ne pourra désormais renverser dans son
esprit. Mais qu'est-ce que mon frère va chercher dans
ces maudits espionnages et travail de conjectures pour
flatter les passions d'un vieillard à qui le roi résiste de

cœur, si ce n'est pas de démarches extérieures ? C'est sans doute à ce moment de confiance qu'il faut attribuer un air subit de ministre et d'importance qu'a pris mondit frère. On m'assurait que toute sa maison affectait un air de future grandeur, et que l'état de son fils en devenait plus mystérieux que jamais. Une petite anecdote qui a encore échappé à Bachelier, c'est que la dernière fois que M. de La Mina obtint audience de Sa Majesté, il trouva le roi écrivant sur la même table avec ledit Bachelier.

— L'ambassadeur de Portugal a dit avant-hier : « Oui la paix se fera, et tout comme l'Angleterre le voudra. Croira-t-on qu'elle ait mis tant de forces en mer contre des nations qui n'en ont aucune, pour ne pas obtenir ce qui lui convient ? Ainsi, on ne visitera plus ses vaisseaux en mer. » On lui a répondu : « C'est donc à dire que les Anglais feront toutes les fraudes qu'ils voudront dans l'Amérique espagnole, sans qu'on puisse désormis les réprimer ? — Oui, sans doute, » a-t-il dit. Il a parlé sur cela avec une joie et une hauteur qui sentent autant l'amitié et la confiance que le Portugal accorde aux Anglais, que cela sent le mépris pour la nation française et pour l'espagnole. Eh quoi ! souffrira-t-on plus longtemps un tel mépris et une telle opinion de nous ? Quel est le Français à qui le sang ne bouille pas dans les veines d'entendre parler d'une paix si honteuse que celle dont se flatte un gouvernement aussi bas que celui du cardinal de Fleury ? Il se rit de notre situation, il est content de sa finesse, croyant attirer sur les Anglais une prochaine envie de leur commerce frauduleux de toutes parts, et, pendant ce temps-là, les ruiner; il ne voit pas les réponses à faire sur ces deux chefs.

13 *décembre*. — Il est pitoyable de voir le peu de suite de nos Français en raisonnement. On disait, pendant notre guerre générale de 1733, que les Anglais et Hollandais n'avaient garde de s'y fourrer; que ces nations étaient trop endettées nationalement; que nous rétablirions Dunkerque, et que nos armateurs seuls les ruineraient, sans parler de ce que nous pousserions le Prétendant contre eux.

Alors nous étions en guerre d'ailleurs. Aujourd'hui nous voilà, l'Espagne et nous, contre les Anglais seuls; nous tremblons, nous reculons, nous nous déshonorons. Personne n'en rend raison, et nos plus beaux raisonneurs continuent à parler de leurs dettes nationales comme bien plus considérables que les nôtres, par comparaison à l'étendue des deux royaumes. Je réponds à cela qu'il faut toujours distinguer le fisc d'avec les richesses des particuliers. Aujourd'hui, en France, le fisc a quelque arrangement qui met les dépenses au niveau des recettes en payant bien les arrérages des dettes nationales ou fiscales, et, avec cela, le roi peut mettre quelque chose en guerre, en augmentant les impôts, et qui se retranche ensuite au soulagement du peuple quand la paix est faite. Mais les particuliers sont épuisés et leur épuisement augmente chaque jour, même en temps de soulagement. Nos impôts sont cruels; ils ont toujours pour tarif cet arbitraire qui ôte aux particuliers l'esprit de propriétaires dans leurs biens, qui les décourage et tarit toute ressource d'industrie et de labeur.

En Angleterre, au contraire, le fisc est en mauvais état, si vous voulez, mais les particuliers y sont augmentés et y augmentent de plus en plus d'opulence, d'industrie et de labeur. Il ne s'agit que de mettre en mouvement leur volonté, et elle y est tout entière depuis qu'il s'agit d'une guerre nationale et de commerce demandée avec tant d'ardeur par les peuples, et que le ministère s'est laissé arracher comme au prix de sa disgrâce, s'il ne l'avait pas accordée, quoiqu'il eût à la souhaiter, puisqu'elle va faire sa gloire et sa grandeur.

Tels nous étions à peu près quand M. Colbert administra les finances après M. Fouquet : alors le fisc était mal arrangé, mais les particuliers étaient riches par le peu d'autorité d'un ministère craintif, au milieu des guerres civiles et des troubles de la minorité.

Et que l'on compare nos efforts, chez cette nation si puissante et si bien arrangée, dit-on, au prix des Anglais, on verra que nous ne demandons, que nous ne continuons même la levée des revenus royaux ordinaires, que par un épuisement affreux des provinces ; que déjà elles sont dépeuplées et se dépeuplent de plus en plus ; que les hommes y meurent comme mouches ; que le commerce s'oublie, et les consommations deviennent à rien.

Au contraire, les Anglais fournissent au fisc les subsides demandés et énormes sur des consommations de boissons qui ne laissent pas d'augmenter ; le peuple augmente, les manufactures vont bien et le commerce étranger va de mieux en mieux. De quoi donc nous réjouissons-nous en disant que nos voisins s'épuisent, puisque leur temps d'armement n'approche

pas du mauvais effet de nos temps de désarme-
ment?

— Depuis huit jours, on est dans une sécurité parfaite à la cour et à la ville, et toute confiance s'est
élevée en faveur de M. le cardinal; on le regarde
comme un dieu sur terre, on assure que sa sagesse est
bien profonde et qu'il va nous donner une paix sage;
qu'il est aimé de son maître; que tout doit fléchir devant lui et que nous n'avons plus aucuns torts avec
l'Espagne. Oh! ma nation trop aimable et trop légère!

M. de La Mina, m'apprend-t-on, a eu tous les torts
possibles, il n'a rien dit de serré au roi dans ses audiences particulières, il dispute seulement sur la nécessité d'accorder à l'Espagne les secours demandés
avant de conclure un traité de commerce dont il était
alors question. On m'apprend, comme un grand secret,
qu'actuellement nous disputons sur ce point-là, et que
nous n'avons aucun tort à cela. Nous voulons tenir ce
traité de commerce avant de secourir l'Espagne.

Mais quelle honte qu'une telle dureté de stipulation,
et d'apposer cette condition qui bannit toute générosité entre deux nations, je ne dis pas gouvernées par
des princes de la même maison, mais qui seraient de
simples alliées!

Cependant les Anglais triomphent et se moquent
non-seulement de l'Espagne, mais de la France; il y a
eu déjà des commencements de querelle sur cela entre
particuliers. Ils ont construit un grand vaisseau où l'on
voit des Français enchaînés. Le roi en parla dernière-
ment en soupant; le marquis d'Antin y était; un officier

de marine qui était derrière le fauteuil du roi ne put
s'empêcher de dire que, si Sa Majesté ordonnait, le
marquis d'Antin irait le brûler et qu'il l'accompagne-
rait : le roi baissa les yeux. Les lettres de Londres, les
discours de ces coquins d'Anglais ne roulent que sur
notre humiliation et leur menace contre nous. Qui ne
gémit d'un tel état pour notre nation ? Est-ce là le cas
de la prudence ?

M. d'Angervilliers n'étant pas mieux, il est toujours
question d'un choix pour sa place ; M. Orry la brigue
et prétend être nommé secrétaire d'état de la guerre,
à cause qu'il a été capitaine de cavalerie, et on croit
que la grande sottise du cardinal la lui assure.

14 décembre. — Le cardinal ne sera jamais qu'un
mauvais et perpétuel faiseur de transactions et qu'un
palliateur des défauts du gouvernement, quand il aura
introduit lui-même ces défauts. C'est ainsi qu'il pallie
les affaires avec le parlement, en l'adoucissant aujour-
d'hui quand il se fâche.

Il ne fait plus que quelques coups fourrés dans les
affaires du jansénisme.

La misère s'élevant dans nos provinces, il y envoie
quelques modiques secours qu'il promet longtemps,
comme du riz, quelque diminution de tailles, quelques
fonds pour travailler aux chemins ; mais tout cela
n'empêche pas la misère et l'épuisement de s'augmenter. On la déguise à Paris, et voilà tout ce que cherche
le ministère.

On apprend que la famine va recommencer dans la
plupart des provinces ; à peine la récolte y a-t-elle été
finie, que les recouvrements ont recommencé avec

plus de fureur que jamais. La maladie et le dépeuple-
ment reprennent, et on annonce une cherté excessive
pour le printemps.

Cependant je ne vois que des gens enragés pour le
parti du cardinal, qui s'y jettent et s'y tiennent de plus
en plus à corps perdu. On disait l'autre jour à mon
frère : « Vous vous étiez préparé à la mort du régent
auprès de qui vous étiez en faveur, quoique sa mort
subite l'ait pris à l'âge de cinquante ans, et vous serez
tout surpris et déconcerté de celle du cardinal qui en
a quatre-vingt-dix. »

15 *décembre*. — On a beau se moquer à la cour de
la personne des ministres, cependant tout roule sur
eux, sur leur déplacement ou élévation. Ce sont là les
guerres de cour, les conquêtes, les défaites, les batailles
et les siéges, la cabale qui déplace, l'intrigue qui avance
vers le ministre, et tout cela se fait en vue de l'argent :
car on ne doute pas qu'un ministre placé de votre
main, ou bien auquel vous avez contribué, ou, si vous
avez nui au disgracié dont il occupe la place, on ne
doute pas, dis-je, que celui-là ne vous fasse faire des
affaires et ne serve injustement à votre fortune par des
grâces iniques et passe-droits, et ces places et grâces
rapportent de l'argent. Ceux dont on fait les ministres
sont d'une espèce extraordinaire : on ne les devine pas
avant qu'ils parviennent, ou on devine tous autres que
ceux destinés par le sort, car on va chercher sa con-
jecture dans les gens du conseil qui ont le plus de
talents ou de naissance, et point du tout, ce sont les
plus sots et les plus obscurs qui arrivent à la fortune,
comme les louves choisissent les loups les plus laids.

Mais ils ont un mérite caché, ces élus; ils se trouvent
être gens d'une intrigue plus fine et plus déliée, et
certes il faut avoir eu plus d'habileté que d'autres à ce
jeu pour avoir gagné les rivaux. Ainsi, ils se montrent
ensuite, dans leurs places, gens à trames plus sourdes
en toutes choses, et de jour en jour naturalisent la
dissimulation italienne chez un peuple qui en est
aussi éloigné que les premiers Romains l'étaient des
mœurs des Sybarites; les ministres inspirent à la
cour la plus sublime fourberie, et ceux de la cour
soufflent cet esprit dans la ville. Ainsi bientôt tout ce
qui sera poli sera fourbe. De ces mœurs il suit encore
qu'on est plus attaché au gros de l'arbre, et que, plus
on respecte les sottises et les folies de l'homme en
place, plus on marque sa crainte servile, moins on est
capable de le déplacer par bonne voie qui est par voie
ouverte; mais on n'y va qu'à la sape la moins périlleuse, on laisse au peuple le soin de crier haut contre
le ministère et on applaudit à ces murmures comme
ceux des premières loges à l'Opéra regardent dans le
parterre ces flux et pousseries dans les représentations
courues; à ce spectacle tumultueux, leur indifférence
est mêlée de quelque crainte pour les reins qui peuvent
en craquer, mais toujours avec joie du peu de police
qu'il y a et de ce qu'ils voient ces souffrances en sûreté.
Avec cela, la légèreté et la violence de l'imagination
française nous fait passer subitement du mépris à la
confiance. Aux traits qui amènent l'une ou l'autre de
ces affections nous en joignons cent autres du passé et
encore plus de l'avenir que nous fournissent notre
mémoire et notre goût pour la prophétie plutôt que
pour la prévoyance. Un homme sage et autorisé donne

aisément le change sur toutes ces petites révolutions
de la cour.

Je dis donc que la nôtre y est livrée plus que jamais,
et que l'on ne comprendra jamais quels mouvements
de faveur et discrédit l'on voit à nos ministres, à commencer par le cardinal, si l'on en croit les discours
des courtisans ; et que tout cela vient, ou d'une très-
profonde dissimulation du roi, avec un dessein systé-
matique toujours constant sur la disposition de son
ministère, ou bien d'une très-grande sottise et encore
plus incroyable de Sa Majesté, qui montre cependant
de l'esprit en toute autre chose que l'autorité extérieure.

On donne le change à tout moment pour écarter
la pénétration de certaines gens, et le Chauvelin flatte
encore Sa Majesté par cet article de la profonde et
mystérieuse dissimulation qui est la passion de notre
monarque.

On a souffert le cardinal, M. de Tencin ; mais on le
rive à Rome : on vient de l'y déclarer chargé d'affaires, outre M. de Saint-Aignan qui reste toujours ambassadeur.

On a permis le renvoi de M. de La Mina, qu'avait
fait solliciter le cardinal ; mais, peu à peu, on prolonge
son séjour à Paris, et cela pourra se tourner en définitif.

Bachelier se tient plus clos que jamais, et à peine
salue-t-il les courtisans. Il se tait surtout avec ses
meilleurs amis et avec ceux à qui il a confié le plus de
choses ci-devant sur l'intime confiance du roi ; on
efface jusqu'aux traces de cette relation d'affaires, et
tant de gens aujourd'hui doutent que la faveur de Ba-

chelier continue, qu'on le croit prêt à succomber sous de nouvelles persécutions du cardinal.

Cependant qui y réfléchira un peu mûrement dira : Mais quelle est donc la sécurité du roi ? Quel est son plan après la mort du cardinal ? (car il en a un, et c'est trop donner dans le change que de croire qu'il suivra le torrent des mauvaises habitudes laissées par ce ministre.) Quels sont ces conseils invisibles dont on sent l'influence autour de Sa Majesté, sans pouvoir les définir ? Enfin quelle faveur peut avoir ledit Bachelier auprès de son maître, si cela se réduisait à la simple intrigue de Mme de Mailly, intrigue qui a si peu besoin de ministre ?

Mais voici le complet de cette singulière dissimulation.

On ne parle aujourd'hui à la cour que du grand pouvoir de M. Orry et du grand goût du roi pour ce médiocre ministre, si décrié et si haï à la cour, à la ville et dans les provinces. On assure partout qu'il a donné tout à travers le cœur du roi, qu'il est l'homme qu'il lui faut, ayant argent tout prêt d'abord pour bâtiments, marine et guerre ; que cet homme-là a plus d'esprit qu'on ne croit ; que c'est un délié courtisan, ferme, tranquille, se servant des brigues en homme qui veut arriver à ses fins et qui y arrive ; que M. Hérault s'est donné à lui corps et âme, et qu'il le sert comme on n'a jamais servi personne. Aussi M. Orry prétend-il le faire incessamment contrôleur-général.

On travaille, dit-on, rudement à déposséder M. d'Angervilliers, à cause de sa mauvaise santé, et M. Orry cherche à devenir au plus tôt secrétaire d'É-

tat de la guerre. Comme c'est de lui que viennent les
grandes difficultés sur ce qu'on appelle faire *un pont
d'or*, il les fera cesser et offrira merveille pour tenter
le d'Angervilliers. On lui donnera une somme, une
grosse pension, une encore plus grosse à Mme d'Angervilliers, et, enfin, une plus grosse encore à Mme de
Ruffec, leur fille. On fera faire une affaire à la maréchale de Villars, qui le gouverne par la supériorité
de son esprit.

Par là, voilà M. Orry ministre de la guerre; il évite
l'animosité du public et des provinces qui sont prêtes
à succomber, où la famine va régner dans deux mois,
et où les exactions financières ont recommencé avec
plus de fureur et d'inhumanité que jamais, dès le lendemain de la récolte. Il fera tomber ces malédictions
sur un autre, comme sur le bouc Azaël.

M. Orry a pour lui, dans ce nouveau métier, d'a-
voir été capitaine de cavalerie avec succès. Il se fera
haïr des officiers, mais c'est ce qu'on cherche; il est
homme de règle et de sincérité, comme il faut tant
pour la discipline militaire.

Par là, il vise à se faire premier ministre, étant si
fort dans le cœur du roi; car remarquez qu'il se
rend maître de la finance et de la guerre.

Il mettra aux finances un homme de paille, soit
M. Hérault, qui est de plus un homme prêt à se faire
empailler, car il n'y a plus personne au logis. Je viens
de le voir; il a *facies hippocratica*, livide et les yeux
fixes, la gueule béante et dégoûtante, la bile et le
flegme dégouttent par les pores de son visage. Soit que
M. Hérault en meure, soit qu'il marche aux finances, on commettra à la police M. de Barentin, gendre

de M. d'Ormesson, qui tient par le chancelier et par les sots dont il est lui-même; mais il a beaucoup plu à M. Hérault, pendant sa commission de l'Arsenal, où il s'est montré grand criminaliste.

Si la santé de M. Hérault ne lui permet pas de se charger de la finance, on y songe pour M. Trudaine, homme dur et grand formaliste, lequel est, de plus, beaucoup au goût du cardinal.

Voilà le projet, et voilà ce que croient tant les gens d'esprit que les sots, quoi qu'en murmure la patrie, tant on est porté à croire à la persistance continuelle de ce qu'on voit depuis plusieurs années, et tant notre roi se soucie peu encore d'établir sa réputation ! Il n'y a que le seul moyen de médire du roi qui puisse faire parler Bachelier; il n'y tient pas, et alors il est prêt à déclarer tous ses secrets.

17 décembre. — Le bruit a été plus grand que jamais dans Paris du changement dans le ministère dont je viens de parler; et, en effet, m'étant informé du vrai par gens qui savent bien ce qui se passe, j'ai su que ce bruit avait pour objet de faire abdiquer M. d'Angervilliers, en lui donnant une très-grosse pension; qu'il conserverait sa place de ministre avec un logement à Versailles, et que Mme sa femme et sa fille auraient aussi des pensions considérables sur leurs têtes; que M. Orry serait secrétaire d'État de la guerre, et M. Hérault contrôleur général, et que M. de Barentin serait lieutenant de police.

Il est donc vrai que nos ministres ont, depuis quelques jours, extrêmement échauffé le cardinal sur ce beau projet, et que Son Éminence en meurt d'envie. On a ga-

gné Mme d'Angervilliers, qui y pousse beaucoup son
époux ; la maréchale de Villars commence à le souhaiter pour le repos et le bonheur de son ami ; mais
Mme de Ruffec, sa fille, n'y consent pas, et le sujet véritable, M. d'Angervilliers, ne le veut pas absolument.
On ne sait pas pourquoi : car ce qu'on a déjà voulu
de soi-même deux ou trois fois et avec des conditions
moins favorables, comment n'y souscrit-on pas une
quatrième fois, quand on vous y exhorte tant, si ce
n'est par le penchant naturel qu'ont les hommes à la
contradiction, et à préférer leurs caprices aux conseils ? Une autre raison meilleure, c'est que cette abdication, pour mauvaise santé et à la suite d'une grande
maladie, sent la mort prochaine, au lieu que la persé-
vérance dans une charge laborieuse sent l'homme vi-
goureux et le jeune homme, surtout étant menacés de
la guerre comme nous le sommes. Il arrive donc que,
depuis qu'on parle tant de cette abdication, M. d'Angervilliers ne parle à table et devant ceux qui l'approchent que de sa bonne santé, disant qu'elle n'a jamais
été meilleure ; que la fièvre qu'il vient d'avoir lui a
conservé tout ce qu'il avait d'humeurs dans la poitrine et l'a préservé de nouveaux tubercules qu'il aurait eus ; que depuis cela il se sent propre au travail
comme à trente ans ; qu'il aime les affaires ; qu'il
compte de suivre le roi à l'armée, si Sa Majesté y allait, et autres gros discours affectés.

Il pourrait se faire que le roi lui eût fait insinuer
secrètement qu'il tienne bon.

Un autre homme, bien instruit de tout par M. de C.,
m'a dit que jamais personne n'a été plus amateur de
la dissimulation que le roi ; que Sa Majesté songe, du

matin au soir, à exercer cette qualité, en cachant tout
ce qu'il veut le plus fort. Convenons que, dès que cette
pratique a pour vue le bien, elle est vertu, et qu'elle n'é-
tait vice dans Tibère ou dans Louis XI que parce qu'elle
n'avait pour objet que la tyrannie, la cruauté et l'injustice. Louis XV donc se travaille du matin pour *dissimuler;* il ne dit pas une parole, ne fait pas un geste,
une démarche que pour cacher ce qu'il veut et pour
donner le change; on m'en a conté un trait qui était
pour conférer au petit Coigny sa place de gouverneur de
Choisy. Le roi le mit au point de lui demander cette
place; il reçut sa demande avec assez de faveur
pour l'amener à la faire solliciter par le cardinal;
ensuite le roi reçut mal Coigny et fit mine de l'exclure.
Coigny parut bouder, le roi s'en aperçut et s'en réjouit; il le radoucit, et enfin, à l'heure que Coigny y
pensait le moins, le roi, devant tous ses courtisans,
l'appela et le nomma.

Qu'en sera-t-il donc de ce dessein des ministres et
du cardinal pour le mouvement dans le ministère,
dont on parle tant, que chacun dans Paris croit la
chose faite? Il est constant que ce dessein ne va qu'à
fermer de plus en plus les barrières de rentrée au ministère contre M. Chauvelin et ses amis. A-t-on oublié tous les griefs si récents contre M. Orry, dont re-
tentissaient la cour et la ville il n'y a pas trois mois?
l'affaire des ports, les passe-ports de blés, la famine, la
ruine des provinces, sa dureté, sa brutalité, son ignorance, son imprévoyance, son entêtement contre le
mauvais état des provinces, sa malhabileté en tout,
les friponneries de son frère et de toute sa famille, les
pertes immenses au jeu de M. et de Mme de Fulvy et

leur facilité à les payer, son mensonge sur cela, sa noirceur et son ingratitude de fripon contre M. Chauvelin,
le roi étant le premier à le maltraiter à la suite de
tant de choses? Par où se serait-il rétabli si hautement dans la faveur de Sa Majesté? par sa facilité à
payer les bâtiments qu'elle projette, et quelques dons
à Mme de Mailly ou à ses sœurs? toutes petites passions qui sont chez le roi fort subordonnées à ses autres desseins.

Je sais de plus qu'il y a une autre négociation sur
le tapis pour éclore sitôt après celle-ci, et si elle
réussit : c'est de porter aussi M. le chancelier d'Aguesseau à une abdication, pour le remplacer par M. d'Argenson, le cadet; par là on fermerait véritablement
presque toute porte à la rentrée de M. Chauvelin,
quoiqu'il lui restât absolument celle de reprendre sa
place de secrétaire des affaires étrangères, avec des
lettres de garde des sceaux honoraire. Mais ce serait
multiplier les obstacles en augmentant le nombre de
ses ennemis irréconciliables dans le ministère, et, d'ailleurs, par le temps qu'il a occupé la place de garde
des sceaux, où est attachée la survivance à celle
de chancelier de France, convenons que c'est le dépouiller d'avance d'une place qui lui appartient de
droit.

Non, ce n'est point tout cela dont il paraît être
question. Concevons toujours le roi comme l'homme
le plus fin de son royaume, aimant cette qualité,
comme je l'ai dit, et y rassemblant toutes ses forces.
Il s'exerce, en attendant mieux, à tromper le cardinal chaque jour; il ne s'ouvre de rien au monde avec
lui ni avec les autres, excepté avec Bachelier, seul

confident de ses desseins, et guidé par M. Chauvelin, qui est si bien son homme pour cette pratique de finesse; il craint que personne ne le pénètre, et tout ce qui s'y montre savant est puni aussitôt. M. de La Mina s'est conduit avec lourdeur dans cette voie; il a été frappé de disgrâce et de rappel; mais ne voit-on pas que son séjour en France s'allonge et s'allongera? Après cela, c'était le cardinal qui avait demandé son rappel; il l'avait dit au roi, et le roi y avait souscrit, mais on voit que la prorogation de son séjour arrive ensuite par des moyens inconnus et secrets. Le cardinal de Tencin est condamné à aller finir ses jours à Rome; le cardinal de Rohan aura le secret du conclave. Ces restrictions, ces retours s'accomplissent malgré le cardinal, qui fit de son mieux pour le retenir à Paris, le mandant à tout moment pour diverses choses; mais il fut contraint de partir. J'ai vu aussi mon départ pour l'ambassade de Portugal se prolonger pour des causes légères et inconcevables; je l'ai vu se rompre par des causes de même espèce et par des moyens inconnus. J'ai bien joué mon rôle d'irritation contre le cardinal, et toute la mauvaise volonté de Son Éminence a été à rien; j'ai reconnu à tout cela la main du roi et ses secrets desseins sur moi, en quoi je parle comme les dévots parlent de Dieu.

Je sais que Bachelier est plus que jamais en pourparler avec le roi : longues conférences, intimités; en sorte que Sa Majesté ne fait pas un pas sans ce confident précepteur. Comment sur tout cela asseoira-t-on des changements effectifs dans le ministère, qui soient contraires au plan projeté par le roi pour après la mort du cardinal? Non, et je suis persuadé que s'il

s'en fait, ce ne sera que pour faire tomber le cardinal
et ses créatures dans quelques piéges, comme peut-
être de placer M. Orry au ministère de la guerre, persuadé que bientôt il s'y noierait par sa brutalité envers les officiers, et que, Sa Majesté refusant les sujets
proposés pour le ministère des finances, elle remettrait
cette nomination à une autre fois, pour ensuite la
faire tomber à quelque ami de M. Chauvelin et ennemi du cardinal, qui lui donnerait du fil à retordre,
se soustrairait peu à peu à sa férule, ne dépendrait
que du roi et dégoûterait le cardinal; et ce quelqu'un
là est.... celui qui y est déjà destiné depuis longtemps,
et le roi tiendrait bon sur cette nomination en l'ame-
nant peu à peu, car on a déjà tenté plusieurs fois, depuis deux ans, à faire nommer à cette place ce même
précurseur de M. Chauvelin.

20 *décembre*. — Quelqu'un a été davantage à la
source des bruits qui courent de changements dans le
ministère. On est sûr par Bachelier de ne savoir rien
de faux ; car c'est un des plus honnêtes hommes qu'il
y ait en France, et la confiance intime du roi pour
lui augmente chaque jour. Sa Majesté lui a donné un
très-beau logement à Choisy ; il a même un appartement qu'on avait d'abord destiné à Sa Majesté, qui
en a préféré un plus petit, et Bachelier est là comme
chambré avec le roi; il n'a qu'à tourner la clef et il
est dans la chambre du roi, à toute heure. Là ils parlent continuellement des affaires de l'État, et les conseils et mémoires de M. Chauvelin y entrent pour
beaucoup, ainsi que le projet, fixe de plus en plus, de
le rappeler aux affaires principales, dès que le vieux

prêtre sera parti, ou que son radotage sera plus plein. Mais tous ces desseins secrets perçant trop dans le monde par quelques indiscrets, et surtout par la lourdeur de M. de La Mina, qui faisait trophée parmi les courtisans de ce qu'il disait au roi en particulier, depuis quelques mois, Sa Majesté est devenue plus réservée que jamais, et Bachelier parle moins qu'il n'a jamais fait, même à ses plus chers amis.

Le sieur H.... (Hogguer) a donc été à Bachelier, tout effaré, lui demander ce que c'était que ces bruits qui couraient universellement dans tout le public, que M. d'Angervilliers se retirait, moitié figue, moitié raisin; que M. Orry lui succédait; qu'on faisait M. Hérault contrôleur général des finances, ou M. Trudaine; que personne n'était mieux auprès du roi que ledit Orry; que, de plus, on parlait encore de faire retirer M. le chancelier d'Aguesseau, en donnant à M. de Fresne la place de secrétaire d'État de la marine, et faisant M. de Maurepas duc et pair, et que M. Hérault serait chancelier.

J'ai dit ci-dessus que Bachelier est semblable à Protée, qui ne parlait que quand on le liait : de même ce sage favori ne parle qu'impatienté sur l'article de l'honneur de son maître ou de l'indignation profonde qu'il ressent contre les sots et les fripons qu'a élevés le cardinal, et que Son Éminence voudrait élever davantage pour prix de leurs noirceurs contre M. Chauvelin. Il hait vivement ces gens-là par mépris, les appelant marauds. Il s'est donc élevé, il a beaucoup ri, dit-on, à toute cette liste de promotions imaginées, et disait : « Oh! que cela est beau! Maraud pour maraud, il faut autant celui-ci. Ah! le beau choix! oh! l'admi-

rable rencontre! Voilà des gens bien informés! » etc.
Principalement sur M. Orry, il a dit : « *Lui bien
avec le roi!* c'est bien connaître la carte du cabinet
du roi! assurément personne n'y est tant méprisé. »
Il a conté, sur cela, que M. Orry étant venu l'autre
jour à Choisy prendre les ordres de Sa Majesté pour
les bâtiments de cette nouvelle acquisition, le roi le fit
attendre deux heures. Ce pauvre ministre, déconte-
nancé et embarrassé, se trouva tout le temps vis-à-vis
du sieur Bachelier, qui ne lui sut ni voulut rien dire
que quelques mots qui forment les conversations
muettes ; ensuite le roi sortit et lui dit : « Monsieur
Orry, il fait un trop vilain temps, ce sera pour une autre fois. Allez-vous-en. » Pour M. de Maurepas, qui
fait à tous moments donner des assurances à M. Bachelier de son amitié et de sa constance éternelle, le
roi le traita fort bien le même jour à Choisy ; il faisait
le même vilain temps qu'il fait chaque jour. Le roi
le mena partout, de la cave au grenier, garde-robes
et bûcher, puis le fit promener par tout le parc, conduit par Sa Majesté, et comme cela finissait, il lui dit :
« Vous avez eu trop de fatigue, vous souperez avec
moi ; je ne renvoie pas sans souper ceux qui me viennent rendre visite chez moi. »

Ce rayon de faveur qui se renouvelle pour M. de
Maurepas, et qui semble venir par Bachelier, désunit
certainement ce ministre d'avec ses confrères, et secrètement d'avec le cardinal ; il souffre de son radotage continuel, s'en plaint à ses amis, et il comprend
d'après tout cela qu'il n'est plus question d'être opposé à M. Chauvelin, et qu'au contraire il doit le
servir de bonne foi.

La maîtresse de Bachelier a dit confidemment à
H.... (Hogguer) qu'elle avait su des choses du roi, des
traits, des écrits, des raisonnements, tout ce qu'il
vous plaira, qui ont retourné son opinion et celle de
son amant, et qu'elle ne doute pas que le roi n'ait un
grand sens et ne paraisse bientôt un très-grand roi.
Bachelier a encore dit à H.... (Hogguer) qu'on ne
s'embarrassât de rien ; que tout paraîtrait à la fois,
mais que rien au monde ne ferait changer les projets
de Sa Majesté. C'est un vrai coup de théâtre dont on
veut économiser toutes les parties et n'en prodiguer
aucune d'avance, afin qu'on passe subitement de l'obscurité à la lumière; mais, en attendant, on laissera tout
faire au cardinal, quoique l'on parera plusieurs de ses
coups les plus impertinents et les plus nuisibles. Mais
tout cela n'est que marionnettes, et il ne faut s'inquié-
ter de rien, même des changements dans le ministère,
si le cas absolu de mutation arrivait, comme serait
la mort de M. d'Angervilliers ; mais la mort du cardinal ou son plein radotage fera faire absolument maison neuve, à l'exception du seul M. de Maurepas. Le
chancelier sera certainement renvoyé à Fresne, et
M. Chauvelin aura les deux places à la fois. M. Amelot pourra se soutenir en quelque place par la protection de M. de Maurepas, mais savoir laquelle ; car ce
ne sera certainement pas celle des étrangers, ni aucun
important ministère, car il a peu d'industrie et peu
d'étoffe.

Bachelier a ajouté, sur ce que le sieur H.... (Hogguer) lui a dit, que, depuis quelque temps, ma disgrâce
auprès de Son Éminence me faisait mal accueillir à la
cour, et que même, mardi dernier, le roi, à son lever,

avait appelé mon frère et l'avait beaucoup entretenu,
me voyant là avant lui, et ne m'avait pas fait l'honneur de me dire une seule parole, Bachelier, dis-je, a
répondu que je ne m'embarrasse de rien ; que ce
qu'on lui disait là avait été remarqué de lui et de plusieurs autres; que je continuasse à faire ma cour à Sa
Majesté avec modestie et assiduité, mais *sans affectation,* et qu'il me répondait que le roi avait toujours
pour moi *toute la plus haute estime.* Ce sont ses
termes.

24 *décembre.* — M. de Harlay, intendant de Paris,
se mourant, il y a toute apparence, selon moi, que ses
deux places seront remplies, savoir : celle de conseiller d'État, par M. Gilbert de Voisins, qui a quitté la
charge d'ancien avocat général pour la transmettre à
son fils, et n'est rien aujourd'hui. Il a pour lui la maison de La Rochefoucauld, la recommandation du sieur
Bachelier et déjà une confiance commencée du roi.
Cependant le cardinal est contre lui; ainsi on verra
beau jeu.

Les apparences sont que la seconde place, qui est
celle d'intendant à Paris, sera donnée à M. de Fontanieu, intendant d'Auvergne et garde des meubles de
la couronne. Le cardinal le croit son fils, ayant cou-
ché avec sa mère dans le temps de sa naissance. Il
n'est pas sans esprit, mais grand menteur en affaires
et haï de tout le monde. Cependant sa charge des
meubles l'a impatronisé dans l'intérieur du sérail, et
j'entendais l'autre jour Bachelier le louer à l'occasion
du nouveau et magnifique meuble du roi, cramoisi et
or. Cette intendance, qui élève peu après à la place de

conseiller d'État, est une place de favori, et, selon les
apparences, le cardinal ne manquera pas cette occasion pour l'avancement de ce petit magistrat, le prétexte en étant précieux, après le décri où il est resté
dans l'intendance de l'armée d'Italie, où aucun officier n'allait chez lui, le taxant de quantité de vilaines
choses.

M. Hérault y prétend aussi, et les gens de la garde-
robe du cardinal disent que ce sera lui, pour le sûr,
qui sera intendant à Paris, d'autant que la place de
lieutenant de police et le surcharge et paraît avancer
sa mort; quoique jeune encore, il est attaqué d'hydropisie et d'apoplexie; il ne sait plus ce qu'il dit, il
se meurt.

On parle de donner à sa place l'importante charge
de lieutenant de police à M. de Barentin, gendre de
M. d'Ormesson, et intendant de la Rochelle. Ceux qui
le connaissent disent qu'il en deviendrait fol; qu'il est
d'une petitesse, d'une humeur rébarbative, d'une légèreté, d'une tracasserie, d'un goût de matières criminelles, en un mot de la plus grande opposition au
caractère qu'il faut pour vivre avec toutes sortes de
gens, comme dans la police à Paris. Mais on ne s'attend et on ne s'accoutume qu'aux mauvais choix.

Le bruit des changements dans le ministère se renouvelle. M. d'Angervilliers va de plus en plus mal : il
n'a pas la force de se soutenir et ne s'entend plus à
rien. La moindre lueur de raison le conduirait à l'abdication, et, sur cela, on reparle de choix ridicules
dans les départements : que M. de Maurepas aura les
affaires étrangères, M. Amelot les finances, et autres
sottises.

Un homme bien instruit de ce qui se passe à la cour, m'a conté que le dernier changement dont j'ai parlé, pour commettre M. Orry à la guerre, et M. Hérault à la finance, que cette opération, dis-je, avait été fort avancée ; que le cardinal l'avait résolue, et que toutes les patentes avaient été dressées, lorsqu'elles étaient parvenues au roi, et qu'alors on avait senti comme une main invisible qui avait arrêté toute cette besogne, et cette main ne peut-être que les conseils secrets du roi, à la tête desquels est assurément M. Chauvelin.

Le départ de M. de La Mina paraît aussi suspendu et même arrêté, sans qu'on sache comment. On ne parle plus de son successeur, il ne vend plus rien chez lui, il y reste tranquille et travaille à l'ordinaire. Il est vrai que, selon les bruits de Paris et qui paraissent fondés, sa situation devient embarrassante par rapport à la haine déclarée du cardinal contre lui. Son Éminence en est à lui refuser presque audience. Il y a quelques jours qu'on le fit attendre deux heures dans l'antichambre du cardinal ; puis enfin Son Éminence lui parla en sortant, tout haut, tout debout et devant tout le monde. Cette situation, si elle continue, marque bien que le cardinal presse d'un côté son départ, tandis que le roi résiste de l'autre, et par des ressorts secrets.

Les Anglais persistent dans leur violente fureur contre l'Espagne ; ils passent des bills qui mettent des préalables à la paix, capables de déshonorer toute la maison de Bourbon, si l'on s'y soumet. Ils prétendent qu'on ne les puisse jamais visiter dans les mers d'Amérique, ni les prendre, à moins que ce ne soit à la

vue de la terre. Si on leur passe cela, c'est leur passer
la liberté de frauder à volonté[1].

Cependant l'Espagne se conduit avec toute la
fausse sagesse que conseille la faiblesse, et n'a pas encore publié sa déclaration de guerre ; elle arbore l'air
de modération, après s'être montrée si fanfaronne, jusqu'au dégainé; pour nous, on ne comprend rien à notre lenteur, si ce n'est que nous voulions seulement
gagner la fin de l'hiver et espérer au temps.

J'apprends que les ordres ont été donnés de suspendre tout travail maritime dans nos quatre ports
du Havre, de Brest, de Rochefort et de Toulon. Rochefort n'a guère que quatre ou cinq vaisseaux de
guerre à fournir pour un armement; Toulon en a,
dit-on, quatorze tout prêts pour le printemps, et
Brest, huit à dix. Enfin on se vante d'avoir quarante-
deux vaisseaux de ligne prêts pour ce printemps;
mais il y a loin du projet à l'effectif.

On espère que les Anglais se lasseront de leur passion contre l'Espagne, et qu'après leur premier feu,
les sages conseils de notre ministère si modéré seront
écoutés.

Convenons cependant qu'auparavant cela, ils nous
pousseront à la rupture tant qu'ils pourront. Ils in-
sultent M. de Cambis, notre ambassadeur à Londres,
et la populace se fait craindre de lui à tout moment.
Je sais que feu M. le maréchal de Tallard étant ambassadeur en Angleterre, dans une conjoncture où la

---

1. Cette question du droit de recherche (*right of search*), que
nous avons vue renaître de nos jours, jouait alors un grand rôle
dans les discussions entre l'Espagne et l'Angleterre.

populace nous était également contraire, donnait une
guinée par semaine au capitaine de la canaille de son
quartier, afin de l'avoir pour ami, et non pour ennemi,
ce qui lui succédait. Mais M. de Cambis est d'une
telle avarice qu'il ne prend pas ce moyen-là, et par là
est exposé tous les jours.

On vient de donner le chiffre de la cour au sieur
Silhouette, garçon fort savant, résidant à Londres,
pour l'achat des tabacs pour les fermiers généraux, et
il mande à chaque ordinaire à M. Amelot tout ce qu'il
apprend, ce qui décrédite M. de Cambis de plus en
plus et le rend inutile.

27 *décembre*. — Il y a eu un tremblement de terre
en Normandie, vers Bayeux, du côté des côtes de la
mer ; on s'en est peu ressenti dans les villes, mais il y
a eu quelques villages renversés.

Le roi a eu hier une petite faiblesse à la messe, sans
doute de besoin de déjeuner et d'aller à la garde-
robe. Il y a été et s'est remis. Cela ne l'a pas empêché d'aller à la chasse, comme il se l'était proposé.

Le roi lit actuellement les *Mémoires de Sully*, ou
Économies royales. Je sais qui a eu plus de part à le
porter à cette lecture longue et assidue, en lui disant
que c'est la meilleure étude que puisse faire un homme
d'État, et que le règne d'Henry IV est le meilleur des
modèles, et bien au-dessus de toute la belle fatuité du
règne de Louis XIV[1]. On conte que, l'autre jour, le

---

1. Cette *fatuité du règne de Louis XIV*, comme d'Argenson
l'appelle, était un sujet de discussion entre lui et Voltaire, à qui
ce rôle de protecteur des lettres et des arts plaisait surtout dans le

cardinal de Fleury le trouva dans cette lecture, et que, comme Son Éminence est fort modeste, elle feuilleta le livre et montra d'abord au roi cet endroit où Henry le Grand répondit à la belle Gabrielle : « Je trouverai dans mon royaume deux cents p.... aussi belles que vous, mais je n'y trouverai pas deux hommes comme Sully ; ainsi soyez persuadée qu'entre vous deux j'opterais pour lui. » (Le bon Henri n'était pas en disposition amoureuse dans ce moment.) Le cardinal s'est donné pour Sully alors, mais assurément ce n'est pas là l'opinion publique.

M. du Luc a écrit à Mme de Mailly pour lui demander de placer un homme à lui dans l'administration de la maison de Choisy, que le roi vient d'acheter, et il a ajouté : *Un mot dit de la belle bouche d'une belle dame comme vous finira l'affaire.* La lettre montrée au roi par cette sienne maîtresse, le roi a dit : *Ah ! pour une belle bouche, vous ne vous en piquez pas, je crois,* ce qui marque que la passion n'aveugle pas le roi. On aime sa maîtresse comme elle est ; mais malheur aux aveugles en amour ! S'ils le sont en beauté corporelle, ils le sont sur toute autre chose.

On mande d'Angleterre que la Chambre des communes propose chaque jour de nouveaux bills qui ne tendent visiblement qu'à diminuer la prérogative royale, comme de donner force aux bills qui ont été

---

grand roi. « Je lui ai dit plusieurs fois, » écrit-il à ce sujet dans les *Remarques en lisant*, n° 1749 : « Vous n'êtes qu'un enfant qui aimez les babioles et qui rejetez l'essentiel ; vous faites plus de cas des pompons qui se fabriquent chez Mme Duchappe que des étoffes de Lyon ou des draps de Van Robais. »

lus deux fois à la Chambre des communes, sans que
le refus de la Chambre haute puisse faire rejeter ces
lois proposées, le ministère étant plus le maître dans
la Chambre haute que dans la basse. Or ce bill a
passé sur la fin du règne de Charles Ier, et fut une des
causes de sa mort tragique.

Il paraît par là, et par d'autres propositions de même
étoffe mises en avant depuis peu, comme d'examiner
la négociation de M. Keene[1], que les Anglais songent
beaucoup moins aujourd'hui à abaisser sérieusement
la maison de France, comme il paraissait tant, qu'à
abaisser leur roi et les Walpole.

Et c'est là ce que l'étoile de M. le cardinal, cette
étoile si admirable, avait à souhaiter davantage ! A tout
autre ministre plus habile, on croirait que, par des
ressorts secrets, il suscite cette diversion. Mais croira-
t-on de bonne foi que cette situation puisse durer, et
qu'une nation spirituelle et approfondissante comme
l'Angleterre sera toujours la dupe de ses finesses ? En
attendant, l'Espagne souffre dans tous ses intérêts ;
puisque voilà tous ses revenus d'Amérique interceptés,
et nous, lâches alliés qui regardons faire ce mal, nous
qui attendons tout de l'étoile du cardinal et qui paraissons si humiliés, ne menaçant de rien, ne réalisant
rien du peu de nos menaces, nous nous déshonorons
à jamais, nous perdons toute considération en Europe,
nous perdons à jamais la confiance de l'Espagne qui
nous trouvera encore plus perfides et concourants à

---

1. M. Keene était le chargé d'affaires du gouvernement anglais à Madrid, à l'effet de régler les indemnités que celui-ci réclamait à l'Espagne.

sa perte, que mols et négligents de bonne foi dans sa
défense, puisque nous laissons tout champ libre à nos
ennemis d'aller à des victoires sûres en Amérique, sur
la mer, dans les branches de commerce, et à former
toutes ces alarmes en Estramadure et en Italie. Et enfin, nous nous devons attendre à quelque boutade
brusque de la reine d'Espagne qui, outrée contre nous
et ennuyée de tout ceci, fera une paix désespérée avec
l'Angleterre, et sans nous, par où elle leur cédera le
renouvellement du traité d'Assiento pour autres trente
années, avec la ligne de démarcation qu'ils demandent
tant en Amérique, pour marquer les mers libres à leur
navigation, au delà de laquelle les vaisseaux anglais
seront de bonne prise, avec une grosse somme d'argent pour leur indemnité.

Et qu'on croie que ce jour-là sera un des plus vilains
jours de notre monarchie et surtout du ministère du
cardinal ; car alors nous trouverons le second tome
du premier traité de Vienne, immédiatement après le
renvoi de l'Infante, et tout le vœu de cette reine fâchée
sera de nous faire tout le mal possible, on nous
privera en Espagne de tout commerce, et on engagera
les Anglais à faire tout ce qu'ils pourront contre nous.
Mais le pire de cela sera la honte et l'humiliation
pour notre nation.

Définissons au vrai le caractère du ministère du
cardinal de Fleury. Tout ce que peut la sagesse sépa-
rée de l'habileté, il l'a montré chez lui et chez ceux
dont il s'est servi. Je parle de cette sagesse qui exclut
seulement la folie et l'imprudence, mais qui laisse
tout cours aux maux, aux crimes, aux vices, et par là
au déshonneur et à la ruine, par la mollesse et

les délais, la corruption des mœurs, le mauvais
cœur, la perfidie, la friponnerie ; tout cela s'est accru
extrêmement dans les administrateurs subalternes et
inférieurs. Et le dedans du royaume a été outré tellement que la dévastation est sensible d'année en année ;
les malheurs s'y étant joints, on n'y a apporté aucuns
remèdes. Il faudrait certainement tirer aujourd'hui
pour quelques millions de blés des pays étrangers et
en répandre des dépôts dans toutes nos provinces pour
assurer le prix du blé. On n'y songe point, on en rejette tout projet. Cependant la moitié des blés n'ont
pu être semés cet automne, à cause des pluies continuelles, et quand nous aurions une année magnifique
pour ce qui a été semé, on ne pourrait pas se flatter
d'être au pair. Les monopoleurs savent cela et serrent
leurs blés ; jugez de quelle cherté on verra cette den-
rée essentielle, au mois de mars prochain.

— M. le prince de Carignan a l'âme si basse qu'il
s'est fait espion de M. Hérault, mais espion le plus
empressé et le plus fidèle, et cela pour la conservation
de son jeu et de son Opéra. Il m'arriva l'autre jour
de le trouver dans le cabinet de M. Hérault, et, pendant
que ce magistrat achevait de parler à quelqu'un, il
me tomba la charge d'entretenir ce prince que je
connaissais d'ailleurs et depuis longtemps. A je ne
sais quel propos, il lui arriva de prononcer le nom de
M. Chauvelin, garde des sceaux, je dis : *Ce pauvre
M. Chauvelin, il était de vos amis, ce me semble : j'y
ai soupé avec vous ; il est bien mal à Bourges.* A cela
le prince hocha la tête, et voilà toute la répartie.

Or, il m'est revenu hier, par canal sûr, que dès que

je fus parti, M. de Carignan dit à M. Hérault : « Il faut
que je vous dise, monsieur, un discours fort extraordinaire que m'a tenu tout à l'heure M. d'Argenson. Il
m'a parlé de M. Chauvelin, il m'a dit qu'il souhaitait son
retour, » et autres grandes broderies ajoutées, etc., etc.
Sur-le-champ il a trouvé la plus belle répartie du
monde qu'il a supposé m'avoir faite : *Monsieur, vous
me prenez pour une femme.*

M. de Carignan a obligation à sa femme de tout ce
qu'il a obtenu ici; cette femme dévote et intrigante
s'est mise à faire pitié à nos ministres, disant que son
mari la maltraitait, qu'elle n'était pas en sûreté avec
lui, à moins qu'elle ne lui procurât l'argent qu'il
souhaitait pour ses débauches, et, sur cela, on permet
qu'il ne paye pas ses créanciers, qu'il ait un jeu public
où tous les voleurs et assassins vont puiser la source
et la cause de leurs crimes; on lui donne la direction
de l'Opéra, qu'il pille et qu'il renverse de fond en
comble.

Or, pour se soutenir ainsi, le mari et la femme
jouent un rôle alternatif d'être au gros de l'arbre. La
femme était grande amie de M. le Duc et de Mme de
Prie; de là, elle demanda de se confesser à M. le cardinal et fut quasi sa maîtresse. Mais elle sentit qu'il
faisait meilleur près du garde des Sceaux dont l'autorité devait survivre à celle du cardinal. Elle s'y
adonna : elle y eut beau jeu par les Luynes; elle fut
son espionne et sa protectrice, et, depuis sa disgrâce,
elle joue la forcenée pour lui, dans l'espoir apparent de
son retour. Cependant, elle se repose aujourd'hui avec
cette porte de réserve, et, en attendant M. de Carignan joue l'ennemi de M. Chauvelin. Il prétend avoir

eu une scène horrible avec sa femme, quand elle voulut aller à Grosbois malgré lui, après la disgrâce de
M. Chauvelin. Mme de Carignan est restée brouillée
avec le cardinal, depuis une lettre interceptée où elle
médisait du vieux prêtre; le garde des Sceaux la rac-
commoda ou replàtra la chose comme il put. M. de
Carignan est donc aujourd'hui le souteneur du ménage, et comme il n'a ni assez d'esprit, ni assez d'activité pour se lier avec le cardinal, il ne va à l'Éminence que par M. Hérault avec qui il a lié grande
amitié, et il a beau jeû pour lui apprendre les discours
secrets de Paris par son Opéra et par les p.... et
ruffiens de ce lieu infâme, où il a même de ses espions
qui lui rapportent pour reporter au magistrat. D'ailleurs, ils ont pu lier amitié ensemble, car de sot à sot
il y a sympathie. Voilà son commerce à quoi tout est
sacrifié, car je puis dire qu'il m'a eu quelques obligations ci-devant.

— M. de Harlay, intendant de Paris, est mort
hier matin. Jamais on n'a tant demandé ni obtenu
la place d'un homme vivant encore, que celle qu'avait
ce pauvre défunt. M. Hérault était sûr hier de l'intendance de Paris, et M. de Maurepas le disait à tout
le monde.

Or, on remarquera que le cardinal, ôtant la police à
son M. Hérault, se prive d'un meuble bien capital
dans son parti et dans sa maintenue en place. Qui
est-ce qui lui a jamais été plus livré et plus fidèle que
ce pauvre magistrat, tout hébété qu'il était? Il n'y
avait ni ami ni ennemi qui tinssent à un espionnage,
à un compte à rendre à Son Éminence de quelque in-

trigue et de quelque discours intéressant le cardinal. Tout autre qui lui succédera, supposé jeune, voudra certainement voir de quel côté viendra le vent, et se soutenir après la mort du cardinal, où l'on ne sait qui gouvernera l'État. Et certes, il ne voudra pas se mettre à dos le parti de M. Chauvelin ni de M. Bachelier, qui, selon les apparences, arrivera à la première faveur. Tout ce qu'il pourra faire de mieux, dans cette perplexité, sera de s'attacher à M. de Maurepas et de le suivre, parti prudent, escadron volant, n'étant ni à lui ni à l'autre parti, mais capable d'être à tous les deux, et bon à se faire acheter des deux côtés, voilà son plus sûr. C'est donc une créature que s'acquerra M. de Maurepas, et que perdra le cardinal dans le besoin qu'il a d'en avoir, et d'être averti de quantité de choses; et sans doute que le parti de Bachelier ou plutôt du roi a concouru à cette mutation.

Le parti des molinistes, jésuites, évêques hypocrites et ambitieux, perd aussi son grand arc-boutant en perdant M. Hérault, et celui qui lui succédera sera mitigé ou politique, selon l'état présent des affaires qui va à un grand tolérantisme, de façon que tout le crédit de ces gens-là s'en va perdu, s'il ne se relève.

Il est certain que le cardinal n'a point vu tout cela; il a été facile de le dégoûter de M. Hérault, le plus grand sot qui ait jamais été, et qui, depuis quelques mois, a ajouté quelques grains d'apoplexie, de paralysie et d'hydropisie à sa bêtise naturelle, si bien qu'il n'y a plus personne au logis. Le cardinal en était las, et il avait raison, mais sachant ce qu'on perd, on ne sait jamais ce qu'on gagne, et je ne doute pas que le

choix à faire pour la police ne soit combattu chez
le roi.

30 *décembre*. — M. Hérault a été nommé intendant
de Paris, au moment de la mort de M. Harlay, quoique le roi fût alors à la Muette, et le cardinal à Issy.
C'est ce qu'on n'avait pas encore vu, dit-on, qu'une
nomination à une place sans qu'il y eût eu travail du
cardinal avec le roi qui mît son *bon* au mémoire. Cela
s'est fait par une petite lettre que le cardinal écrivit
au roi sur-le-champ; il la lui envoya par un courrier, et, sur-le-champ, le roi déclara à ses courtisans
que cela était fait, sans autrement répondre au cardinal, parce que c'était une chose convenue entre Sa
Majesté, le cardinal et M. Hérault, pour le cas avenant
de la mort de M. de Harlay, lequel a été à l'agonie huit
jours. La célérité de cette expédition du roi signifie
combien les conseils du sieur Bachelier le portaient à
se défaire de M. Hérault, cette âme damnée du cardinal, dans la place de lieutenant de police.

Les royaumes périront quand *les sots* auront seuls
part à leur administration. Car il n'y a plus de part à
rien aujourd'hui ici que pour les sots; ainsi, les jeunes
gens ne s'élèvent qu'à être des sots : ils ne lisent point,
ils ne cherchent point la conversation des gens d'esprit; ils perdent leur temps, ils s'amusent à l'écorce
de leur métier, pour paraître un peu et aller au plus
pressé; ils cherchent à servir les gens de crédit pour
tout moyen d'émulation; ainsi, de *sots* qu'ils sont,
ils se font fripons encore et perdent de vue tous principes.

Cependant le remplacement de M. Hérault à la po-

lice traîne et languit. Hier, chez Mme Hérault où
j'étais, on ne doutait point que Feydeau de Marville,
gendre de M. Hérault, n'y fût déclaré aujourd'hui, et
du matin, son successeur; mais voilà la journée passée;
on vient de sortir du travail du roi avec Son Éminence
seul, puis avec M. d'Angervilliers, et point de décision. M. de Gesvres, qui était entré avant que les ministres sortissent du cabinet, m'a dit que le désir de
Marville avait *bonne façon;* mais que, pour la place de
conseiller d'État, la demande de M. de Baudry balan-
çait beaucoup celle de M. Gilbert de Voisins.

Si ce n'est pas Marville qui est lieutenant de
police, tout autre, ou celui-là même, manquera de
fidélité au cardinal, et cherchant à se soutenir voudra
voir d'où vient le vent; ce qui fait, comme je disais,
un grand panneau où donne le cardinal, et ce qui a
porté le parti de Bachelier à faire décider si promptement l'intendance de Paris pour M. Hérault, de peur
qu'on ne liât le don des deux places ensemble.

Mais toutes ces petites résistances ne se terminent
que trop souvent par céder à une indigne complaisance, ce qui fait périr notre beau royaume de France,
et il n'est pas impossible que dans quelques jours ce
sot de Marville n'ait enfin sa nomination, et ce fripon
de M. Baudry la place de conseiller d'État, au lieu de
ce si honnête homme de M. Gilbert de Voisins; et on
forcera le Baudry à quitter sa place d'intendant des
finances pour la donner à ce haïssable animal de
Fontanieu, qui est encore de la classe des sots; et voilà
comme on meuble le conseil, et comme on donne
émulation aux intendants de province! Et puis, le
cardinal se plaint de ce que ces intendants sont pi-

toyables : l'effet est aussi vrai qu'il est vrai qu'il en
est la cause.

Les courtisans disaient entre eux hier : Mais remar-
quez-vous combien on loue la sagesse de M. Hérault,
de se mettre à l'abri de tout cet orage par cette place
d'intendant de Paris? Chaque ministre en dit autant :
c'est donc un mal d'être en place aujourd'hui? Chacun
fuit ces places : dans quel temps sommes-nous? que
doit-il arriver? qu'attend-on?

J'ai vu le cardinal sortir de chez le roi : il avait plus
l'air d'un spectre que d'un homme ; c'était l'ombre
d'un vieux singe déterré. Il maigrit à vue d'œil, il
traîne ses jambes et son pied, il dépérit, il meurt; avec
cela il avait l'air d'avoir du chagrin ce soir. M. d'Angervilliers sortait peu après lui, avec l'air tout aussi
moribond, et certainement le cabinet du roi avait
plus besoin de l'Extrême-onction que de rafraîchisse-
ment pendant le travail de ce soir. Tout le monde qui
a vu M. Hérault ce matin, comme il remerciait le roi,
l'a trouvé hydropique formé, et M. de Maurepas m'a
dit que, depuis cinq à six jours, il le trouvait encore
plus mal que ci-devant. Si l'on lui refuse son gendre
pour successeur, l'accablement redoublera : malheurs
qui n'attirent que l'applaudissement du public.

Mais, quant à des choses plus sérieuses et qui m'ont
été au cœur, j'ai entendu parler de l'indisposition du
roi, de samedi dernier, comme d'une chose à faire
trembler, et je joins ici le vraisemblable pêle-mêle
avec le visionnaire, tout comme on me l'a dit. Le roi,
dit-on, samedi à la messe, se trouva mal, il se retira
dans son cabinet; on entendit tout à coup la musique
cesser; le cardinal d'Auvergne voulut faire cesser la

messe, prétendant que cela doit être quand le roi sort et que la messe n'en est pas au canon ; mais le prêtre, qui n'en savait pas tant que cet ignorant cardinal, alla son chemin.

Le roi donc alla sur sa chaise percée et y fut une heure. On prétend qu'il eut pendant ce temps-là les vapeurs les plus noires ; qu'il était dans un anéantissement et dans un détachement de lui-même qu'on appelle vapeurs noires. Il en eut de telles à Fontainebleau en 1737, et il fut tout un jour dans son lit à ne vouloir rien voir ni entendre. On dit que c'est là l'état fréquent du roi d'Espagne ; mais en établissant ce triste parallèle, convenons que ces attaques s'éloignent chez Louis XV, au lieu de se rapprocher, et, qui plus est, leur cause est visible : c'est une indigestion de la veille. D'ailleurs, le roi est sage, il s'amende, il mange moins. Enfin donc, il prit deux lavements et opéra bien. Il consentit à aller à la chasse, et de là à la Muette, où il n'a presque pas mangé et a pris beaucoup de thé. Il est vrai qu'hier au soir, il a beaucoup mangé : encore un peu plus aille, et il placera tout à fait son repas au dîner, ce qui est le bon régime, en se retranchant le souper. On ajoute que ces vapeurs noires prennent volontiers au roi aux grandes fêtes, quand il manque de faire ses dévotions et de toucher les malades ; qu'il craint le diable, ou, si vous voulez, le monde, quand le moment de ce scandale arrive ; qu'alors sa posture d'être à genoux irrite sa bile et la porte à la tête ; que ce sont des avertissements de Dieu ; j'écris cela comme on me l'a dit. Je conviens que c'est un grand mal que le scandale. Mme de Mailly a avancé l'autre jour devant le roi qu'il n'y avait point d'enfer, que c'était là un conte de bonne femme.

31 *décembre*. — On ne déclare rien au sortir du cabinet du roi, mais le cardinal, à son petit coucher, dans ces moments heureux pour les courtisans où il ôte sa calotte devant tout le monde, a déclaré que M. de Marville, gendre de M. Hérault, était lieutenant de police à sa place, et gardait tout ce qu'il avait déjà, comme la place de président au Grand Conseil, afin de se conserver encore trois mille livres de revenu en plus. Voilà donc mes almanachs souvent dérangés; et, en effet, je n'ai point regret à prévoir ce que voudraient la raison et la prudence. B.... a telle opinion de la fermeté du roi qu'il dit à cela : Qu'est-ce que tout cela fait? le roi, dans un certain temps, déplacera aussi bien trois polissons que deux. Et rien n'est plus vrai.

La conduite de Marville sera délicate, et je ne doute pas que Séchelles ne se conduise de façon à perdre lui et sa famille le moins qu'il pourra; il voudra se soutenir pour les temps à venir, il déférera au cardinal en tout ce qui paraîtra à l'extérieur; mais il rabattra ces coups souvent et n'inspirera rien qui le perde lui-même dans l'avenir; en un mot, il fera plus de bruit que de besogne, il tâchera de profiter de tout le fruit de la retraite de M. Hérault qui a voulu se mettre à l'abri des recherches futures, et qui cherche à se ménager des amis pour ledit ministère à venir; il n'excitera plus aucun orage contre M. Chauvelin ni M. Bachelier, il n'aigrira rien, il adoucira les choses, s'il se peut.

Depuis quelques jours, M. Hérault m'a fait donner

un avis qui s'en ressent bien : c'est au sujet d'un discours que j'avais tenu avec M. de Carignan et que j'ai rapporté ci-dessus. Et certes, il me l'a fait redire par un canal qui n'est pas douteux dans l'application que j'en fais, et qui prouve bien qu'il ne le portera pas au cardinal.

La place de conseiller d'État est plus longue à donner; les cris de MM. de la Finance et du contrôleur général, soutenus seulement par le cardinal, balancent toute la justice qui crie pour M. Gilbert de Voisins et la volonté décidée du roi. Il fallait un temps comme celui-ci pour opposer à un homme d'une si grande estime que M. Gilbert un homme aussi méprisé que le Baudry. Cependant voilà la volonté du roi compromise; Bachelier est oncle du jeune Gilbert de Voisins, avocat général, qui a épousé la nièce de ce favori; il a la bonne cause pour lui, toute la maison de La Rochefoucauld parle pour M. Gilbert, lui ayant de grandes obligations : perdrons-nous encore cette bataille? Convenons de la beauté dont il serait que le roi nommât M. Gilbert, de lui-même, pendant son premier voyage de Choisy; il n'en faudrait peut-être pas davantage pour engager le cardinal à la retraite par ce dégoût.

1740.

1er *janvier.* — J'ai appris cette anecdote sur l'audience secrète que M. de La Mina eut du roi, à Fontainebleau. Le roi revenait de la chasse et se débottait; l'ambassadeur dit à Sa Majesté qu'il avait plusieurs choses à lui dire de la part du roi d'Espagne. Après sa toilette, le roi passa dans son cabinet ; l'ambassadeur le suivit, et Sa Majesté fit signe à Bachelier de le suivre. Bachelier se retira dans l'embrasure d'une fenêtre et il observa que cette conversation du roi et de l'ambassadeur dura un quart d'heure juste, à sa montre. Il entendit plusieurs propos ; mais il se les réserva à lui seul, ou pour en raisonner avec le roi. Le roi parla assez en diverses répliques qu'il fit à l'ambassadeur, et avec sang-froid et suite.

Le roi travailla le soir avec le cardinal à son ordinaire et lui dit ce qu'il voulut.

On a prétendu dans le monde qu'il avait tout redit à Son Éminence comme un enfant, et on laisse dire. Mais ce qui prouve que Sa Majesté lui a dit peu de choses, c'est que le cardinal a fait la démarche qui suit : il envoya prier le lendemain Bachelier de passer chez lui ; il lui fit cent caresses, il le pria de lui répéter ce qu'avait dit M. de La Mina. Bachelier répondit qu'il s'était tenu à l'écart, assez loin, le plus loin qu'il avait pu, et dans une fenêtre ; qu'il n'avait eu garde de prêter l'oreille à de tels secrets d'État, et que, quand il l'aurait voulu, il ne pouvait rien entendre d'où il était, et Sa Majesté parlant assez bas avec M. de La Mina, de sorte qu'il n'en avait pas entendu une syllabe.

Et il y a environ huit jours que le cardinal a encore insisté auprès de Bachelier pour en tirer la même chose, mais même réponse.

Au reste, le cardinal a pris le parti de se donner pour très-grand ami de Bachelier, et il en dit mille biens, il publie à toute occasion qu'on est trop heureux que le roi ait pris du goût pour un si honnête homme, si sage, etc. Et Bachelier ne l'en méprise que plus.

5 *janvier*.—J'apprends, par mon frère, que, quand il a été question de nommer un premier président en sa place au grand conseil, pour l'année 1740, M. le chancelier avait beaucoup insisté pour que je fusse nommé, comme le seul capable de ce poste parmi MM. du Conseil, et comme souhaité par la compagnie, au lieu de mon frère dont le temps était fini, et qui y avait réussi tout au mieux et à tous égards. M. le chancelier avait représenté combien tous les autres à proposer pour cette place déplaisaient et avaient des défauts de maussaderie ou d'incapacité ; mais qu'il avait trouvé une opposition invincible dans le cardinal qui ne peut entendre prononcer mon nom qu'avec des grimaces épouvantables, depuis notre rupture sur l'ambassade de Portugal, où effectivement il a si maltraité mes affaires domestiques, et y a joint des manières si tyran- niques et si déplacées, que je ne mets plus les pieds chez ce vieil imbécile, et je continuerai, s'il plaît à Dieu, à moins qu'il ne fût question de quelque affaire de charge.

6 *janvier*. — Le ministère du cardinal et la situa- tion de notre monarque deviennent chaque jour une situation trop violente pour que cela puisse durer, selon l'opinion des gens sensés. Le cardinal ne se comporte plus en ministre, ni en premier ministre, mais en maire du palais, ce qui est encore plus qu'un régent du royaume. Son Éminence affecte de ne rien décider qu'en son nom, et d'envoyer de telles déci- sions au bout de l'Europe, où le secrétaire d'État mande que l'Éminence veut et ne veut pas. On croirait de loin que c'est un légat qui gouverne la France au nom

du pape. Cette affectation augmente depuis qu'il est tant question dans le public de le déposséder, depuis que le roi marque quelque envie de régner. Alors le cardinal, indigné de tant de justice et de raison, a redoublé de despotisme et d'affectation de monarchie absolue. A peine travaille-t-il à présent une demi-heure par semaine avec le roi : deux petites séances en font l'affaire, d'abord seul à seul un quart d'heure, puis entrent avec lui en tiers des ministres pour des signatures. Quand le roi avait vingt ans, le cardinal prenait plus ses ordres. Son Éminence débuta par exciter le roi au travail et à la décision; il allait jusqu'à le piquer d'honneur, lui disant qu'on ne l'appellera plus que le cardinal-roi. Sa Majesté montrait l'esprit d'affaires, et on a vu par degrés le cardinal s'arroger tout avec une ambition tyrannique et jalouse que n'a encore montrée aucun homme.

Non que ce soit par la grandeur de son courage, ou par cette hauteur militaire qui fonda le pouvoir des maires du palais. Nous n'avons pas ici un fameux guerrier ou un génie du premier ordre, comme la maréchale d'Ancre qui, interrogée sur le pouvoir qu'elle avait pris sur l'esprit de la reine mère, répondit qu'elle s'était servie seulement de l'empire qu'ont les âmes fortes sur les âmes faibles. Ce n'est point un grand seigneur, maître de l'armée qu'il a souvent menée à la victoire, ni craint et aimé dans le public, comme un duc de Guise ou un connétable de Montmorency; c'est au contraire un vil petit vieillard, un prêtre méprisable et haï, une vieille mie[1] à qui un roi né vertueux, rai-

---

1. « Si j'étais à Chanteloup, je me ferais votre mie, » écrit

sonnable et constant veut bien laisser ses fonctions, de peur de la faire crever de rage et de jalousie.

C'est un roi de trente ans, fort instruit des affaires, qui a montré l'an passé, pendant la maladie du cardinal, qu'il savait et saurait bien gouverner; mais, au sortir de cette époque, cette vieille mie a renvoyé son pupille à une inutilité honteuse. Son Éminence s'était montrée modérée et pour elle et pour sa famille; il se donnait pour un aide passager au gouvernement, et mourant d'envie que le roi eût l'âge qu'il fallait pour les affaires; mais il a démasqué ses fausses vertus et a passé tout ce qu'on avait encore vu parmi les hommes les plus ambitieux.

Cependant le roi montre souvent son mécontentement, et a donné audience à l'ambassadeur d'Espagne, en particulier, et, à l'instant, le cardinal, ne se cachant pas de sa jalousie, a sollicité le rappel de M. de La Mina; mais, secrètement, le roi prolonge son séjour en France. Cette espèce de jalousie n'allait pas plus loin sous les rois fainéants ; car je le répète, le roi a trente ans.

On voit notre lâche abandon de l'Espagne et notre association avec la Hollande, pour conserver la neutralité, et pour nous livrer au déshonneur qu'il y a de laisser l'Espagne en proie aux Anglais. Le roi tolère ce déshonneur malgré toutes ses promesses renouvelées d'assister l'Espagne; croit-on que le roi digère longtemps cette honteuse situation ?

La famine assiége le royaume; on annonce pour ce

Mme du Deffand à l'abbé Barthélemy malade. *Correspondance* publiée par M. de Saint-Aulaire, II, 201.

printemps une disette affreuse et vraisemblable; nulles mesures ne sont prises contre ce coup, nulles provisions.

On apprend que le trésor royal est à sec ou prêt d'y être, suite des exactions de la finance; mais il a fallu suspendre les recouvrements pendant la famine si funeste de l'été dernier, et quelques secours de mauvaise grâce et trop tardifs, avec la difficulté actuelle des recouvrements, ont tari les sources des finances royales.

Chaque jour le cardinal fait de plus mauvais choix pour les places. M. Hérault, intendant de Paris, son gendre, M. de Marville, homme de si mauvaise réputation pour la lieutenance de police, enfin le choix d'un conseiller d'État à la place de M. de Harlay, l'opposition de M. de Baudry à M. Gilbert, un des plus grands avocats généraux qu'ait eus le parlement, voilà ce qui indigne le public et le roi tout le premier, qui ne peut plus que remettre de jour à autre ce choix pour gagner terrain, et attendre de meilleures propositions de la part du cardinal.

Le roi n'est pas seul. Ainsi il n'est assujetti que parce qu'il veut bien l'être; il a un conseil particulier de gens sages qui le conseillent bien et vertueusement; il a une maîtresse et des amis, et tout cela est dans une grande indépendance du cardinal.

Ne croira-t-on pas aisément que tout ceci couvre quelque chose, et qu'un de ces matins Sa Majesté peut déclarer qu'elle veut gouverner, et ordonner la retraite du cardinal, ou le réduire à se retirer?

Car le redoublement d'absences du roi de Versailles, d'inutilités, de soupers, de promenades, de chasses, marquent clairement le mécontentement du roi, et

il dit par là : Je n'ai aucune part à cette mauvaise besogne, je proteste contre; cardinal, prenez-y garde
vous-même, ou je vais vous le dire, si vous ne l'en-
tendez pas.

9 janvier. — Le contrôleur général est le grand
ministre des volontés déraisonnables du cardinal;
lui qui a crié tout haut contre M. Gilbert de Voisins,
pour lui refuser la place de conseiller d'État qu'il
mérite si fort, se trouvant à présent sans charge
depuis qu'il a remis la sienne à son fils, après s'être
montré depuis trente ans un des grands magistrats
qu'ait eus le royaume. Il a même été pendant quatre
ans dans le conseil de finance, mais il plaît à M. Orry
de publier que M. Gilbert n'a servi le roi que dans le
parlement, comme si c'était servir le grand Mogol
que de servir comme il a fait.

Son concurrent était M. de Baudry, homme déshonoré et d'une richesse scandaleuse, et toute la négociation a roulé sur des intérêts de famille pour l'obliger à se défaire de son intendance des finances afin
de la conférer à Fontanieu, et, comme il le refuse, on
le tente par l'intendance de Grenoble qu'a Fontanieu
et qu'on promet de conférer à M. de Bercy de Conflans,
son gendre. Mais tout cela ne prend point, et Baudry
persiste à garder la place d'intendant des finances.
La famille de Fontanieu assure que le roi a tant besoin
du sieur Fontanieu, comme maître de son garde-
meuble, qu'il ne veut plus qu'il aille dans son intendance, et qu'il a chargé le cardinal de lui chercher
absolument une place qui le fixe à Paris. Ainsi il y a
apparence qu'il aura celle de conseiller d'État. On n'a

pas encore accouché de cette belle opération où des intérêts si bas décident des places de l'État et des prix du mérite.

Le bruit qui a couru que M. de Villeneuve, notre ambassadeur à la Porte, allait être conseiller d'État de robe, est un bruit faux. M. le cardinal a dit qu'il songeait à le faire *seulement* conseiller d'État d'épée, chose fort ridicule pour un homme qui a été lieutenant civil à Marseille. Mais voilà les idées de cet imbécile vieillard qui fait radoter tout l'État avec lui.

Tout son système politique est conduit absolument par M. Vanhoey [1], ambassadeur de Hollande. J'ai entendu celui-ci longtemps aujourd'hui sur cette matière; cela se réduit à ce que les Français doivent compter d'être toujours haïs de ces fiers Castillans qui sont tous, dit-il, sur le modèle du marquis de La Mina, et que, les Anglais étant destinés à la même haine contre nous, nous devons les laisser se battre tant qu'ils voudront, comme le Jupiter d'Homère laissait battre Achille et Hector. Je lui ai dit : Mais, monsieur, ce Jupiter-là n'était cousin ni d'Hector ni d'Achille. Il dit que le cousinage n'y fait rien en politique, enfin il prétend que ces choses en viendront à ceci, que les Anglais n'avanceront rien en Amérique contre les Espagnols; qu'ils y continueront bien quelque commerce frauduleux, mais qui ne les dédommagera de rien; qu'ils se ruineront en la dépense de leur flotte; qu'elle ôte

---

1. On a imprimé les lettres et négociations de ce personnage auquel d'Argenson attribue une certaine influence politique sur les affaires de France. Il en parle au n° 1050 de ses *Remarques en lisant.*

tous les matelots à leur marine marchande ; que ne
portant plus aucunes marchandises en Espagne, on
verra bientôt les révoltes et les banqueroutes des ma-
nufacturiers d'Angleterre ; que, d'un autre côté, les
Espagnols se voyant sans leurs revenus des Indes
orientales et occidentales, ces fureurs réciproques se
lasseront bientôt, et qu'ils écouteront enfin la voix de
la raison qui sera, aux Anglais, de convenir d'un règlement pour empêcher les fraudes en Amérique, et aux
Espagnols, de renoncer à leur ridicule empire des mers
d'Amérique, et qu'alors ils écouteront notre médiation
et celle de Hollande.

Je lui ai objecté que les Anglais se piqueraient de
plus de résistance dans leur opiniâtreté qu'il ne le pensait ; qu'ils feraient marcher le Portugal *ad nutum*, et
feraient par là une descente en Espagne, et porteraient l'empereur à attaquer le roi des Deux-Siciles.
M. Vanhoey traita cela de chimère et d'impossibilité ;
mais le printemps en décidera.

Il convient de l'envie générale qu'on a d'abaisser la
maison de France, et que, si la mort de l'électeur Palatin arrivait sur ces entrefaites, on verrait la jonction
de l'Angleterre et de la Prusse opérer une guerre
épouvantable pour abaisser notre maison. Voilà donc
une objection contre son propre système.

Il dit que notre alliance intime de France avec la
Hollande nous rendra pacificateurs universels de
l'Europe tant qu'on suivra le système du cardinal,
de quoi je crois bien une partie, mais non le tout.

Il court une réponse ridicule du cardinal à une
lettre de Fontenelle sur la nouvelle année, par où
notre grand ministre dit qu'il ne faut à l'Europe que

beaucoup d'ellébore d'Anticyre, ce qui est pris, comme on peut juger, pour les Espagnols et les Anglais.

16 janvier. — M. le Duc est fort mal d'une dyssenterie avec fièvre : il a eu une mauvaise nuit. On n'ose pas lui donner l'ipécacuana, car on craint l'inflammation et on l'a saigné plusieurs fois. Il a l'estomac perdu depuis longues années ; il ne se soutient plus qu'en se privant de dîner, mais soupant beaucoup, phénomène singulier d'estomac, et qui toutefois lui réussissait, et faisant un continuel exercice de chasse, ce qui prouve que le vice n'est pas dans les humeurs, mais dans la membrane, de sorte que son danger est apparent. En cas de cette perte, le parti anticardinaliste et chauveliniste perd beaucoup : quoique ce prince agît avec peu d'esprit par lui-même, il représentait à la Cour par son poids, par son rang, par sa fermeté et par tous ses entours nécessaires. On prétend que c'est une question si la maison d'Orléans y perd ou y gagne. Le cardinal n'en sera que plus aheurté à barrer son élévation et sa consistance ; il laissait batailler la rivalité de M. le Duc, et voici qu'il combattra à force ouverte pour s'opposer au mariage de M. le duc de Chartres avec Madame l'aînée.

On m'a dit aujourd'hui, sous le dernier secret, que M. le duc d'Orléans songeait sérieusement et vivement à se retirer du monde et à vivre tout à fait monacalement. On ne lui donne pas deux ans pour ce parti-là, n'ayant d'ambition que la sainteté ; ou ce sera après le mariage de M. le duc de Chartres, ou même avant, s'il faut l'attendre encore quelques années, c'est-à-dire

qu'il lui suffira de voir à M. son fils l'âge de raison
et de conduite, et son projet pour lors est de lui remettre sa maison telle qu'elle est.

Il en a parlé sur ce pied depuis peu. Il n'a accordé
à M. Du Guesclin la place de premier gentilhomme de
sa chambre qu'à condition qu'il remplira celle auprès
de son fils dès qu'il lui fera sa maison. M. de Balleroy
a fait goûter Du Guesclin à M. le duc d'Orléans, quoique M. de Graville fût plus lié avec M. Fr. qui y a
échoué. Le projet dudit sieur de Balleroy est de faire
en sorte que l'on ne fasse pas la maison de M. le duc
de Chartres, même après qu'il sera marié, et alors,
sans caractère de gouverneur ni autre, il sera tout
dans la maison de ce jeune prince, étant toujours,
comme il est actuellement, premier gentilhomme,
écuyer, etc., y commandant sur tout, et ayant gagné
toute l'amitié et la confiance de son jeune élève, ainsi
que de son père. Mon frère s'est avisé, mal à propos
pour ses intérêts, d'ôter Bombelles[1] du gouvernement
de M. le duc de Chartres, et il dit qu'il boit bien sa
faute tout au long, s'étant brouillé insensiblement
avec ledit sieur de Balleroy, son cousin germain, par
trop de servitude et de sujétion où il le voulait mettre
à son égard, jusqu'à en vouloir faire son espion et l'engager à servir ses passions de haine, de ressentiment
ou d'autres préventions; et ledit sieur de Balleroy goû-
tant fort aujourd'hui son indépendance de mon frère,
qui va à le rendre le maître de plus en plus, et auprès de
M. le duc d'Orléans, et beaucoup en espérance auprès
de M. le duc de Chartres, quand ce jeune prince de-

---

1. Voy. *Journal de Barbier*, III, 14.

viendra le maître, au lieu que si Bombelles était resté, mon frère continuerait à être le seul conseil de cette maison.

M. le duc de Chartres tient du côté de sa mère, et est allemand jusqu'au bout des ongles. Il n'a aucune imagination, ni goût d'esprit : les bons mots, les pointes, les vers, tout ce qui n'affecte point les sens n'a aucun droit sur lui ; mais il est ferme, de bon sens, bon, juste, droit, homme de parole, et haut comme le doivent être les princes. Il est élevé dans une hauteur contre les ministres, et surtout contre le cardinal de Fleury, qui menace d'avance tout ministre qui le choquera par la suite avec imprudence. Certainement le cardinal a eu grand tort d'insulter, comme il a fait, M. de Balleroy sur l'article de sa naissance, en ne voulant pas qu'il montât dans les carrosses du roi ni que son fils dansât aux bals de M. le Dauphin, quoiqu'il lui eût promis ce qu'on appelle les honneurs de la cour, en devenant gouverneur de M. le duc de Chartres. La raison du refus a été que son père a été six ans maître des requêtes, et cependant il est d'une ancienne noblesse de Normandie, et toujours dans le service militaire, avec de grandes alliances dans sa province[1]. Car, dans son ressentiment, M. de Balleroy

---

1. La correspondance manuscrite de la marquise de La Cour, mère de M. de Balleroy, donne en effet l'idée la plus favorable de cette famille, véritable type de cette noblesse de province, dont il existait encore quelques représentants, qui paraissait rarement à la cour, faisait valoir ses terres, et conservait, avec le même soin que son patrimoine et son rang, les traditions et les vertus d'un autre âge. Le respect et l'affection que d'Argenson leur porta en toute circonstance témoignent hautement en sa faveur.

ne met plus les pieds chez M. le cardinal, depuis dix-
huit mois; son élève n'y va pas davantage, et ce
prince est élevé dans toute l'aversion possible contre
le cardinal.

On a regardé comme une grande sottise au cardinal
de se défaire de M. Hérault, et encore plus grande de
laisser passer la place de lieutenant de police à M. de
Marville, gendre de M. Hérault. On a laissé faire ces
deux opérations avec empressement pour que la vieille
Éminence donnât dans ce panneau. Marville est Feydeau, dont une branche a été anoblie en 1611, mais
la branche de celui-ci est d'une roture parfaite. Il n'a
ni fonds, ni science, ni réputation, ni usage du monde,
et est incapable de se soutenir par lui-même. M. de
Maurepas se livre de plus en plus au parti de Bachelier et songe à abaisser cette place, comme le premier
intéressé : il fait attendre des heures entières ledit
Marville dans son antichambre, et il est bien éloigné
d'oser encore se plaindre de ce ministre qui lui garderait
bien d'autres déboires. Peu à peu, M. de Maurepas
passera à d'autres affronts contre ce Marville. On le
trouve déjà trop faible pour les interrogatoires de la
Bastille, et on a déjà retenu la semaine passée M. Hérault à Paris, lorsqu'il voulait partir pour sa terre, à
cause qu'il fallait interroger un prisonnier étranger
qu'on disait avoir eu part à l'assassinat de Saint-Clair
en Silésie. On ne doute pas que bientôt on ne donne
la commission de l'Arsenal et de la Bastille à quelque
maître des requêtes, favori de M. de Maurepas, ou
même à quelque conseiller d'État, comme mon frère,
qui se baissera peu à peu et dégradera ledit Marville.
Par là, M. le cardinal perdra son bras droit, qui est le

lieutenant de police, pour découvrir les choses les plus secrètes.

Le roi continue à tenir ferme contre le cardinal, pour nommer conseiller d'État, à la place de M. Harlay, tout autre que M. Gilbert. Sa Majesté remet cette nomination de semaine en semaine, et ce sont là les seules armes qu'elle emploie contre le cardinal, résister en différant, moyen que le cardinal lui a enseigné lui-même. Du reste, il se laisse gouverner tant bien que mal, comptant toujours réparer les choses en définitive, les affaires du dehors allant avec douceur et modération, avec une étoile heureuse en tout, quoique tout soit gouverné sans plans ni principes. Mais il faut convenir que les affaires du dedans sont dans un état épouvantable. Les ordres ont été donnés aux receveurs des tailles de conduire doucement leurs recouvrements. Cependant les dépenses vont leur train, et on s'attend, lors des mars, quand il faudra semer ses grains, à une cherté aussi insupportable, que la disette sera réelle dans tout le royaume. M. Orry, qui sait mieux qu'un autre où tout cela en est, ne cache pas son impatience d'être hors du ministère des finances et de passer à celui de la guerre ; mais M. d'Angervilliers se soutient autant qu'avant sa maladie, et ne veut point entendre parler d'abdication, sur quoi, on croit qu'il a des ordres intimes de Sa Majesté.

M. Chauvelin ayant la véritable confiance du roi par l'entremise du sieur Bachelier, s'est acquis l'estime du roi en commençant par donner toujours le conseil de ne jamais culbuter le cardinal et de le laisser mourir dans sa place, et il ne peut reculer dans ce conseil, quoique la durée de la vie du cardinal se prolonge contre toute attente; mais on ne peut s'empêcher de croire qu'il mourra bientôt. En attendant, il mange comme un diable et abuse de son estomac si délabré.

On a nouvelle que M. le prince de La Torella est mort à Madrid d'une fièvre pestilentielle. Il venait d'y être fait grand d'Espagne et nommé ambassadeur du roi des Deux-Siciles à Madrid.

M. de La Mina part incessamment pour Madrid, et il est à croire que M. Chauvelin n'a pas été fâché de la disgrâce d'un tel homme, fougueux, hautain, imprudent, grossier et plus dangereux comme ami que comme ennemi.

19 *janvier*. — Les Anglais tentent l'empereur de plus en plus, pour le faire entrer en guerre. Robinson[1] a reçu de grosses remises pour faire des présents à la cour de Vienne. D'autres Anglais ont reçu de plus grosses remises encore à Venise, pour payer subsides aux troupes que l'empereur a en Italie et pour gagner la cour de Sardaigne.

Peut-on douter que le roi de Sardaigne n'aime fort une telle guerre qui peut encore augmenter ses États et qu'il n'y excite l'empereur *totis viribus ?*

Peut-on douter que ce ne soit l'intérêt de l'empereur, s'il en est bien payé et récompensé par les puissances maritimes? Par là, il aura sa revanche des deux mauvaises guerres dont il vient de sortir si mal; par là, il s'augmentera en Italie et en chassant les Français

---

1. Sir Thomas Robinson, ambassadeur à Vienne, élevé plus tard à la pairie, avec le titre de lord Grantham.

et Espagnols, tous les jaloux de la France y donnant les mains et le souhaitant.

Cette guerre sera donc en Italie uniquement, et avant de la commencer, la grande sottise de notre ministère aura laissé l'empereur y faire filer quelques soixante mille hommes. Quelle guerre que d'avoir contre nous en Italie l'empereur, le roi de Sardaigne, le Milanais, la Toscane, Parme, Mantoue, et Modène sans doute avec tout l'argent des Anglais !

Le ministère anglais a en vue de se soutenir et de ne pas être pendu. Le parti opposé ne doit pas être regardé comme une anarchie ; Pulteney et adhérents sont des têtes et des gens de conduite; ils envient notre situation, nos vues sur le commerce, la renaissance de notre navigation et surtout notre établissement de commerce en Espagne. Enfin, ce parti opposé n'a pas envie d'être décrédité dans sa nation par les mauvais effets d'une levée de boucliers comme celle faite jusques à cette heure, où il en coûte déjà quatre à cinq millions sterling, sans compter la perte immense des commerçants. Ils veulent au contraire tirer de ceci de grands avantages de commerce et proportionnés à leurs grandes avances, comme le renouvellement du traité d'Assiento pour autres trente ans, toute libre négociation en Amérique et grand dédommagement des déprédations.

La grande faute du cardinal a donc été de ne pas obliger l'Espagne à exécuter le traité du Prado d'il y a un an, quand l'Angleterre avait bien voulu s'accommoder à si peu de chose, poussée à cela par le ministère qui voulait éviter cet ascendant de son parti ennemi, et tant de frais à la nation et aux commer-

çants en particulier. Alors nous devions pousser les
choses avec l'Espagne jusqu'à nous joindre plutôt aux
Anglais pour contumacer l'Espagne. Une bonne
tête eût fait cela, et bien éloigné de cette salutaire
démarche, le sot cardinal s'est radouci pour l'Espagne,
a fait les mariages, donné des fêtes et l'a leurrée par
là de la secourir, ce qui l'a précipitée en cette mutinerie qui aura tant de mauvaises suites.

21 *janvier*. — Le roi continue, pour la nomination
aux places, son système d'attendre qu'on lui propose le
sujet qu'il préfère, et jusque-là de refuser tous les autres.

Telle va de plus en plus la nomination à la place de
conseiller d'État, vacante par la mort de M. de Harlay. Dieu veuille qu'il amène les choses à son projet
qui est d'y nommer M. Gilbert de Voisins, dont la
cause est si bonne dans cette occasion. Mais le cardinal ne le lui a pas encore proposé; à chaque travail où
il en est question, Son Éminence lui propose M. de
Baudry, de lui faire remettre sa place d'intendant des
finances à Fontanieu, puis de donner l'intendance
de Grenoble à M. Conflans de Bercy, gendre de
Baudry. On propose d'autres sujets comme M. de
Lesseville, M. de Creil, etc., et à tout cela le roi ne
répond rien, fait la grimace et dit qu'il n'a pas le
temps, et cela en est toujours là jusqu'à ce que l'on
propose M. Gilbert que le roi veut absolument, et parce
que cela est juste, et parce qu'il est l'ami et le conseil
de MM. de La Rochefoucauld, et que son fils a épousé
la nièce de Bachelier; et, par cela même, le cardinal
s'aheurte à ne le vouloir pas; et depuis un mois cette
place est à donner.

Telle vient d'être la nomination du chevalier de
Givry au gouvernement de Maubeuge. Le roi avait
dessein d'y nommer le marquis du Luc, dont le fils
vient d'épouser la sœur de Mme de Mailly, et cela faisait partie des espérances de ce mariage. Toutes les
dames de la petite cour du roi s'y démenaient; il est
donc arrivé que l'on a présenté à Sa Majesté plusieurs
listes où le nom du marquis du Luc ne s'est jamais
trouvé, et toujours, M. d'Angervilliers vaquant à son
travail devant Sa Majesté en présence de M. le cardinal, toujours, dis-je, le roi a remis la décision à une
autre fois. A la fin, le roi a senti du ridicule et du défaut de sagesse à laisser trop longtemps vacant ce
gouvernement de place frontière, et, à la troisième
proposition, il a remarqué le nom du chevalier de
Givry, comme ancien lieutenant général, criblé de
blessures, n'ayant rien et méritant beaucoup, et, sur
ce, en faisant beaucoup la grimace, Sa Majesté a fait
une croix. Je sais cela d'un de nos ministres qui me l'a
conté.

En vérité le cardinal rend la vie trop dure au roi;
il devrait se rappeler l'exemple de la reine Anne qui
souffrit dix ans de la duchesse de Marlborough; à la
fin une jupe brodée qu'elle lui refusa combla la mesure, et elle secoua le joug.

Cependant le ménage du jeune Vintimille va très-
mal avec sa femme qui est la sœur favorite de Mme de
Mailly. Il dit que cette grande halberda[1] pue comme

1. Vieux mot qu'on écrivait plus souvent *halbreda* et que le
Dictionnaire de Trévoux explique ainsi: « grande femme de basse
condition et mal bâtie. »

un diable, et il ne l'appelle que son petit bouc. Il est amoureux de sa belle-sœur, Mme de Flavacourt, et passe sa vie chez Mme de Mazarin, ce qui défait sa cour à plaisir auprès du roi. Il prétend qu'il est fait cocu par le petit Coigny, que sa femme a pris à force, et il dit les avoir pris sur le fait.

Il s'est plaint à son oncle l'archevêque de Paris de lui avoir fait faire un tel mariage. Le prélat a répondu que du moins étant fait, il fallait en tirer parti et ne pas fréquenter Mme de Mazarin, pour déplaire par là tant à Sa Majesté. Le neveu a répondu que ces voies-là séaient si peu à suggérer par un archevêque comme lui que cela lui avait porté malheur. Mademoiselle a été chargée de parler à Vintimille, de la part du roi, sur son mauvais ménage ; il a répondu que ce n'était ni à elle ni au roi de se mêler de ce qui se passait entre sa femme et lui.

Mme de Mazarin chet en pauvreté ; elle succombe sous l'aboiement de ses créanciers de tous côtés, malgré tout ce qu'elle a volé à la reine et ce qu'elle a tiré de ses amants, l'abbé de Broglie et M. de Nangis, et tout cela pour le donner à ses nièces favorites et contrecarrer le roi et Mme de Mailly, pour dépenser en folies de luxe et de fantaisies, et surtout pour donner à son amant, le beau du Mesnil. Elle vend ses pots à oille [1], nippes et bientôt son nouvel hôtel.

L'abbé de Broglie vient de se retirer dans une de ses abbayes pour y faire pénitence, ne se réservant que pour vingt mille livres de revenus et remettant ses autres bénéfices au roi. Il a été, dit-on, converti

1. Huile.

par un ministre protestant ; c'est une grande nouvelle et une grande folie que cela.

— On renouvelle les efforts pour donner à la France le cardinal de Tencin comme premier ministre. Le cardinal dit que le roi a besoin d'être gouverné et qu'il le sera toujours. Il sent ses forces s'évanouir, il craint le retour de M. Chauvelin, et il y sacrifie tout. On m'assure que M. de Maurepas est de ce nouveau complot pour faire revenir ici le cardinal de Tencin, sous prétexte d'y prendre des instructions pour la prochaine élection du pape. En effet, M. de Saint-Aignan qu'on a toujours laissé à Rome comme notre ambassadeur, est une pierre d'attente visible pour ce retour imprévu qu'imagine le cardinal, lequel sentant le cours des intrigues qui lui sont contraires souhaite ce digne adjoint pour l'aider à gouverner la cour et les affaires; mais c'est une grande bassesse à M. de Maurepas de tremper dans un tel complot, et à force d'intrigues, malgré sa stabilité apparente, ce ministre court risque de déplaire au roi qui s'éloignera toujours d'une pareille proposition. Le principal est que le cardinal sente l'accablement des affaires et l'instabilité de son crédit.

24 *janvier.* — Bachelier est devenu d'une si grande discrétion qu'il n'y a plus ni maîtresse ni ami à qui il dise rien au monde de ce qu'il fait avec le roi. Il confère avec Sa Majesté plus que jamais et plus longtemps que jamais, tandis que le cardinal passe tout au plus, comme je le dis, une heure en deux fois tête à tête avec Sa Majesté.

Cependant Bachelier voit le cardinal trois quarts d'heure ou une heure chaque jour. On croit qu'il s'agit de remettre le roi en amour avec la reine, et que c'est là ce que traite le cardinal avec abondance de cœur comme le comble de sa gloire, après quoi plût à Dieu qu'il voulût dire : *nunc dimittis servum tuum, Domine*. Mme de Mailly perd tous les jours de son empire sur le cœur du roi, il ne la supporte plus que par la force de l'habitude : on remarque chaque jour davantage que le roi ne sera jamais adonné à l'empire des femmes. Avec cela il craint le diable. Le P. de Linières, soutenu du cardinal, tient toujours bon pour lui refuser l'absolution; il en revient souvent des inquiétudes au roi; au moindre bobo, il craint l'éternité et ses horreurs; il ne prend pas absolument la religion en petit; mais, en ayant une véritable persuasion, il ne la prend pas assez en grand pour reconnaître qu'il n'y a de grandes fautes que celles qui font tort au prochain; il n'a donc sur cela l'esprit ni grand ni petit.

Bachelier est en continuelles conférences avec la reine et est devenu son meilleur ami. Elle se radoucit, elle dépose toute humeur, elle croit regagner par lui sa place auprès de son époux.

Ainsi voilà Bachelier l'ami des trois grands personnages de l'État, et, loin de tenir par le maq.....age, à peine voit-il Mme de Mailly, sinon en passant; il la méprise et il s'est élevé fort au-dessus d'elle. Il se trouve en grande estime par le rôle qu'il joue, et d'autant plus qu'il a forcé à cette estime. Le cardinal ne perd aucune occasion de le louer, et au fond sa conscience doit s'accorder avec les témoignages nécessaires, puisque ce favori persévère dans ses principes d'honnête homme.

Mais ces mêmes principes le conduisent à rester ennemi de ceux qu'il a haïs ci-devant, comme à aimer les disgraciés auxquels il s'est attaché. Ainsi, de toutes les tentatives que peut entreprendre le cardinal auprès de Bachelier, aucune ne réussira à détourner Sa Majesté de reprendre M. Chauvelin et de disgracier M. Orry et le chancelier. Le retour de M. Chauvelin culbute naturellement le petit Amelot; ainsi rien n'empêchera un changement général dans le ministère, par la mort ou la retraite du cardinal.

25 *janvier*. — M. le Duc est à toute extrémité : il a mandé ses notaires, le curé de Saint-Sulpice, et a reçu hier les sacrements. Il s'affaiblit, il est comme un homme de cent ans, accablé par une grande maladie, et dont les forces ne pourraient jamais revenir; il n'a plus d'accidents de sa dyssenterie que des maux de cœur et des vomissements; mais ce sont les pires de tous.

Une de ses créatures, voyant cette perte trop assurée, m'a dit qu'il aurait sûrement eu le grand crédit sitôt après la mort du cardinal, et on voit bien qu'il s'en flattait; il remettait M. Chauvelin en place; on regardait cela comme son ouvrage. M. Chauvelin s'était donc bien assuré en partant de M. le Duc, de M. Bachelier et de Mme de Mailly et on voit combien étaient solidement fondées ses espérances. Le grand nœud de la réconciliation avec M. le Duc (car il avait été le principal conseiller du cardinal pour chasser M. le Duc, n'étant que président à mortier), le grand nœud, dis-je, était la promesse de remettre Breteuil en sa place, car son honneur y était pleinement intéressé; il l'avait ménagé ensuite par ses amis et par Mme d'Egmont; Mme la princesse de Conti en était le corroboratif.

Mais parvenir par les princesses du sang à l'administration de l'État me paraîtra toujours un crime qui engage aux grandes injustices, à moins qu'on ne fût né dans leur maison.

Ils ne sont donc que trop portés à abuser de leur influence. Ainsi M. le Duc avait poussé son gouvernement de Bourgogne à la vice-royauté et au pillage, et sa grande maîtrise de la maison du roi à un profit exorbitant: il tirait, l'un portant l'autre, cinq cent mille livres de chacune. Il avait pris à la tête de ses affaires un Breton nommé Lézonnet, homme d'une mauvaise réputation pendant qu'il a été conseiller au parlement, et il se croyait assuré de le faire conseiller sitôt après la mort du cardinal.

Mais il est indubitable qu'après quelques coups de reconnaissance, le nouveau ministère succédant au cardinal (et que je crois fermement devoir être M. Chauvelin), se serait brouillé à couteaux tirés avec M. le Duc qui n'aurait pas manqué d'y trouver de l'ingratitude, comptant sur trop de choses.

Je ne sais d'ailleurs s'il désirait beaucoup revenir au pouvoir : jamais il n'y a eu d'homme plus borné en affaires et qui le sentit avec tant d'excès; il avait soif de la justice, mais il n'y voyait goutte, et, le fond de son caractère étant la rudesse, elle le rendait plus enclin à la sévérité qu'à la générosité en matière d'administration.

Breteuil y perd tout : il n'avait que ce ressort pour rentrer au ministère de la guerre; c'était, comme j'ai dit, le nœud et le sceau de la liaison de M. Chauvelin avec M. le Duc; hors de cela, M. Chauvelin, qui se connaît en hommes mieux qu'aucun que j'aie jamais vu, et voulant garnir les places des gens les plus capables, jettera sa vue sur quelqu'un où il y ait plus d'étoffe que Breteuil, ou sur quelque sien parent, comme sur le petit Chauvelin, intendant de Picardie, qui est très-ardent au bien public et dont l'esprit de justice tempérerait les désagréments qu'il pourrait donner avec sa rudesse aux officiers, s'en faisant haïr en faisant leur bien ; et convenons que M. Chauvelin voulant affermir son crédit en rentrant au ministère, ne manquera pas, s'il se peut, de conférer les principaux emplois à ses parents, puisque ces liaisons naturelles assurent toujours le crédit.

La cour reste presque sans princes du sang, si on en excepte le seul M. le duc de Chartres, qui s'élève pour y figurer avec assez de bon sens et de dignité, qui est le seul rôle de prince du sang, et dès qu'on exceptera l'extrême dévotion en petit, comme celle de M. le duc d'Orléans, ou l'extrême débauche, crapule et folie, comme MM. de Charolais, de Clermont et de Conti.

M. le Duc a de patrimoine dix-neuf cent mille livres de rentes, et son gouvernement, charge et pension allant environ à un million, il avait bien trois millions de rentes. Il doit sept millions dont beaucoup en rentes viagères, ce qui lui donnait environ trois cent quatre-vingt mille livres de charges annuelles. Toute l'autorité sur cette maison va tomber à la vieille et méchante

duchesse douairière : M. le prince de Condé n'a que
trois ans.

M. Chauvelin gagne encore à la mort de M. le Duc
d'être débarrassé d'une épine fâcheuse dans le pied
que lui avait donnée cette fameuse découverte de
M. le Duc, des amours de Mme la duchesse, sa femme,
avec le jeune Bissy, neveu de M. Chauvelin. On prétend un roman assez singulier sur ceci, c'est que ledit
Chauvelin n'était que le messager du roi, et que Sa
Majesté a un grand goût pour la petite duchesse, ce
qui va donc aller grand train à présent, si cela est vrai.
Les actions de Mme de Mailly perdent chaque jour et
le roi ne la conserve plus qu'à regret; il prend plus
de goût et d'amitié pour sa sœur, Mme de Vintimille
qui est une bonne femme au fond, mais puante de
l'estomac.

28 *janvier*. — M. le Duc[1] est mort la nuit d'hier,
et avant-hier, à deux heures du matin, on l'a soutenu
dans cette vie vingt-quatre heures de plus avec son
élixir, qui redonne des esprits au sang, mais qui raccourcit la vie animale, si elle prolonge de quelque
chose la vie spirituelle. On a soutenu à Paris, pendant
deux jours, qu'il était mort quand certainement il ne
l'était pas. On prétendait qu'on cachait sa mort et j'ai
entendu soutenir cette thèse à des gens en place,
thèse où il y avait grande absurdité, car quel en pouvait être l'objet? pour quelques articles de survivance?

---

1. Louis Henri duc de Bourbon-Condé, pair et grand maître de
France, gouverneur de Bourgogne, né le 18 août 1692, avait été
premier ministre après la mort du Régent.

et au contraire quelle n'en était pas l'indécence !
M. de Fortia, conseiller d'État, et chef du conseil de
M. le Duc, à qui, à la vérité, la confiance et les fonctions de détail avaient été ôtées par M. de Lézonnet ;
mais ledit sieur de Fortia jouissant toujours d'une
grasse pension sur ce prince, et lui devant toute son
elévation, a donné en cette occasion une preuve aussi
ridicule qu'infâme de sa bassesse de cœur. Mardi matin, il manda au bureau de M. de Courson, où j'étais,
et qui allait commencer, qu'il ne pouvait y venir de
deux jours, à cause de la mort de M. le Duc, qui lui
donnait tant d'affliction et tant d'affaires, et M. le Duc
vivait encore alors et n'est mort que deux fois vingt-
quatre heures après. Mais Fortia fit bien plus, on le
sait : il se transporta sur-le-champ à Issy et demanda à
parler au cardinal. Barjac lui répondit qu'il ne pouvait
l'annoncer parce qu'il n'était pas sur la liste des man-
dés ; il répliqua qu'il n'avait qu'un mot à dire, et que
c'était quelque chose qui ferait plaisir à Son Éminence ;
et il eut audience. Quelle audience d'ingratitude ! et
quelle mauvaise opinion n'a-t-il pas dû donner de lui
à ce plat cardinal même, qui, tout malicieux qu'il est
de cœur, juge bien des hommes vicieux, dans toute
la malignité de son cœur. Que je connais cependant
de gens capables d'une telle démarche et qui n'en
seraient préservés que par l'esprit, et non par le
cœur !

Le cardinal a donné ce trait ridicule dont on a parlé :
Il est vrai qu'il rencontra l'autre jour M. de Bissy,
beau-frère de M. le garde des Sceaux, dans un passage ; qu'il lui prit le doigt et l'approchant de sa joue
il lui dit : « Frottez, monsieur, voyez donc si je mets

du rouge, comme vous le dites par vos mauvais discours.

On ne nomme point à la place de conseiller d'État de M. de Harlay : le roi tient toujours bon pour M. Gilbert, quoique le cardinal refuse de le proposer. J'ai fait mes compliments à M. d'Aguesseau sur l'honneur que cela faisait à M. le chancelier de tenir bon et de recommander, comme il faisait, M. Gilbert.

29 *janvier.* — Le bruit a été grand, hier, qu'on donnait la charge de grand maître de la maison du roi au duc de Fleury, et on ne s'en étonne pas, tant l'animosité et le mépris sont grands pour le cardinal ! On n'hésite pas à croire qu'il dépouillera le petit prince de Condé d'une grande charge héréditaire, pour la donner à son polisson de neveu ; et, d'un autre côté, la séduction de notre maître à l'égard de ce vieux radoteur est si grande, dans l'opinion de tous, qu'on ne veut pas qu'il y puisse résister quand il le doit. On dit, d'une autre façon, que cette charge et les droits du gouvernement de Bourgogne seraient extrêmement retranchés, et qu'on les donnera en administration pendant la minorité ; et, pour marquer encore le ridicule du ministère, on ajoute que ce sera à la Compagnie des Fermiers-Généraux, parce qu'on voit que ces gens-là font les délices du cardinal.

Les fausses démarches de M. de Fortia, dont j'ai parlé hier, font grand bruit ; on croit cependant qu'elles plairont à Mme la Duchesse douairière qui hait les gens attachés à feu son fils, et qui fera triompher ceux qui s'en étaient détachés.

Le bruit avait couru ces jours-ci que M. le duc
d'Orléans demandait la grande maîtrise et le gouvernement de Bourgogne, en remettant celui du Dau-
phiné; cela est revenu à ce prince aussi honnête
homme que pieux, et il a déclaré devant plusieurs
que, s'il les demandait, ce serait pour le jeune prince
de Condé, au cas que son intercession lui fût bonne
à quelque chose.

M. le Duc est mort par sa propre faute, comme il
arrive à tous les gens qui périssent à la fleur de leur
âge (il n'avait que quarante-sept ans). Il s'était fait un
mauvais estomac; tout ce qu'il opposait à cela était
de ne point dîner pour beaucoup souper; d'aller vio-
lemment à la chasse pour avoir plus d'appétit le soir,
et de prendre force élixirs de sa façon. Il avait un
dévoiement continuel depuis deux ans et il l'augmentait par un tel mauvais régime, au lieu de rétablir la
nature par le régime.

On va faire la ponction à M. Hérault; son hydropisie augmente, il passe des nuits affreuses, il a la
tête troublée, il se meurt. On croit que sa mort faisant deux places de conseiller d'État vacantes, cela
accordera la dispute entre le roi et la justice, d'un
côté, pour M. Gilbert, et le cardinal et ses ressenti-
ments, de l'autre, au moyen de quoi on donnera la
première à M. Gilbert et la seconde à Baudry. Quelqu'un que je sais a pris soin de redire aux plus mutins du parlement le discours ordinaire de M. Orry,
quand on lui objecte les longs services de M. Gilbert. On lui dit : il a servi le roi trente ans; il répond : Bon! il a servi contre le roi dans le parlement. Cependant il est grandement à remarquer

que, depuis que le parlement se doute que le gouvernement du cardinal n'est plus que précaire, et qu'il voit que le roi sent et pense par lui-même, et qu'il est à la veille de gouverner par sa propre volonté, depuis cela, dis-je, le parlement est sage et ne s'émancipe plus comme ci-devant; il attend les meilleurs temps, comme font tous les gens sages, il espère au roi, et il se garde bien de rien gâter.

30 *janvier*. — Le moment de la mort de M. le Duc n'a pas manqué d'être celui de la disgrâce de Lézonnet, quoique M. le Duc, par son testament, le nommât pour chef du conseil de son fils. A l'instant Mme la Duchesse l'a chassé de cette place et lui a substitué ce vieux fripon de Fortia.

Le roi a donné à M. le prince de Condé, qui a trois ans, la charge de grand maître et le gouvernement de Bourgogne; mais, jusqu'à ce qu'il ait dix-huit ans, la charge sera exercée par M. le comte de Charolais et le gouvernement par M. le duc de Saint-Aignan, notre ambassadeur à Rome, le tout avec de grands retranchements, et comme en sait si bien faire le cardinal; ce que je ne désapprouverais pas pour le bien du royaume, s'il ne tombait pas dans d'indignes minuties. On voudrait qu'il ne retranchât rien ou qu'il retranchât davantage.

Le ministre se donne une furieuse épine dans le pied, en confiant l'exercice de la dernière charge à M. de Charolais, homme furieux et forcené qui ne parlera que de rompre des cannes, d'assommer et de brûler, sur les moindres prétentions qu'on lui disputera.

A l'égard de M. de Saint-Aignan, cet exercice d'un grand gouvernement pendant quinze ans lui est donné pour lui procurer subsistance. Il restait à Rome ambassadeur, quoique le cardinal de Tencin y fût chargé de nos affaires, pour lui continuer ses appointements, parce que sa fortune est dans un désordre horrible; mais on demande, si M. le prince de Condé venait à mourir pendant ces quinze années : lui laisserait-on ce gouvernement? et c'est ce qui pourrait bien arriver, surtout pour éviter de le donner à M. de Charolais; et, comme les gouvernements ne sont qu'à vie, on conférerait après lui le gouvernement de Bourgogne à un prince du sang, s'il le fallait absolument.

L'archiduchesse aînée, grande duchesse de Toscane, vient d'accoucher encore d'une fille, qui est la troisième. Voilà trois couronnes, dont deux bien grandes, où les épouses ne donnent presque que des filles; notre reine, la grande duchesse que regarde toute la succession autrichienne, et la princesse du Brésil. On craint sur cela de marier les collatéraux, de peur que, venant eux à avoir des mâles, ils ne donnassent trop de jalousies à leurs aînés; de là viendront des guerres où, par ce petit point de basse jalousie, on fait mourir des millions d'hommes.

— Le roi se trouva mal quand on lui annonça la mort de M. le Duc.

C'est Mme d'Egmont, maîtresse de M. le Duc, qui lui a annoncé sa mort; depuis cela, elle ne l'a plus vu en particulier, et toujours avec sa famille.

M. le Duc fait par son testament des legs pieux et

des legs domestiques [1] : il nomme M. de Lézonnet son
exécuteur testamentaire et chef du conseil de son fils,
et lui donne un diamant de cinquante mille livres. Il
nomme Mme la Duchesse, sa femme, et M. le comte
de Charolais tuteurs de M. le prince de Condé. La
première chose que M. le comte de Charolais a dite à
sa belle-sœur, a été de se défaire d'une douzaine de
carognes qu'il voyait autour d'elle et qui n'avaient travaillé qu'à sa perte; et que, moyennant cela, tout
irait bien.

Il a envoyé proposer ensuite à Lézonnet d'admettre
M. de Fortia dans la conduite des affaires de la maison, disant qu'on savait l'utilité dont leur avait toujours été M. de Fortia et les services qu'il avait à rendre
à la famille, et, sur cela, Lézonnet a envoyé sa démis-
sion de tout, disant à ses parents que M. le comte de
Charolais était un homme incompatible, fougueux et
furieux dans des temps, et d'ailleurs si misanthrope
et atrabilaire qu'il s'enfermait quelquefois dans sa
maison des Porcherons, et qu'au diable alors qui
pourrait lui faire signer un papier, quand bien même
le feu serait dans la maison. Il dit que Lézonnet était
un fripon à rouer, mais il ignore sans doute qu'on en
dit autant de M. de Fortia qu'il a repris, et que
les preuves même sur celui-ci sont plus fortes et

1. On lit dans les Mss Narbonne, t. XI, qu'il laissait à son fils
150 000 livres de revenu en fonds de terre, sans compter les autres valeurs considérables qu'il possédait, notamment en actions
de la compagnie des Indes. « Il délibéra en son conseil, dit une
gazette du temps, de faire abattre 109 châteaux sur ses terres,
pour en éviter les entretiens. » Avec tout cela, Barbier assure
qu'il laissa huit millions de dettes.

constituent la chose prouvée dans une espèce plus noire.

M. le comte de Charolais était né avec de la beauté et un courage comme en ont tous ceux de la maison de Bourbon, mais plus ou moins, à la vérité. Sa branche est sujette à la folie, la bile noire s'y allume, cela paraît par quantité de traits en jeunesse, et, en vieillesse, cela se tourne à la véritable folie, comme on a vu à Mme la princesse de Conti, mère de Mlle de la Roche-sur-Yon, feu M. le Prince qui se croyait lapin blanc, etc. D'abord M. de Charolais, devenu son maître, alluma sa fureur par force vin pur, n'y mettant jamais une seule goutte d'eau ; cela le porta à des actions de férocité et de cruauté qui lui ont donné une grande réputation d'être un ogre, et bientôt il a cultivé ce métalent en s'enfermant en solitude par incomplaisance et misanthropie, et sa santé s'est ressentie de ce goût morose et atrabilaire. Au fond, il est bon homme et même vertueux, il a quelque esprit, de la discussion, du besoin d'affaires, d'occupations et de donner à repaître à son esprit. Il a toujours été porté au monoputanisme, c'est-à-dire à aimer une seule p...., et, avec constance ; il en exige chose fort déraisonnable, qui est qu'elle soit fidèle , et, comme il y éprouve des contrariétés, sa fureur se porte alors plutôt contre les séducteurs que contre la séduite. Il a eu vingt prises avec les gens en place, et, au fond, ceux-ci avaient tort et l'avaient trompé. Alors sa fureur est extrême, il s'indigne contre l'injustice et contre les vices du cœur ; il serait un autre Hercule s'il était le maître, mais il lui manque sur cela l'esprit de suite, assez de vaste dans l'esprit ; on distingue le

bien au travers de ses passions et de ses piques qui
l'emportent à la fureur, et un penchant à aimer autant
la vertu et la souffrance qu'il hait les qualités et situa-
tions opposées.

Il n'a pas encore accepté, comme on a dit, l'administration de la charge de grand maître de la maison
du roi ; on assure que le cardinal y fait de beaux retranchements ; qu'il sera impossible à un prince du
sang de l'exercer sur ce pied-là. Je veux croire qu'il
cédera sur les choses de profit, puisqu'il a un fond de
vertu, mais gare les grosses querelles dans les articles
honorifiques !

On assure que le roi a un fond de goût pour
Mme la Duchesse qui reste veuve ; qu'il pourra bien
la prendre à son service et remercier Mme de Mailly ;
et on sait de bonne part que son confesseur promet
de lui donner l'absolution, s'il fait une si bonne
affaire, parce qu'étant veuve et libre, il y aura moitié
moins de péché, au lieu que Mme de Mailly a son
mari vivant, ce qui fait le double adultère.

31 *janvier*. — Nouveau radotage du cardinal, nouvelle indignité. Le jour de la mort de M. le Duc, il
entra chez la reine ; Mme de Luynes lui dit, avec les
grâces qu'on lui connaît : Eh bien ! monseigneur, ce
pauvre M. le Duc est mort. Le cardinal a pris son visage
d'enterrement, a dit que c'était un honnête homme,
que c'était dommage ; comment il était mort tout en
vie, avec toute sa tête, et s'est affligé. Au même instant,
Mmes de Villars et de Bouzols sont venues lui dire :
Le pauvre M. le Duc est mort. Il s'est retourné et leur
a dit : « M. de la Palisse est mort, et s'il n'était pas

mort, il serait encore en vie. » Vieille chanson, mauvaise turlupinade, basse indignité contre un prince qui avait le cœur du roi, et dont Sa Majesté a pleuré et s'est trouvée mal. Encore un peu plus outre, et le radotage sera consommé.

Voici à peu près la suite d'une conversation que j'ai eue aujourd'hui avec Pecquet sur les affaires du dedans et du dehors. Dans six semaines, la famine et la misère seront plus grandes que jamais dans le dedans du royaume : de bons citoyens en ont écrit au cardinal avec plus de vérité que les ministres ne le lui disent, et ils en ont proposé les expédients pour les prévenir, mais il n'en tient compte.

Le mauvais ange de la France veut, dit-il, que le cardinal se porte mieux que jamais, il reprend chair et une chair ferme et bonne ; il travaille plus que jamais et décide sans sollicitude ; il n'est que dans sa quatre-vingt-huitième année, il pourra aller encore plusieurs années, il n'a pas été si mal qu'on a dit pendant ses dernières grandes maladies. Tout fléchit devant lui, on s'accoutume à sa tyrannie. Il n'y a aucune tête aujourd'hui, aucun cabinet en Europe, où il y ait capacité pour un plan général politique, là où l'on dise : si l'on fait cela, je ferai cela. La cour de Vienne est ballottée entre le Bartenstein et le Saxe-Hildburghausen ; celle de Madrid par des passions de femme et des faiblesses de puissance ; celle de Londres par un parti dominant qui se soutient comme il peut, et par le parti opposé au ministère, qui n'a point en vue le bien et l'honneur de la patrie avec opiniâtreté, mais seulement le déplacement du ministère. Les Anglais ne pourront jamais persuader la cour de Vienne

de s'engager en la guerre d'Italie, où il faudrait payer
trop de frais, l'empereur étant totalement épuisé.
L'empereur craindrait l'abandon de l'Angleterre, au
milieu d'une telle entreprise si périlleuse ; d'ailleurs
l'Espagne n'a qu'à bien munir ses garnisons pour tenir contre des menaces si l'empereur se contentait de
donner de la jalousie en Italie. Mais les Anglais visent
à un autre parti : ils viennent de faire un embarquement de huit mille hommes pour l'Amérique, et ils
peuvent s'emparer de quelques ports décisifs en cette
partie du monde qui leur resterait, et que nous ne
pourrions pas leur faire rendre.

Pecquet ne croit pas que Bachelier soit encore assez
fort pour faire chasser le cardinal, quelque chose qu'il
arrive, et quelques mauvais succès qu'aient les affaires,
quand même la famine assiégerait Versailles, quand
même l'Éminence radoterait jusqu'à faire courir les
enfants après elle, comme elle commence déjà à s'y
bien prendre. Il dit qu'il y a eu quelques tracasseries
l'an passé entre le roi et le cardinal, mais que
le traité a été que le cardinal ne se mêlerait de
rien au monde de ce qui regardait le petit intérieur
et les plaisirs du roi, à condition que le roi laisserait le cardinal conduire les affaires du royaume
tout comme il voudrait jusqu'à la fin.

Il prétend savoir une anecdote fort singulière que
voici : L'abbé Wittement, dit-il, qui s'était mêlé
de l'éducation du roi [1], savait un secret qu'il ne
devait révéler qu'après la mort du cardinal, mais,

1. L'abbé Wittement, sous-précepteur de Louis XV, de 1715 à
1723, mort le 27 août 1731.

comme il est mort avant, ce secret a été inhumé avec lui. C'était un engagement, une obligation, un service d'une telle nature entre le roi et le cardinal, par où Son Éminence tenait Sa Majesté de telle sorte que le roi ne pouvait jamais se dégager de ses liens. Imaginez ce que ce peut être : l'avoir sauvé du poison; supposition de personnes; tout ce qu'il vous plaira; mais sottises que tout cela.

De tout ce que dit là M. Pecquet, il en faut rabattre une partie. On y voit l'homme à demi informé, non par la bonne compagnie de la cour, mais par des relations communes, telles que doit les avoir un premier commis distingué, quoiqu'il pénètre quelque chose avec un esprit vif et de quelque chose au-dessus du médiocre, mais non supérieur et en homme de génie.

— J'ai remercié M. le chancelier de la bonté avec laquelle il avait songé à moi et m'avait proposé pour la première présidence du grand conseil, pendant cette année 1740. Il m'a appris comme quoi il avait insisté à deux reprises avec le cardinal, ne trouvant que moi sur la liste, mais que le cardinal m'avait rejeté avec des grimaces affreuses; que même il lui avait répliqué : Eh ! quoi, monsieur, est-ce là cet homme dont Votre Éminence me disait tant de bien il y a quatre mois, quand il s'agissait de telles commissions ? Il a cru que l'affaire de l'Université était depuis ma brouillerie pour le Portugal; il s'est rappelé les dates, et je lui ai fait convenir que ma franchise en cette occasion avait eu plutôt un bon effet qu'un mauvais, et, sur cela, je l'ai loué de ce qu'enfin les choses se maintenaient tran-

quilles sur toutes les sottises du dogme et de religion.

4 *février*. — La cause de la mort de M. le Duc est
un refroidissement; il est mort de froid, on n'a jamais
pu le réchauffer ni guérir l'effet de ce refroidissement.
Il alla à une battue de lapins, vêtu à la légère et de
toile, comme c'était son usage à la chasse; il se tint
longtemps sur une échelle à tirer du gibier, il revint
gelé et grelottant, ce qui lui donnait la colique. En
arrivant au château de Chantilly, il ne put jamais se
réchauffer, quelque feu qu'on lui fît. On lui conseilla
d'aller dans l'écurie, où on se réchauffe toujours mieux;
là, sa colique redoubla, il baissa ses chausses et fit du
sang tout clair. Son médecin lui dit que cela était sérieux et très-sérieux, et qu'il eût à se mettre au lit;
mais lui voulut absolument souper, et dit qu'il avait
faim, que le souper le guérirait. Sa maladie devint
très-sérieuse pendant la nuit : on lui a trouvé le ventre
gangrené.

6 *février*. — Le bruit a couru ici partout que l'arsenal de Londres qui est à Chatham, à huit lieues de
Londres, là où on fabrique les vaisseaux, venait d'être
entièrement incendié ; et on faisait monter juste cette
perte à cinq cent mille livres sterling, ou environ onze millions de notre monnaie. Or, il n'y a pas
à cela un mot de vrai; il n'y a pas eu seulement une
ficelle de brûlée, et le beau, c'est qu'un de nos ministres d'État l'a dit publiquement à son audience, à
ce que vient de me dire Thélusson, ce qui faisant du
bruit marquera de reste notre mauvaise volonté à

l'égard de l'Angleterre; toutes choses qui n'adou-
cissent pas les maux présents, et, étant mandées
en Angleterre, le parti opposé à la cour et même
le ministère en animent le public contre nous. Sur
ce faux bruit, j'entendais hier tous les adorateurs du
cardinal dire cent fois : voilà son étoile! voilà le bonheur qu'il porte à la France! voilà les Anglais débellés
à tout jamais avec ce qu'il leur en coûte déjà! voilà ce
royaume anéanti, et nous triomphons à jamais par la
sagesse de notre grand cardinal *qui cunctando resti-
tuit rem!* On ne veut pas voir que des peuples aussi
riches iront encore bien loin; avant qu'ils n'en soient
à être las, ils ont encore bien du mal à nous faire, car
leur animosité est grande contre la France, et ils ne
vont aux Espagnols que pour venir à nous.

M. de La Mina reste ambassadeur d'Espagne en
France malgré le cardinal; voilà cependant les légères
satisfactions qui lui sont accordées, et comme quoi le
roi, sous main, empêche de se réaliser les sottises du
cardinal, quand elles sont contraires à ses intentions
secrètes.

Un ami du sieur Bachelier, qui arrive de Versailles,
m'a dit que la recherche des plus grands et des plus
puissants à son égard a été plus remarquable que ja
mais, la veille du départ du roi pour Marly, où va
ledit Bachelier, quoiqu'il ne soit pas de quartier. Mais
il se montre plus modeste et plus sauvage que jamais
à leur égard.

M. Hérault finit ses jours, et son hydropisie est devenue irrémédiable, ayant à présent plus de huit
pintes d'eau dans le corps et le foie dur comme une
pierre. Il a souvent des vapeurs effrayantes : quel

triomphe pour les jansénistes que leur persécuteur mourant jeune et le siége de la raison attaqué !

La vieille Mme de Rhodes, grand'mère de feue Mme de Soubise, vient de mourir subitement, et son intendant, nommé Antoine, le plus honnête homme qu'il y ait parmi les gens de ce métier, en a été saisi si promptement qu'il est mort en apprenant la perte de sa vieille maîtresse.

7 février. — Le bruit est partout que l'Espagne veut contraindre le Portugal à se déclarer pour ou contre, et à sortir de sa neutralité plus nuisible qu'avantageuse à l'Espagne, à cause des prises qui peuvent se faire sur les Espagnols, et se retirer dans les ports du Portugal, où les agresseurs seront à l'abri contre les attaqués. Mais sur quoi dit-on cela? sur ce qu'on prépare de part et d'autre des expéditions secrètes ; en Galice, on assemble une armée que doit commander le comte d'Ormond qui y arrive exprès d'Avignon et a été fait à l'instant général des armées d'Espagne. En Catalogne, autre assemblée de troupes, et aussi en Estramadure; sur cela, on fait arriver le fils cadet du prétendant en Espagne, et voilà, dit-on, qu'on va faire une expédition en Irlande et qu'on va sommer le Portugal de se déclarer.

En Angleterre aussi, voici comme la chose se passe, pour une expédition secrète : On a reçu nouvelles de l'Amérique, de l'amiral Vernon. Ces nouvelles, dit-on, ne sont pas bonnes. On a repoussé les Anglais à une petite descente dans l'île de Cuba, comme ils voulaient faire de l'eau; mais qu'est-ce que ce peut être que la méchanceté de cette nouvelle? Quelle si grande perte y peuvent avoir faite les Anglais? La tempête, les vers rongeurs de vaisseaux, tout au plus. N'ont-ils pas quantité de ports où se retirer dans ces mers, ceux des Hollandais en Amérique méridionale, et ceux des Portugais, les leurs aux îles du Vent, la Jamaïque et leurs belles colonies de Floride? Cependant nos sots politiques antianglais, qui sont ici, conjecturent que le ministère anglais cache tout l'effrayant de ces mauvaises nouvelles, et que, sur-le-champ, ils ont tenu des conseils fort secrets, où ils ont résolu un nouvel embarquement plus fort que le premier, et cela avec ostentation et jactance, voulant, dit-on, préparer la revanche plus forte avant qu'on sût la perte de la partie. Cette revanche, disent ces mêmes sots, est d'envoyer huit mille hommes en Amérique, et qu'on a pour cet effet frété quatre-vingts navires marchands.

Mais quelle sottise et quelle stupidité ! Sait-on quelle quantité de petits bâtiments de transport il faut pour transporter des troupes de terre par mer ? Le roi Guillaume, partant de Hollande pour aller en Angleterre détrôner son beau-père Jacques II, transporta treize mille hommes, et, pour ce petit trajet, il avait cent trente navires[1], ce qui fait donc un navire pour cent hommes, et il fallait peu de provisions, et les hommes pouvaient s'accommoder et se tenir serrés pendant une si courte navigation. Qui donc peut dire qu'on transporte ainsi huit mille hommes pour l'Amérique, pour trois mille lieues de trajet? Y a-t-il exemple qu'on ait jamais transporté une telle armée dans cette nouvelle partie du monde ?

---

1. Les historiens disent environ cinq cents.

Mais, quand cette œuvre enragée serait possible, je demande si elle serait de bonne politique. Les Anglais, en formant un siége en Amérique et prenant la Havane, si vous voulez, décident-ils leurs prétentions ? Non, quoiqu'il soit vrai qu'une fois prise on ne la leur reprendrait pas. La maxime d'Annibal est vraie : *On ne vaincra jamais les Romains que dans Rome.* Ils ne mettront jamais les Espagnols à la raison qu'en Europe. Pendant qu'ils feront en Amérique un siége douteux, nous les ruinerons en Europe, et la maison de France plus triomphante que jamais, dépensant peu, tandis que les Anglais s'épuisent d'argent et cessent leur commerce, aura bientôt sa revanche par d'autres desseins irrésistibles.

Il n'est donc pas douteux que cet armement de huit mille hommes ne soit destiné à agir en Europe. Le conseil secret d'Angleterre aura dit : Voilà qui va comme il faut en Amérique, les Espagnols ne se rendent pas à nos désirs, eh bien ! touchons une autre corde, faisons marcher le Portugal ; et ils y vont porter ces huit mille hommes ainsi que j'ai expliqué ci-dessus.

Je viens de voir Chavigny qui part, dit-il, le vingt-huit de ce mois ou les premiers jours de mars pour Lisbonne ; mais il a l'air triste et occupé, et certes il se trouvera repoussé en chemin, peut-être avant que d'être à moitié de sa route. La permission et le consentement du roi de Portugal, arrivés si tard et après avoir été tant sollicités, ont tout l'air d'une moquerie. *Arrive si tu veux, et débute si tu l'oses,* car tu ne seras pas arrivé que je me déclarerai l'ennemi de ta nation : bien éloigné de nous préparer des alliances nouvelles. En

effet, que de fautes, que d'insultes à cette amitié nais-
sante n'ai-je pas vu faire par le cardinal pendant les
deux années qu'a duré ma destination à cette ambassade, comme je les décris dans mon journal de cette
négociation ?

Mais l'Espagne ne se plaint plus de la France ni du
cardinal : donc elle sait à quoi s'en tenir, et qu'on la
sert mieux en France que ne le permet le cardinal.
Il doit être certainement que M. Chauvelin ait des
correspondances avec le roi par Bachelier, et avec
l'Espagne par la même voie. Et où cela peut-il tendre ?
Que le cardinal se retire enfin et que M. Chauvelin
reparaisse dans le ministère, il célèbre sa rentrée par
la soumission de l'Espagne, qui alors, devenue docile
à la raison, prend la France pour arbitre et accom-
mode en peu de jours ses différends avec l'Angleterre.
Alors M. Chauvelin, ravivant ses articles de paix,
pourra reprendre son système de mortifier la cour de
Vienne par une bonne association de la France et de
l'Espagne, et chasser l'empereur de l'Italie, y fortifier
le tiers parti, en donnant tout le Milanais au roi de
Sardaigne, sans que les puissances maritimes, con-
tentes de leur commerce et épuisées par les derniers
efforts, se mêlent de nos affaires.

Le parti de Mademoiselle croit avoir gagné à la
mort de M. le Duc; mais à quoi lui sert toute sa rage ?
On l'a énervé par deux choses : l'une en inspirant
bien au roi que jamais les femmes ne doivent se mêler
de ses affaires, l'autre que M. Chauvelin est le seul
homme capable de bien mener ses affaires. Ainsi, tous
les traits de cette m..., tous les mauvais discours
qu'elle peut lâcher pour faire impression sur l'esprit

du roi, sont des pointes émoussées dès qu'elles paraissent.

10 *février*. — Presque tous les intendants sont à Paris : on n'y comprend rien. Comment le ministère s'est-il laissé aller à donner congé à la fois à tant de gens à résidence? on croit voir quelque chose là-dessous; il y a apparence qu'on veut délibérer avec eux, ou du moins s'en donner l'air, pour aviser quels remèdes on apportera à tous les maux des provinces. On prétend qu'il est question de baisser les espèces. Si cette grande sottise se met encore dans la tête de nos grands sots, tout est perdu à jamais, et on verra une misère affreuse et inouïe. M. Orry devrait se souvenir que la petite diminution des sols de juillet 1738 a commencé la famine de l'an passé.

Les lettres de Lisbonne portent que S. M. portugaise augmente ses troupes; le bruit est grand que le Portugal va se déclarer contre l'Espagne, et que le nouvel embarquement, auquel on travaille en Angleterre, regarde la conquête de Buénos-Ayres, tandis que les Anglais envoient d'autres troupes en Portugal, comme Danois, Hesses, etc.

15 *février*. — M. Orry est grand pratiqueur de diète; dès qu'il se sent incommodé, il se met deux ou trois jours sans boire ni manger absolument, et cela lui réussit. Un plaisant disait l'autre jour que, voyant la France incommodée comme elle l'est, il la voulait traiter comme lui-même.

Mais voici d'autres nouvelles. Le parti du cardinal de Tencin se fortifie et prospère absolument; tout se

rend au dessein de l'appeler au ministère. On parle
de ses grands succès à Rome, et il paye bien le gazet-
tier pour vanter les repas qu'il donne à la famille
Corsini. Cette affectation fait quelque monnaie d'avancement en ce pays-ci.

La mort de M. le Duc dérange, dit-on, de plus en
plus le parti de M. Chauvelin. Bachelier en est tout
déconcerté; il n'a plus ce prince pour l'appuyer; il
l'avait mis au point de parler au roi souvent et
avec fermeté, et le roi l'aimait et le craignait. On
assure que le roi ne peut être mené que par crainte,
de sorte qu'il est à présent retombé dans la crainte du
cardinal, plus que jamais. Ce vieux précepteur le fait
plus trembler que quand il avait cinq ans. J'entends
sur cela dire avec horreur que le roi est un des carac-
tères des plus faibles dont on ait jamais ouï parler. Il
ne sait aujourd'hui que devenir. Le voyage actuel de
Marly est un des plus sots voyages qu'on ait vus; tout
le monde jure qu'il n'y reviendra plus, et on assure
qu'il faudra une autre fois des lettres de cachet pour
engager à y aller.

Je n'aurais jamais cru que M. le Duc pût être l'âme
de quelque chose; cependant il l'était, m'assure-t-on,
de tout le parti royaliste et anti cardinaliste, et on le
reconnaît de plus en plus.

Dans cette position, le cardinal rit aux anges; il a
repris une santé merveilleuse et des couleurs; tous
les autres ministres triomphent. La menace de se voir
bientôt le cardinal de Tencin au-dessus d'eux ne les
effraye pas; ce qu'ils craignent le plus dans le monde
est le retour de M. Chauvelin, parce qu'il en ferait
sauter une partie d'eux, et que les autres seraient

ébranlés et exposés, pensent-ils, à quantité de menues
vengeances et de dégoûts. Ils croient que le roi ne
peut jamais gouverner par lui-même; ainsi il lui faut
quelqu'un en chef après la mort du cardinal de Fleury,
et ils ont voté pour le Tencin, qui leur en aura toute
obligation, qui ne tient à rien, et qui leur sera ana-
logue.

Heureusement M. d'Angervilliers est actuellement
à l'extrémité, d'une nouvelle fluxion de poitrine, et
voici comme ils disposent les places, par un arrangement qui leur fait du bien à tous et qui tripote le
royaume follement.

M. Orry, qui a tant d'envie de se reposer, sera secrétaire d'État de la guerre, et il brutalisera l'officier
et le fera révolter.

M. Amelot, qui a été dans les finances, sera fait
contrôleur général; il y entendra encore moins que
M. Orry, ayant l'esprit plus petit, et il fera plus mal
que dans les affaires étrangères.

Le cardinal de Tencin sera fait secrétaire d'État des
affaires étrangères, bientôt adjoint au cardinal de
Fleury, puis premier ministre, comme Mazarin.

Mon frère, qui est ici l'agent, le chargé de pouvoirs, le ministre du cardinal de Tencin, à la tête
de tous les zélés constitutionnaires, recevra promptement, pour bienfaits, la place de garde des
sceaux, puis celle de chancelier, en faisant voir à
M. d'Aguesseau sa honte, sa vieillesse et son inutilité dans ce monde, et faisant quelque bien à sa
famille.

Le beau de tout cela est qu'on n'a pas encore osé
proposer la chose en plein, ni au roi ni au cardinal,

mais la mort du pauvre d'Angervilliers va y donner occasion et besoin.

Au reste, rien de moins secret que ces nouvelles menées pour le Tencin, et tout le monde en va à la moutarde[1].

M. de Fortia n'a repris la tutelle du jeune prince de Condé, sous la furieuse direction de M. de Charolais, qu'à l'instigation du cardinal de Fleury et de tout le parti des antichauvelinistes; par là, on gagne à ce parti-là M. de Condé, car à l'instant Mademoiselle s'est adonnée à son frère de Charolais, et ils ont commencé par bien exclure de tout cela Mme la Duchesse mère. Ils se sont emparés de la petite duchesse. Mademoiselle, par un chef-d'œuvre de son métier, prétend la donner au roi pour concubine, et, par là, tout gouverner. Mais on croit que M. de Charolais, haïssant les fripons, comme il fait, enverra bientôt faire f.... tout cela, et surtout le Fortia.

Il y a eu un attroupement, depuis peu, de 5000 habitants de Versailles, qui ont coupé tous les bois des Célestins. Le cardinal avait voulu les acheter, pour être dans la censive du roi; mais ces moines l'avaient refusé, et, sur cela, le cardinal et le roi ont comme autorisé cette irruption, si pernicieuse sous la vue du manoir du roi. Le cardinal a mal reçu la plainte des Célestins.

On voit une lettre écrite de Corse par M. de Maillebois aux Génois, par où il dit que si ses troupes se

---

1. Encore une expression de Rabelais. Naudé s'en est aussi servi dans son *Mascurat* : « les nouvelles du *Courrier françois* sont le plus souvent si vieilles et si rebattues que les enfants en vont à la moutarde. »

retiraient, l'île se révolterait promptement, et qu'ainsi
il faut y augmenter les troupes françaises au lieu de
les en rappeler; ce qui va à nous approprier cette
conquête comme des voleurs.

16 *février*. — M. d'Angervilliers, ministre et secrétaire d'État de la guerre, est mort hier, à neuf heures
du soir. Il a passé tout d'un coup, sans que le redoublement vînt; il a été étouffé subitement, ayant de
l'eau dans la poitrine, et le poumon tout gangrené.
J'ai vu M. de Breteuil ce matin, et je lui ai inspiré de
l'espérance de reprendre ce ministère, plus qu'il n'en
avait. Je sais que le roi avait fait part à M. le Duc de
son plan de gouvernement pour après la mort du
cardinal, et qu'il y a grande apparence que M. de
Breteuil était dans ce plan.

Il est donc question de savoir si le roi suivra ce plan
ou si sa timidité le portera à mettre en ce ministère
quelque nouvelle petite créature qu'il serait hors de la
majesté et de la foi royale de ne placer là que pour la
déplacer quelque temps après, lors du décès du cardinal. Pour moi, je suis persuadé que le roi rompra
cette lance, et nommera Breteuil; qu'il dira même
qu'il le veut, et qu'on ne lui répliquera pas. Ce qu'il
y a d'heureux, c'est que sa cause est bonne de tous
points; il est honnête homme, il a les mains nettes,
il a l'esprit d'ordre et d'arrangement, il plaisait aux
officiers, il était juste; en un mot, il a montré toute
l'intelligence suffisante, pendant les trois ans qu'il a
exercé, sans avoir précisément les grandes vues.

Voici les conseils que je lui ai donnés et qu'il se
promet de suivre :

Il y a eu un courrier, à minuit, qui lui a appris la
mort de M. d'Angervilliers; il a écrit sur-le-champ au
cardinal une lettre par où il a rappelé à l'Éminence
une conversation qu'il eut avec elle il y a six mois,
où il lui parla de sa rentrée dans le ministère, si
M. d'Angervilliers le quittait ou mourait; à quoi le cardinal lui dit : « Ah! monsieur, vous avez un bon ami,
en parlant de M. le Duc, il demande cette place, etc.»

Il paraîtra ne la tenir que du cardinal, cependant
il ne l'aura jamais que par la volonté du roi.

Si cette nomination est quelque temps en suspens,
il la demandera publiquement. Il a pris la plume pour
écrire à ses amis à Versailles; il fera agir la reine,
comme avait fait M. le Duc; l'honneur de la reine y
est engagé, étant son chancelier, et il n'y a pas à
craindre que cela augmente le crédit de la reine foncièrement, mais cela servira de prétexte à mettre en
jeu. On y joindra le cri public, le suffrage de tous les
honnêtes gens. Je vais en parler ainsi à mes amis, et
j'ai des gens qui diront dans Paris, aux cafés, aux
promenades, que cette place appartient justement à
M. de Breteuil.

Nous avons fait ensemble cette réflexion, que sa
nomination ou celle d'un autre allait décider, en cette
occasion, du bonheur ou du malheur du règne futur.
Le roi peut avoir laissé aller quelques places subalternes à la bizarre défiance du cardinal, depuis son
plan arrêté; mais ces places si majeures ne peuvent
sortir du plan sans montrer une totale imbécillité
dans la personne du roi, et un dévouement aveugle
à son vieux précepteur, opinion qui désespère et ses
peuples et ses voisins.

Si, au contraire, Sa Majesté marque en cette occasion une volonté résolue et ferme, il s'appuiera aisément de la bonté de la cause, et on sentira qu'il prend soin lui-même des choix majeurs. On espérera et on se relèvera; cela abattra le courage du cardinal et de toute sa clique. On aura beau affecter de dire qu'il en a l'obligation au cardinal, et se comporter de même que si on la lui avait, il est certain que le cardinal saurait toujours bien ce qui en est, et sentirait aisément combien il devient inutile, en n'influant plus sur la nomination des grandes places, y voyant même nommer ceux du parti contraire à lui. Peut-être en viendrait-il enfin à cet heureux dégoût et à cette retraite si fort souhaités par tout le monde.

M. G.... est allé sur-le-champ chez H.... pour qu'il animât Bachelier, comme il faut, sur ce coup de partie.

C'est une espèce de contre-temps qu'un rhume qu'a Bachelier et qui le tient actuellement hors de Marly, mais il écrit continuellement à Sa Majesté et en reçoit quantité de lettres.

Boullogne¹, est venu nous interrompre; il a passé dans un arrière-cabinet avec M. de Breteuil, et lui a tenu cent discours faux, des vœux pour lui, des offres de démarches, des assurances de l'amitié de son doux maître, M. Orry, quoique tout le monde sache que ledit sieur Orry tracasse ouvertement pour avoir cette place et garder encore la sienne des finances, pour la faire passer à son frère par la suite, ou la remettre à

---

1. Jean de Boullogne, premier commis, puis intendant des finances, fut plus tard contrôleur général.

M. Trudaine. M. de Breteuil m'a dit en sortant de là :
« Tous ces gens de cour ou plutôt de basse-cour n'ont
que des faussetés à vous conter. »

La plus grande faute qu'ait jamais faite ministre
contre lui-même a été celle de M. de Maurepas, de
faire nommer aux affaires étrangères M. Amelot. Peut-
être aussi M. Chauvelin, agissant par Bachelier, a-t-il
donné habilement cours et consentement au choix
d'un homme de si peu de chose, comptant qu'il ne
remplirait jamais le vide que laissait, lui Chauvelin,
et que, par là, il serait plus aisé à déplacer, au
lieu qu'un homme d'étoffe eût rendu son place-
ment solide et même nécessaire. M. Amelot *écoute*
et *conçoit*, il bégaye clairement, mais *il ne pensa
jamais*.

Le pape est mort ; on en a reçu la nouvelle par un
courrier, la nuit d'avant-hier à hier. Les cardinaux de
Rohan et d'Auvergne partent dans quinze jours ; mais
le duc de Polignac s'excuse d'aller à Rome à cause
de son âge, de sa santé et de l'horrible saison qu'il
fait.

On croit M. de Cambis mort à Londres.

M. le comte de La Mark, notre ambassadeur à
Madrid, est à l'extrémité, d'une fluxion de poitrine.

L'affaire des Célestins est prise en grief contre le cardinal ; ses ennemis en vont profiter, on va en rechercher les causes et les trames secrètes. Son Éminence a
mal reçu la députation des pères Célestins et a plai-
santé fort ridiculement. On crie dans le monde, pour
poursuivre cette affaire, à l'injustice, à l'impunité et
à ce vilain esprit de vengeance ; car le cardinal voulait

acheter ces bois pour arrondir le domaine de Versailles, et les pères l'ont refusé. Sur cela, est arrivé ce vol avec tant d'impunité et d'attroupements, jusqu'à cinq mille personnes à la fois, et on vendit ce bois publiquement à Versailles, dans les places. Là dessus, tous les ennemis du cardinal, comme le sieur Bachelier, affectent de dire que le cardinal est maître de tout ; qu'il mettrait le feu aux quatre coins de Versailles et que le roi le souffrirait ; ils haussent les épaules, et ces gémissements conduisent à la destruction dudit cardinal.

18 *février*. — M. de Breteuil a été nommé dans les vingt-quatre heures secrétaire d'État de la guerre : personne ne sait encore comment cela s'est passé entre Sa Majesté et le cardinal, mais toutes les apparences sont que le cardinal ne l'a pas sollicité, et que certainement le roi aura dit le grand mot : *je le veux.*

Ceci revient toujours à ce que j'ai tant dit ci-dessus, que le roi a un plan fixé pour le gouvernement du royaume, après la mort du cardinal. Ce plan est composé de tous ceux que lui a conseillés M. Chauvelin. M. de Breteuil était dans ce plan. Si ce ne fût pas arrivé, Sa Majesté souhaitait d'attendre ce préambule de la mort du cardinal ; mais le cas arrive ; Sa Majesté anticipe l'ouverture de ce plan.

Mon rôle va être de ne voir M. de Breteuil que comme tous ses amis le verront, et de me garder d'aucune affectation. Je ne pus cependant garder ma joie devant grande compagnie, quand je l'appris. M. de Breteuil a déjà reçu ce conseil de moi et l'exécutera bien, de ne paraître rien tenir que du cardinal, et de lui marquer extérieurement autant d'obéissance que M. Amelot lui-même. Il va devenir cardinaliste à l'extérieur et chauveliniste intérieurement ; il est adroit, il fera bien ; ses amis, qui sont du secret, doivent y concourir. Le roi ne veut point être pénétré, il veut que tout roule sur le compte du cardinal, tant qu'il vivra ; il faut le servir à sa façon, et se bien garder de parler et d'agir autrement dans le monde.

Que va-t-il arriver ? M. de Breteuil va insensiblement attirer à lui tout l'air de faveur de la cour. Tout le monde se doutera insensiblement de quelle main il vient. Tandis que les autres ministres sont au vieux sérail, il verra fort secrètement Bachelier et aura part à ses secrets entre lui, Sa Majesté et M. Chauvelin.

Ces choses transpirent peu à peu. Le cardinal aura beau s'étourdir, il sentira bien d'où cela vient, s'il ne le sent déjà, et il dépérira de ce coup. On parle d'une faiblesse assez longue qu'il a eue avant-hier, et cela se cache avec soin. Je suis persuadé qu'un beau matin on entendra dire que Son Éminence est restée à Issy et a écrit au roi « qu'il doit mettre un intervalle, etc. »

On parle de sa papauté ; on assure qu'il sera agréable au sacré collége, à cause de son grand âge ; qu'il pourra être élu ; que l'Espagne y donnera volontiers son suffrage pour être plus promptement défaite de lui, et qu'enfin il ne s'agit que d'un voyage à Rome qu'il fera doucement et dans la belle saison. Alors nous verrons un beau cérémonial en France.

19 *février*. — M....., qui était avant-hier dans le salon
de Marly, m'a dit que ce fut quelque chose de surprenant comme tout à coup, sur les cinq heures, il s'éleva
comme un cri public et une voix unanime, disant
qu'il n'y avait que M. de Breteuil pour la place de secrétaire d'État de la guerre; qu'il fallait que ce fût lui,
que ce serait lui, que cela était juste, que cela ne pouvait se disposer autrement. Deux ou trois des courtisans soufflaient cela; la reine en était flattée, et des
gens allèrent dire au roi et au cardinal comme quoi
la voix unanime de tout le monde était pour M. de
Breteuil, et que les honnêtes gens excluaient tout autre,
ce qui fit un merveilleux effet. On ne peut pas dire,
à la vérité, si c'est cela qui l'a fait secrétaire d'État,
mais cela y a beaucoup influé, soutenant et aidant le
roi dans sa décision quand il fut avec le cardinal,
puisqu'il se voyait aidé de ce suffrage public, ce qui
fait beaucoup à un prince timide, quand il est avec son
vieux régent comme est notre maître. Il est vrai que
je suis l'auteur de ce conseil que je donnai le matin à
M. de Breteuil, comme je l'ai dit, sur quoi je lui vis
écrire à ses amis pour publier cette clameur dans
Marly, et cela se produisit visiblement au temps de
l'arrivée de Breteuil. Ainsi, le cardinal a été forcé absolument, surtout n'ayant à faire que des propositions
ridicules très-médiocres. Et toute cette affaire avait
été si heureusement menée, qu'on n'avait pas sonné
mot de Breteuil depuis longtemps jusqu'à ce jour, de
sorte que l'envie et la méchanceté n'eurent pas le
loisir de le déchirer ni surtout de prévenir le cardinal
contre lui. Le pauvre ministre fut pris au dépourvu,
dès que le roi lui dit qu'il n'y avait que Breteuil qui

convînt, et que tous les honnêtes gens de sa cour, que
tout le militaire le désiraient. On dirait par là qu'il a
été fait secrétaire d'État dans le goût où les empereurs
romains étaient faits empereurs, aux clameurs de l'armée. On dit que les Bellisle étaient là, à qui le visage
allongeait de ce spectacle, et toute leur intrigue était
à bout de voir des choses si contraires, et quantité de
gens jouissaient en cela d'un spectacle bien doux. Le
cardinal a reçu M. de Breteuil avec toute l'affabilité
de contrainte qu'il a pu, il l'a loué sur sa bonne conduite, pendant qu'il n'a pas été en place. M. de Maurepas débute avec lui par une démarche maussade,
qui est d'avoir obtenu le logement à Versailles du secrétaire d'État de la guerre, et de lui laisser le sien.
Mme d'Angervilliers a obtenu vingt mille livres de
pension ; on dit que cela se prend sur la place de
M. de Breteuil, mais il n'en est rien. Mme la comtesse
de Toulouse avait écrit fortement pour La Grandville,
et cela n'a donné qu'un ridicule à cette concur-
rence.

Le cardinal avait certainement son arrangement
tout prêt à proposer au roi, qui était aussi mauvais
qu'il se pouvait, et un chef-d'œuvre de son pernicieux
discernement, savoir : de donner la guerre à M. Orry,
les finances à M. Amelot, et les affaires étrangères à
Chavigny, le croyant un homme bien fort et capable
de faire au lieu de M. Chauvelin : mais combien ne
se trompe-t-on pas sur ledit Chavigny[1] ?

---

1. Sur ce Chavigny, dont le vrai nom aurait été Chevignard, et
qui remplit des fonctions diplomatiques en Angleterre, en Espagne, etc., voy. Barbier, III, 198.

M. Orry a dit ce matin à quelques-uns de ses amis
que la maladie sans ressource de M. Hérault avait dé-
rangé tout le projet qu'il avait eu pour la place de ministre de la guerre, parce qu'en ce cas M. Hérault
aurait eu les finances comme en étant seul capable :
raisonnement digne d'un tel homme et bien impertinent, assurément.

Ce qui va arriver de ceci, c'est que le roi prendra
goût à faire ses choix lui-même, voyant le succès de sa
décision, et combien il lui est aisé de l'emporter sur
le cardinal, et d'obtenir l'applaudissement du public,
de sorte que c'est faire véritablement sa cour au roi
que de marquer de l'amitié à mondit sieur de Breteuil.

Cependant on assure que le neveu du cardinal
donne à M. de Béthune huit cent mille livres de sa
charge de capitaine des gardes du corps, et qu'on fait
M. de Charost maréchal de France : arrangement aussi
insolent que scandaleux par les richesses que cela
montre qu'a jetées le cardinal dans sa famille.

M. de Cambis, notre ambassadeur en Angleterre,
est mort. On dit que j'irai le relever; je n'en crois
rien, dans la situation où je suis avec le cardinal; mais
je crois, selon toute apparence, que ce sera Chavigny
qui a son équipage tout prêt et qui pourra bien y aller
comme ministre du second ordre, étant déjà fort au
fait des partis d'Angleterre, et ayant su s'y rendre
agréable ci-devant au parti de Pulteney.

20 *février*. — La duchesse de Mazarin vit de ménage, c'est-à-dire vend tout ce qu'elle a ; elle se ruine
pour du Mesnil, son amant, qui est joueur et escroc : il

a vingt sentences sur le corps et jugements du tribunal
des marchands de France; tout cela aura une mauvaise fin. La pauvre dame vient de vendre ses deux
beaux pots à oille, pour payer une dette de jeu de
du Mesnil à M. de Lichtenstein.

M. Hérault, intendant de Paris, se meurt. On m'a
assuré que sa place serait donnée à Bernage, intendant du Languedoc et conseiller d'État, par la raison
qu'il est fort brouillé avec le duc de Richelieu, son
commandant. Voilà une ancienne façon d'avancer son
chemin, qui a si bien réussi à feu M. de Harlay, mais
qui sent si fort la grande faiblesse du gouvernement,
et qui a eu de si mauvaises suites depuis la vieillesse
de Louis XIV jusqu'à celle du cardinal de Fleury, sans
aucune interruption.

M. le prévôt des marchands m'a dit hier qu'il avait
parlé avec M. Orry de la misère de Paris et des environs, et du besoin qu'il y avait d'y subvenir,
et qu'à cela ce ministre s'était frotté les mains, et
avait dit que c'étaient des contes et que tout allait
bien.

Les lettres de Hollande mandent que Trevor, ministre d'Angleterre, vient d'y proposer aux états généraux l'accession à un traité, qui vient d'être signé entre
l'Angleterre, le roi de Sardaigne et le grand-duc de
Toscane. Voilà sans doute la tournure adroite que
l'empereur prendra pour se déclarer contre la maison
de France; il fera déclarer son gendre, lequel ayant
besoin de troupes en Italie pour suivre quelques prétentions pour les biens allodiaux contre le roi de
Naples, demandera assistance à son beau-père ; il dira
qu'il craint, et que D. Carlos vient l'opprimer. Ainsi

les puissances maritimes et l'empereur auront l'adresse de faire déclarer les petites puissances avant les grandes, pour n'avoir point l'air agresseur.

Les lettres d'Angleterre marquent que l'on fait toujours accroire que l'embarquement de huit mille hommes est destiné à l'Amérique, mais que ce qui étonne, c'est qu'on y met *d'anciens régiments*. Il faut bien s'aveugler pour douter que cet embarquement ne soit destiné d'Europe en Europe.

21 *février*. — Le roi a joué son rôle merveilleusement avec M. de Breteuil, quand le cardinal le lui a présenté comme secrétaire, pour remercier Sa Majesté. A peine le roi l'a-t-il regardé, et il ne lui a pas dit un mot. Le soir, ce ministre a été au souper du roi, et voici tout ce que le monarque lui a dit : *M. de Breteuil, vous avez une jambe gorgée, il faut y faire mettre le feu.*

Mais, d'un autre côté, le cardinal lui fait grande chère, et il semble qu'il soit son enfant. Voici comme on conte l'aventure. M. Orry, qui désirait tant cette place de la guerre, s'aperçut que le cas devenait douteux, et le cardinal lui fit part sans doute que le roi y faisait difficulté. A l'instant il se concerta avec les autres ministres, qui dirent : « Eh bien! demandons Breteuil, qui est doux, qui est notre ami, qui n'est pas trop travailleur pour nous faire peur, et qui est honnête garçon. » M. le Duc est mort; sa tache d'avoir été tant attaché à M. le Duc est effacée par la mort de ce prince. Il savait que la place était demandée par des gens dangereux, trop entreprenants et gens de parti, comme La Grandville, pour qui Mme la comtesse de

Toulouse avait écrit, et que Mademoiselle soutenait par Séchelles porté là par le parti des Bellisle, par mon frère et par d'autres. Pour Fontanieu, il se trouvait taré, et on dit qu'il a trop intrigué parmi les valets de la chambre du roi, mais autres que Bachelier, ou bien celui-ci lui vend du noir.

Ainsi, c'est M. de Maurepas qui a le plus porté Breteuil à cette place ; il y a apparence qu'il a cru deviner en cela l'intention du roi et être l'instrument de sa volonté. Ses amis, comme mon frère croit l'être, le taxent en cela d'ingratitude et de n'aimer point les gens de mérite. Il est vrai que mon frère s'est montré si élevé dans toutes les places qu'il a remplies, qu'on craint, à plus forte raison, qu'il ne tire un trop grand parti de celles du ministère, s'il y montait. Il se montre homme d'intrigue et si avide de s'élever, que tout ministère est bandé contre lui, et cette ligue passe de main en main.

On m'a conseillé de me taire sur le cardinal, et de ne plus rien dire d'offensant sur lui ni qui lui puisse parvenir. On m'assure qu'il ne demandait pas mieux que de se raccommoder avec moi, peu à peu, connaissant que le roi a des desseins sur moi et que je ne suis point suspecté de mauvaise intention, mais, au contraire, franc et naïf. Il s'est bien raccommodé avec le sieur Bachelier par la même évidence, et, s'il connaît enfin la vérité, il sait que mon refus d'aller en Portugal ne peut venir que d'ordres supérieurs. Sur tout cela, ma conduite doit se conformer sur celle de M. de Breteuil, ne montrer à personne aucune chaleur pour M. Chauvelin, et pas même audit Breteuil, ne lui en jamais sonner mot, mais être prêt à le servir sitôt après la mort du cardinal. M. de Maurepas se conduit de même, mais avec des taches de plus, comme y ayant trempé et n'étant que résipiscent. Le roi veut être servi ainsi. Les places de ces deux messieurs exigent plus de sérieux sur l'article de M. Chauvelin; mais si je peux aspirer à ces places, je ne dois pas moins me rendre circonspect sur cet article, et M. Bachelier se conduit ainsi, de sorte que ses meilleurs amis n'ont pu encore deviner s'il était chauveliniste ou non. Le roi veut semer ces dispositions et ce parti-là, mais il n'en veut voir paraître aucuns fruits encore. C'est dans ce sens-là et par ces principes que M. de Breteuil a été placé.

On recommence de plus belle les cérémonies de francs-maçons, et le grand hospice se tient chez M. le comte de Mailly, chez qui la police n'ose fouiller. On prétend que M. de Maurepas est de cette confrérie.

29 *février*. — On a toujours continué à laisser indécise la nomination à la place de M. de Harlay, conseiller d'État; il a été donné à croire qu'on attendait la mort de M. Hérault, pour que, deux places venant à vaquer, la première fût à M. de Baudry, et la seconde à M. Gilbert, et qu'ainsi le vieillard entêté, qui paraît gouverner encore, n'en eût pas le démenti; que M. Gilbert, qu'il hait, n'eût pas la première place, mais seulement la seconde. Et voilà plus de deux mois que dure ce petit scandale politique. Cependant voici que M. Hérault se porte considérablement mieux, par les remèdes du frère augustin ou abbé Julien, qui commence à en espérer beaucoup. Quelque autre place au conseil sera donc attendue.

***.... disait l'autre jour, tant sur cela que sur la
nomination de M. de Breteuil : On sent d'ici partout
des traces *de deux volontés* qui gouvernent la France,
et telles que les Manichéens en prétendaient deux
pour gouverner le monde; mais certainement le
démon du bien est le roi, et celui du mal est son
vieux ministre. A tous moments, on voit des dégoûts secrets que Sa Majesté donne à Son Éminence;
à la fin, cela fera son impression telle qu'on la demande.

Hogguer est quasi banni de la fréquentation de son
ami M. Bachelier; il n'est plus mandé à Versailles, il
a même ordre de n'y pas aller qu'il ne soit mandé;
on craint son indiscrétion, cela pourrait marquer
que quelque coup d'autorité fort secret est prêt d'é-
clater. Je commence à croire que Breteuil est présentement le dépositaire des secrets; il est vrai que ce
divorce n'est né que depuis la nomination de Breteuil.

Il arriva la semaine dernière un courrier d'Espagne
qui porte l'*ultimatum* du conseil de Madrid pour notre
traité de commerce. Cela met le cardinal au pied du
mur pour l'assistance que demande l'Espagne. Ce fut
sur le commerce que M. de La Mina eut sa conversation avec le roi à Fontainebleau, et Sa Majesté rendit
le tout au cardinal, ce qui n'allait point à l'essentiel.
Le cas devient embarrassant pour la temporisation
du cardinal.

La reine d'Espagne assure qu'elle tient enfin les
moyens de faire sauter le *Prestolet*, c'est son expression pour signifier le cardinal, et ces moyens sont sans
doute de mettre les choses au pire, après quoi on es-

père voir l'Espagne facile à toute négociation avec les Anglais.

M. le prince de Condé, qui n'a que trois ans et demi, va avoir la Toison d'or, ce qui sera une grande marque d'amitié de la part de l'Espagne.

FIN DU SECOND VOLUME.

TABLE DES MATIÈRES.

FIN DE LA TABLE DES MATIÈRES.

ERRATA

DES TOMES I ET II.

En indiquant ici les erreurs typographiques et autres que nous avons reconnues dans les deux premiers volumes de notre publication, nous profiterons du petit nombre de critiques justes que renferment les brochures publiées successivement par l'éditeur des Mémoires en 5 volumes, M. le marquis d'Argenson[1], sans nous arrêter à leur ton peu bienveillant, et sans récriminer, ce qui nous serait bien facile. Nous dirons seulement que M. d'Argenson se trompe presque toujours sur les questions qui touchent à la comparaison du texte avec le manuscrit.

Ainsi il signale[2], dans *le Parallèle entre mesdames d'Alluye et de Fontaine-Martel*, p. 147 de notre Ier vol., des inexactitudes qui n'existent que dans son imagination.

Il affirme[3] que le manuscrit du Journal commence par l'Avis de l'auteur relatif aux *Mémoires de l'Estoile*. Il n'en est rien; cet avis se trouve à la date du 19 mai 1739, où nous l'avons placé.

Nous avons dit, dans notre Introduction, que nous donnerions le Journal dans son *intégrité*, non dans son *intégralité* (qu'on nous passe ce barbarisme), et nous avons expliqué ce que nous entendions par là. Maintenant, que M. d'Argenson qui nous a tant re-

---

1. *A Messieurs les Membres de la Société de l'Histoire de France.* — *Courte appréciation du premier volume intitulé :* Journal et Mémoires du Marquis d'Argenson. — *Suite des errata, suppléments et annotations au tome premier des* Mémoires, etc.

2. *Courte appréciation*, p. 14.

3. *Suite des errata*, p. 4.

proché d'en publier trop, nous reproche de n'en pas publier assez, et notamment d'avoir omis certains passages « d'une valeur comparative égale, si ce n'est supérieure, à ceux que le savant jury a bien voulu accepter, » c'est là une question de choix et d'appréciation dont le goût seul décide, mais il ne faudrait pas regretter l'absence de morceaux qui sont dans notre édition, et qu'on y aurait trouvés, si on les avait cherchés à leur véritable place, c'est-à-dire là où l'auteur du Journal les a mis lui-même. Tel est « le récit du Sacre, le portrait de la charmante figure du jeune roi, et cette belle tirade sur les poisons, etc.[1] »

Faut-il s'étonner de ces erreurs? M. d'Argenson ne connaît pas les manuscrits dont il parle, et il juge de la fidélité de notre texte d'après sa conformité, non aux originaux du Louvre sur lesquels nous le publions, mais aux brouillons qu'il possède lui-même. En effet, s'il connaissait ces manuscrits, il ne dirait pas « que les tables qui accompagnent le premier volume du *Journal* sont l'œuvre des bibliothécaires, » alors qu'un simple coup d'œil lui aurait appris qu'elles étaient faites par l'auteur lui-même. Il ne dirait pas « que les *Pensées sur la réformation de l'État* ne forment qu'un volume et commencent au n° 611, tandis qu'elles en ont deux et commencent au n° 1. Enfin il ne lirait pas *poëlons*, pour : *poilous*[2]; — *tournures de mie*, pour : *terreurs de mie*; — *contes de Maman l'Oie*, pour : *contes de ma Mère l'Oie*; — *il y trouve son but*, au lieu de : *il y trouve son bon*, — *l'abbé Bécheron*, *l'abbé Dédif*, au lieu de : *Bécheran et Dédit*, etc., etc., etc., et tant d'autres erreurs pour lesquelles, à défaut de la moindre réflexion, l'inspection la plus rapide des manuscrits l'aurait averti qu'il faisait fausse route.

Tome Ier.

Page 1 de l'INTRODUCTION, *au lieu de :* en public, *lisez :* au public.

---

1. T. II, p. 86.
2. Ce mot, usité par l'auteur, comme terme de mépris, n'a pas de sens suivant M. d'Argenson qui trouve que *poëlon* en a davantage. Nous le renvoyons à la correspondance du marquis de Mirabeau, dans les *OEuvres inédites de Vauvenargues*, publiées par M. Gilbert, p. 204, où il le verra employé absolument de la même manière.

Page xlv, rectifiez ainsi la fin de la note 2 : Philippon Voyer, seigneur de Paulmy, qui signa en 1374, 1398 et 1411, mais qui ne vivait plus en 1415. Cette erreur de chiffres, si facile à supposer et à suppléer, appuyée d'une addition complaisante : « qui ne vivait *déjà* plus » (le *déjà* est ici pour le besoin de la plaisanterie) fournit à M. d'Argenson une épigramme qui pourrait être piquante, si elle était mieux motivée : « Il est surprenant en effet que ce Philippe n'ait pas vécu l'âge de Mathusalem. » Ajoutons que nous nous sommes borné à citer un document manuscrit qui est en notre possession et dont nous avons indiqué l'auteur, sans prendre parti dans cette grave question de généalogie. Pendant qu'il est en train de s'égayer sur nos prétendus anachronismes, M. d'Argenson nous impute[1] d'avoir dit « que le célèbre architecte de Wailly, lequel a fourni les plans du château des Ormes, rebâti vers 1775, avait *précédemment* dirigé la construction de l'hôtel d'Argenson. » Or, nous n'avons rien dit de semblable, et ce rapprochement, qui se trouve du reste dans toutes les biographies, et qui est loin de supposer à l'architecte « une existence deux fois séculaire » n'a pas été fait par nous[2].

Page 1 du journal, *rectifiez ainsi la note* : René II de Voyer d'Argenson, né en 1624, mort en 1700. C'est lui qui est désigné ordinairement par le titre d'ambassadeur à Venise, bien que son père René Ier ait rempli les mêmes fonctions. Le père et le fils avaient exercé un grand nombre d'emplois, etc.

Page 7, note 1, *au lieu de* : Mme de Villamont, *lisez* : Villemont.

Page 87, *rectifiez ainsi la note* que nous avions empruntée au second éditeur du *Journal de Barbier* : Marie-Adélaïde de Gramont, mariée le 30 décembre 1715 à François-Armand de Gontaut-Biron, dame du palais de la reine, morte le 25 mars 1740.

Page 89, note, *au lieu de* : Pontarlier, *lisez* : Moncalier.

Page 93, note 2, de La Tour, *lisez* : de La Cour. Voy. aussi la note à la page 235 du t. II.

---

1. *Courte appréciation*, p. 4.
2. M. d'Argenson renvoie à la p. 3 de notre t. I, et nous ne pouvons qu'y renvoyer aussi les lecteurs qui jugeront par cet exemple de l'exactitude de ses citations.

Page 275, Sorbo, ministre de Gênes. L'*Almanach royal* le nomme Sorba, mais c'est peut-être une erreur, car Sorbo est le nom d'un fief situé en Corse, et la Corse appartint longtemps aux Génois.

Page 283, il est parlé de lui (Saint-Victor) dans Saint-Évremont, *Ajoutez en note :* Voyez dans ses *OEuvres*, édition de 1740, V, 124. *Dialogue sur la maladie de la duchesse de Mazarin.*

Pages 361 et 368. Il y a transposition des deux parties de l'Appendice, les *Mémoires pour le testament politique du cardinal de Fleury*, se rapportant à la page 292, devaient être placés sous le n° I, et le *Développement des idées de d'Argenson sur l'Orient*, se rapportant à la page 327, devait être placé sous le n° II.

Page 383 (Table), *au lieu de :* Houelle, *lisez :* Houel.

Page 385 (Table), Mlle de Mailly, *lisez :* Madame, bien que d'Argenson ait écrit Mademoiselle, dans le texte de l'article auquel la table renvoie.

Tome II.

Page 8, note, *au lieu de :* Fajot, *lisez :* Pajot. — *Journal du Barbier*, *lisez : Journal de Barbier.*

Page 131, note, l'helléniste, *lisez :* helléniste.

Page 154, *rectifiez ainsi la note :* Armand-Nompar de Caumont, né en 1679, qui avait pris le titre de duc de La Force à la mort de son frère aîné (1726). C'est ce dernier qui avait été blâmé par le parlement en juillet 1721.

Page 164, *au lieu de :* réfuté son maître, *lisez :* refusé.

PARIS. — IMPRIMERIE DE CH. LAHURE ET Cie
Rues de Fleurus, 9, et de l'Ouest, 21

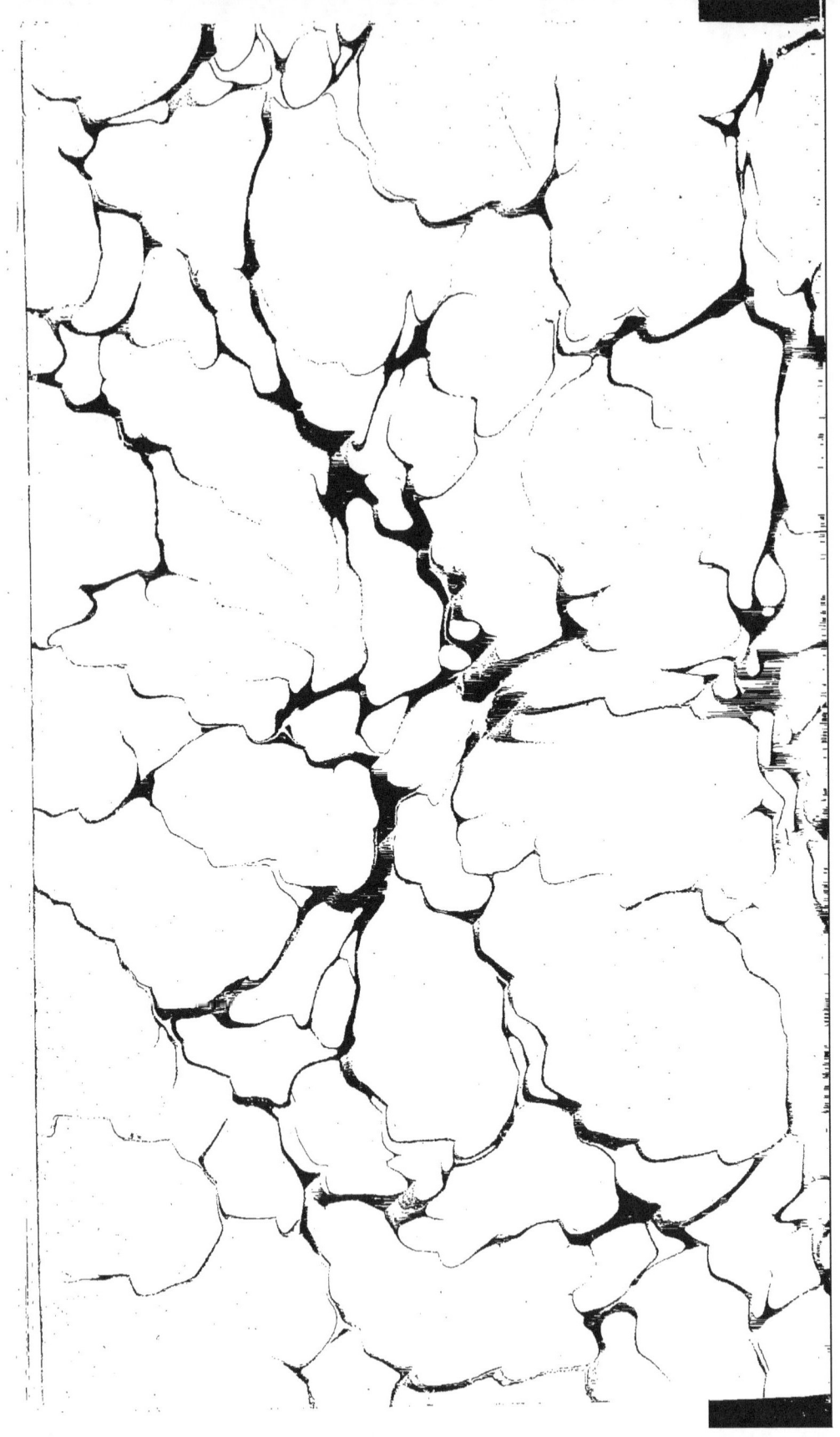

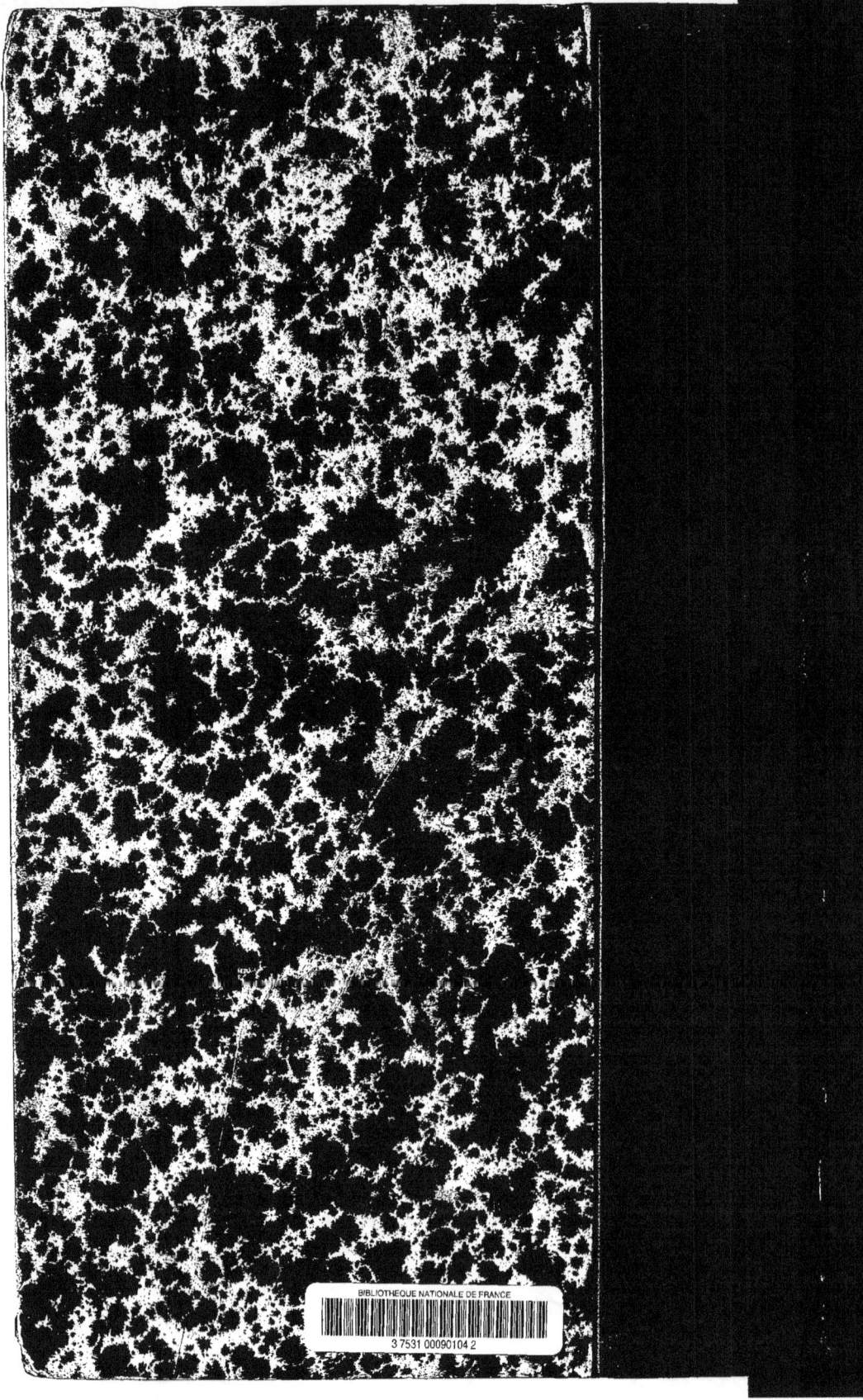